Herzklopfen im Galopp

Chantal Schreiber wurde in Wien geboren und ging dort zwölf lange Jahre zur Schule. Danach begann sie ein Sprachenstudium, das sie bald wieder abbrach, um stattdessen möglichst viel in der Welt herumzukommen. Sie arbeitete als Flugbegleiterin, Model, Verkäuferin, Übersetzerin und Kellnerin und zwar in Athen, Barcelona, Hamburg, Zürich, Tokyo, Sydney und Perth – unter anderem.
Mit der Geburt ihrer Tochter wurde sie ein wenig sesshafter und begann für das Österreichische Kinderfernsehen Drehbücher zu schreiben. Vom Drehbuch zum Buch war es nur noch ein kleiner Schritt und Chantal Schreiber hatte endlich ihren Traumjob gefunden: Der erste Jugendroman und das erste Kinderbuch erschienen 2007. Sie kommt jetzt wieder mehr zum Reisen, und entsprechend reiselustig sind auch die Figuren in ihren Büchern.
Chantal Schreiber lebt in der Nähe von Wien und hat eine Tochter, einen Mann, einen Hund und ein Pferd.

www.chantalschreiber.com

Mehr über unsere Bücher, Autoren und Illustratoren auf:
www.planet-verlag.de

Schreiber, Chantal:
Herzklopfen im Galopp
ISBN 978 3 522 50546 8

Einbandgestaltung: Maria Seidel
Innentypografie und Satz: Kadja Gericke
Reproduktion: Medienfabrik GmbH, Stuttgart
Druck und Bindung: CPI Books GmbH, Leck

MIX
Papier aus verantwortungsvollen Quellen
FSC® C083411

2. Auflage 2018

Die deutschen Erstausgaben erschienen im Thienemann-Verlag, Stuttgart:
4 Hufe + 1 Kuss hoch 2, 2010
4 Hufe + 1 Date zu dritt, 2011

CHANTAL SCHREIBER

Herzklopfen im Galopp

PLANET!

Für Hannah #favouritedaughter
und Darri #Iamnotapony

AMOR

FÜR ALLE

19. DEZEMBER

Date oder kein Date

»Ja, ich vermiss dich auch. Ich weiß, mir kommt es auch ewig vor. Ich freu mich auf übermorgen. Tscha-hauuu.«

Maxi steckte ihr Handy in die Tasche ihres Anoraks und tat, als hätte sie Carolins Gesichtsausdruck nicht gesehen. Vics Schwester sah *immer* so drein, wenn sie Telefonate zwischen ihrem Bruder und Maxi mit anhörte.

Gerade tobte Rocket, Katinkas kohlrabenschwarzes Hengstfohlen, durch den frisch gefallenen Pulverschnee hinter Rambo her, dass es nur so staubte. Bevor der kleine Hengst den Ziegenbock erreichte, bremste er ab und wendete, aber so plötzlich, dass er mit seinen langen, dünnen Beinen durcheinanderkam, stolperte und im Schnee ausrutschte. Verdutzt sah er sich um und sein Blick blieb an Carolin und Maxi hängen, die dick eingepackt am Gatter standen und ihn beobachteten. Als wollte er ihnen vormachen, dass er sich mit voller Absicht in den Schnee gelegt hätte, begann er nun, sich in dem herrlichen weißen Teppich zu wälzen. Maxi lachte laut auf. »Er ist ja so süß!«, rief sie hingerissen.

»Nur damit ich Bescheid weiß«, erwiderte Carolin trocken. »Bezog sich das eben auf Rocket oder auf meinen Bruder?«

»Das kannst du halten, wie du willst«, meinte Maxi fröhlich. »Es passt auf beide.«

»Ich werde dir mal diese Fotos von Vic zeigen, als er vier war und Mama das Geld für den Friseur sparen wollte …«

»Da hat er bestimmt auch süß ausgesehen.«

»Er hat ausgesehen wie die Kindergartenversion von Prinz Eisenherz. Nach einem Griff in die Steckdose.«

»Er hatte Locken?«

»Hat er doch immer noch.«

»Nein, jetzt hat er *Wellen*. Die Fotos musst du mir echt mal zeigen. Er muss ja so niedlich gewesen sein.«

Carolin verdrehte die Augen. »Oh Mann. Es wird echt Zeit, dass ihr zwei mal ordentlich Krach habt. Von eurem zuckersüßen Getue krieg ich noch Fußpilz.«

Maxi lachte. Erstens trübte kein Wölkchen ihren und Vics Beziehungshimmel und zweitens wusste sie, dass ihre Freundin es nicht so meinte. Als die Vic-Maxi-Lovestory nach jeder Menge missglückter Anläufe und Eifersuchtsdramen endlich ihren »Happy Anfang« genommen hatte, war niemand glücklicher gewesen als Carolin. Maxi konnte selbst kaum glauben, wie schnell die Zeit verflogen war. Nun waren Vic und sie schon fast sechs Monate zusammen. Eigentlich waren es nach Maxis Rechnung – also ab dem ersten Kuss – erst etwa fünf Monate. Vic zählte anders – ab dem Tag, an dem er wusste, dass er mit ihr zusammen sein wollte, an dem für ihn alles klar war – als die ganze Nachbarschaft hier auf dem Hof gewesen war, um beim Stallumbau zu helfen, natürlich auch die Meisingers.

Maxi rechnete lieber ab dem ersten Kuss, weil es ab da keine Zweifel und keine Szenen mehr gegeben hatte. Gleichzeitig fand sie es unwiderstehlich romantisch, dass Vic sie beide schon *vor* dem ersten Kuss als Paar empfunden hatte. Für ihren Sechs-Monats-Tag hatten sie sich also auf ein fiktives Datum irgendwo zwischen Vics und ihrem Termin geeinigt. Aber ganz egal, wie man nun zählte, sie und Vic waren glücklich.

Vielleicht lief es auch deshalb so gut, weil sie sich nicht so oft sahen wie andere Paare. Vic war Kapitän der Schul-Fußballmannschaft, die von Saison zu Saison besser spielte – und seit Herbst kickte er auch für die Jugendauswahl des Zweitligavereins SV Altenburg. Dazu kam die Arbeit im Café seiner Eltern und dann waren da noch die Nachhilfestunden in Mathe und Physik, mit denen er sein Taschengeld zusätzlich aufbesserte. Na ja, und für die Schule hatte er natürlich auch zu tun, immerhin war das sein vorletztes Jahr. Maxi hatte die Arbeit mit den Pferden und ihr Cheerleadertraining mit den Tigerettes, die bei Spielen der Fußballmannschaft des Gymnasiums Thiergartenstraße für Stimmung sorgten – und das reichte schon, um sie manchmal so sehr von der Schule abzulenken, dass es mit ihren Noten bergab ging. Zum Glück waren sowohl Carolin als auch Vic Genies in Mathe – Maxis schwächstem Fach.

Die gemeinsame Zeit war also beschränkt, aber *wenn* sich Vic und Maxi trafen, genossen sie jede Minute. Oft saßen sie mit Freunden im Dorfcafé oder gingen zum Billardspielen oder Bowling. Manchmal fuhren sie nach

Altenburg ins Kino, nur sie beide. Ab und zu gelang es Maxi sogar, Vic zum Ausreiten zu überreden. Dann überließ sie ihm Ringo, der immer noch das friedlichste Pferd der Herde war – ja, es war inzwischen eine richtige Herde geworden! Im Sommer hatten sie und Carolin noch Angst gehabt, dass aus ihren Plänen nichts würde, den Ausbau des Stalls mit neuen Einstellpferden zu finanzieren. Dann war Katinka gekommen, die schwarz-weiße Tinkerstute, die, wie sich herausstellte, trächtig war und eigentlich nur für zwei Monate bleiben und wieder verkauft werden sollte. Das wurde sie auch, und zwar an Carolins Vater, der damit nicht nur seiner Tochter ihren allersehnlichsten Wunsch nach einem eigenen Pferd erfüllt, sondern auch Maxi und Ringo glücklich gemacht hatte. Denn Ringo und Katinka waren vom ersten Moment an ein Herz und eine Seele gewesen, und als Fohlen Rocket geboren wurde, hielt Ringo sich selbstverständlich für seinen Vater. Er, Katinka und Rocket – und natürlich Rambo, der Ziegenbock – waren eine perfekt funktionierende Patchworkfamilie. Vater, Mutter, Kind und der alberne Onkel, der Rocket ständig zu allem möglichen Unsinn anstiftete. Eigentlich sollten Fohlen ja nach Möglichkeit ab einem gewissen Alter mit anderen Fohlen zusammenstehen, damit sie so etwas wie einen Pferdekindergarten hatten – aber wo hätte man so schnell ein zweites Fohlen herkriegen sollen? Rocket kam schließlich für alle überraschend. Und selbst Carolin, die es mit pferdegerechter Haltung sehr genau nahm, meinte, dass der verspielte Ziegenbock zumindest vorläufig ein wunderbarer Kindergartenersatz war. Nach den Feiertagen würde man sich allerdings trotzdem nach einem Platz in einer Fohlenherde umsehen müssen – Rocket musste von Katinkas Muttermilch entwöhnt werden und brauchte gleichaltrige Halbwüchsige, damit sein Sozialverhalten geschult wurde und er sich gut entwickelte. Maxi mochte gar nicht daran denken, dass sie sich schon so bald von Rocket trennen mussten. Die Zeit seit dem Sommer war einfach zu schnell verflogen.

Eigentlich war das Timing perfekt gewesen, denn Katinka hatte noch Zeit gehabt, sich von der Geburt zu erholen, und Rocket stand und lief schon ziemlich sicher auf seinen langen Beinen, als nach und nach die anderen Pferde dazukamen: Wallach Janaro, ein eigenwilliger, aber wunderschöner Haflo-Araber, und Haflingerstute Marylin, die befreundeten Studentinnen gehörten, Ulrike und Anita. Lipizzanerwallach Fabrizio, etwas neurotisch wie seine Besitzerin, eine Psychotherapeutin. Und, was Maxi und Carolin besonders gefreut hatte, zwei weitere Islandpferde, eine Stute und ein junger Wallach namens Freyja und Odinn. Die beiden Pferde waren Mutter und Sohn, die Besitzerinnen Linda und Mia waren Mutter und Tochter aus Altenburg – Mia war etwas jünger als Maxi und Carolin.

Es folgten ein paar unruhige Wochen, die Maxi und Carolin vor allem beobachtend am Zaun verbrachten, vormittags während der Schulzeit abgelöst von Maxis Eltern oder Alois, dem pensionierten Tierarzt, der ihnen vor acht Monaten den Hof verkauft hatte. Man musste die Pferde ständig im Auge behalten, um rechtzeitig eingreifen zu können, falls es bei den Rangkämpfen zu wild herging. Bald hatte sich eine Rangordnung herauskristallisiert: Janaro hatte Ringo einmal herausgefordert, indem er Katinka zu nahe gekommen war – und bei diesem einen Mal war es auch geblieben. Wenn es um seine Tinkerfreundin ging, verstand Ringo keinen Spaß und seine geringere Körpergröße hatte ihn kein bisschen daran gehindert, sich durchzusetzen. Odinn war deutlich jünger als Ringo und akzeptierte den Hausherren daher auch anstandslos als seinen Boss. Er erkannte auch Rambo als ranghöher an – dafür durfte er mit ihm und Rocket fangen spielen. Fabrizio war eine Diva, aber ohne Führungsanspruch. Zwischen Katinka und Ringo gab es sowieso keine Rangkämpfe – er war ihr Beschützer und sie wurde nur zur Löwin, wenn einer der anderen Rocket auf die Pelle rückte.

Blieb noch Freyja, die einen starken Charakter hatte und allen anderen Respekt einflößte. Die Sympathie zwischen Ringo und ihr schien nicht besonders groß zu sein, aber sie akzeptierten einander. Es ergab sich also eine Art geteilte Regentschaft der beiden Islandpferde, des Mausfalben und der Fuchsstute. Odinn, Freyjas Sohn, war ein braun-weißer Schecke und somit hatten sie eine nach Geschlecht, Rassen und Farben bunt gemischte Herde, in der es im Großen und Ganzen kaum Probleme gab.

Da zum Hof keine Reithalle gehörte, sondern nur ein Viereck mit Sandboden, das bei anhaltend nassem Wetter, zu viel Schnee oder Glatteis nicht zu benützen war, hatten sich – mit Ausnahme der Psychotherapeutin – nur Besitzer robuster Pferde als Einsteller gemeldet. Es waren alles Freizeitreiter, die in erster Linie die endlosen Reitwege der Gegend ausnutzen und keine Dressurturniere gewinnen wollten, womit sie mit den beiden jungen Reitstallbetreiberinnen voll auf einer Wellenlänge waren.

»Wann ist nun euer supertolles Sechs-Monats-Date?«, fragte Carolin.

»Übermorgen.«

»Und was habt ihr vor?«

»Keine Ahnung. Vic wollte mich überraschen. Er denkt sich immer so süße Sachen aus. Ich kenne sonst echt keinen Jungen, der das tut. Tino vielleicht noch, aber Lara sagt, das ist in letzter Zeit auch nicht mehr so.« Maxi seufzte. »Sie war echt voll frustriert, als wir zuletzt telefoniert haben.«

»Ich sag ja immer, man soll sich all diese Probleme mit einem Freund besser ersparen. Vorschriften, Kontrollanrufe, Freizeitbeschränkungen. Nein, danke.«

Maxi lachte. »So wie du das beschreibst, klingt das nicht nach einem Freund, sondern nach einem Bewährungshelfer.«

»Ich will mich eben nicht einengen lassen. Und darauf läuft es unweigerlich hinaus.«

»Wenn man gern mit jemandem zusammen ist, ist das doch keine Einengung.«

»Ach was! Alleine, dass man ständig erreichbar sein muss! Ansonsten gibt es immer gleich …«

In diesem Augenblick ertönte erneut Vics Ringtone, Taylor Swift mit *Style* – und Maxi hob mit einem entschuldigenden Blick in Richtung Carolin ab. »Hey«, sagte sie liebevoll und wusste genau, dass Carolin allein wegen des Tonfalls die Augen verdrehte. »Ja, du hast tatsächlich vergessen, mir einen Kuss zu schicken. Ja, grade wollt ich mich nach einem neuen Freund umsehen.« Sie lachte. »Wenn du Carolins Gesicht sehen könntest. Ich glaube, wir bereiten ihr körperliche Schmerzen.«

»Da hast du's«, fuhr Carolin fort, kaum dass Maxi aufgelegt hatte. »Ununterbrochen erreichbar! Du bist keine Einzelperson mehr, du bist die Hälfte dieser imaginären Vic-Maxi-Doppelperson und ...«

In diesem Augenblick läutete Carolins Handy, sie griff ungeduldig in ihre Jackentasche und prompt rutschte das Telefon ihr aus den behandschuhten Fingern und Maxi vor die Füße.

»Sieh mal an«, sagte Maxi mit einem Grinsen, als sie es aufhob und dabei einen Blick auf das Display warf. »Das ist die andere Hälfte dieser seltsamen Max-Carolin-Doppelperson.« Ungeduldig schnappte Carolin ihr Handy. »Hey«, sagte auch sie zur Begrüßung, aber ihr »Hey« klang eher so, als wollte sie ein störrisches Pferd zur Räson bringen. »Nein, bin ich nicht. Nein, kann ich nicht. Weiß ich noch nicht. O. k. Tschüs dann.«

Carolin beendete das Gespräch und steckte das Handy wieder ein, als wäre nichts gewesen.

»Mann«, sagte Maxi ehrlich erschüttert. »Was wollte er denn von dir? Dein Sparschwein? Dein erstgeborenes Kind? Oder gar dein Pferd?«

»Sehr witzig. Nein, er wollte sich verabreden.«

»Wow«, meinte Maxi. »Na, der Wunsch ist ihm jetzt bestimmt vergangen. Was ist denn bloß los mit dir? Du magst ihn doch, das weiß ich. Und ich dachte seit dem Nikolausfest in der Schule ...«

Max war Vics bester Freund, spielte auch im Fußballteam der Schule und war vor längerer Zeit schon mal ein paar Monate mit Carolin zusammen gewesen. Sie hatte sich damals noch nicht bereit für »so ein Beziehungsding« gefühlt, aber Maxi war ganz sicher gewesen, dass die beiden sich in letzter Zeit wieder nähergekommen waren. Max musste man in Carolins Gegenwart nur ansehen, um zu wissen, was er empfand, und Maxi bekam einfach nicht in ihren Kopf, wie Carolin lieber riskierte, ihn früher oder später an ein anderes Mädchen zu verlieren, als sich endlich für ihn zu entscheiden. Max war intelligent, witzig und supersüß mit seinen mittelblonden Haaren und braunen Augen – natürlich nicht so süß wie Vic, aber trotzdem. Auf einer Skala von 1 bis Vic bekam er eine Vic minus, sozusagen.

»Nur weil man mal ein bisschen rumschmust, muss man ja nicht gleich Romeo und Julia spielen«, unterbrach Carolin Maxis Gedankengang. »Und bevor er noch auf die Idee kommt, dass er irgendein Anrecht auf mich hat, schalte ich lieber einen Gang zurück.«

»Also nach dem Gespräch vorhin würde ich sagen, das war mehr eine Vollbremsung. Du hast ihm doch eindeutig und ganz ohne Airbag zu verstehen gegeben, dass du kein Interesse hast, dich mit ihm zu treffen.«

Carolin zuckte mit den Schultern. »Wenn du das sagst.«

»Darf ich dich daran erinnern, dass du im Herbst eine höchst launische Phase hattest? Die rein zufällig an dem Tag endete, als Max mit Jenny Schluss gemacht hat?«

Jenny war eines der Mädchen aus der Cheerleadertruppe und hatte Max nach dem gewonnenen Finale des Fußballturniers ewig angehimmelt, letztendlich mit Erfolg. Die Sache hatte nur ein paar Wochen gedauert, aber Carolin war in der Zeit ungenießbar gewesen.

»Ach was. Das hast du dir bloß so zusammengereimt. Es geht nicht bei allen ständig nur um irgendwelchen romantischen Kram.«

»Hör mal, Max ist zwar geduldig, aber er ist auch nur ein Mensch, und ein männlicher noch dazu. Also, wenn du ihn magst, solltest du seine Geduld lieber nicht überstrapazieren und …«

»Vielleicht mag ich ihn ja nicht so wie er mich«, schnitt Carolin ihr das Wort ab. »Vielleicht sind mir die Pferde wichtiger. Vielleicht will ich nicht jede Sekunde drüber nachdenken, ob irgendwas, was ich tu oder sage, irgendeine schreckliche Wirkung auf Max hat.«

»Vielleicht bist du auch einfach bloß zu feig, dich auf ihn einzulassen«, gab Maxi zurück. »Du könntest dich richtig in ihn verlieben und huuuuh – dann wärst du nicht mehr so cool und hättest nicht mehr alles unter Kontrolle.«

»Jetzt mach aber mal einen Punkt, Frau Diplompsychologin!«

Klar, jetzt hatte sie Carolin wütend gemacht. Sie ließ sich nicht gerne reinreden und in so was Persönliches schon gar nicht. »Vielleicht musst *du* dich ja einfach damit abfinden, dass nicht die ganze Welt mit rosa Zuckerguss überzogen ist! Du könntest das ganz einfach feststellen, indem du mal deine rosa Brille abnimmst!«

»Ja ja, schon klar«, versuchte Maxi, ihre Freundin zu besänftigen. »Ich will eben einfach, dass alle glücklich sind.«

»Ich *bin* glücklich, verdammt! Solange du nicht ständig nervst! Und um Max solltest du dir auch keine Sorgen machen, er ist schließlich alt genug, oder? Er muss wissen, was er tut.« Ärgerlich zog Carolin sich die Mütze fester ins Gesicht, wandte sich von Maxi ab und stapfte zurück zum Haus.

»Ja«, sagte Maxi zu sich selbst. »*Er* ist alt genug.«

Sie kam nicht dazu, weiter den Gedanken über Max und ihre trotzige Freundin nachzuhängen, denn in diesem Moment läutete erneut ihr Handy. Diesmal war es der Titelsong von *Gilmore Girls*, der angespielt wurde, Laras Ringtone. Gleichzeitig erschien ein Foto von Lara auf ihrem Display, das Maxi auf einer Shoppingtour vor einem Monat oder so gemacht hatte, als sie ein Wochenende bei ihrer Freundin in der Stadt verbracht hatte: Lara mit einem Riesen-Karamell-Moccachino in der Hand und einem Schnurrbart aus Milchschaum, von einem Ohr zum anderen lachend.

»Lara!«, begrüßte Maxi sie fröhlich. »Endlich eine Freundin, mit der man normal über Jungs reden kann! Carolin tut, als wären sie sechsbeinige Alienmonster aus dem All, nur darauf aus, uns unglücklich zu machen!«

Es kam keine Antwort und Maxi warf einen verblüfften Blick auf ihr Handy, in der Annahme, die Verbindung sei unterbrochen worden. Aber sie hatte vollen Empfang und die Leitung war laut Anzeige intakt. »Lara?«, fragte sie. »Bist du noch da?«

»Carolin hat vollkommen recht«, schluchzte es am anderen Ende der Leitung. »Man sollte sie alle auf den Mond schießen, es trifft bestimmt keinen Falschen!«

»Hey, langsam«, sagte Maxi erschrocken. »Was ist denn los? Ist was mit Tino? Du hast zwar gesagt, ihr habt momentan ein kleines Tief, aber ich dachte …«

»Wir haben Schluss gemacht!«

Maxi war einen Augenblick wie gelähmt, so verletzt, so tieftraurig klang die Stimme ihrer Freundin bei diesen vier Worten. Dann kam nur noch Schluchzen.

»Lara, Süße … Was war denn? Vielleicht ist es ja nicht endgültig …«

Schluchzen.

»Vielleicht renkt sich ja alles wieder ein …«

Noch mehr Schluchzen.

»Er wär doch total blöd, dich sausen zu lassen, und Tino ist doch nicht blöd …«

Hysterisches, enthemmtes Schluchzen.

»Auf der Kreuzfahrt kommst du sicher auf andere Gedanken, das wird bestimmt total cool, und danach kommst du doch ohnehin her und da können wir alles in Ruhe …«

»Kann ich früher kommen?«, unterbrach Lara sie schluchzend. »Bittebitte, sag, dass ich schon Weihnachten kommen kann! Ich wollte sowieso noch nie richtig auf die alberne Kreuzfahrt mit und dann noch meine Eltern im Honeymoon-Modus …«

Maxi dachte keine Sekunde nach. »Sicher kannst du zu uns kommen. Ich freu mich total, wenn du früher kommst! Wir alle freuen uns!«

Lara vergaß einen Moment weiterzuschluchzen. »Musst du nicht erst Stella und Nick fragen?«

»Das hol ich dann nach«, sagte Maxi. »Aber ich weiß, dass sie Ja sagen.« Im Haus war genug Platz; Nick und Stella kannten Lara fast so gut wie ihre eigene Tochter und waren mit Margit und Alexander, Laras Eltern, seit Jahren befreundet. Früher hatte Maxi oft mehrmals pro Woche bei Lara übernachtet und Lara ebenso oft bei ihr.

»Bist du sicher?«, fragte Lara und einen Augenblick klang ihre Stimme beinahe normal. »Ganz sicher«, sagte Maxi. »So sind wir Landmenschen. Unsere Tür steht immer offen. Wann kannst du kommen?«

»Na ja, heute war der letzte Schultag ...«

»Also morgen?«

»Morgen wär der Hammer.«

»Sims mir, welchen Zug du nimmst, und wir holen dich vom Bahnhof ab.«

»O. k. Du bist echt die Beste.« Jetzt, wo sich Rührung mit Liebeskummer mischte, begann Lara schon wieder zu schluchzen. »Ich erzähl dir dann morgen alles«, schniefte sie, »ich glaube, jetzt muss ich erstmal noch ein bisschen heulen.«

Wie erwartet war Laras Neuigkeit Wasser auf Carolins Mühlen. Noch wusste zwar keiner so genau, was zwischen Lara und Tino vorgefallen war, aber in jedem

Fall fühlte Carolin sich darin bestätigt, dass man ohne Freund besser dran war.

Ebenfalls wie erwartet hatten Stella und Nick, Maxis Eltern, nicht das Geringste dagegen einzuwenden, dass Lara früher kam. Sie hatten sich nach jahrelanger Arbeit für eine Werbeagentur nun hier auf dem Land als Kreativteam *Projektfabrik Klauser* selbstständig gemacht, was den enormen Vorteil hatte, dass sie sich ihre Zeit viel freier einteilen konnten. Ihre ersten Weihnachten auf dem Land wollten sie richtig genießen und hatten den Großteil der bis Januar fälligen Arbeit schon erledigt. Was sie anging konnte Lara kommen, wann sie wollte. Maxi fand wieder einmal, dass ihre Eltern definitiv zu den coolsten Leuten zählten, die sie kannte. Dieses Urteil änderte sich zwischendurch, wenn Stella meckerte, weil Maxi überall alles herumliegen ließ, oder Nick ironische Kommentare abgab, wenn Maxis Freundinnen da waren. Aber im Großen und Ganzen fand sie, dass sie sehr zufrieden sein konnte.

Was die ironischen Kommentare anging, schien Stella mit ihrer Tochter einer Meinung zu sein, denn nach der ersten Absegnung von Laras morgiger Ankunft war Nick von seiner Frau mit einem »Das-besprechen-wir-lieber-unter-uns-Frauen«-Blick vertrieben worden. Stella fing aus Mitgefühl mit Lara beinahe zu weinen an, als sie hörte, wie schlecht es der Armen ging.

»Ich weiß genau, wie sie sich fühlt«, schniefte Stella. »Ich kann mich noch haargenau erinnern, als mein erster Freund mit mir Schluss gemacht hat, das war auch knapp vor Weihnachten …«

»Ich dachte immer, *du* hast mit *ihm* Schluss gemacht!«, unterbrach Maxi.

»Hab ich ja auch. Auf eine Art.«

»Auf eine Art? Was soll das denn heißen?«

»Auf die nachträgliche Art. Nachdem er mit mir Schluss gemacht hatte, war klar, dass er ein Vollidiot ist und mich nicht verdient. Also hab ich ihn angerufen und auch mit ihm Schluss gemacht, damit klare Verhältnisse herrschen.«

»Verstehe«, meinte Maxi grinsend. »Und, hat das irgendwie geholfen?«

»Nein, ich hab die ganzen Weihnachtsferien geheult.«

»Also, *das* wird Lara nicht passieren. Ich werde ihr keine Zeit zum Heulen lassen.«

»Sie kann uns beim Silvesterreitfest helfen!«, meinte Carolin, die zum Glück nie lange sauer war, schon gar nicht mit Nicks Schokoladenkeksen (nach dem Rezept seiner Großmutter) und Stellas heißem Kakao mit Chili in Reichweite.

»Genau.« Maxi nickte. »Und bei der Stallarbeit.«

»Und mit den Weihnachtsvorbereitungen«, meinte Stella. »Lara dekoriert doch so gern. Sie kann das Haus bis unters Dach zuschmücken, wenn sie das aufheitert. Und den Baum sowieso.«

»Viel frische Luft, Pferde, Weihnachtskram und keine Liebesfilm-DVDs, so wie sonst immer«, schloss Maxi.

»Hm«, meinte Carolin mit einem kleinen ironischen Grinsen. »Dann beamst du Vic wohl am besten solange auf einen anderen Planeten. Denn was ihr beide aufführt, ist schlimmer als jeder Romantikschinken.«

»Wenn du nur ätzen kannst«, knurrte Maxi. Aber irgendetwas sagte ihr, dass Carolin wenigstens ein bisschen recht hatte.

Maxi hatte schon ihr Zimmer aufgeräumt, Bettzeug für Lara aus dem Schrank geholt und alles mit ihrer von Herzen übersäten Gute-Laune-Bettwäsche frisch bezogen. Sie hatte ihren Pyjama angezogen, ihr Gesicht gewaschen und ihre Zähne geputzt. Dann fiel ihr nichts mehr ein, womit sie das Telefonat noch weiter hinauszögern konnte.

»Hey, Vic«, sagte sie. »Hast du schon Schluss?«

»Ja, bin nur noch beim Saubermachen. Aber war einiges los heute, die letzten Weihnachtsfeiern und so.«

»Kann ich mir vorstellen.« Sie seufzte.

»Oje«, meinte Vic. »Was hat dir denn den Weihnachtshimmel verdüstert?«

Maxi liebte Weihnachten und eigentlich war es fast unmöglich, ihr so knapp vor dem Heiligen Abend die Stimmung zu verderben, das wusste Vic.

»Ich hab da ... ein Problem mit unserem Fünf-bis-sechs-Monats-Date ...«, begann sie zögernd und schilderte ihm dann schnell die Situation mit Lara. »Weißt du, ich kann sie nicht am zweiten Abend gleich allein lassen. Schon gar nicht wegen etwas, das ... na ja ...«

»Schon gar nicht aus romantischen Gründen?«, half Vic ihr aus. Maxi nickte heftig, obwohl Vic sie gar nicht sehen konnte. »Wo sie doch solchen Liebeskummer hat! Du hättest sie hören sollen, sie ist wirklich am Boden zerstört, und ich wollte sie erst mal ein bisschen aus ihrem Tief holen, verstehst du?«

Maxi hatte sich heißgeredet und hoffte inständig, dass Vic Verständnis haben würde. »Gib mir nur ein paar Tage, o.k.? Ich muss sie bloß auf andere Gedanken bringen und ein bisschen Beste-Freundin-Magie auf sie wirken lassen, dann verkraftet sie das ganz schnell, bestimmt, und ich verspreche dir …«

»Schon gut«, unterbrach Vic sie. »Ich versteh das schon. Sie ist schließlich deine beste Freundin …«

»Jedenfalls eine von zwei besten …«, warf Maxi ein. Mittlerweile hätte sie nicht mehr sagen können, ob Lara oder Carolin ihr näherstand – aber zum Glück musste sie sich ja auch nicht entscheiden. In ihrem Leben war Platz genug für zwei beste Freundinnen.

»Auf jeden Fall braucht sie dich jetzt. Ist schon in Ordnung. Wir können unser Date nachholen.«

»Ehrlich?«

»Ganz ehrlich.«

Maxi fiel ein Stein vom Herzen. »Unter allen Freunden auf der ganzen Welt bist du der einfühlsamste, liebste, verständnisvollste und natürlich der bestaussehende …«

»Schon gut, hör lieber auf«, unterbrach Vic sie lachend. »Ich bin nämlich anfällig für Größenwahn. Aber morgen sehen wir uns doch trotzdem?«

»Bei der Christmas-Party? Aber sicher. Da schleif ich Lara mit, ob sie will oder nicht.« Vics und Carolins Eltern führten das Dorfcafé auf dem Wieselberger Hauptplatz und jedes Jahr veranstalteten sie ein paar Tage vor Weihnachten eine richtig coole Weihnachtsfete für ihre Freunde und die ihrer Kinder.

»Und es besteht auch keine Gefahr, dass wir beide ein unerträglich romantischer Anblick werden, weil ich ja schließlich mithelfen muss.«

Maxi seufzte. »Ich bin nicht sicher, ob das ein Versprechen ist oder eine Drohung. Es tut mir echt total leid, Vic.«

»Schon o. k., wirklich. Wir holen es nach Weihnachten nach. Vorher wird's wohl nicht gehen, so wie unsere Terminpläne wieder mal aussehen.«

»Nach Weihnachten ist perfekt. Da ist sie bestimmt schon über das Schlimmste hinweg.«

»Also, dann ist das abgemacht. Ich muss jetzt Schluss machen, Maxi, sonst werd ich hier nie fertig.«

»Alles klar. Einen dicken Kuss. Und bis morgen.«

»Bis morgen. Ich schick dir auch einen Kuss.«

20. DEZEMBER
Männer sind Schweine

»Du meinst, du hast *gesehen*, wie er diese Schlampe umarmt hat?«

»Ich hab direkt danebengestanden.«

»Und er hat's nicht erklärt? Sich nicht entschuldigt?«

»Er hat gesagt, ich soll mich nicht aufführen wie eine eifersüchtige Furie und er muss sich schließlich um seine Fans kümmern.«

»Und du? Was hast du gesagt?«

»Dass ich ja gehen kann, wenn ich seiner Karriere als Musiker hinderlich bin. Da hat er gesagt, ich soll tun, was ich nicht lassen kann. Und ich hab gesagt, wenn ich jetzt gehe, ist es aus und er braucht gar nicht mehr angekrochen zu kommen. Da hat er gesagt, so blöd wär er bestimmt nicht. Und dann bin ich zur Tür raus.«

»Wahnsinn«, sagte Maxi beeindruckt. »Heftig.«

Sie und Lara hatten sich in der Nähe des Altenburger Bahnhofs in ein Café gesetzt, um erstmal die allerbrennendsten Neuigkeiten auszutauschen.

»Das war schon vor einer Woche«, gestand Lara und starrte auf ihre Teetasse.

»Vor einer Woche?« Maxi war fassungslos. »Und du hast mich nicht angerufen?«

»Ich war ganz sicher, dass er sich mit mir versöhnen

wird, bevor ich auf die Kreuzfahrt gehe. Aber keine Spur. Er ist mir in der Schule aus dem Weg gegangen. Und Nini und Cordula haben ihn mit der blöden Groupieschlampe gesehen, bei Starbucks.«

»Das kann doch alles nicht sein.« Maxi schüttelte ungläubig den Kopf. »Er war doch so verliebt in dich ... ich meine, richtig blind vor Liebe ...«

»Du meinst, blind, weil er auch *dich* hätte haben können?« Lara grinste ein kleines bisschen und Maxi nahm es ihr nicht übel. Schließlich war ihre eigene Verknalltheit in Tino nichts mehr als eine vage, verschwommene Erinnerung aus der Prä-Victorianischen-Ära und ihr war im Moment alles recht, was Lara zum Lachen oder wenigstens zum Lächeln brachte. »Genau.« Maxi grinste zurück. »Er wusste doch, was er wollte.«

Lara wurde wieder ernst. »Ja, sicher. Nur, dass er jetzt eben was anderes will. Jungs sind alle so, hört man doch ständig. Wollen sich nicht festlegen, sich alle Wege offen halten.«

»Das ist aber nicht nur bei Jungs so. Es sei denn, Carolin wär auch einer.«

»Carolin? Wieso denn das?«

»Sie hat den allerniedlichsten Typen an der Angel und wirft ihn ständig wieder ins Wasser. Sozusagen. Du kennst ihn von meinem Geburtstagsfest. Max, Vics bester Freund.«

Lara runzelte die Stirn und überlegte kurz. »Der große, blonde? Doch, ich glaube, der war wirklich niedlich.« Sie zuckte entschuldigend mit den Schultern. »Seit ich mit Tino zusammen bin, hab ich mich einfach nicht mehr nach anderen Jungs umgesehen.« Sie schluckte. »*Als* ich mit ihm zusammen *war*, wollte ich natürlich sagen.«

Um den Mund ihrer Freundin zuckte es plötzlich wieder verdächtig und Maxi rief hastig nach dem Kellner. Minuten später waren die beiden Mädchen unterwegs zum Altenburger Hauptplatz, wo Nick schon auf sie wartete.

»Männer sind Schweine«, erklärte er ernst, nachdem er Lara begrüßt und ihre Tasche im Kofferraum der Trude verstaut hatte. Dann setzte er sich ohne ein weiteres Wort hinters Steuer und wartete, bis die beiden Mädchen es sich auf dem Rücksitz bequem gemacht hatten.

Lara warf Maxi einen fragenden Blick zu.

»Stella hat ihm eine Liste mit erlaubten Kommentaren zusammengestellt«, erklärte Maxi mit einem Grinsen.

»Männer sind Schweine«, erklärte Nick nachdrücklich noch einmal, ohne mit der Wimper zu zucken. »Und die Liste scheint ziemlich kurz zu sein«, ergänzte Maxi.

Stella war mitfühlend und steuerte Anekdoten aus ihrem Liebesleben bei, die Nick so lange kopfschüttelnd mit dem Satz »Männer sind Schweine« kommentierte, bis er einstimmig der Küche verwiesen wurde.

Maxi hatte bei Stella für den ersten Abend Lasagne bestellt, Laras Lieblingsessen, und neben das herzförmige Kuschelkissen auch noch einen ihrer selbst gebackenen Glückskekse auf Laras Kopfkissen gelegt.

All das half natürlich, aber grundlegend besserte sich

Laras Stimmung erst, als Maxi sie auf die Pferdekoppel mitnahm. Sie konnte kaum glauben, wie groß Rocket seit dem Sommer geworden war, und verliebte sich auf den ersten Blick wieder in ihn. Egal, ob Lara Schneebälle nach ihm warf, mit ihm fangen spielte, oder vor seinen Augen plötzlich am Rand der Koppel Schneeengel machte – er akzeptierte Maxis beste Freundin, als würde er sie schon ewig kennen. Vielleicht war es, weil er die Vertrautheit zwischen Maxi und Lara spürte, vielleicht, weil Lara dieselbe Haarfarbe hatte wie er – vielleicht einfach, weil Lara beim Spielen alles andere vergaß und mit ihm und Rambo herumtobte, als wäre sie selbst ein sorgloses, glückliches Fohlen.

Alle Einsteller hatten sich zu Mittag auf dem Hof getroffen, um mit ihren Pferden auf dem Viereck für das große Silvester-Reitfest zu proben. Die Idee war schon im Herbst aufgetaucht, doch dann wurden die Tage kürzer und der Plan drohte einfach daran zu scheitern, dass es auf dem Viereck nicht genug Licht gab – weder für Proben noch für die eigentliche Aufführung. Aber als Maxi und Carolin Anfang November mit den Einstellbeiträgen die Hälfte des Betrags erwirtschaftet hatten, der für die Installation einfacher Flutlichtscheinwerfer erforderlich war, schossen Stella und Nick die andere Hälfte vor und die Lichtanlage konnte noch vor dem ersten Schnee in Betrieb genommen werden. So hatten die Pferde Zeit, sich an die Scheinwerfer zu gewöhnen, und die Mädels konnten auch Spätnachmittags, nach den Büro-, Uni- oder Schulstunden, noch Proben ansetzen.

Maxi und Carolin hatten wochenlang an dem Programm gefeilt: Es würde eine Quadrille geben – oder eher ein Formationsreiten, für eine Quadrille musste die Anzahl der Pferde durch vier teilbar sein und sie waren ja nur zu siebt.

Dann stand eine Voltigiervorführung auf dem Programm, die Mia und Maxi bestreiten würden. Ulli, die Besitzerin des Haflo-Arabers Janaro, war ausgebildete Voltigier-Lehrerin und bereit, ihr Pferd, das schon genug Voltigier-Erfahrung hatte, für den Auftritt »herzuborgen« und auch zu longieren. Mia war bis vor Kurzem Mitglied einer Voltigiergruppe gewesen und Maxi tat sich durch ihre akrobatische Vorbildung vom Cheerleading und ihre Vertrautheit mit der Pferdebewegung leicht, von Mia und Ulli zu lernen. Zu dritt hatten sie eine Kür ausgearbeitet, die sich sehen lassen konnte.

Danach wollte Maxi mit einer Ziegendressurnummer auftreten. Wobei »Dressur« vielleicht nicht ganz das richtige Wort war: Rambo, der Ziegenbock, hatte immer schon ganz von selbst mit zirkusreifen Einlagen reagiert, wenn er Maxi beim Jonglieren mit ihren Cheerleader-Poms beobachtete. Allerdings war nicht vorherzusehen, was das eigensinnige Tier genau tun würde. Im schlimmsten Fall wurde es eben mehr so etwas wie eine Clownnummer, aber damit hatte Maxi kein Problem: Alle sollten schließlich in erster Linie Spaß haben, das war die Hauptsache, es gab ja keinen Turnierrichter, der Punkte verteilte.

Der vierte und letzte Programmpunkt waren Geschicklichkeits-Reitspiele in zwei Teams. Frau Doktor

Ritter hatte gleich angekündigt, für ihren Lipizzaner sei das zu stressig, und so waren sie genau drei gegen drei.

Rocket durfte natürlich bei dem ganzen Zirkus nicht fehlen. Lange waren Carolin und Maxi sich nicht einig, welche Rolle das eigenwillige Hengstfohlen bei der Show spielen sollte, aber da es sowieso am liebsten nicht länger als ein paar Minuten und nicht weiter als ein paar Meter von seiner Mutter Katinka getrennt war, beschlossen sie schließlich, ihm die ehrenvolle Aufgabe des »Nummerngirls« zu übertragen. Er würde mit bunten Schleifchen in Schweif und Mähne zwischen den einzelnen Programmpunkten in die »Showarena« geführt werden, ein Glitzerplakat umgehängt, das die folgende Nummer ankündigte. Die Frage, *wer* Rocket zwischen den Showbeiträgen einmal über den Platz führen sollte, hatte das Team bis jetzt vor ein logistisches Problem gestellt. Jeder musste sich ja um sein eigenes Pferd kümmern und die meisten Teilnehmer waren bei drei Nummern dabei, Maxi sogar in allen vieren. Stella hätte es zur Not übernehmen können, aber die musste auch noch das Buffet vorbereiten und Nick beim Punschausschenken helfen.

Doch nun war ja unerwartet Lara früher gekommen und so, wie Rocket und sie sich auf Anhieb verstanden, würde sie bestimmt bis Silvester so weit sein, ihm ein Halfter überzustreifen und ihn an einem langen Strick mehr oder weniger gesittet ins Viereck und wieder hinauslaufen zu lassen. Immerhin waren es ja bis dahin noch dreizehn Tage und Lara würde jeden Tag Gelegenheit haben, mit Rocket zu spielen und zu üben.

Damit war nicht nur das Nummerngirlproblem gelöst, sondern Maxi war auch überzeugt, dass Fohlen-Sitting für Lara die allerbeste Liebeskummertherapie war, die man sich nur vorstellen konnte. Sie wirkte schon nach einer Stunde mit dem kleinen Wilden wieder viel glücklicher und ausgeglichener. Mit Rocket als Pflegepferd würde ihre beste Freundin in zwei Wochen garantiert wieder wie neu sein.

Bei Einbruch der Dunkelheit kehrten die Mädchen durchgefroren ins Haus zurück und hatten gerade noch Zeit, sich für die Christmas-Party im Dorfcafé zurechtzumachen.

Bei Carolin bestand diese Vorbereitung darin, das Haargummi von ihrem Pferdeschwanz zu nehmen, sich zu kämmen und saubere Jeans anzuziehen. Bei Maxi und Lara hatte das Ganze eher was von einem religiösen Ritual.

Während sich Carolin also unten in der Küche durch alle Plätzchensorten probierte, wurde Maxis Bad in einen Schönheitssalon umgewandelt, ihr Bett in einen Wühltisch für Klamotten und ihr Schreibtisch in eine Ohrring-Boutique. Zwischendurch hatte Lara nur einmal eine kurze Krise. »Wozu die Auftusserei?«, fragte sie schwermütig. »Der einzige Junge, dem ich gefallen will, steht nicht mehr auf mich.«

»Ja, genau«, meinte Maxi daraufhin gedankenvoll. »Du hast vollkommen recht. Also kleine Planänderung: Ich hab da irgendwo einen alten Jutesack. Dazu noch Stellas Gartenclogs und wir haben das perfekte Outfit, um dich im nächstgelegenen Kloster abzuliefern.

'tschuldige, weiß nicht, warum ich nicht gleich daran gedacht hab.«

Eine Sekunde lang sah Lara drein, als wollte sie Maxi eine runterhauen, dann lachte sie. »Klingt verführerisch. Aber ich glaube, ich nehm doch lieber das grüne, rückenfreie Top. Ist irgendwie weihnachtlicher.«

»Das ist mein Mädchen«, sagte Maxi und grinste.

Als die Trude vollgepackt mit den drei Klausers, Carolin und Lara vor dem Café der Meisingers auf dem Wieselberger Dorfplatz hielt, platzte der Laden schon aus allen Nähten. »Nächstes Mal dürft ihr beide schon am Vortag mit der Verschönerung anfangen«, meinte Carolin ein wenig eingeschnappt, als sie hineingingen. »Dann haben wir vielleicht eine Chance, pünktlich zu sein.«

»Tut mir echt leid«, sagte Lara schuldbewusst. »Ich hatte keine Ahnung, dass es schon so spät ist.«

»Die Stars des Abends kommen immer zu spät«, erklärte Max, der sie gerade entdeckt hatte und nun Carolin ihre Jacke abnehmen wollte. »Das muss so sein.«

Carolin schälte sich so schnell aus ihrer Jacke, dass Max' Hilfe unnötig war, und verschwand dann sofort hinter der Theke.

»Da waren's nur noch zwei Grazien«, meinte er kopfschüttelnd und half stattdessen Lara aus ihrer Steppjacke. »Du bist Lara, oder? Wir kennen uns von Maxis Geburtstagsfest.«

»Du hast dir meinen Namen gemerkt?«, fragte Lara verblüfft. Sie konnte sich nicht erinnern, mit Max an dem Abend auch nur zwei Worte gewechselt zu haben.

»Na, hör mal«, meinte Max verwundert. »Dich vergisst man doch nicht.«

»Sag das meinem Exfreund«, antwortete Lara, strahlte aber trotzdem.

»Geht nicht«, erklärte Max. »Ich rede nämlich nicht mit Idioten.«

Lara lachte. »Kann man dich mieten? So als Motivationstrainer?«

»Ich hab jede Menge freie Zeit.«

»Tanzt du auch oder kostet das extra?«

»Ist inklusive, weil Weihnachten ist.«

Hochzufrieden beobachtete Maxi, wie Lara und Max in Richtung Tanzfläche verschwanden. Ihre Freundin war gerade mal einen Tag hier und schon hatte sie *zwei* ideale Therapeuten gefunden, ein Fohlen und den zweitsüßesten Jungen der Umgebung. Wenn das kein Fünf-Sterne-All-inclusive-Aufmunterungs-Service war. *Landhotel Klauser, steigen Sie bei uns ab, wir bauen Sie wieder auf.* Maxi grinste. Sie dachte auch schon in Werbeslogans – offenbar war der Beruf ihrer Eltern ansteckend.

Jedenfalls lief alles genau so ab, wie sie sich das vorgestellt hatte, sogar noch besser, denn mit Max' Aufmerksamkeiten für Lara hatte sie gar nicht gerechnet. Ob Carolin wohl was dagegen hatte? Aber die schien total desinteressiert daran, was Max gerade tat, und vollkommen zufrieden damit, Punsch auszuschenken und mit jedem zu quatschen, der ihr seine leere Tasse hinhielt.

Die Fete war perfekt organisiert. Vorne im Thekenraum saßen die Freunde von Vic und Carolin, im nur schwach beleuchteten Wintergarten wurde getanzt und im etwas ruhigeren Extraraum, in dem sonst Tischfußball gespielt werden konnte, saßen die »Oldies«.

»Hey, Ballkönigin, da bist du ja endlich!«

Maxi drehte sich um und war wie immer verblüfft, dass der Vic-Effekt auch nach Monaten noch nicht nachzulassen schien.

»Darf ich dich zur Begrüßung küssen oder müssen wir das auch verschieben, bis es Lara wieder besser geht?«

»Ich würde für meine Freundin auf fast alles verzichten«, erklärte Maxi ernsthaft. »Betonung auf *fast*.«

Vic grinste. »Ich bin ja froh, dass du's mit der Opferbereitschaft nicht übertreibst!« Er zog Maxi hinter einen der Garderobenständer und gab ihr einen ausgiebigen Begrüßungskuss. »Hee, Meisinger«, brüllte es von irgendwo. »Glaub nicht, dass du unsichtbar bist!«

Gelächter folgte und dann fügte eine andere Stimme hinzu: »Dem Personal ist Knutschen während der Arbeitszeit verboten!«

»Ganz falsch«, rief Vic zurück, bevor er Maxi noch einmal küsste, »dem Personal ist Arbeiten während der Knutschzeit verboten!«

Dann machte er sich tatsächlich wieder an die Arbeit, allerdings glitt ihm – natürlich total unabsichtlich – die Sodapistole ein bisschen aus der Hand, sodass die zwei vorlauten Jungs aus seinem Team ihre nassen T-Shirts vorübergehend zur Erheiterung der übrigen Gäste gegen eine Küchenschürze und einen Santa-Claus-Mantel tauschen mussten.

Maxi hätte zwar gern mehr von Vic gehabt, aber dass er arbeiten musste, hatte auch Vorteile: So konnte sie in aller Ruhe die Dynamik zwischen Max und Lara verfolgen und Carolins Reaktion darauf: Eine halbe Stunde später saß Lara mit Max an einem Ecktisch, in ein angeregtes Gespräch vertieft. Carolin plauderte zwei Tische weiter mit ihren Basketball-Freundinnen. Eine weitere Stunde später sah Maxi die beiden hinter der Theke, wo sie Judith Meisinger beim Einräumen von Gläsern halfen.

Carolin verteilte gerade mit Vic Weihnachtsgebäck auf den Tischen und schien kein bisschen irritiert. Noch ein wenig später spielten Lara und Max mit ein paar anderen *Twister*, während Carolin mit Mia über Islandpferde fachsimpelte.

Schließlich erwischte Maxi ihre Freundin einmal ohne Max und sie gingen nach draußen, um am Lagerfeuer vor dem Café Marshmallows zu rösten.

Es waren keine zwei Minuten vergangen, da kam Max dazu und fragte, ob Lara noch mal mit ihm tanzen wollte.

»Vielleicht ein bisschen später«, meinte sie und lächelte unsicher. »Wir besprechen grade was. O. k.?«

»Klar«, sagte er. »No problem. Quatscht ihr nur fertig.«

»Was besprechen wir denn?«, fragte Maxi grinsend.

»Na ja …« Lara zögerte. »Ich will nicht, dass Carolin

sich was denkt«, erklärte sie dann. »Die beiden sind doch irgendwie zusammen, oder?«

Maxi zuckte ratlos mit den Schultern. »Wenn ich das wüsste.«

»Nacht, Maxi.«

»Nacht, Lara.«

»Mann, bin ich müde.«

Auch Maxi war am Hinüberdämmern, kaum, dass ihr Gesicht das Kopfkissen berührte. Aber dann fiel ihr noch etwas ein.

»Halt!« , rief sie und setzte sich wieder auf. »Das geht gar nicht!«

»Was geht nicht?«, fragte Lara erschrocken.

Maxi schaltete ihre Nachttischlampe ein. »Dass du deinen Glückskeks nicht isst.«

»Ich kann ihn doch morgen essen.«

»Nein, kommt nicht infrage. Du musst ihn jetzt essen und dann musst du etwas richtig Schönes träumen, das dann auch in Erfüllung geht. Erste Nacht unter einem anderen Dach und so.«

»Ihr Landmenschen und eure Bräuche«, sagte Lara seufzend.

»Warte mal. Wo ist der Keks denn hin?«

Im nächsten Moment hörten sie ein krachendes Geräusch, Maxi verdrehte die Augen und meinte: »Die meisten Leute brechen sie ja mit den Fingern auf. Aber Draufsetzen funktioniert auch.«

Lara schob die Kekskrümel in den Mund und faltete dann kauend den kleinen Zettel aus dem Inneren des

Kekses auf: *»Verachte nicht das Glück im Unglück«*, las sie. *»Es kommt nicht auf die Verpackung an, nur auf das Geschenk.«*

»Na bitte«, erklärte Maxi zufrieden. »Wenn sich damit nicht schön träumen lässt.«

Beim Ausmisten herrschte meistens eine geradezu meditative Stimmung, also war es Maxi günstig erschienen, Carolin gerade jetzt zu fragen. Außerdem war Lara außer Hörweite. Maxi warf einen Blick durch die Stalltür nach draußen. Die Weihnachtsparty im Dorfcafé war zwei Tage her – nach einem Rückfall in ihre anfängliche Trennungsschwermut gestern Abend war Lara nun wieder besser drauf, Rocket sei Dank.

Statt wie ursprünglich geplant mit Vic ihren Sechs-Monats-Tag zu feiern, hatte Maxi die halbe Nacht auf ihre liebeskranke Freundin eingeredet, bis sie beide vor Erschöpfung eingeschlafen waren. Sie hätten den Film eben doch nicht ansehen sollen. Wenn man gerade verlassen worden war, verwandelte sich selbst eine romantische Komödie in eine Tragödie. »Du, Carolin? Ich weiß, ich nerve dich zu Tode mit der Frage, aber …«

»Aber du stellst sie natürlich trotzdem.« Carolin ließ ein kleines Grinsen sehen.

»Natürlich.« Maxi grinste zurück. »Du kennst mich ja. Nervig ohne Ende, weiß nie, wann's genug ist …«

»Ja, klingt vertraut. Also, was ist los?«

Gerade versuchte Lara, dem Fohlen ein Halfter überzustreifen, ohnedies schon keine ganz leichte Aufgabe, denn der Kleine fand das Leben natürlich ohne Halfter viel schöner – aber noch viel schwieriger, wenn man auch nicht so richtig wusste, wo bei einem Halfter vorne und hinten war. Noch vor einem Dreivierteljahr war es Maxi nicht anders gegangen.

»Es ist wegen Max …«,begann Maxi und sofort verwandelte Carolins entspannter Gesichtsausdruck sich in eine genervte Grimasse.

»Ich frag dich das nur noch einmal«, fuhr Maxi hastig fort, »und dann nie wieder, das versprech ich.«

»Wer's glaubt«, knurrte Carolin.

»Hast du noch Interesse an ihm? Ich meine, romantischer Natur?«

»Ich bin nun mal keine romantische Natur.«

Maxi rollte mit den Augen. »Du weißt schon, was ich meine. Seid ihr nur Freunde oder mehr als nur Freunde?«

»Nur Freunde«, sagte Carolin kurz angebunden. »Zufrieden? Ist das Thema damit endlich abgehakt?«

»Fast.« Maxi holte tief Luft. »Eine klitzekleine Zusatzfrage noch: Dann würde es dich auch nicht stören, wenn Lara sich mal mit Max trifft? Ich meine, die beiden verstehen sich gut und Lara kann etwas Zuspruch gebrauchen, du hättest sie gestern Abend sehen sollen, erst wollte sie unbedingt diesen Film sehen und dann hat sie die halbe Nacht geheult und …«

»Max kann machen, was er will«, schnitt Carolin ihr das Wort ab und häufte eine Schaufel voll Pferdemist in die Schubkarre. »War's das jetzt?«

»Klar. Ich rede nie wieder drüber. Ich wollte bloß auf Nummer sicher gehen. Immerhin seid ihr mir beide wichtig. Aber Max ist ein zu toller Typ, um ihn zu verschwenden – und wenn du ihn nicht willst und er und Lara sich gut verstehen, dann wäre es doch schade, wenn er nicht …«

»Ich dachte, du redest nie wieder drüber?«

»Sorry. Ich schweige.«

Eine halbe Stunde später hatte Maxi alles gedeichselt. Das Gespräch mit Max war ein wenig eigenartig gewesen, aber das lag wohl in der Natur der Sache.

»Du meinst, ich soll Lara fragen, ob sie mal mit mir ausgeht?«

»Genau. Du magst sie doch, oder?«

»Schon, sie ist toll, aber …« Er brach zögernd ab.

»Ach bitte, Max! Nur ein klitzekleines Date? Es wäre echt eine gute Tat, weißt du. Ein bisschen Bestätigung von einem gut aussehenden, coolen Typen wie dir, das wär Balsam für ihr Selbstbewusstsein!«

Max lachte. »Schon gut, ich bin geschmeichelt. Aber … will sie das denn überhaupt? Ich meine, sie ist noch ziemlich fertig wegen der Trennung und …«

»Aber sie hat mir gesagt, dass sie dich mag, und ihr habt euch doch gut verstanden auf dem Fest, oder nicht?«

»Das stimmt schon …«

»Na eben. Das mein ich doch. Ihr hättet beide Spaß dabei und Lara würde sich bestimmt viel schneller von der Tino-Katastrophe erholen.«

»Aber da ist noch Carolin. Wenn ich mich mit Lara verabrede, wird sie das bestimmt falsch verstehen und …«

»Oh, Carolin hab ich gefragt. Sie hat nichts dagegen, wenn du dich mit Lara triffst.«

Kurzes Schweigen am anderen Ende.

»Oh«, sagte Max schließlich. »Wow. Hat sie das gesagt?«

»Sie hat gesagt, du kannst machen, was du willst.«

Vor lauter Eifer, für ihre Freundin ein Ablenkungsprogramm zu organisieren, hatte sie gar nicht bedacht, dass das, was sie sagte, Max vielleicht ziemlich treffen könnte. Sie merkte erst, wie heftig es klang, als es schon heraus war, und hätte sich dafür ohrfeigen können. »Tut mir leid, Max«, fügte sie hinzu. »Ich wollte nicht, dass es so ... naja, so ...«

»... dass es so nach Carolin klingt?«, vollendete Max den Satz ein wenig bitter. »Weißt du was, ich glaube, das ist ganz gut so. Ich hab mir offenbar die längste Zeit was vorgemacht. Dachte, sie ist einfach nicht so weit, wollte ihr Zeit lassen. Aber wahrscheinlich mache ich mich dabei bloß zum Affen.« Er seufzte. »Also, du schickst mir Laras Nummer, o.k.? Ich meld mich dann bei ihr.«

Eine weitere halbe Stunde später waren Lara und Max verabredet.

»Wow«, sagte Lara, als sie das Telefon hinlegte. »Wenn mir vor drei Tagen jemand gesagt hätte, ich würde noch vor Weihnachten ein Date mit einem großen, blonden Unbekannten haben ...«

»Tja«, sagte Maxi. »Du unterschätzt eben deine Freunde Jupiter und Uranus.«

Maxi hatte von Lara etwas Nachhilfe in Astrologie bekommen. »Und nur weil Tino nicht kapiert, was er an dir hat, heißt das ja nicht, dass alle anderen Jungs genauso doof sind.«

»Und Carolin hat bestimmt nichts dagegen?«

»Ich hab da schon mal vorgefühlt, nur zur Sicherheit. Die beiden sind nur Freunde, Max kann machen, was er will.«

In diesem Augenblick hörte Maxi ein Motorengeräusch von draußen und sah aus dem Fenster. Eben fuhr ein wohlbekannter weißer Kastenwagen vor.

»Da ist Alois mit dem Weihnachtsbaum!«, rief sie.

Alois Köberl, der pensionierte Tierarzt und Vorbesitzer des Klauser'schen Hofes, hatte angeboten, den Baum zu besorgen, sozusagen sein Beitrag zum Weihnachtsfest, das er auch mit Maxi und ihrer Familie verbringen würde. Ursprünglich hatte er eine Reise in die USA zu seiner Tochter Antonia geplant, aber sie und ihr Freund hatten gerade ein neues Haus gefunden und waren dabei, umzuziehen – kein günstiger Zeitpunkt für einen Besuch.

»Hallo, Alois«, rief Maxi. »Hast du was Hübsches für uns ausgesucht?«

Alois lachte. »Ich hoffe doch«, sagte er durchs heruntergelassene Fenster, während Maxi schon die Türen zum Laderaum öffnete.

»Das ist auf jeden Fall originell«, meinte Maxi lachend. »Weiß aber nicht, wie da die Christbaumkugeln dran aussehen!«

»Wieso?«, fragte Alois und runzelte die Stirn. »Was meinst du?«

»Na, du hast vergessen, zu erwähnen, dass du nicht

nur einen Baum hier drin hast, sondern auch einen Patienten!«

»Einen was ...?«

Alois war mit zwei Schritten neben ihr und starrte verblüfft in den Laderaum seines Autos.

Da lag mit einem Netz verschnürt eine kräftige Tanne. Und darüber stand, breitbeinig und mit keck schief gelegtem Kopf, eine wuschelige braune Ziege.

»Was ist das denn?«, fragte Alois, sichtlich aus der Fassung.

»Ich würde sagen, eine Ziege«, meinte Maxi grinsend. »Aber du bist der Experte von uns beiden.«

»Die ist ja süß!«, rief Lara begeistert. »Schau nur, wie neugierig sie guckt!«

»Am besten machen wir wieder zu, bevor sie noch ausbüxt«, meinte Alois. »Auch wenn ich keine Ahnung habe, wohin ich sie zurückbringen soll oder wie sie in mein Auto geraten ist.« Gerade, als Maxi und der Tierarzt die Laderaumtüren wieder schließen wollten, kam Carolin aus dem Stall und sah alle im Halbkreis um Alois' Auto stehen.

»Gibt's was umsonst?«, rief sie. »Oder was verpass ich grade?«

Alois und die Mädchen drehten sich unwillkürlich zu ihr um und diesen Moment nutzte die Ziege, um mit einem bemerkenswerten Satz hinaus in den Schnee zu springen, genau auf Carolin zu, die jedoch zu überrascht war, um irgendwie zu reagieren.

»Hiergeblieben, Ziege!«, rief Maxi und nahm mit Lara die Verfolgung auf.

Die Ziege lief ihrer Nase nach zielsicher in die Futterkammer. Sie kaute bereits an einem Stück altem Brot, als die ersten Verfolger auftauchten. Da die Ziege keine Hörner hatte, erschien Maxi die Verletzungsgefahr gering, sie näherte sich von der Seite und griff nach den langen Haaren am Hals der Ziege. Doch die war sichtlich geübt im Nahkampf. Ein kräftiger Schubs, Maxi saß auf ihrem Hinterteil, Lara wich erschrocken zur Seite und der Weg hinaus war wieder frei.

Maxi rappelte sich auf und konnte gerade noch sehen, wie das gewitzte Tier Carolin und Alois mit einem Haken austrickste und dann im gestreckten Ziegengalopp hinaus Richtung Koppel düste.

»Also, wir sind ja von Rambo einiges gewohnt«, sagte Maxi und klopfte sich den Staub von ihrer Hose. »Aber die hier ist echt eine Nummer für sich!«

Der Zaun war pferdesicher und wegen Rambo auch ziegensicher angelegt, sie konnte also weder unten durchschlüpfen noch oben drüberspringen. So lief sie erst mal ein Stück daran entlang, neugierig beäugt von den Pferden auf der Koppel.

Rambo versuchte gerade, Rocket zu einem ihrer gewohnten Spiele zu animieren, aber der Kleine war offenbar müde und rührte sich nicht von Mama Katinka weg. Da entdeckte Rambo die freche braune Artgenossin am Zaun und erstarrte. Auch die Ziege blieb stehen und schaute neugierig durch den Zaun zu ihm hin. Mit ungewohnter Vorsicht bewegte Rambo sich auf die wuschelige Besucherin zu. Er stapfte durch den Schnee bis ganz an den Zaun heran und streckte dann vorsichtig die Nase vor. Die unbekannte Ziege tat dasselbe und einen Augenblick verharrten die beiden so, Nase an Nase.

»Wie süß!«, flüsterte Lara hingerissen.

Die anderen drei hatten die gegenseitige Faszination der Tiere genutzt, um sich anzuschleichen, und im nächsten Moment packte Alois die Ziege und Maxi und Carolin halfen ihm, sie in Richtung Auto zu verfrachten.

»Lara, kannst du den Baum rausnehmen?«, rief Maxi ihrer Freundin zu und brüllte dann nach ihrem Vater, der sich im Arbeitszimmer verschanzt hatte, um seine Weihnachtsgeschenke zu verpacken. »Niii-hiiiick! Komm und hilf uns!!!«

Lara lief voraus und zerrte den Baum aus dem Lieferwagen, einen Augenblick später stürzte Nick aus dem Haus und mit vereinten Kräften schafften sie es schließlich, die sich heftig zur Wehr setzende Ziege wieder in das Auto zu hieven und die Tür hinter ihr zuzuwerfen.

»So«, keuchte Alois, wischte sich den Schweiß von der Stirn und lehnte sich gegen sein Auto. »Jetzt muss mir bloß noch einer sagen, wo die eigenwillige Dame zu Hause ist!«

»Wie kommt sie denn überhaupt da rein, ohne dass du was merkst?«, fragte Carolin.

»Ich hab mich noch kurz mit dem Bauern unterhalten, der mir den Baum verkauft hat. In der Zeit muss sie wohl reingesprungen sein.«

»Hat der Bauer denn Ziegen?«, erkundigte Maxi sich.

»Nein. Zumindest nicht, dass ich wüsste.«

»Aber warum ist sie überhaupt da rein?«, fragte Lara.

»Welches Tier springt freiwillig in einen finsteren Laderaum?«

»Ziegen sind neugierig«, meinte Alois. »Und außerdem hab ich da hinten immer einen Sack mit Pferdeleckerlis. Das hat sie bestimmt gerochen.«

»Oder ihr hat einfach dein Auto gefallen«, meinte Nick. »Frauen sind ja so oberflächlich.« Lara, Maxi und Carolin drehten sich gleichzeitig zu ihm um und warfen ihm strafende Blick zu. Abwehrend hob Maxis Vater die Hände. »Und Männer sind Schweine!«, fügte er hinzu, bevor er sich in Richtung Haus zurückzog.

»Von welchem Bauern hast du den Baum denn?«, fragte Carolin.

»Vom Mayerhofer in Auerbach.«

»Ist das an der Abzweigung nach Lauterach?«

»Ja, genau.«

»Da ist doch dieses Ausflugslokal ganz in der Nähe! Haben die nicht einen Streichelzoo? Vielleicht ist sie dort ausgerissen.«

Alois' besorgtes Gesicht erhellte sich.

»Der Florianihof!«, rief er. »Richtig! Das wär möglich. Dann mach ich mich mal gleich wieder auf den Weg.«

»Ich komm mit«, bot Carolin an. »Vielleicht brauchst du ja noch mal Hilfe mit der störrischen Dame.«

»Ich glaube, Rambo würde auch gern mitkommen«, meinte Lara und deutete in Richtung Koppel. Tatsächlich: Der schwarz-weiße Ziegenbock stand immer noch da wie angewurzelt und starrte zu ihnen herüber, obwohl die braune wuschelige Artgenossin längst nicht mehr zu sehen war.

»Liebe auf den ersten Blick!«, meinte Maxi.

»Oh bitte!«, rief Carolin und öffnete die Beifahrertür. »Es sind *Ziegen!* Mach da nicht auch noch ein Liebesmelodram draus, tu mir den Gefallen!«

»Es liegt mir eben im Blut«, meinte Maxi grinsend.

»Und wie«, stimmte Lara aufgeregt zu. »Rate, wer heute ein Date hat! Und ich wollte mich auch noch mal bei dir bedanken, immerhin ist Max so was wie dein Exfreund. Ich glaube, ich wär da nicht so großzügig.« Lara ging einen Schritt auf Carolin zu und umarmte sie ein wenig scheu.

Carolin wurde stocksteif in der Umarmung.

»Schon gut«, murmelte sie. »Keine Ursache.«

»Oh Mann«, sagte Lara. »Ich hab keine Ahnung, was ich anziehen soll. Und es ist schon drei!«

»Wann trefft ihr euch denn?«

»Um sieben im Dorfcafé.«

»Nur noch dreieinhalb Stunden«, meinte Vics Schwester. »Das kann knapp werden.«

»Ich weiß!«, rief Lara aufgeregt, ohne Carolins Ironie wahrzunehmen. »Ich geh schon rauf und seh mir noch mal deine Sachen durch, Maxi. Kommst du dann?«

»Klar. Bin gleich da.«

Lara rannte zurück ins Haus, um nur ja keine wertvolle Styling-Sekunde zu verschwenden, und Carolin setzte sich ins Auto.

»Da hast du ja keine Zeit verloren«, sagte sie, ohne Maxi anzusehen, bevor sie die Tür zuschlug.

Ziegen, Szenen, Weihnachtszeit

Maxi war stolz auf sich. Lara hatte gerade vom Weihnachtsmarkt in Altenburg angerufen und schwärmte nur so von Max: wie aufmerksam er war und wie witzig und wie viel Spaß sie zusammen hatten und wie gut man mit ihm reden konnte. Sie musste auflegen, als Max vom Punschholen zurückkam, aber hatte gerade noch Zeit, zu erzählen, dass sie und Max sich für den nächsten Abend gleich wieder verabredet hatten.

Maxi war beinahe eifersüchtig, dass Lara an zwei aufeinanderfolgenden Abenden Dates hatte, während sie sich, was ihren Freund anging, mit Telefonaten zufriedengeben musste – heute hatte Vic nach der Arbeit im Café eine Weihnachtsfeier mit seinem Fußballverein und morgen waren sie beide den ganzen Tag unterwegs, um Verwandte zu besuchen und Weihnachtsgeschenke auszutauschen.

In Maxis Fall waren dabei ziemliche Strecken zurückzulegen, die Klausers würden also bestimmt erst spät heimkommen. Am Vierundzwanzigsten musste Maxi alle ihre Geschenke einpacken, nachmittags war eine Probe für die Show und sie musste Stella mit dem Essen helfen. Und Vic war mit seinem Vater unterwegs, um den Weihnachtsbaum der Meisingers zu besorgen und aufzuputzen, das war in seiner Familie traditionellerweise Männersache.

Der verlorene Verabredungstermin zwei Tage zuvor tat Maxi doppelt leid, als sie so ihren Kalender betrachtete und merkte, wie wenig Zeit Vic und sie wieder mal füreinander hatten. Andererseits hatte ihre Freundin sie gerade an dem Abend wirklich gebraucht.

»Du bist schon zu Hause?«, fragte Maxi erstaunt, als Vic sie nach seiner Weihnachtsfeier anrief. »Ich dachte, so eine Fete mit lauter wilden Fußballkerlen dauert sicher ewig.«

»Ach ja?« Sie konnte Vics Grinsen vor sich sehen. »Und was machen wir wilden Fußballkerle so, wenn wir feiern?«

»Oh, ihr bastelt eine Krippe, in der Joseph und das Jesuskind ein bisschen kicken, gegen Ochs und Esel. Und dann müsst ihr euch die Geschichte von Rudolph, dem Rentier, erzählen, das die anderen Rentiere zuerst nicht leiden konnten, bis sich herausstellte, dass Rudolph ein super Kicker ist und der Rentiermannschaft des Weihnachtsmanns zum Sieg gegen die des Osterhasen verhelfen kann. Dann folgt inbrünstiges Singen der berühmten Weihnachtslieder *Leise dribbelt die Elf und Oh Golden Goal, oh Golden Goal …*«

»Es ist, als wärst du dabei gewesen«, sagte Vic ernst. »Das waren die wichtigen Punkte. Danach bin ich allerdings gefahren, die anderen besprechen noch die Hüttensache.«

»Welche Hüttensache denn?«

»Die Jungs vom Verein fahren über Silvester ein paar Tage auf eine Skihütte.«

»Oh, shit«, sagte Maxi schuldbewusst. »Warum hast du nichts gesagt? Das wird bestimmt lustig. Du wärst doch sicher gern mitgefahren, oder?«

»Ja«, meinte Vic leidend. »Stattdessen muss ich hierbleiben und um Mitternacht das hübscheste Mädchen von Wieselberg und Umgebung küssen. Ich bin echt ein armes Schwein.«

Maxi lachte und wollte Vic gerade sagen, wie unglaublich süß er war, da klopfte jemand an und sie warf einen Blick auf ihr Display. Das konnte ja wohl nicht wahr sein!

»Warte bitte einen Moment, Vic, ich muss da eben mal rangehen!«

Sie schaltete um und zischte ins Telefon: »Was willst *du* denn, du falsche Ratte? Du glaubst doch nicht im Ernst, dass ich mit dir rede?«

»Also, dafür, dass ich dir gerade ein Kompliment gemacht habe, bist du ziemlich unhöflich«, meinte Vic.

»Shit.« Maxi sah auf ihr Handy. Irgendwie hatte das mit dem Umschalten nicht geklappt. »Das war Tino! Keine Ahnung, warum der bei mir anruft.«

In diesem Moment klopfte wieder jemand an – Lara! »Vic, entschuldige, aber jetzt ist es Lara …«

»Ja, ja, ich warte …«

»Rate, wer gerade angerufen hat!«, riefen Maxi und Lara gleichzeitig.

»Bei dir auch?« Wieder gleichzeitig.

Beide prusteten los.

»Hast du abgehoben?«, fragte Maxi.

»Ja, aber ich hab ihn nicht zu Wort kommen lassen, sondern nur ganz freundlich gesagt, ich wünsch ihm schöne Weihnachten, aber es ist unhöflich, während eines Dates mit dem Exfreund zu telefonieren. Dann hab ich aufgelegt.«

»Gut gemacht«, lobte Maxi. »Was denkt der sich eigentlich?«

»Wahrscheinlich sind ihm die Groupies ausgegangen. Urlaubszeit und so. Und jetzt erinnert er sich wieder an mich. Beim nächsten Mal werde ich gar nicht mehr abheben. Falls es ein nächstes Mal gibt.«

Irgendwie klang es allerdings ein bisschen, als würde Lara sich wünschen, dass Tino noch mal anrief.

»Na, hör mal«, sagte Maxi. »Es ist ja nun wirklich nicht so, als wärst du auf ihn angewiesen! Du hast gerade ein Date mit dem zweitsüßesten Typen, den die Gegend hier zu bieten hat!«

»Du hast recht. Und übrigens kann ich nicht mehr lang reden. Er hat zwar gerade Freunde getroffen, aber trotzdem. Nur ganz schnell noch: Was hat Tino denn zu dir gesagt?«

»Oh, ich hab losgebrüllt, dass er eine falsche Ratte ist und ich nicht mit ihm rede, aber blöderweise hat das mit dem Umschalten nicht geklappt und ich hab bloß Vic angeschrien … Shit! Lara, ich muss aufhören!« Sie hatte doch tatsächlich vergessen, dass Vic immer noch in der Leitung hing.

»Vic? Hallo?« Mist, Vic hatte aufgelegt. Maxi rief ihn zurück und er hob zum Glück sofort ab.

»Gib's zu«, sagte er, »du hast mich vergessen.«

»Nur ein bisschen«, sagte Maxi kleinlaut. »Und ich bin extrem reumütig.«

»Na, mal sehen, ob ich dir verzeihe. Ich hoffe jedenfalls, ihr seid nicht zu hart mit dem armen Tino. Vielleicht war das Ganze ja nur ein Missverständnis ...«

»Na hör mal«, unterbrach Maxi empört. »Sie hat ihn sozusagen in flagranti erwischt!«

»Ahäm«, machte Vic und Maxi wusste sofort, worauf er anspielte. Im Sommer hatte der Bruder von Vics Exfreundin Vonnie versucht, Maxi anzubaggern. Das Ganze war in einer sehr sensiblen Phase passiert, als Maxi schrecklich eifersüchtig auf Vonnie war, und sie hatte die Signale nicht richtig gedeutet – oder nicht rechtzeitig. Denn plötzlich waren Marcels Lippen auf ihren gewesen und Carolin hatte sie dabei erwischt – in flagranti.

»Das war etwas ganz anderes!«, rief Maxi.

»Na, wenn du da so sicher bist ...«

»Und außerdem versteht sich Lara blendend mit Max!«

»Ja, und du hast, wie ich höre, das Ganze ziemlich gefördert. Meinst du nicht, das war ein wenig voreilig?«

Von wegen Jungs quatschen nicht!

»Wieso voreilig? Ich hab nur die Anlaufzeit verkürzt. Max hätte gedacht, Lara will in Ruhe trauern. Es geht ihr aber viel besser, wenn sie mit ihm zusammen ist. Und Carolin hat mir klipp und klar gesagt, sie will nichts von Max.«

»Hm«, machte Vic und Maxi wusste, er war nicht ganz ihrer Meinung, hatte aber keine Lust, sich auf eine Diskussion einzulassen.

»Das war wieder dein philosophisches ›Hm‹«, sagte sie.

»Ja«, antwortete er. »Meine Weisheit ist meiner Zeit manchmal voraus.«

»Deiner Freundin, meinst du wohl«, sagte Maxi und musste lachen. »Aber warte nur, am Schluss wirst du sehen, dass ich mit allem recht hatte.«

»Auf jeden Fall wird es dir so vorkommen«, meinte Vic. »Und wo wir gerade bei uneinsichtigen Mädchen sind, ich soll dir von Carolin ausrichten, ›die Ziege ist im Streichelzoo‹. Wenn das ein Code für irgendwas ist, bin ich allerdings ausnahmsweise mal überfragt.«

»Nein, nein«, sagte Maxi und lachte. »Wir Mädchen sagen immer, was Sache ist. Und lass dir bloß nichts anderes einreden.«

Sie hatte sich schon gefragt, wie die Ziegengeschichte ausgegangen war. Komisch, dass Carolin nicht selbst angerufen hatte. Aber na ja, vor Weihnachten hatte eben jeder viel zu erledigen.

Am nächsten Morgen erledigte Maxi die Pferdefütterung, das Hinausführen auf die Koppel und das Ausmisten alleine. Carolin hatte nicht genug Zeit, vor dem ersten Verwandtenbesuch noch vorbeizukommen. Und Lara war zwar aus Solidarität mit aufgestanden, durch ihre mangelnde Routine im Umgang mit Schaufeln und Mistgabeln allerdings keine große Hilfe.

Maxi konnte nicht anders als daran denken, dass es Carolin mit ihr selbst genauso gegangen sein musste – wie lange hatte sie sie wohl bei der Stallarbeit mehr behindert als unterstützt? Carolin hatte zwar keine Energie für Schmeicheleien verschwendet, aber sie hatte ihr klare Anweisungen gegeben, sich nie beschwert, wie ungeschickt sie war oder sich über sie lustig gemacht.

Immerhin ersetzte Lara durch aufgeregtes Dauergeplauder das Radio, wobei die übliche meditative Ausmist-Ruhe natürlich nicht aufkam. Aber es gab ja auch jede Menge Gesprächsstoff. Tino und Max, und was die beiden wohl dachten, empfanden, in zwei Tagen oder zwei Monaten denken und empfinden würden. Fernbeziehungen und ob sie eine Chance hatten – ganz eindeutig lief es also richtig gut mit Max.

»O. k.«, sagte Maxi schließlich zu Lara, als sie mit allem fertig waren. »Du übst ein bisschen mit Rocket, o. k.? Und wenn jemand von den Einstellern kommt, es ist heißer Tee und Kaffee in den Thermoskannen. Am Nachmittag kommt Alois, stellt den Baum auf und sieht nach den Tieren. Er übernimmt auch die Abendfütterung. Aber vielleicht kannst du ihm beim Hereinholen und Füttern helfen. Wir sind so um zehn zurück. Alles klar?«

»Alles klar. Ich werde das Haus nicht in Brand stecken, das Gatter zur Pferdekoppel nicht offen lassen, auf der Koppel keine Leckerlis verteilen, damit es keine Machtkämpfe gibt, und was am allerwichtigsten ist, ich werde nicht abheben, wenn Tino anruft.«

»Braves Mädchen. Wann kommt Max denn?«

»So um fünf. Wir haben ausgemacht, jeder darf abwechselnd eine DVD aussuchen.«

»Dann werdet ihr also abwechselnd *The Fast and the Furious* und *Mit dir an meiner Seite* gucken«, meinte Maxi grinsend.

»Vielleicht treffen wir uns ja bei *Kick it like Beckham*«, meinte Lara und grinste zurück. Ein Glück. Sie war wieder fast die Alte.

Maxi war gerade mit Stella und Nick auf dem Weg von Oma Klauser zu Oma und Opa Hübner, Stellas Eltern, als Carolin anrief. »Na«, fragte sie. »Wie läuft die Ahnenbesichtigung so?«

»Halbzeit«, antwortete Maxi lachend. »Und bei euch?«

»Ich kotze, wenn ich noch ein einziges Vanillekipferl essen muss. Aber sonst ganz gut. Was macht Lara eigentlich heute?«

»Sie fackelt das Haus ab, lässt die Tiere frei und am Nachmittag kommt Max.«

Kurzes Schweigen am anderen Ende.

»Ich dachte, die haben sich gestern getroffen.«

»Offenbar ist es gut gelaufen.«

»Offenbar. Also dann, bis morgen.« Weg war sie.

Als Maxi eben die Luxus-Schubkarre, die ihre Großeltern ihr geschenkt hatten (pannensichere Luftreifen, Kippbügel und Muldenabstützung), mit Nicks Hilfe in der Trude verstaute, rief Lara an.

»Alles in Ordnung?«, fragte Maxi erschrocken statt einer Begrüßung.

»Jein«, antwortete Lara. »Rate mal, wer hier vor der Tür steht? Lange braune Haare, treuherziger Blick?«

Maxi fuhr hoch und schlug sich den Kopf am Autodach an. »Verdammt! Doch nicht etwa Tino?«

Lara musste so heftig lachen, dass sie eine halbe Minute nichts Sinnvolles von sich geben konnte.

»Knapp daneben«, sagte sie schließlich erschöpft. »Es ist die wuschelige Ziege von neulich! Sie geht gerade in den Stall, aber keine Angst, die Futterkammer hab ich zugemacht.«

»Das gibt's ja nicht! Wo ist Alois denn?«

»Musste zu einem Patienten, aber er kommt dann noch mal. Ich hab ihn schon angerufen. Jetzt kommt sie wieder raus. Jetzt geht sie zur Koppel. Den Zaun entlang.«

»Sag mal, wo bist *du* eigentlich?«

»Am Küchenfenster. Ich wollte uns gerade was zu trinken holen, da ist sie auf den Hof spaziert. Jetzt steht sie am Zaun und Rambo hat sie schon gesehen. Ach, wie süß …«

Laras Stimme bekam einen verzückten Klang und wurde eine Oktave höher. »Sie beschnüffeln sich wieder, so wie letztes Mal …«

Maxi seufzte. Vielleicht war ihre Bemerkung neulich doch nicht so lächerlich gewesen, wie Carolin getan hatte. Die braune Wuschelziege hatte ganz offensichtlich Gefallen an Rambo gefunden, sonst wäre sie nicht fünfzehn oder zwanzig Kilometer von Lauterach hergelaufen.

»Am besten, du gibst ihr etwas Heu und ein paar Ziegenpellets. Und Wasser. Sie ist bestimmt hungrig und durstig nach dem Marsch. Und dann muss Alois sie wohl noch einmal nach Hause chauffieren. Inzwischen kannst du Max schon mal fragen, wie er zu kampflustigen Paarhufern steht. Alois wird nämlich Hilfe brauchen.«

»*Ich* kann ihm doch auch helfen!«

»O. k., ich wiederhole noch mal: kampflustig.«

»Na gut«, gab Lara klein bei. »Ich frage Max.«

»Weißt du, was noch viel unglaublicher ist als die Geschichte mit der Ziege?«, fragte Maxi.

»Nein?«

»Dass ich mir eine Zweihundert-Euro-Schubkarre zu Weihnachten gewünscht hab. Rechne das mal in Schuhe um.«

»Die passt dann zu deinem ›Landei-de-Luxe‹-Shirt«, meinte Lara und lachte. Sie hatte Maxi zum Geburtstag ein T-Shirt mit diesem Aufdruck geschenkt. Hinten stand »BFF« – »Best friends forever«.

»Stimmt«, meinte Maxi. »Jetzt fehlen nur noch vergoldete Gummistiefel.«

Das wäre dann noch um eine Stufe tussiger als die pinkfarbenen mit den roten Herzchen, die Lara von ihr zu Weihnachten bekommen würde.

»Genau!«, rief Lara und lachte. »Vergoldete Gummistiefel. Haha. Hahahaa.«

»Na na«, meinte Maxi irritiert. »So witzig war das nun auch wieder nicht.«

»Nein, nein«, sagte Lara. »Voll nicht witzig. Ich bin bloß ein bisschen hysterisch.«

Der dritte Anruf kam, da waren die Klausers schon fast wieder in Wieselberg.

»Hallo, Anita«, plauderte Maxi fröhlich los. »Warst du heute oben? Marilyns Cut ist schon fast verheilt und Alois hat sich's heute auch noch mal angesehen, also wir müssen uns keine Sorgen …«

»Ich bin im Krankenhaus, Maxi«, unterbrach Anita sie. »Ich wollte euch so schnell wie möglich Bescheid sagen. Glatteis auf der Hintertreppe. Bin ausgerutscht und hab mir den Knöchel gebrochen.«

»Ach, du Arme!«, rief Maxi voll Mitgefühl. »Tut's sehr weh? Kriegst du einen Gips?«

»Den hab ich schon«, sagte Anita. »Und in acht Tagen leider auch noch.«

In acht Tagen … Natürlich, die Silvestershow! Im ersten Moment hatte Maxi gar nicht daran gedacht.

»Ach, du Schande«, sagte sie. »Unser Reitfest. Dann kannst du nicht mitmachen.«

»Das tut niemandem mehr leid als mir, kannst du mir glauben.«

»Verdammt. So ein Pech aber auch. Für uns alle.«

»Ich hör mich mal um«, sagte Anita. »Vielleicht findet sich noch Ersatz.«

»Das wär cool«, seufzte Maxi. »Aber nicht dasselbe. Du kommst doch trotzdem, oder?«

Sie mochte Anita – die Landwirtschaftsstudentin war zwar fünf Jahre älter, aber bei zwei pferdebegeisterten Menschen machte so ein Altersunterschied überhaupt nichts. Sie und ihre Freundin Ulli waren auch immer mit Feuereifer bei den Proben dabei gewesen, wo die jüngere Mia schon ab und zu gemurrt hatte, weil sie lieber mal was anderes unternehmen wollte.

»Nichts könnte mich abhalten«, erklärte Anita. »Und wie gesagt, ich melde mich, wenn ich Ersatz finde.«

»Was ist denn los?«, fragte Stella besorgt vom Beifahrersitz. »Wer hat einen Gips?«

»Anita«, antwortete Maxi seufzend. »Jetzt haben wir eine Ziege zu viel und eine Reiterin zu wenig.« Sie steckte ihr Handy weg. »Hoffentlich war's das für heute mit Hiobsbotschaften.« In diesem Moment läutete das Telefon erneut, Maxi holte es genervt wieder aus der Handtasche. Als sie sah, wer anrief, wollte sie ihn schon wegdrücken, aber dann beschloss sie, dem Spuk ein für alle Mal ein Ende zu bereiten.

»Tino, ich rede nicht mit dir. Heute nicht und nie mehr wieder. Alles klar?«

»Halt, leg nicht auf, Maxi! Bitte! Ist schon schlimm genug, dass Lara nicht abhebt.«

Etwas ließ Maxi zögern, das Gespräch zu beenden, und sie war ziemlich sicher, dass es mit dem zu tun hatte, was Vic gestern gesagt hatte.

»Ich weiß nicht, was Lara dir erzählt hat, aber …«

»Sie hat mir jedenfalls genug Gründe gegeben, dir *nicht* zuzuhören.«

»O.k. ich geb's zu, ich hab vielleicht ein paar Fehler gemacht. Aber hast du eigentlich eine Ahnung, wie eifersüchtig Lara ist?«

»Eifersüchtig?«

»Das war von Anfang an so. Zuerst auf dich. Sie muss mich tausendmal gefragt haben, ob ich auch *ganz sicher* bin, dass ich auf *sie* stehe und nicht auf dich. Dann bist du mit Vic zusammengekommen und es wurde besser. Aber jedes Mal, wenn ich mit der Band irgendwo spiele, macht sie mir eine Szene. Ich darf kein anderes Mädchen ansehen, mit keinem anderen Mädchen reden ...«

»Nicht mit anderen Mädchen auf Tuchfühlung gehen, war mehr das, was ich gehört habe.«

»Also gut, ich geb's zu, ich hab sie einmal geküsst. Aber nur dieses eine Mal, es ist einfach irgendwie passiert.«

Maxi biss sich auf die Lippen. Wenn Vic sie nicht gestern an ihre Kuss-Vergangenheit mit Marcel erinnert hätte, dann hätte sie Tino jetzt niedergemacht, ganz sicher.

»Sonst war da nie eine andere«, fuhr Tino hastig fort als Maxi schwieg. »Und ich will auch keine. Das ist doch bloß Show bei den Gigs. Lara will das einfach nicht verstehen.«

»Es *ist* schwer zu verstehen, wenn ihr Freund eine andere umarmt und küsst«, konterte Maxi jetzt.

»Es war nicht o. k., das weiß ich doch«, sagte Tino. »Es war nur ... Früher hatte Lara einfach Spaß bei den Gigs und hat mitgetanzt, und in letzter Zeit hat sie nur noch die anderen Mädchen beobachtet, ob mich vielleicht eine zu lang ansieht ... und Jana ... na ja ... sie war einfach gut drauf und die Musik hat ihr gefallen und da ist es eben einfach ...«

»Einfach passiert, das hast du schon gesagt. Ich will lieber keine Details wissen. Aber Nini und Cordula haben dich auch bei Starbucks mit ihr gesehen. Und du hast sie vor Laras Augen umarmt. *Und* du hast gesagt, sie kann ruhig gehen. *Und* du hast sie nicht angerufen.«

»Ja, ja, ja. Stimmt alles. Wir hatten Krach, Megakrach. Sie war hypereifersüchtig und ging mir auf den Wecker. Da hab ich sie provoziert. Ich war vorher schon sauer, dann hatte ich auch noch ein schlechtes Gewissen. Also es war eine Riesenszene, das stimmt schon, aber ich wollte doch nicht wirklich Schluss machen. Kannst du sie nicht dazu kriegen, mit mir zu reden?«

»Ich weiß nicht.« Maxi seufzte. »Ich weiß auch gar nicht, ob ich das will.«

Tino ließ einen langen, langen Seufzer hören.

»Oh, Mann«, sagte er. »Ihr Frauen seid echt knallhart. Denk drüber nach, o. k.?«

»Ja, mach ich.«

»Und wer ist überhaupt dieser Typ, mit dem sie angeblich ein Date hatte?«

»Angeblich?« Maxi wurde sofort wieder wütend auf Tino. »Denkst du, du bist der einzige, für den sich noch andere interessieren?«

»Es gibt ihn also?«

»Natürlich gibt's ihn! Als ob Lara so was erfinden müsste!«

»Und wo ist der so schnell aufgetaucht? Ich meine, sie kann doch noch keine drei Tage bei dir sein, oder?«

»Länger brauch ich nicht, um Amor zu spielen!«, hätte Maxi beinahe gesagt, aber stattdessen sagte sie nur ganz cool: »Kein Kommentar. Ich muss jetzt aufhören. Mach's gut.«

Stella sah wieder über die Schulter nach hinten.

»Tino?«, fragte sie.

Maxi nickte. »Er sagt, Lara ist krankhaft eifersüchtig und sie hatten dauernd Krach deswegen. Und er hat sie bloß ein klitzekleines bisschen betrogen. Nur ein Kuss und der …«

»… hat nichts bedeutet und ist einfach so passiert«, ergänzte Stella. »Das kennt man doch.«

»Ach ja?«, fragte Nick und warf Stella einen augenzwinkernden Seitenblick zu. »Kennt man das?«

»Na hör mal«, sagte Stella, »ich war auch mal vierzehn.«

»Und ich weiß jetzt nicht, was ich machen soll«, sagte Maxi und ließ einen ähnlich langen Seufzer vom Stapel wie zuvor Tino.

Ihr Vater nickte. »Männer sind Schweine«, sagte er mitfühlend.

Maxi stand an die Balkontür gelehnt, durch die das Mondlicht hereinschien, und betrachtete hingerissen die wunderhübsche Kette, an der in silbernen Buchstaben das Wort »Ballkönigin« hing. Vics Geschenk für sie. Und was es noch spezieller machte: Sie hatte ihm ein Vic-blaues T-Shirt mit der Aufschrift »Ballkönig« geschenkt. Sie hatte es ihm schon im August bei einem gemeinsamen Picknick geben wollen – für den Fall, dass sie zu Weihnachten nicht mehr zusammen wären. Sie hatte das damals irgendwie romantisch gefunden, aber eigentlich war Vics Reaktion auf diese Idee das eigentlich Romantische gewesen: Er hatte darauf bestanden, es nicht vor Weihnachten aufzumachen. Und er hatte recht behalten: Sie waren immer noch zusammen, und wie!

Insgeheim befürchtete Maxi ja, dass es ihm zu peinlich sein könnte, das T-Shirt zu tragen, obwohl er das bestritten hatte. Mädchen hatten es da irgendwie leichter – alle in der Klasse, ja, alle in der *Schule* würden sie um die Kette beneiden.

Und noch mehr um den Ballkönig, dachte Maxi und lächelte vor sich hin. Sie hatte den allerbesten Freund der Welt, so viel stand fest.

Lara lag im Bett, einen Arm um das Herzkissen geschlungen, und schnarchte ganz leise, aber Maxi gingen noch zu viele Dinge im Kopf herum, um schlafen zu gehen. Immerhin war sie nun mit dem vierundzwanzigsten Dezember wieder ausgesöhnt. Obwohl er alles andere als weihnachtlich angefangen hatte.

Erst mal hatte sie den ganzen Morgen damit verbracht, ihren Schrank und dann das gesamte Haus nach Vics Geschenk zu durchkämmen, das sie irgendwie verlegt hatte.

Und dann die Szene mit Carolin bei der Probe: Na gut, sie war vielleicht nicht ganz bei der Sache gewesen. Aber kein Grund für Carolin, sie so zur Sau zu machen, vor allen anderen!

»Verdammt noch mal, wie wär's, wenn du dich zur Abwechslung auf unsere Choreografie konzentrieren könntest? Oder bist du zu beschäftigt, darüber nachzudenken, wen du als Nächstes verkuppeln könntest?«

Das war nicht nur total überzogen reagiert, sondern auch ganz und gar unwahr! Sie hatte vielmehr darüber nachgedacht, was sie Lara über Tinos Anruf sagen sollte. Ihre Freundin schien sich blendend mit Max zu verstehen, und Max sich mit ihr. Wenn Lara jetzt zu Tino zurückging, dann wäre das für Max die zweite Enttäuschung in einer Woche, und an beiden wäre irgendwie Maxi schuld!

Außerdem war sie nicht sicher, ob Lara nicht sowieso mit Max viel besser dran war! Tino spielte schließlich immer noch in einer Band und es würde immer Mädchen geben, die sich an ihn ranschmissen! Und wer weiß, ob er überhaupt die Wahrheit gesagt hatte! Natürlich war Max als Fußballer auch ein geeignetes Anhimmel-Objekt. Aber irgendwie hatte Maxi das Gefühl, Max war nicht so empfänglich für Schmeicheleien wie Tino. Er war ja auch ein Jahr älter.

Sie hatte vor dem Training mit Vic telefoniert und versucht, eine Meinung zu dem Thema Max/Lara/Tino aus ihm rauszuquetschen, aber er schien schon eher genervt von der ganzen Sache und meinte, er hätte dazu schon alles gesagt, was es zu sagen gäbe.

Außerdem hätte er sie nicht angerufen, um über die Liebesprobleme anderer zu reden.

»Wieso«, hatte sie gemeint. »*Wir* haben doch keine, oder?«

»Noch nicht«, hatte er geknurrt und sie war schlau genug gewesen, Tino zu ignorieren, der im selben Moment anklopfte. Sie wusste ohnehin noch nicht, was sie ihm sagen sollte.

Na, jedenfalls waren ihr während der Probe jede Menge Dinge durch den Kopf gegangen und Carolin hätte echt nicht so fies sein müssen. Fast hätte man glauben können, dass Max sich mit Lara traf, war ihr nun doch nicht recht. Aber Maxi hatte sie doch extra gefragt, verdammt noch mal! Und mehr als fragen konnte man ja nun wirklich nicht! Und überhaupt: Carolin konnte Max doch nicht knallhart abblitzen lassen und ihm gleichzeitig verbieten, sich mit jemand anderem zu treffen! Vielleicht war sie auch einfach nur so unentspannt, weil Anita wegen ihres gebrochenen Knöchels nicht kommen konnte. Immerhin hatten sie die Silvestershow wochenlang vorbereitet.

Wenn nun ein Teilnehmer ausfiel, dann würden Teile des Programms gar nicht funktionieren. Und Ersatz würde nicht so leicht zu finden sein: jemand, der das Pferd kannte – Marilyn war zwar brav, aber sehr sensibel und auf Anita fixiert – und der auch gut genug reiten konnte, um bei der Quadrille und den Geschicklichkeitsspielen mitzuhalten.

Ja, gut möglich, dass Carolin bloß deshalb so ungeduldig gewesen war. Sie hatte sich zwar nicht entschuldigt, aber später angerufen, um sich für Maxis Geschenk zu bedanken (ein geniales Buch über Tierkommunikation, Carolin hatte schon zu lesen begonnen) und sie hatte Maxi auch etwas Cooles geschenkt, den neuesten *Plötzlich-Prinzessin*-Band, und zwar auf Englisch, weil die deutsche Übersetzung noch nicht erschienen war.

»Du willst bestimmt nicht noch drei Monate warten ;-)! Frohe Weihnachten, Carolin«, hatte sie auf den Geschenkanhänger geschrieben.

Überhaupt, die Geschenke. Von ihren Eltern hatte Maxi Winterreitstiefel und eine superwarme und ebenso schöne Reitjacke bekommen – sie hatte Nick einen neuen Werkzeugkasten geschenkt und Stella einen Kaschmirschal (ein Glück, dass von den Einstellgebühren noch was für Geschenke übrig geblieben war).

Lara hatte von Nick und Stella ein Online-Horoskop-Abo für ein Jahr geschenkt bekommen und war in der Folge nur noch mit Gewalt vom Laptop wegzukriegen.

Maxi konnte kaum erwarten, dass Lara *ihr* Päckchen aufmachte. Sie hatte die pinkfarbenen Gummistiefel im Internet entdeckt und wusste in der Sekunde, dass Lara sie einfach haben *musste*. Vor allem, wo sie ja jetzt sozusagen ein »Reserve-Landei« war. Was übrigens eine Super-Aufschrift für ein T-Shirt gewesen wäre, aber dafür hatte die Zeit gefehlt.

Jedenfalls hatte Lara die Stiefel ausgepackt und einen Lachkrampf gekriegt. Und Maxi dann *ihr* Geschenk in die Hand gedrückt. Maxi riss das Papier ab, unter dem ebenfalls ein Schuhkarton zum Vorschein kam, allerdings etwas kleiner. Sie öffnete ihn und darin lagen tatsächlich *goldene* Gummistiefel.

Also eigentlich waren es keine Stiefel, sondern nur halbhohe Gummischuhe, mit Teddyplüschfutter. Und sie waren auch nicht richtig kitschig goldfarben, sondern so weiß-gold-glitzerig mit je einer kleinen Krone am Schaft. Es waren einfach *die* Stiefel für ein De-Luxe-

Landei, fand Lara, auch wenn Carolin Maxi dafür natürlich bis an ihr Lebensende verarschen würde. Stella hatte vorgeschlagen, sie statt zur Stallarbeit zum Schulball anzuziehen, dafür würden sie besser passen.

»Vom Pferdestall zum Prinzenball«, hatte sie improvisiert. »Maxis Schuh für jeden Fall!« Maxi hoffte wirklich sehr, dass die Sache mit dem Werbetexten nicht genetisch war.

Es war ein hammermäßig lustiger Abend gewesen. Sie hatten gesungen, gegessen und Geschenke ausgetauscht. Alois erzählte von seiner zweiten Taxifahrt mit der braunen Ziege. Die Besitzer wussten schon nicht mehr, was sie machen sollten: Zwei Meter hoher Stacheldraht schien irgendwie unpassend für einen Streichelzoo, aber ein normaler Zaun konnte die Ziege nicht abhalten.

»Sie heißt Penelope«, sagte Alois. »Und ich schätze, dass sie ausreißen will, liegt wohl daran, dass sie in dem Streichelzoo die einzige Ziege ist. Sonst haben sie noch Schafe, Hasen, Meerschweinchen und zwei Esel. Die Ziege bringt eine gehörige Unruhe in die friedliche Runde, rennt gegen den Zaun, wird manchmal sogar aggressiv – die Leute vom Florianihof sind schon am Ende mit ihrer Weisheit.«

»Aber sie werden ihr doch nichts tun?«, hatte Maxi erschrocken gefragt.

»Nein, nein«, hatte Alois sie beruhigt. »Das sind sehr nette, tierliebe Leute. Sie werden sie wohl erstmal eine Woche im Stall halten, dann ist ihre abenteuerlustige Phase vielleicht wieder vorbei.«

Lara hatte mit ihren Eltern telefoniert und einen ganz kurzen Moment überlegt, ob sie nicht doch Tino zurückrufen sollte, der den ganzen Tag über versucht hatte, sie zu erreichen. Aber dann hatte sie sich zu Maxis Erleichterung dagegen entschieden. Weihnachten machte die Menschen so sentimental – ihre Freundin sollte lieber bei nüchternem Tageslicht mit Tino reden, wenn das Fest der Liebe vorbei war.

Oder überhaupt nicht. Sie hatte sich da noch nicht entschieden – und auch noch nicht mit Lara über ihr Gespräch mit Tino geredet.

Alois hatte den Klausers ein altes Schwarzweiß-Foto in einem wunderschönen antiken Rahmen geschenkt: den Köberlhof, wie er ursprünglich ausgesehen hatte, davor Alois' Eltern und sein Großvater, in ihrem Sonntagsstaat und sehr ernst dreinblickend.

Alois hatte von Maxi und ihren Eltern ebenfalls Fotos bekommen, das Prachtstück aus der Serie, die Nick von Rocket geschossen hatte: der kleine schwarze Hengst, wie er über die Koppel lief. Und ein »Gruppenbild mit Ziege«, wie Nick es genannt hatte: Maxi, Stella, Nick, Ringo und Rambo.

Das dritte Foto zeigte Alois, wie er zwischen Maxi und Carolin am Koppelzaun stand, im Hintergrund weideten die Pferde. Die drei waren ins Gespräch vertieft und hatten sichtlich keine Ahnung, dass sie gerade fotografiert wurden. Kein Wunder, war Nick doch nach Rockets Geburt so häufig mit Kamera und Stativ auf der Pferdekoppel gewesen, dass man ihn dort gar nicht mehr richtig wahrgenommen hatte.

»Das will ich auch!«, hatte Maxi sofort gerufen und Nick hatte ihr mit einem kleinen Zwinkern ein rechteckiges, flaches Päckchen in die Hand gedrückt.

»Hab mir schon so was gedacht!«, hatte er gesagt.

»Und für Carolin liegt es auch schon unterm Baum!«

Eigentlich ein interessanter Geschenke-Austausch: Fotos für Fotos, Gummistiefel für Gummistiefel, Buch für Buch und ... eine Ballkönigin für einen Ballkönig.

Maxi strich liebevoll über die silberne Kette. So schwer war das doch echt nicht mit dem Glücklichsein! Das würden ihre Freunde doch auch hinkriegen! Wenn nicht alleine, dann ganz sicher mit ihrer Hilfe!

25. DEZEMBER
Die Lösung für alles

Die Idee, zu fünft etwas zu unternehmen, war vielleicht nicht die allerbeste gewesen. Aber wo Carolin doch ständig betonte, dass es viel besser war, keinen Freund zu haben, durfte es ihr doch eigentlich nichts ausmachen! Und sie hatte doch drauf bestanden, mitzukommen, obwohl sie genau wusste, dass Max und Lara, na ja, sozusagen als Paar mit von der Partie waren. Auch wenn Maxi da noch nicht so durchblickte. Lara hatte sich für ihre Verhältnisse nämlich außerordentlich bedeckt gehalten, was die romantische Entwicklung zwischen ihr und Max betraf.

»Wir lassen es langsam angehen«, hatte sie gesagt. Und »Er ist nicht so der Draufgängertyp«. Und »Wir haben jede Menge Spaß zusammen, das ist die Hauptsache«. Aber wie weit der Spaß ging, darüber gab es bis jetzt noch keine genauen Angaben. Dabei hätte Maxi die gut gebrauchen können, um ihr weiteres Verhalten Tino gegenüber darauf abzustimmen: Der bombardierte sie nämlich mit Anrufen.

Das Wetter war bei starkem Wind und Schneefall heute so unfreundlich, dass Outdoor-Aktivitäten wenig verlockend erschienen. Sie beschlossen also, am Nachmittag mit dem Bus nach Altenburg zu fahren, wo

Max sie abholen würde, und dann gemeinsam einen Film anzusehen.

Selbstverständlich saßen Maxi und Vic im Kino nebeneinander, mit ihrem Pärchenvorrat an Popcorn, Maltesers, Mini-Oreos und Cola. Lara, Max und Carolin landetetn auch nebeneinander, Max in der Mitte, mit einem Rieseneimer Popcorn, in dem sich ständig die Hände von Carolin und Lara trafen, wofür sich dann beide immer sofort entschuldigten, was wiederum jedes Mal Zischlaute aus der Reihe dahinter nach sich zog. Max schien beschlossen zu haben, dass zwei Hände im Popcorneimer mehr als genug waren. Maxi sah ihn kein einziges Mal kauen. Und sie sah auch sonst nichts wirklich Aufschlussreiches.

Eigentlich hätte sie ja Hand in Hand mit Vic den Film genießen können, aber ihre Augen wanderten ständig nach links, zu den anderen. Was tat sich zwischen Lara und Max? Und interessierte Carolin sich auch genau dafür oder doch mehr für den Film? Wenn Max seinen Blick von der Leinwand abwandte, wo sah er dann hin, zu Lara oder zu Carolin?

Irgendwann verstärkte der Druck von Vics Hand sich so, dass sie zusammenzuckte.

»Autsch!«, flüsterte sie. »Was soll denn das?«

»Augen nach vorne!«, kommandierte Vic leise. »Die drei haben's ohne dich schwer genug.«

Die Tischtennispartie in Joe Meisingers Hobbyraum entspannte die Stimmung auch nicht merklich.

»Oh, spielt ihr vier nur!«, sagte Lara. »Ich bin nicht so gut im Tischtennis.«

»Nein, nein, nicht doch«, sagte Carolin. »Spielt ihr. Kein Problem, wirklich.«

»Wir können ja Mädchen gegen Jungs spielen!«, schlug Maxi vor.

Das hätte eigentlich ganz witzig sein können, wenn Carolin nicht so einen mörderischen Ehrgeiz entwickelt hätte. Erst fuhr sie Maxi an, als die einen Ball ins Aus setzte. Dann kam Lara ihr bei einer Rückhand in die Quere, was für Lara schmerzhaft war und von Carolin auch noch als Provokation aufgefasst wurde.

Eine Minute später konnten Maxi und Lara sich nicht einigen, wer den Ball annehmen sollte, was zur Folge hatte, dass dieser unberührt – plopp-plopp-plopp – gemächlich zwischen ihnen beiden von der Platte auf den Boden kullerte. Carolin bekam daraufhin einen vollkommen untypischen Wutanfall, Maxi und Lara hingegen einen absolut typischen Lachanfall, der erst abrupt endete, als Carolin ihren Schläger in die Ecke fetzte und hinauf in die Wohnung ging, ohne sich zu verabschieden.

Max musste bald darauf auch los, weil er am Abend noch ein Familienessen hatte – er schaffte es, sich von Lara zu verabschieden, als Maxi gerade auf der Toilette war und daher nicht mit Argusaugen die Innigkeit des Zeremoniells inspizieren konnte. Vic folgte Max' Beispiel und gab Maxi einen Abschiedskuss, als Lara auf der Suche nach ihrem verlegten Schal im anderen Raum verschwunden war.

»Na, das war ja mal so ein richtig entspanntes Date«, meinte er.

»Ja, ich geb zu, es war ein bisschen … seltsam.«

»Ich schlage vor, dass wir demnächst wieder was alleine machen«, sagte Vic. »Dann bist du auch nicht so abgelenkt.«

»Gute Idee.« Maxi strahlte ihn an. »Nur du und ich.« Sie gab ihm einen Kuss, für den Vic sich umgehend revanchierte.

»Nur du und ich«, bestätigte er.

»Morgen?«, fragte sie und korrigierte sich sofort. »Ach nein, am Nachmittag ist Probe und abends haben Lara, Stella und ich unseren *Herr der Ringe* Filmabend. Und bei dir war doch auch irgendwas, oder?«

»Ich spiel Squash mit Max.«

»Ja, richtig.« Maxi lächelte vielsagend. »Sonst wäre ja wohl auch Lara morgen nicht frei für unseren Mädelsabend. Da fällt mir gerade ein … Wie ist denn das mit euch Jungs? Redet ihr eigentlich über eure Freundinnen und was so läuft?«

»Hmm. Das klingt irgendwie nach einer Fangfrage.«

»Könntest du nicht so ganz unauffällig Max ein bisschen auf den Zahn fühlen, was Lara …?«

»Nein«, unterbrach Vic sie. »Ich werde definitiv *nicht* meinen Freund aushorchen, nur um deine romantische Neugier zu befriedigen.«

»Dass du immer alles so eng sehen musst. Ich wollte doch bloß …«

»Themenwechsel«, unterbrach Vic erneut. »Also, wollen wir dann übermorgen unser Fünf-bis-sechs-Monats-Date nachholen?«

»Klar! Das wär toll!«

Eben kam Lara zurück, bereits dick eingemummt gegen die Kälte, und der Rest der Verabschiedung ging eher zügig vor sich.

»Sag mal«, fragte Lara, als sie im Bus nach Wieselberg saßen. »Irr ich mich oder war Carolin heute ziemlich schlecht drauf?«

»Sie war total seltsam drauf«, meinte Maxi. »So kenn ich sie gar nicht. Vielleicht war es nur, du weißt schon, fünftes Rad am Wagen und so. Obwohl – sie sagt ja immer, sie will's nicht anders.«

»Und dass sie vielleicht doch eifersüchtig ist wegen Max?«

»Selbst wenn, würde sie's bestimmt nie zugeben, nicht mal vor sich selbst.«

Lara seufzte. »Warum muss immer alles so kompliziert sein. Wenn jeder einfach immer zu seinen Gefühlen steht und ehrlich ist, dann gibt's viel weniger Probleme, stimmt's?«

Da hatte Lara zwar recht – wenn allerdings Carolin doch wirklich etwas für Max empfände und es ihm auch ehrlich gesagt hätte, dann wäre *Lara* heute wohl das fünfte Rad am Wagen gewesen. Das sagte Maxi allerdings nicht laut.

»Wo wir gerade bei Gefühlen sind«, meinte sie stattdessen zögernd. »Tino ruft dauernd bei mir an. Er will, dass ich dich dazu kriege, mit ihm zu reden.«

»Wüsste nicht, worüber«, schnappte Lara sofort.

»Er sagt, er wollte gar nicht richtig Schluss machen …«

»Das hätte er sich früher überlegen müssen!«

»Und er sagt, das mit dieser Jana …«

»Ach, jetzt hat sie sogar schon einen Namen!«

»Das war nur ein einziger Kuss und es hat nichts …«

»Er hat sie *geküsst*???«, unterbrach Lara, sichtlich geschockt. Augenblicklich standen Tränen in ihren Augen, aber es war schwer zu sagen, ob es Wut- oder Trauertränen waren. »Und damit gibt er auch noch an?«

»Ich dachte, das wüsstest du«, meinte Maxi verwirrt. »Du hast doch gesagt …«

»… dass er sie umarmt und mit ihr geflirtet hat. Dass er ständig mit allen Mädchen flirtet, die ihn bei den Auftritten anhimmeln! Na, dann kann ich mir ja ausrechnen, wie viel der schon rumgeküsst hat …«

Wieder einmal hätte Maxi sich für ihre Voreiligkeit ohrfeigen können. Dass ausgerechnet *sie* diejenige sein musste, von der Lara dieses Detail erfuhr! Andererseits: Wenn Lara von dem Kuss nichts gewusst hatte, *worüber* hatte sie sich dann so schrecklich aufgeregt? Vielleicht hatte Tino ja doch nicht ganz unrecht mit seiner Eifersuchtsgeschichte.

»Vielleicht war das alles ja gar nicht so, wie du dir das ausmalst«, versuchte Maxi es erneut. »Er will jedenfalls unbedingt mit dir reden und vielleicht meint er es ja wirklich ehrlich …«

»Wenn ihm das so wichtig wäre, würde er schon längst hier auf der Matte stehen«, erklärte Lara. »Ich sag dir, bestimmt ist diese Jana weggefahren und er hat noch kein Silvesterdate. Sonst steckt da nichts dahinter.«

Sie schüttelte ein paar Mal den Kopf, als wollte sie damit ein hartnäckiges Bild vertreiben. »Und er brüstet sich noch, dass er sie geküsst hat. Was denkt er sich eigentlich?«

»Er hat sich nicht gebrüstet«, versuchte Maxi, das Bild etwas geradezurücken. »Er hat gesagt, es war ein Fehler.«

»Was soll er denn sonst sagen?«, fragte Lara ärgerlich. »Dass er heimlich für jede Tussi, die er küsst, eine Kerbe in seine Gitarre schnitzt? Du hattest immer schon eine Schwäche für ihn. Er hat dich weichgekocht, das ist alles!«

»Na hör mal!«, rief Maxi empört. »Das hat er überhaupt nicht! Ich wollte dir nur sagen, was Sache ist. Du entscheidest das ganz allein, du musst wissen, was du tust. Ich will bloß, dass du glücklich bist.«

Lara sah sie an. »Mal ehrlich, Maxi: Du wünschst mir doch keinen Freund, der mich betrügt, oder? Der mich herumschubst, wie es ihm grade passt? Dem ich nicht vertrauen kann?«

»Nein, natürlich nicht.«

»Eben. Ich mir auch nicht.«

Maxi seufzte. Sie hatte es versucht. Mehr konnte Tino beim besten Willen nicht von ihr erwarten.

Der Vormittag des Sechsundzwanzigsten trug nicht viel dazu bei, Carolins Laune zu verbessern.

»Ihre ›kleine Cousine‹«, knurrte sie beim Ausmisten vor sich hin. »Das kann ja heiter werden. Wahrscheinlich eine Achtjährige mit dem pinkfarbenen Ponyabzeichen.«

»Na, na«, beschwichtigte Maxi. »Erstens hast du eindeutig Vorurteile gegen die Farbe Pink, was deiner ansonsten toleranten, demokratischen Grundgesinnung widerspricht. Und zweitens: Anita würde uns doch kein ahnungsloses Kleinkind schicken. Bestimmt ist die Kleine schon auf Marilyn geritten und gut mit ihr zurechtgekommen.«

»Sie muss versammelt traben und galoppieren können für das Formationsreiten.«

»Das wird sie schon hinkriegen. Marilyn ist sowieso brav und orientiert sich an den anderen.«

»Und beim Geschicklichkeitsreiten? Sie muss groß genug sein, um den Ring zu erwischen, wenn sie sich runterbeugt. Sonst hat ihr Team keine Chance.«

»Es geht doch nicht ums Gewinnen, sondern um den Spaß.«

»Fein, dann reitet sie also in *deinem* Team!«

»Na klar, Anita wär ja auch in meinem Team geritten.«

»Wetten, sie kommt zu spät? Kleine Mädchen kommen immer zu spät. Weil ihre Mütter meistens noch weniger Ahnung vom Reiten haben als sie selber und nicht wissen, dass ein Pferd nicht selbst-reinigend, selbst-sattelnd und selbst-zäumend ist!«

»Wenn sie eine Viertelstunde vor Beginn der Probe noch nicht da ist, putze und sattle ich Marilyn, einverstanden?«

Maxi musste beinahe lachen. Es war richtig gemein, so sanftmütig und gutwillig zu antworten und Carolin den Wind aus den Segeln zu nehmen. Aber sie wollte keine schlechte Stimmung bei der Probe riskieren, so knapp vor der Show.

»Kleine Cousine!«, knurrte Carolin nur noch kaum hörbar und warf eine Gabel Pferdeäpfel auf Maxis neue Luxusschubkarre.

Im nächsten Moment wurden sie beide durch ein Motorengeräusch von ihrer Arbeit abgelenkt.

»Ist das Vic?«, fragte Maxi, wusste aber gleichzeitig, dass er es nicht war. Er fuhr seiner Mutter zuliebe mit seinem Motocross-Moped nicht auf Schnee.

Die Mädchen ließen Schaufel und Mistgabel fallen und gingen ins Freie – es schneite immer noch leicht und die Straße war seit gestern Mittag nicht geräumt worden. Wer da auf zwei Rädern über die Schneefahrbahn heraufgeknattert kam, war entweder lebensmüde oder ein verdammt guter Fahrer. Offenbar Letzteres, denn der Junge driftete mit sichtlichem Vergnügen auf den Parkplatz, stellte sein Bike ab und öffnete das Visier seines Helms.

»Hey, Mädels«, sagte der Schneedrift-Experte. »Ich schätze, ich bin etwas zu früh. Wusste nicht, wie sich's heute fährt.«

»Zu früh wofür?«, fragte Carolin, während Maxi noch dabei war, den Anblick dieses supercoolen Easy Riders zu verkraften, der sich auf ihren idyllischen Hof verirrt hatte.

»Anita schickt mich«, sagte der Junge und nahm den Helm ab. Darunter kam jede Menge flach gedrückter dunkler Haare zum Vorschein, die er mit einem sichtlich oft geübten Handgriff erneut verwuschelte.

»Ich soll für sie einspringen. Hat sie etwa nicht Bescheid gesagt?«

Maxi und Carolin sahen einander an und explodierten in einem Synchronlachanfall.

»*Du* bist die kleine Cousine?«, fragte Maxi schließlich, immer noch lachend.

»Kleine Cousine!«, echote Carolin halb erstickt.

»Er hat gar nichts Pinkfarbenes an!«, rief Maxi und sie lachten erneut los.

»Na, jedenfalls ist er groß genug, um den Ring zu erwischen!«, kicherte Carolin schließlich erschöpft und wischte sich eine Lachträne aus dem Auge.

Der Junge kam etwas näher und sah streng von einer zur anderen. »Ich finde das echt rücksichtslos von euch beiden«, sagte er vorwurfsvoll. »Wo kleine Mädchen doch so sensibel sind!«

Diesmal lachten sie alle drei, und als sie sich beruhigt hatten, klemmte der Junge seinen Helm unter den Arm und machte eine ironische kleine Verbeugung. »Ich bin Bernie, Anitas Cousin. Meine Mutter dachte die ganze Schwangerschaft hindurch, ich werde ein Mädchen. Die Enttäuschung bei der Geburt war groß, wie ihr euch vorstellen könnt. Und als wäre das nicht psychische Belastung genug für ein junges Leben, quält Anita mich auch noch mit diesem Cousinen-Dauerscherz.«

Um die Mundwinkel der Mädchen zuckte es bereits wieder und er fügte hinzu: »Und bei den Einfältigeren unter uns scheint er auch immer noch einzuschlagen!«

»Du hast recht«, sagte Carolin und wurde ganz ernst. »Dieses Gelächter ist ganz und gar unangebracht.«

»Genau«, sagte Maxi und streckte Anitas Cousin die Hand entgegen. »Wo sind nur unsere Manieren? Hallo, Bernie, ich bin Maxi.«

»Ja, hallo, Bernie«, sagte auch Carolin und schüttelte ebenfalls die Hand der »kleinen Cousine«. »Ich bin Carolin. Freut mich, dich kennenzulernen.«

»Aber nur, wenn du genauso gut reitest, wie du Motocross fährst«, fügte Maxi hinzu.

»Stimmt«, sagte Carolin. »Also holen wir mal Marilyn und sehen, was du draufhast. Ich hätte da nur noch eine Frage ...«

»Wegen meiner Reitausbildung? Ich reite schon, seit ich sechs bin. Eigentlich Western, aber ich denke ...«

»Nein, es geht um deinen Namen.«

»Ja?«

»Wofür ist Bernie die Abkürzung? Bernadette? Oder Berenice?«

Carolin ging vor Lachen in die Knie und Maxi musste sich an die Stalltür lehnen.

Bernie lachte mindestens so laut wie jede von ihnen, allerdings nicht so lang. Stattdessen warf er nach jeder der beiden einen Schneeball und eröffnete die erste richtige Schneeballschlacht, die sie seit Wochen gehabt hatten – sie waren irgendwie ständig zu beschäftigt für solche Kindereien gewesen. Und mit einem Jungen war es auch irgendwie lustiger, vor allem wenn er gut aussah und Humor hatte. Carolin war seit Ewigkeiten nicht mehr so ausgelassen gewesen und Maxi hoffte aus mehr als einem Grund, Bernie würde sich auch als guter Reiter entpuppen.

»Er ist *besser* als Anita!«, rief Carolin begeistert. Bernie war soeben als Letzter mit einer filmwürdigen Schneefontäne vom Hof gedüst.

»Na, na!«, meinte Maxi.

»Aber gleich gut! Und auf jeden Fall besser als Frau Doktor Sensibel!«

Maxi grinste. Die Therapeutin war nicht Carolins Lieblingseinstellerin.

»Ja, stimmt.«

»Ich glaube, er ist überhaupt der erste Junge, den ich kennenlerne, der ein guter Reiter ist. Der sich überhaupt für Pferde interessiert. Der überhaupt in die *Nähe* von Pferden geht!«

»He! Du vergisst Vic! Er hat sich sogar schon auf Ringo draufgesetzt!«

Carolin rollte mit den Augen. »Ja, richtig. Meinen todesmutigen Bruder hätte ich fast vergessen.«

»Aber ich stimme dir zu, dass Bernie eine Ausnahme ist. Er ist cool, er ist witzig, er kann reiten und er sieht auch noch spitzenmäßig aus.« Maxi räusperte sich. »Ganz objektiv betrachtet.«

»Keine Angst«, sagte Carolin grinsend, »ich erzähl Vic schon nicht, dass du von der Konkurrenz schwärmst. Obwohl, wenn er erfährt, dass du auch noch mit diesem Supertypen ausreitest …«

»*Wir* reiten mit ihm aus!«, korrigierte Maxi. »Das ist also eine ganz harmlose Gruppenunternehmung.«

Sie musste sich verdammt zusammenreißen, um nicht übers ganze Gesicht zu grinsen.

Die Sache war einfacher gewesen als erwartet, geradezu unheimlich glatt war alles gegangen – aber so war das eben manchmal, wenn das Schicksal mitspielte. Bernie und sie waren zufällig gerade allein auf dem Putzplatz gewesen, als Vic anrief und sie eines der üblichen kurzen Vic-Maxi-Gespräche führte, die Carolin immer zum Grimassenschneiden animierte.

»Also in festen Händen«, hatte Bernie grinsend gemeint und sich über Marilyns rechten Vorderhuf gebeugt, den er gerade kontrollierte. »Beneidenswert.«

»Du nicht?« Dass er es ihr so leicht machen würde, dieses wesentliche Detail auf unauffällige Weise zu erfragen, hätte Maxi nicht zu träumen gewagt.

»Frisch getrennt«, sagte Bernie seufzend. »Na ja. So frisch auch wieder nicht. Also aus der depressiven Phase bin ich raus.«

»Du dich von ihr oder sie sich von dir?«

»Sie sich von mir.«

»Echt jetzt?«

Bernie lachte und Maxi wurde rot.

»Ja«, meinte Bernie und schüttelte mit einer komischen Grimasse den Kopf. »Kaum zu glauben, dass man so ein Prachtexemplar wie mich loswerden will, was?«

»An deinem mangelnden Selbstwertgefühl kann's nicht gelegen haben.«

»Autsch.«

Sie lachten beide und Maxi stellte fest, dass sie Bernie schon richtig mochte, obwohl sie ihn ja kaum kannte. Er konnte über sich selbst lachen, er ging gut mit Pferden um, er war offen und witzig. Er war die perfekte

Ergänzung für Carolin – Maxi wusste nur noch nicht, wie sie ihrer Freundin das klarmachen würde. *Und* sie wusste noch nicht, ob Carolin sein Typ war – im Moment hatte sie eher den Eindruck, er flirtete ein bisschen mit *ihr*. Aber vielleicht war das einfach sein ganz normaler Umgangston mit Mädels.

Bernie sah sich unauffällig um. »Sag mal«, meinte er zögernd. »Ich weiß, wir haben uns gerade erst kennengelernt ...«

Shit, dachte Maxi. Er flirtet doch mit *mir*!

»... aber ich könnte mir echt vorstellen, dass wir gut zusammenpassen ...«

Mist, Mist, Mist, dachte Maxi. Was dachte er sich? Er hatte doch gerade ihr Telefonat mit Vic mitgehört!

»... also, meinst du, Carolin hätte vielleicht Lust, mal was mit mir zu unternehmen?«

»Was?« Maxi blinzelte verblüfft.

»Natürlich nur, wenn sie keinen Freund hat«, fügte Bernie hastig hinzu.

»Nein, nein.« Maxi lachte, ein bisschen mehr, als der Umstand, dass Carolin keinen Freund hatte, rechtfertigte. »Hat sie nicht. Ich finde die Idee spitzenmäßig. Du wärst perfekt!«

»Oh.« Bernie hob amüsiert die Augenbrauen. »Danke für die Blumen. Jetzt muss nur noch Carolin derselben Meinung sein. Denkst du, es ist eine gute Idee, sie zu fragen, ob sie mit mir ausreitet?«

»Ja«, sagte Maxi. »Bei Carolin wahrscheinlich die beste Idee für ein Date, die du haben kannst ...« Er war *wirklich* perfekt! »Die Sache hat nur einen Haken:

Wenn du sie fragst, wird sie denken, ich hab das eingefädelt. Und dann macht sie nicht mit.«

»Du?«, fragte Bernie verblüfft. »Warum solltest du das tun?«

»Sie hat diese fixe Idee, dass ich sie verkuppeln will.« Maxi warf ihm einen unschuldigen Blick zu und zuckte mit den Schultern.

»Aber du *hast* es nicht eingefädelt. Es war meine Idee.«

Carolin näherte sich von der Koppel her, mit Rocket und Rambo im Schlepptau.

Maxi senkte ihre Stimme. »Sie sieht uns hier miteinander reden, gleich darauf bittest du sie um ein Date. Na, macht's Klick?«

Jetzt zuckte Bernie mit den Schultern. »Weibliche Logik, schätze ich.«

»Du sagst es.« Carolin war jetzt fast bei ihnen. »Lass mich nur machen«, flüsterte sie Bernie über Ringos Rücken hinweg zu und reichte ihm Marilyns Abschwitzdecke. »Du kannst dann ruhig fahren«, sagte sie laut. »Wir nehmen den Pferden die Decken dann in einer halben Stunde wieder ab.«

»O.k.«, antwortete Bernie und deckte liebevoll die verschwitzte Haflingerstute zu. »Also hab ich meine Pflicht für heute erfüllt.«

»Besser, als man von einer kleinen Cousine erwarten konnte«, meinte Carolin lachend. Sie war wirklich wie ausgewechselt. Bernie war die reinste Medizin für sie!

»Bernie hat sich gerade nach den Ausreitwegen erkundigt«, sagte Maxi und warf Bernie unauffällig einen vielsagenden Blick zu. »Denkst du, er findet die Ruinenrunde, wenn wir's ihm genau beschreiben? Oder ist die Wildschweinrunde einfacher?«

»Beides schwierig bei dem vielen Schnee, wenn man sich nicht auskennt. Aber er soll doch einfach morgen Vormittag mit uns mitkommen, was meinst du?«

Maxi strahlte Bernie an. »Na klar! Darauf hätte ich eigentlich auch kommen können! Hast du Zeit? Wir würden so um halb elf losreiten.«

»Morgen Vormittag ist perfekt!«, sagte Bernie und löste den Knoten, mit dem Marilyns Strick am Balken befestigt war. »Vielen Dank, das ist echt nett von euch!«

Er hob ein Stück Karotte vom Boden auf, das die Stute übersehen hatte, und verfütterte es ihr, sie auf der Stirn kraulend. »Und was meinst du, Baby? Ja, das ist mal eine nette Abwechslung, so ein Ausritt, nach all dem Zirkusgetue, hab ich recht?«

»Der mit den Karotten hat immer recht«, erklärte Carolin grinsend.

Maxi wusste, dass Bernie gerade wieder bei ihr gepunktet hatte. Jetzt führte er Marilyn zurück in ihre Box und rief noch über die Schulter: »Kann ich dann noch eure Nummern haben?«

Er war gut. Er hatte »eure Nummern« gesagt, statt »deine Nummer«, damit das Ganze total unauffällig und rein freundschaftlich wirkte. Bernie war der geborene Komplize, und das, obwohl er selber eines der Kuppelobjekte war! Maxi war tief beeindruckt.

»Ist er nicht einfach …«

»Ja, er ist echt …«

»Ich weiß genau, was du meinst …«

»Also ich hab keine Ahnung, was ihr meint!«

Maxi, Lara und Stella fuhren herum.

»Nick!«, rief Stella vorwurfsvoll. »Wer hat dir erlaubt, hier reinzukommen?«

»Ich dachte, ich wohne hier!«, sagte Nick ein klein wenig eingeschnappt.

»Ich warne dich, zwing mich nicht, zwischen dir und Aragorn zu wählen!«, erklärte Stella und stopfte eine Handvoll Popcorn in den Mund.

»Na toll«, knurrte Nick. »Jetzt muss man sich schon in seinem eigenen Haus von einem dahergelaufenen Landstreicher vertreiben lassen!«

»In Wirklichkeit ist er ein König«, meinte Stella.

»Und er rettet Mittelerde!«, ergänzte Maxi.

»Und er hat nur Augen für Arwen!«, fügte Lara mit unverkennbarer Wehmut in der Stimme hinzu.

»Na toll«, murmelte Nick. »Und wie soll unsereins da noch mithalten können?«

»Wenn du uns in Ruhe weitergucken lässt, bist du nach wie vor im Rennen«, erklärte Stella, und drückte die Pausetaste auf der Fernbedienung. »Aber nur dann.«

»Pf«, machte Nick, was von der Damenrunde nicht weiter beachtet wurde.

»›Männer sind Schweine‹ gilt wohl nicht für Elfen und all sowas«, murmelte er und verschwand in Richtung Arbeitszimmer.

»Elben!«, rief Maxi ihm nach, nahm ihrer Mutter die

Fernbedienung weg und drückte auf »Play«. »Es sind *Elben!*«

»Ob ich bei Aragorn Chancen hätte?«, fragte Lara sehnsüchtig, als sie später mit Maxi die Treppe hinaufstieg.«

»Theoretisch sicher«, meinte Maxi. »Du bist genau derselbe Typ wie Arwen. Aber praktisch …«

»Praktisch hat er nur Augen für eine«, beendete Lara den Satz. »Sowas hat allerdings außerhalb von Mittelerde Seltenheitswert. In unseren Breiten nehmen die Kerle alles was mit den Wimpern klimpert.« Sie schnaubte angewidert.

»Aber doch nicht alle«, widersprach Maxi. »Vic ist nicht so. Er ist treu und total romantisch. Zum Beispiel unser Sechs-Monats-Date morgen: Er hat sich bestimmt was Besonderes ausgedacht.«

»Hmmm.« Lara nickte bedächtig, um die Ernsthaftigkeit ihres Gedankengangs zu betonen. »Stimmt, du bist ein ziemlicher Glückspilz. Natürlich ist er nicht Aragorn. Aber ich gebe zu, für jemanden, der vermutlich nicht die Welt retten wird, ist er gar nicht übel.«

»Und Max ist auch nicht so. Glaube ich wenigstens. Siehst du ihn eigentlich morgen?«

Lara zögerte. »Ich weiß nicht so recht. Ich hab irgendwie das Gefühl, Carolin hat doch ein Problem damit und ich komme mir komisch vor, wenn …«

»Ach, um Carolin mach dir mal keine Sorgen«, sagte Maxi fröhlich. »Ich hab nämlich schon die Lösung für alles.«

»Die Lösung für alles?«

»Ja, auf zwei Beinen. Und der Rest ist auch ganz ansehnlich. Carolin hat morgen Vormittag ein Date mit ihm. Oder jedenfalls beinahe.«

»Ein Date?«, fragte Lara verblüfft. »Morgen Vormittag? Ich dachte, ihr wolltet ausreiten?«

»Ja, das wollten wir auch. Carolin, ich und besagter Wunderknabe. Zu dritt und in aller Freundschaft. Aber leider werde ich morgen früh mit schrecklichen Kopfschmerzen aufwachen. Mir wird übel sein und ich werde wahrscheinlich sogar Fieber haben – und schon ist es kein Ausritt in aller Freundschaft, sondern ein Date!«

»Ich glaube fast, du hast jetzt schon Fieber! Carolin merkt das doch!«

»Ach was, ich zeige bei Bedarf oscarreife schauspielerische Leistungen, kann Nick dir bestätigen. Wo ich gerade den idealen Aragorn für unsere widerspenstige Arwen gefunden habe! Die Chance wollen wir uns doch nicht vermasseln!«

Am nächsten Morgen hatten die letzten Schneewolken sich verzogen, und es bahnte sich ein traumhaft schöner, sonniger Wintertag an. »Was ich für Opfer bringe«, murmelte Maxi, als sie, noch im Pyjama, von ihrem Fenster aus beobachtete, wie Carolin und Bernie wegritten. Normalerweise hätte sie nichts davon abhalten können, an einem solchen Tag mit Ringo auszureiten.

»Heißt das, du versteckst dich den ganzen Tag hier drinnen?«, fragte Lara. »Ist doch ewig schade!«

»Keine Spur, die beiden sind locker zweieinhalb

Stunden unterwegs«, rief Maxi und war schon dabei, Pulli und Jeans aus dem Schrank zu suchen. »Carolin zeigt ihm die Wildschweinrunde. Also können wir gefahrlos zum Ruinenberg rodeln gehen. Dann siehst du auch gleich unsere Silvesterlocation.«

Der Plan war, nach dem Reitfest Teilnehmer und Zuschauer mit heißem Tee, Punsch, Suppe und Brötchen zu stärken und dann so um elf Uhr abends mit Taschenlampen, Fackeln und allen verfügbaren Schlitten gemeinsam zu Fuß auf den Ruinenberg zu wandern. Der »Ruinenberg« war eigentlich nur ein besserer Hügel und er wurde so genannt, weil da die Überreste eines alten Schlösschens standen. Im Sommer war er ein beliebter Picknickplatz, an dem auch eine der am häufigsten benutzten Ausreitrouten vorbeiführte.

Vom Ruinenberg aus hatte man einen wunderschönen Blick über die Umgebung: Nicht nur Wieselberg und die umliegenden Dörfer konnte man sehen, sondern sogar bis nach Altenburg. Außerdem führte von da eine Forststraße direkt hinunter ins Dorf, die bei Schnee nicht geräumt wurde und sich super zum Rodeln eignete. Zu Silvester kamen traditionsgemäß viele Leute aus der Umgebung auf den Ruinenberg, um sich von da das volle Feuerwerkspanorama zu geben – und wenn man den Erzählungen von Carolin und Vic glauben konnte, war die Rodelpartie danach immer der Hammer. Als Abschluss der Silvesternacht war ein Umtrunk im Dorfcafé geplant.

Auch auf dem Hang unterhalb der Ruine konnte man super rodeln, er war zwar kurz, aber schnell, und lag wunderschön in der Sonne. Die Mädchen hatten ihren Schlitten gerade zum zweiten Mal wieder raufgezogen, als Maxi das Brummen ihres Handys in der Jackentasche spürte. Eine SMS von Bernie. »*Danke, du Kranke ;-) LG Bernie*«, las sie Lara eben lachend vor, da unterbrach sie Taylor Swift: »You got that James Dean day dream look in your eye …«

Oh, shit.

»Das ist Vic«, sagte sie zu Lara.

»Weiß ich doch.«

»Mist, dem wird die Krankengeschichte gar nicht gefallen …«

»Oh, du meinst, du willst ihm nicht sagen, dass du seine Schwester angelogen hast, damit die mit einem Typen ausreitet, den du als ihren Boyfriend für besser geeignet hältst als seinen besten Freund? Ich wüsste nicht …«

»Psssst«, machte Maxi und hob ab.

»Hey, Maxi«, sagte Vic mit besorgter Stimme. »Ich hab Carolin gerade angerufen, weil ich die Standliste fürs Café nicht finden konnte, und sie hat gesagt, du bist krank?«

Maxi überlegte fieberhaft und beschloss dann, so nahe bei der Wahrheit zu bleiben wie möglich.

»Maxi? Bist du da?« Gleich noch besorgter.

»Ähm … ja …« Sie räusperte sich und versuchte, so rekonvaleszent wie möglich zu klingen. »Ich hab mich in der Früh echt mies gefühlt …«

Grinsend pflückte Lara eine kleine Flaumfeder aus der Lockenmähne ihrer Freundin. Sie und Maxi hatten in der Früh eine gigantische Kissenschlacht veranstaltet.

»... aber es geht mir schon viel besser ...« Lara kicherte und Maxi gab ihr ungeduldig erneut ein Zeichen, still zu sein.

»Aber du liegst hoffentlich im Bett?«

»Na ja, ich liege nicht direkt im Bett, ich bin ...«

»Jetzt sei doch nicht so unvernünftig!«, unterbrach er sie vorwurfsvoll. »Wenn du Fieber und Kopfweh hast und dir auch noch schlecht ist, dann solltest du auf jeden Fall im Bett bleiben. Und unser Date verschieben wir einfach, o. k.?«

»Aber Vic, das ist echt nicht nötig! Ich fühl mich schon wieder gut, wirklich! Wir haben unser Date ja schon einmal verschoben und du hattest es doch für heute geplant!«

»Ja, aber nun bist du eben krank. Dafür kann doch niemand was!«

»So schlimm ist es ja gar nicht, gar kein Grund zum Verschieben! Mein Magen hat sich schon gut erholt, ich konnte vorhin sogar eine Kleinigkeit essen ...«

Lara biss in ihren Handschuh, um ihr Lachen zu unterdrücken. Nick hatte frische Brötchen und Kuchen aus der Bäckerei geholt und dann seine berühmten »Magic Mirror Eggs« gemacht, dazu Orangensaft und Kakao: Maxi hatte gefrühstückt wie ein Grizzlybär nach dem Winterschlaf. Jetzt warf sie Lara einen drohenden Blick zu, keine verräterischen Geräusche von sich zu geben.

»Keine Widerrede«, sagte er. »Für das, was ich vorhabe, musst du fit sein.«

»Aber ich *bin* fit, das war nur ... der Kreislauf oder so ... und ich hab auch kein richtiges Fieber, bloß erhöhte Temperatur ...«

»Umso besser«, erklärte Vic. »Dann wirst du dich bestimmt bis morgen schon wieder ganz erholt haben. Also, ruh dich schön aus, und ich hol dich morgen so um halb sechs ab. Ich tausche einfach die Dienste im Café mit Karen, hab sie schon angerufen. Sie muss da nur einen Arzttermin verschieben, aber das ist kein Problem, hat sie gesagt.«

Verdammt noch mal. Verschobene Arzttermine, getauschte Dienste – wer hätte aber auch ahnen sollen, dass ihr kleiner falscher Krankenstand gleich solche Konsequenzen nach sich zog! Wenn Carolin und Vic nicht miteinander telefoniert hätten, dann wäre alles ganz normal gelaufen, sie hätte einfach am Nachmittag gesagt, sie würde sich schon viel besser fühlen. Vielleicht hätte sie Vic ja auch ganz einfach sagen sollen, was los war. Andererseits – jetzt war es ohnehin schon zu spät, um alles noch einmal umzukrempeln. Und ihr Freund reagierte auch in den letzten Tagen zusehends allergisch auf ihre Versuche, kreuz und quer zarte Bande zu knüpfen. Er wäre bestimmt sauer geworden, wenn sie ihm die Wahrheit gesagt hätte. Wer weiß, vielleicht hätte sie sich damit sogar ihr Sechs-Monats-Date mit ihm vermasselt, man konnte nie wissen. Besser, sie ging auf Nummer sicher und blieb bei ihrer Story. Was er nicht wusste, konnte ihn auch nicht verärgern.

»Also, sind wir uns einig?«, hakte er nach. »Morgen um halb sechs?«

»Wenn du wirklich meinst, es ist besser …«, gab sie seufzend klein bei.

»Definitiv. Und vergiss nicht, dich warm anzuziehen.«

»Ist das wörtlich gemeint oder bildlich?«

Vic lachte wieder. »Wörtlich«, sagte er. »Und du klingst wirklich nicht sehr krank. Ich hol dich dann morgen ab.«

»Abholen? Aber ist es nicht praktischer, wenn ich ins Dorf komm? Du fährst doch bei dem vielen Schnee nicht mit dem Moped und …«

»Nein, glaub mir«, unterbrach Vic sie. »Es ist praktischer, wenn ich dich abhole. Ist ja nur ein kurzes Stück und außerdem sind die Straßen jetzt schon alle geräumt. Bis morgen, Ballkönigin.«

»Bis morgen, Ballkönig.« Maxi seufzte, als sie das Handy einsteckte. »Ich bin echt zu selbstlos«, erklärte sie ein wenig leidend.

»Selbstlos?«, fragte Lara. »Doof passt eher.«

»Selbstlos, weil ich Carolins Liebesleben mein Date opfere.« Und weil ich es vor ein paar Tagen schon mal deinem Liebeskummer geopfert habe, fügte sie im Stillen hinzu und fühlte sich sehr heldenhaft, weil sie es nicht laut aussprach.

»Und doof, weil du jetzt auch noch Vic angelogen hast«, erklärte Lara. »Wär doch gar nicht nötig gewesen.«

»Ich hab ihn doch gar nicht richtig angelogen. Bloß nicht widersprochen.«

»Erhöhte Temperatur? Kreislauf? Nur eine Kleinigkeit gegessen?«

»Jetzt hör schon auf. Er hätte mich sonst nur angemotzt, dass ich mich in Dinge einmische, die mich nichts angehen.«

»Na, vielleicht hat er ja recht!«

»Na, hör mal! Ich mach das genauso viel für dich wie für Carolin!«

»Nein, das kannst du nicht auf mich abschieben! Für *mich* hast du Vic bestimmt nicht angelogen!«

»Ach, komm. Es war bloß eine kleine Notlüge. Irgendwann erzähl ich's ihm ...« Oder auch nicht, setzte sie den Satz in ihrem Kopf fort, »... und dann werden wir beide drüber lachen. Und Carolin auch. So, und jetzt heb deinen mageren Großstadthintern. Wir sind ja schließlich nicht zum Spaß hier!«

Carolin und Bernie waren fast drei Stunden unterwegs gewesen. Das stellte Maxi mit Genugtuung fest, als sie die beiden von ihrem Fenster aus beim Absatteln beobachtete. Sie und Lara waren auch erst vor einer Stunde heimgekommen und es war gar nicht einfach gewesen, die gesunde Wangenfarbe, die Winterluft, die Schnee und Sonne in ihr Gesicht gezaubert hatten, mit Stellas Abdeckcreme für Rötungen und ihrem weißen Puder wieder zu neutralisieren.

Die beiden schienen sich auch jetzt noch blendend zu unterhalten, so weit das auf diese Entfernung zu erkennen war. Maxi konnte es kaum erwarten, Bernie anzurufen. Natürlich würde sie nicht so direkt fragen, wie es mit Carolin gelaufen war. Nur so allgemein, wie denn der Ausritt gewesen sei und ob sie so etwas in nächster Zeit wieder vorhätten … Schließlich war Maxi die Meisterin der subtilen Interview-Strategie. Nur bei Carolin biss sie damit meistens auf Granit. Um die Gemütslage ihrer Freundin nach drei Stunden Zweisamkeit mit Bernie wenigstens oberflächlich abzuchecken, beschloss Maxi, von ihrer schweren Vormittagskrankheit zu genesen und einen kleinen Ausflug nach draußen zu wagen. Mit Lara war heute sowieso nichts mehr anzufangen. Die hatte sich nach dem Schlittenfahren noch hingebungsvoll mit Rocket gebalgt, in dem Versuch, ihm ein Halfter überzustreifen. Nach erfolgter Großtat war sie ebenso stolz wie ausgehungert zum Mittagessen angetreten, wo sie in etwa die Ration eines hundert Kilo schweren Holzfällers verdrückt hatte. Nun lag sie mit dem ersten Band von »Herr der Ringe« auf dem Sofa und war in eine Art Aragorn-Trance verfallen, verschärft durch die ungewohnt hohe Dosis Sauerstoff und die ebensolche Kalorienzufuhr. Jedenfalls sah es nicht so aus, als würde sie sich von dort heute noch mal wegbewegen.

Maxi ging also erst mal hinunter in die Küche, wo sie für Carolin ein riesiges Sandwich bastelte – hungrig war Vics Schwester nämlich besonders zugeknöpft. Sie wartete, bis Bernie sich auf seinem Motocross-Teil verabschiedet hatte, zog ihre Winterjacke über und rieb vor dem Vorzimmerspiegel noch mal heftig ihre Augen – gerötet und leicht tränend sorgten sie gleich für einen viel kränkeren Eindruck. Dann schnappte sie das Sandwich und ging hinüber zum Stall, wo sie Carolin gerade beim Abwaschen von Katinkas Trense und

Futterschüssel fand. Die Pferde waren bereits wieder auf der Koppel.

»Ich hab was für dich!«, begrüßte sie ihre Freundin und winkte mit dem Päckchen in Butterbrotpapier.

Carolin ließ alles fallen, drehte den Wasserhahn zu und riss Maxi gierig das Sandwich aus der Hand.

»Wenn ich dir das nächste Mal was verzeihen muss, erinnere mich an diesen Moment!«, sagte sie mit vollem Mund und verklärtem Blick. »Ich bin so hungrig, ich könnte ein Pferd essen.«

»Pssst«, machte Maxi und grinste, »so was hören unsere Mieter nicht so gerne.« Sie wartete, bis die Hälfte des Monstersandwichs inhaliert war und Carolins Kaubewegungen das Raubtierhafte verloren hatten. »Und?«, fragte sie so nebenbei wie möglich, während sie die Schüssel fertig abwusch, die Carolin gerade in Arbeit gehabt hatte. »War's nett? Hat mir ja echt leidgetan, dass ich mich so mies gefühlt hab. Bei dem Wetter heute.«

»Ja, es war toll«, antwortete Carolin kauend. »Die Wildschweinrunde ist grenzgenial bei dem vielen Schnee, man hat so einen traumhaften Blick, und die lange Galoppstrecke geht auch super ... Das kurze Waldstück am Anfang ist etwas schwierig, weil unter dem Schnee der Boden so uneben ist, aber die Pferde haben das ohnehin im Gefühl und ein bisschen Abenteuer muss ja sein, oder? Und kein Mensch unterwegs, nur Hasen, Rehe und wir ...«

Maxi unterdrückte einen Seufzer. Typisch für Carolin, dass sie eher den Text für eine Reiturlaubsbroschüre lieferte als einen Bericht über die Trefferquote von Amors Pfeilen.

»Und die kleine Cousine?«, fragte Maxi so beiläufig, wie sie konnte, aber ausnahmsweise schien Carolin die Frage gar nichts auszumachen.

Sie lachte auf. »Die kleine Cousine kriegt das Prädikat ›geländegängig‹«, sagte sie. »Und das, obwohl ich's ihm nicht ganz leicht gemacht habe.«

»Kann ich mir vorstellen.« Es hatte Carolin auch immer beträchtliches Vergnügen bereitet, Maxi zu Pferd durch Bäche, über unwegsame Wurzelsteige und wackelige Brücken zu jagen. »War sicher witzig. Beim nächsten Mal komm ich bestimmt mit.«

Carolin sah Maxi aufmerksam an. »Geht's dir besser? Siehst eigentlich schon wieder ganz gut aus.«

»Viel besser. Nick kriegt Migräne, vielleicht bin ich da erblich belastet.«

»Na, wenn du morgen Nachmittag wieder fit bist, dann komm doch mit. Ich will Bernie die Ruinenrunde zeigen.«

»Lieber nicht«, sagte Maxi. »Vic holt mich um halb sechs ab und ich hab ihm versprochen, mich bis dahin auszuruhen. Ich werde es also sehr ruhig angehen, und höchstens mit Lara einen Sprung ins Einkaufszentrum machen.«

»Hat sie in der Stadt nicht genug Geschäfte?«

»Doch, aber sie hat vor, Rocket ein babyblaues Halfter mit Teddybären drauf zu kaufen, das sie in einem Katalog gesehen hat.«

Carolins Blick wurde starr. »Und das willst du nicht verhindern?«

»Sei dankbar«, meinte Maxi grinsend. »Ihre erste Wahl war pink mit Häschen. Aber vielleicht kann ich ja Einfluss nehmen, wenn ich dabei bin. Was ist mit übermorgen?«

»Übermorgen haben wir doch schon Generalprobe!«

Natürlich wusste Maxi das ganz genau. Aber besser, Carolin hielt sie für gedächtnisschwach, als dass sie Verdacht schöpfte. Es sollte ja so aussehen, als *wollte* sie mitkommen.

»Ach ja, richtig.« Und am Tag vor Silvester würden sie den Pferden noch einen Ruhetag gönnen. In den letzten Wochen war so viel geprobt worden, sie wollten sich und ihren vierbeinigen Freunden ja nicht den Spaß an der Sache verderben.

Auf jeden Fall brauchte Maxi keine genaueren Fragen mehr zu stellen – Carolin hatte Bernie für würdig befunden, ein weiteres Mal mit ihm auszureiten. Das entsprach einer etwa halbstündigen Schwärmerei in normaler Mädchensprache – die Sache lief also!

28. DEZEMBER
Zickenalarm

Stella und Nick hatten es ja mit ihrer Arbeit so eingerichtet, dass sie während Maxis Weihnachtsferien auch beinahe so etwas wie »Urlaub« machten. Sie hatten zwar schon mit den Vorbereitungen für die Frühjahrskampagne ihres Hauptkunden, Herrn Willberg von »Ferien im Dorf«, zu tun; aber die Aufträge aus der näheren Umgebung, die auch vermehrt eintrudelten, waren alle erledigt oder hatten Zeit bis zum Januar, und so hielten sie es lockerer als sonst: standen später auf, frühstückten mit den beiden Mädels, kochten gemeinsam, machten lange Spaziergänge.

Im Moment war es also besonders entspannt, aber Maxi fand, es hatte sich überhaupt alles super eingependelt – ihre Eltern hatten deutlich weniger Stress als früher, als sie noch bei der Werbeagentur angestellt waren. Zwar auch weniger Geld, aber Tendenz steigend. Und nun, da die Ausgaben für den Stall und das Flutlicht so gut wie wieder eingenommen waren, war Maxi stolz, auch etwas beitragen zu können.

»Hab ich was verpasst?«, fragte Nick und schmierte Butter auf seine Semmel. »Wann hattest du einen Migräneanfall?«

»Shit!« Maxi ließ vor Schreck den Marmeladenlöffel

fallen. Sie hatte Stella Bescheid gesagt, aber ihren Vater hatte sie vergessen. »Du hast doch nicht etwa was zu Carolin gesagt?«

»Carolin? Es war Alois. Er wünscht dir gute Besserung.«

»Und was hast du gesagt?«

Nick grinste. »Dass ich's ausrichten werde«, sagte er und biss in seine Semmel. »Schließlich bin ich ein höflicher Mensch.«

Stella warf Nick einen anerkennenden »Das-hast-du-überraschend-gut-gemacht«-Blick zu, wandte sich jedoch gleich darauf mit gedämpfter Stimme an Maxi.

Lara hatte eine Frühstückspause eingelegt und war mit Maxis Laptop im Wohnzimmer, um ihr heutiges Horoskop zu checken – also außer Hörweite, aber nicht aus der Welt. »Meinst du nicht, dass du's ein bisschen zu eilig hast?«, fragte sie. »Carolin und Max waren doch so gut wie zusammen. Das können doch beide nicht von heute auf morgen abhaken und einfach Person A durch Person B ersetzen. Und Lara erst recht. Das funktioniert vielleicht als vorübergehende Ablenkung, aber nicht auf Dauer. Und vielleicht wird das ja auch wieder, mit Tino.«

»Ahaaaaaaa«, sagte Nick gedehnt und erntete einen irritierten Blick von Stella.

»Aber ich zwing doch niemanden zu irgendwas«, verteidigte Maxi sich. »Und weil jemand zunächst vielleicht nur das Ablenkungsprogramm ist, heißt das ja nicht, dass nicht mehr draus werden kann. Ich mein's doch nur gut.«

»Ja, aber wenn Menschen merken, dass man sie manipulieren will, werden sie trotzig und das kann nach hinten losgehen. Und rate mal, wer dann alles abkriegt? Der, der's so gut gemeint hat.«

»Hört, hört«, machte Nick und klopfte mit den Fingerknöcheln auf die Tischplatte, als wäre er im Hörsaal einer Uni – was einen sofortigen »Du-nervst«-Blick von Stella zur Folge hatte.

»Vielleicht solltest du einfach nur den Dingen ihren Lauf lassen«, fuhr Stella fort. »Ohne groß einzugreifen.«

»Interessant«, sagte Nick bedeutungsvoll und diesmal hielt Stella sich nicht mit Blicken auf. »Was soll denn das?«, fragte sie ärgerlich. »Wir sind doch hier nicht bei einer Talkshow!«

»Hab ich das richtig verstanden«, erwiderte Nick vollkommen unbeeindruckt von der Ungeduld seiner Frau, »dass du unserer Tochter rätst, sich nicht über die Maßen in die Liebesangelegenheiten anderer Leute einzumischen?«

»Ja, hast du. Und was soll der geschraubte Tonfall?«

»Der erscheint mir angemessen, um dich respektvoll darauf hinzuweisen«, fuhr Nick gelassen fort, »dass Benno und Kathi eine ähnliche Rücksichtnahme deinerseits vielleicht auch zu schätzen gewusst hätten. Und Delia auch.«

»Was war mit meiner Lieblingstante?«, fragte Maxi sofort.

Delia war Stellas jüngere Schwester, als Reisejournalistin ständig auf Achse und ihre *einzige* Tante. »Und wer sind Benno und Kathi?«, hakte sie sofort nach. Sie liebte Geschichten aus der Zeit, *bevor* es sie gab, beziehungsweise bevor sie sich erinnern konnte.

»*Das* war etwas komplett anderes!«, erklärte Stella. »Das lässt sich überhaupt nicht vergleichen!«

»Es war genau dasselbe und es lässt sich sehr wohl vergleichen!«, widersprach Nick, und zu Maxi gewandt fuhr er fort: »Benno und Kathi waren Freunde von Stella und hatten gerade eine ziemliche Krise …«

»Sie hatten sich getrennt!«, fuhr Stella dazwischen.

»Ach was! Kathi hatte Benno rausgeworfen, aber sie wollte, dass er zurückkommt, und er wollte auch zurückkommen und alles hätte sich innerhalb von Tagen wieder eingerenkt, wenn nicht deine Mutter beschlossen hätte, allen Beteiligten etwas Gutes zu tun!«

»Das ist so fies, wie du alles verdrehst!«, schnaufte Stella. »Benno und Kathi haben überhaupt nicht zusammengepasst, während Delia und Benno wie geschaffen füreinander waren …«

»Genau. Und dann war da noch dieser ehemalige Schulkollege von dir, wie hieß er noch …«

»Frank.«

»Genau. Dieser Frank war der absolut ideale Kandidat für Kathi. Und statt dass Benno wieder nach Hause zurückkehrte, ging er mit Delia essen und ins Kino. In seinem und Kathis gemeinsamen Lieblingslokal liefen sie natürlich Kathi über den Weg, die auf der Stelle vor Eifersucht platzte und sich gerne und willig mit Frank traf, den die verständnisvolle Stella ihr frei Haus lieferte.«

»Ich wollte doch bloß, dass keiner einsam ist«, erklärte Stella trotzig. »Ich wollte nur helfen!«

»Und was ist passiert?«, fragte Maxi gespannt.

»Was eigentlich ein ganz normaler Streit mit anschließender Versöhnung hätte sein können, wuchs sich zu einem Eifersuchtsspektakel in mehreren Akten aus«, sagte Nick. »Und am Schluss ging Benno doch wieder zu Kathi zurück und die anderen Mitspieler suchten sich neue Partner, allerdings diesmal ohne die Hilfe deiner Mutter.«

»Und?«, fragte Maxi. »Sind sie immer noch zusammen, dieser Benno und diese Kathi?«

»Garantiert nicht«, sagte Stella überzeugt. »Die haben so was von nicht zusammengepasst.«

»Aber mit Bestimmtheit können wir es nicht sagen«, ergänzte Nick grinsend, »die Freundschaft war danach nämlich etwas angeknackst und wir haben den Kontakt verloren.«

»Auf jeden Fall war das was ganz anderes«, wiederholte Stella. »Und es hätte auch funktionieren können!«

Nick seufzte. »Ich hoffe, *du* lernst wenigstens aus den Fehlern deiner Mutter, wenn sie sich schon weigert!«, sagte er zu Maxi.

»Klar«, antwortete Maxi. »Ich hab grad was Wichtiges gelernt: Nämlich, dass keiner je auf *mich* sauer sein darf, denn ich kann nichts dafür, dass ich die richtigen Menschen zusammenbringen will! Es ist genetisch bedingt!«

»Sicher«, sagte Nick. »Genau wie die Migräne.« Und mit einem ziemlich mutigen »Du-weißt-genau-dass-ich-recht-hab«-Blick in Stellas Richtung nahm er seine Kaffeetasse und verdrückte sich aus der Küche.

»Und das war ihr nicht auszureden?«, fragte Carolin. Ihre Augen wanderten zwischen dem himmelblauen Ponyhalfter und dem roten Halsband mit Swarovski-Steinen hin und her, die Maxi zuvor auf Rockets und Rambos Haken gehängt hatte.

»Keine Chance. Das Halfter hatte schon Wurzeln in ihrer Fantasie geschlagen, kaum dass sie es im Katalog entdeckt hatte. Und was Rambos Halsband angeht: Lara hat gefunden, sein altes ist das Pendant zu löchrigen Unterhosen bei einem Jungen. Also braucht er ein neues.«

»Aber muss er deswegen aussehen, als würde er beim Zirkus auftreten?«

»Sie hat außerdem gemeint, es würde bei der Show ganz toll kommen.«

Carolin seufzte und wechselte das Thema. »Bist du sicher, dass du nicht mitkommen willst?«

»Will schon, kann nicht«, antwortete Maxi, immer auf der Hut. »Vic holt mich um halb sechs ab, das wird mir zu knapp.«

»Wir sind doch spätestens um fünf zurück. Dann ist es ja sowieso finster.«

»Ja, aber dann muss ich noch Ringo versorgen und alles wegräumen und dann ist es halb sechs.«

»Und?«

»Und??? Es ist ein *Date*. So etwas benötigt eine gewisse Vorbereitungszeit.«

Carolin verdrehte die Augen. »Ach sooo. *Das*. Weiß auch nicht, wie ich das schon wieder vergessen konnte.«

»Weißt du, was er geplant hat?«, fragte Maxi neugierig.

Carolin hob die Augenbrauen. »Keinen Schimmer. Aber selbst *wenn* ich es wüsste …«

»… würdest du dir eher die Zunge abbeißen, als die Überraschung zu verraten, schon klar.«

Sie und Carolin waren damit beschäftigt, die Sättel von Ringo und Katinka für das bevorstehende Reitfest auf Hochglanz zu bringen.

»Fertig!«, erklärte Maxi als Erste und hängte den Sattel zurück an seinen Platz.

»Wenn das so ist, kannst du mir mal Katinkas Zaumzeug von der Stange draußen holen, bitte? Hab's gestern dort hängen lassen. Und ich muss zusehen, dass ich fertig werde.«

»Klar.« Maxi ging hinaus und bei dem Gedanken, dass Carolin jetzt gleich zum zweiten Mal in zwei Tagen mit Bernie ausreiten würde, stahl sich ein zufriedenes Lächeln auf ihr Gesicht. Das verging ihr allerdings, als sie ihren Blick in Richtung Koppel schweifen ließ.

»Rambo!«, schrie sie. »Nicht!«

»Was ist denn los?«, fragte Carolin von drinnen. Maxi warf das Zaumzeug wieder über die Anbindestange, rannte los und rief über die Schulter zurück:

»Die braune Ziege ist wieder da! Rambo will abhauen!«

Penelope, die braune Ziege, stand an ihrem üblichen Platz am Zaun und beobachtete Rambo. Als sie Maxi loslaufen sah, begann auch sie, den Zaun entlangzutraben, zum hinteren, dem Haus abgewandten Teil der Koppel, als wüsste sie genau, was Rambo vorhatte.

Der schwarz-weiße Ziegenbock war immer schon

Spezialist im Ausbüxen gewesen, vielleicht fühlten sich die beiden Ziegen ja auch wegen dieser Gemeinsamkeit so zueinander hingezogen. Im Sommer hatte Rambo wiederholt die umliegenden Gärten unsicher gemacht, ebenso wie die Klauser'sche Speisekammer. Ziegen sind sowieso gute Kletterer, aber Rambo war außerdem ein guter Springer. So schaffte er es von seinem Kletterbaumstamm auf der Koppel auf das beinah flache Dach des Unterstandes und von da konnte er in einem mächtigen Satz über den Zaun springen. Seit Nick den Zaun im Herbst erneuert hatte, fiel ihm das zum Glück nicht mehr ganz so leicht – er hatte sich in der letzten Zeit nur noch aus dem Stall davongemacht, wenn jemand seine Boxentür nicht gesichert hatte. Vielleicht lag seine neue »Häuslichkeit« auch einfach daran, dass ihm nun mit den anderen Pferden, und vor allem mit Rocket, nicht mehr so oft langweilig war wie zuvor.

Aber die freche Besucherin war offenbar Motivation genug, etwas zu riskieren: Der schwarz-weiße Ziegenbock war ganz oben auf seinem Kletterbaum und im Begriff, auf das Dach des Unterstands zu springen. Noch war er unsicher und zögerte – auf dem Dach lag jede Menge Schnee und das war ungewohnt. Andererseits: Auf dem Boden war das weiße Zeug ja auch und machte keine Probleme. Rambo stand wie die Karikatur einer Gämse auf einem Berggipfel, alle vier Füße dicht beisammen, leise schwankend.

»Rambo!«, brüllte Maxi. »Komm da runter, du Verrückter! Du wirst dir den Hals brechen!«

Rambo warf einen Blick in ihre Richtung – gerade

war Maxi am Gatter angelangt, schlüpfte nun unten durch und lief auf den Kletterbaum zu. Offenbar empfand er Maxis Aufregung als Anfeuerung, jedenfalls entschloss er sich zu springen. Das Dach des Unterstands war leicht schräg und natürlich rutschte er, geriet aus dem Gleichgewicht, fing sich aber wieder und trapste jetzt vorsichtig auf den Rand des Daches zu, der dem Zaun am nächsten war.

Carolin rannte außen am Koppelzaun entlang, in den Spuren der braunen Ziege. Maxi war inzwischen beim Unterstand angekommen und versuchte, Rambo mit Zureden dazu zu kriegen, seinen Plan aufzugeben. Aber keine Chance.

Als sie merkte, dass der sture Bock sie vollkommen ignorierte und nur noch nach der idealen Absprungposition suchte, lief sie ebenfalls zum Zaun und duckte sich in dem Moment unten durch, als Carolin auch da ankam. Die braune Ziege war ein paar Schritte vor ihnen geflüchtet – man konnte bei diesen Zweibeinern schließlich nie wissen, woran man war: Einmal gab es Wasser und Ziegenpellets, ein anderes Mal wurde man wieder in den rollenden Stall geschubst und zurück nach Hause verfrachtet.

Carolin und Maxi standen nebeneinander und fuchtelten beide mit den Armen. Der Ausdruck von Rambos Augen lag irgendwo zwischen Mitleid und Belustigung. Er verlagerte ein letztes Mal sein Gewicht und sprang – nein, segelte – über den Zaun, genau auf die beiden Mädchen zu. Carolin und Maxi schrien erschrocken auf und wichen unwillkürlich zurück, womit sie den perfekten Landeplatz für den Bock freigaben, der im Ziegengalopp sofort weiter Richtung Wald lief, gefolgt von seiner neuen Freundin. In sicherer Entfernung blieben die beiden kurz stehen, um ihr Begrüßungs-Schnüffel-Ritual durchzuführen, doch kaum nahmen die Mädchen die Verfolgung auf, liefen die zwei schon weiter und waren nach ein paar Minuten im Wald verschwunden.

»Na toll«, schnaufte Carolin. »Kann man eine Ziege wegen Entführung belangen?«

»Selbst wenn, kriegt sie mildernde Umstände, weil offenbar heftige Emotionen der Auslöser waren.«

Carolin rollte mit den Augen. »Ich vergaß, dass wir hier eine heiße Ziegenlovestory haben.«

»Also bitte! Das ist ja jetzt wohl mehr als offensichtlich! Sie kommt extra den weiten Weg her, und das drei Mal! Das *muss* Liebe sein!«

»Auch wieder wahr«, stimmte Carolin zu. »Wenn jemand denselben Blödsinn drei Mal macht, hat es meistens mit Liebe zu tun. Drum steh ich ihr ja so skeptisch gegenüber.«

»Mehr von deiner Sorte könnten den Ruf einer ganzen Generation ruinieren, was die Romantik angeht.«

»Und deine Sorte ist schuld, dass es so etwas wie pinkfarbene und babyblaue Halfter für Pferde gibt.«

»Ich würde ja gerne noch länger mit dir so angeregt plaudern, aber sollten wir nicht lieber zusehen, dass wir die beiden Ziegen einfangen?«

»Ja, holen wir die Pferde und gehen den Spuren nach. Heute dürfte das ja kein Problem sein.« Es war kurz nach zwei und genauso strahlend schön wie am Tag davor, sie hatten also noch etwa zweieinhalb Stunden Tageslicht. Maxi sah ihr schönes neues Liebes-Projekt gefährdet.

»Aber Bernie kommt doch in einer halben Stunde!«, rief sie. »Du kannst ihn doch nicht einfach sitzen lassen!«

Carolin runzelte die Stirn. »Auch wieder wahr. Am besten, du wartest noch, und sobald er da ist, gehen wir alle gemeinsam.«

»Ach komm.« Maxi lachte. »Traust du mir denn gar nichts zu? Den Spuren kann ich auch alleine nachgehen. Jede Wette, Rambo führt Penelope zu einer seiner üblichen Stationen.« Rambo hatte seine Lieblingsplätze in den umliegenden Häusern und Bauernhöfen, sehr zum Leidwesen der Besitzer. »Ich bin in einer Stunde spätestens wieder da. Wenn das Einfangen ein Problem wird, rufe ich Alois an.«

»Hast eigentlich recht«, stimmte Carolin zu. »Wo sollen die schon groß hinlaufen? Du findest sie bestimmt schnell.«

»Jede Wette.« Maxi machte sich keine wirklichen Sorgen um Rambo, denn die vergangenen Suchexpeditionen hatten gezeigt, dass der Ziegenbock viel zu schlau war, um sich der gefährlichen Hauptstraße zu nähern. Er hielt sich an die Feld- und Waldwege und kannte alle Abkürzungen zu den nahe gelegenen Gemüsegärten und Rübenfeldern. Außerdem hatte Rambo ja auch noch sein altes Halsband um, das sie ihm im Frühling nach seinen ersten Solo-Ausflügen gekauft hatten. Es war zwar ganz simpel, ohne Swarovski-Steine, aber daran baumelte ein kleiner Anhänger, in dem die Kontaktdaten der Klausers zu finden waren – für alle Fälle.

»O. k.«, seufzte Carolin. »Nimm am besten Rambos neues Kitschhalsband für Penelope mit. Und Stricke nicht vergessen.«

»Jawohl, mein Kapitän.«

»Und ich sag deinen Eltern Bescheid und ruf inzwischen die üblichen Opfer durch, Alois und Frau Grundel und den Hübnerhof und so weiter …«

Die Pferde hatten das Fluchtspektakel stoisch beobachtet und sich längst wieder dem zugewandt, womit sie vorher auch beschäftigt gewesen waren: in der Sonne liegen, gegenseitige Fellpflege, nach vergessenen Halmen vom letzten Heuballen suchen. Einzig Ringo starrte noch in die Richtung, in die Rambo verschwunden war, und Rocket kam, sichtlich verwirrt von der ganzen Sache, neugierig angetrabt. Immerhin war Rambo sein liebster Spielgefährte. Der konnte doch nicht einfach ohne ihn die Kurve kratzen!

Carolin und Maxi hatten die Koppel fast überquert, als Maxis Handy läutete. Sie nahm es aus der Jackentasche und warf einen Blick auf das Display. Bernie! Sie ließ es läuten und steckte das Handy wieder ein.

»Nicht so wichtig«, sagte sie auf Carolins fragenden Blick.

»Und warum grinst du dann so?«

»Ich grinse nicht, ich bin einfach nur gut drauf.«

In ein paar Minuten, sobald Carolin außer Hörweite

war, würde sie ihn zurückrufen. Bestimmt wollte er nur ausloten, wie es um seine Chancen stand.

»Nein, ich kenn sie doch. Sie mag dich, garantiert. ›Geländegängig‹ ist wahrscheinlich das größte Kompliment, das ihr je jemand entlockt hat. Sie ist nicht so der romantische Typ.«

Maxi telefonierte seit zehn Minuten mit Bernie, der bis zum kleinsten Augenbrauenzucken wissen wollte, was Carolin über ihn gesagt hatte. Bis jetzt hatte sie Ringo am langen Zügel den Spuren der beiden Ziegen folgen lassen, aber hier wurde der Wald dichter und sie tat gut daran, sich auf den Weg und ihr Pferd zu konzentrieren.

Ringo mochte es gar nicht, wenn sie während des Reitens telefonierte, er spürte, dass dann ihre Aufmerksamkeit nicht bei ihm war. Zweimal hatte der kleine Wallach bereits versucht, umzudrehen – seine Art, ihr zu sagen: »Ganz oder gar nicht!«

»Sorry, Bernie, ich muss jetzt leider Schluss machen, aber du solltest sowieso fahren. Was sie nämlich bestimmt nicht mag, ist, wenn man sie warten lässt!«

»Mach ich nicht«, sagte Bernie. »Ich hab an der Bushaltestelle unten in Wieselberg gehalten, um dich noch schnell anzurufen. Ich bin in zwei Minuten oben.«

»Alles klar. Na, dann viel Spaß beim Ausritt! Halt mich auf dem Laufenden, o. k?«

Maxi steckte ihr Handy ein und manövrierte Ringo durchs Gebüsch, bis sie plötzlich wieder auf der Forststraße landete, die Teil einer ihrer gewohnten

Reitstrecken war. »Na toll«, sagte Maxi seufzend zu Ringo. »Da hätten wir uns den ganzen Tarzankram sparen können.«

Aber blöderweise hatte das flüchtige Liebespaar keinen Abschiedsbrief mit genauer Routenbeschreibung hinterlassen. Es blieb ihr also nichts anderes übrig, als auch weiterhin den Spuren der acht kleinen Hufe zu folgen, die nun, da sie sich mit den Reifenspuren des Forstfahrzeugs vermischten, nicht mehr ganz so leicht auszumachen waren. Bis jetzt hatte sie keinen Anruf von Carolin gekriegt, also waren die beiden Ausreißer an keiner von Rambos üblichen Futter-Anlaufstellen aufgetaucht.

Da läutete ihr Handy erneut.

»Tino«, sagte sie seufzend, als sie abhob. »Tut mir leid, dass ich mich nicht gemeldet hab, aber ich hab ehrlich nicht gewusst, was ich dir sagen soll. Sie will nun mal nicht mit dir reden. Ich hab's echt versucht … Ich weiß nicht, ob das mit Max zu tun hat … Nein, kann ich nicht sagen. Warum wartest du nicht einfach, bis die Schule wieder losgeht, dann ergibt sich doch sicher eine Gelegenheit, um … Natürlich kann es sein, dass inzwischen die Sache mit Max … Das kann keiner garantieren, aber ich schätze, das hättest du dir wohl vorher … Ganz genau …«

Maxi hörte sich eine halbe Ewigkeit lang an, wie sehr Tino Lara vermisste und was er alles dafür opfern würde, wenn sie ihm noch eine Chance gäbe. Schließlich gelang es ihr, ihn zu überzeugen, dass es vermutlich am besten war, Lara noch etwas Zeit zu lassen.

Oder anders gesagt, ihr, Maxi, noch etwas Zeit zu lassen, um alles in die richtigen Bahnen zu lenken.

Maxi wollte, dass Lara glücklich war – sie musste nur erst noch draufkommen, mit wem sie das am besten sein konnte. Aber der arme Tino schien richtig verzweifelt und sie musste ihm das Versprechen geben, noch einmal mit Lara zu reden und ihn sofort wissen zu lassen, wenn sich an ihrer Einstellung irgendetwas zu ändern schien. Schließlich beendete Maxi das Gespräch, weil Ringo schon gar zu ungeduldig mit den Ohren schlackerte und sie in dem Schneckentempo, das sie telefonierend notgedrungen beibehalten musste, einfach nicht weiterkam.

»Mist«, fluchte sie leise, als sie das Akkusymbol auf ihrem Handy blinken sah. Ab jetzt musste sie Akku sparen, schließlich war nicht auszuschließen, dass sie Nick oder Alois anrufen musste, wenn sie allein mit den Ziegen nicht zurechtkam.

Kurz zuvor hätte sie beinahe übersehen, dass die Spuren von Rambo und Penelope wieder abzweigten und es erneut quer durchs Gemüse weiterging. Gleich danach hatte sie sich das Knie angeschlagen, weil Ringo zu knapp an einem Baum vorbeigegangen war – natürlich ihre eigene Schuld, sie hätte ihm mit dem Schenkel rechtzeitig signalisieren müssen, dass er ausweichen sollte. Ringo hatte vollkommen recht: Telefonieren und Reiten waren nicht vereinbar.

»Ja, ja, schon kapiert, mein Dicker«, murmelte sie und rieb sich das schmerzende Knie. »Ab jetzt pass ich besser auf.«

Sie bemerkte eine Markierung an einem Baum und kurz darauf noch eine – offenbar befand sie sich auf einem zugeschneiten Wanderweg. Natürlich hätte sie hier mit ihrem Pferd eigentlich gar nicht sein dürfen, nicht auf dem Wanderweg und noch viel weniger mitten im Wald – aber falls ihr Herr Heinrich von der Forstaufsicht wirklich begegnete, würde er sicher Verständnis haben.

»Die Ziege heiligt die Mittel«, dachte Maxi und grinste. Hier kreuzte der Wanderweg wieder eine Forststraße und an einem Baum gab es einige kleine halb zugeschneite Wegweiser. *Buchlbach über Auerbach 6 km – Schwaigeröd 12 km.*

Die Ziegen hatten sich offenbar nicht entscheiden können, denn ihre Hufabdrücke führten wieder einmal zwischen den beiden angegebenen Richtungspfeilen mitten in den Wald. Seufzend ließ Maxi Ringo der Spur von Rambo und Penelope durch den Tiefschnee nachstapfen – sie waren jetzt schon über eine Stunde unterwegs, und das großteils durch den Tiefschnee. Maxi konnte überhaupt nicht verstehen, was die Ziegen so antrieb. Sie hatte eigentlich damit gerechnet, sie auf einem nahen Bauernhof beim Futterdiebstahl zu überraschen. Aber die beiden schienen nicht einfach nur zu ihrem Vergnügen umherzustreunen, es kam ihr so vor, als steuerten sie auf ein bestimmtes Ziel zu. Sonst hätte Maxi sie längst einholen müssen, schließlich war eine Tiefschneewanderung für kurze Ziegenbeine noch viel anstrengender als für die verhältnismäßig langen Beine eines Islandpferdes.

Als sie das Brummen ihres Handys in der Jackentasche spürte, ließ sie Ringo kurz verschnaufen, um die Nachricht zu lesen.

Von Lara. *»Treff mich später noch mit Max im Dorfcafé. Vielleicht kommt ihr ja nach? xxx L«*

In diesem Augenblick erschien Maxi die Vorstellung, gemütlich im Dorfcafé zu sitzen, ziemlich verlockend. Diese Ziegen-Verfolgungsjagd dauerte länger und gestaltete sich ungemütlicher als erwartet und Maxis Hände und Füße verwandelten sich langsam, aber sicher in Eiszapfen. Aber Vic hatte doch für heute etwas geplant und was immer es war, es würde sich zumindest teilweise unter freiem Himmel abspielen, sonst hätte er nicht dazugesagt, sie sollte sich warm anziehen. Sie seufzte. Umdisponieren war ausgeschlossen, sie hatten das Date schon zweimal verschoben und außerdem würde er sie schon in knapp zwei Stunden abholen. Nicht zuletzt deshalb beschloss Maxi schließlich, umzukehren und über den vertrauten Forststraßenweg nach Hause zu reiten – da konnte sie wenigstens ein Stück traben, um sich wieder aufzuwärmen. Gerade als sie Ringo wenden wollte, sah sie an einem Baum noch eine Wegweisertafel blinken.

Schwaigeröd über Lauterach 9 km stand auf dem Schild. Lauterach! Das war doch das Kaff mit dem Gasthof, aus dessen Streichelzoo Penelope immer ausbüxte! Plötzlich war Maxi sich ganz sicher: Die braune Ziege hatte ihren Freund zu sich nach Hause mitgenommen! Sie nahm ihr Handy heraus und rief Carolin an.

»Hey!«, sagte die. »Irgendwas Neues?«

»Ich folge immer noch den Spuren und rate mal, wo ich gelandet bin? Oberhalb von Lauterach.«

»Das darf nicht wahr sein«, rief Carolin. »Sie hat Rambo wirklich entführt!«

»Na, ich schätze, er selber ist aber wegen Beihilfe dran«, meinte Maxi lachend. »Und wo seid ihr?«

»Ruinenrunde, aber schon auf dem Rückweg. Ich bin in einer halben Stunde wieder im Stall.«

»Piep, piep, piep«, machte Maxis Handy.

»Shit, mein Akku ist gleich tot. Bitte rufst du Alois an und fragst, ob er mit dem Hänger kommen und uns bei diesem Ausflugslokal abholen kann? Wie heißt das noch mal?«

»Florianihof. Ja, ich ruf ihn gleich an.«

»O.k. Danke.«

Maxi beschloss, ab jetzt ihrer Intuition statt den Fußspuren zu folgen und einfach den schnellsten Weg hinunter nach Lauterach zu nehmen. Sie kam vom Waldweg auf eine Forststraße, von dort auf eine befestigte Straße und bald darauf an die Ortstafel LAUTERACH. Mittlerweile war es halb fünf und dämmrig geworden. Zum Glück war der Ort klein und der Florianihof das einzige große Gasthaus. Sie stieg ab und warf einen wehmütigen Blick durch eines der Fenster in die warme, hell erleuchtete Gaststube. Aber sie wollte Ringo nicht hier draußen an einem ihm ganz fremden Ort stehen lassen, noch dazu, wenn er müde und hungrig war. Sie führte also ihr Pferd durch einen Hof auf eine freie Fläche hinter dem Haus, wo sich im Sommer wohl der Gastgarten befand. Vorbei an einem eingezäunten Stück

Garten mit kleinem hölzernen Unterstand – vermutlich der Streichelzoo –, ging sie im Halbdunkel mehr ihrer Nase als ihren Augen nach. Gerade als sie die hölzerne Tür zum Stall öffnen wollte, kam ihr ein Mann in Nicks Alter entgegen, in Lodenjanker und Filzhut. Verblüfft betrachtete er das blondlockige Mädchen mit dem Pferd. »Guten Abend«, sagte Maxi, als wäre es das Normalste von der Welt, mit einem Pferd ins Restaurant zu gehen.

»Guten Abend«, antwortete der Mann. »Kann ich dir irgendwie helfen?«

»Ich bin Maxi Klauser«, stellte Maxi sich vor. »Ihre Ziege Penelope ist zweimal bei uns aufgetaucht und hat mit unserem Ziegenbock Freundschaft geschlossen. Alois Köberl, unser Nachbar, hat sie Ihnen zurückgebracht. Ich wollte fragen, ob diesmal vielleicht …«

»Ja«, unterbrach der Mann sie und lachte. »Diesmal ist es umgekehrt. Fritz Mayerhofer, der Florianiwirt.« Er streckte ihr die Hand hin und grinste verschmitzt. »Oder eigentlich ist meine Frau die Wirtin, ich mach nur die niedere Arbeit. Gerade hat sie mich geschickt, um nach unserem Ehrengast zu sehen. Wie heißt er eigentlich?«

»Rambo«, lachte Maxi. »Und das aus gutem Grund.«

»Das glaub ich.« Der Wirt lachte erneut und Maxi nahm erleichtert zur Kenntnis, dass Alois offenbar recht hatte: Die Leute hier schienen sehr nett zu sein.

»Ein Glück, dass du kommst«, fügte Fritz Mayerhofer noch hinzu. »Wir haben schon befürchtet, die Polizei rückt an, wegen Ziegendiebstahl.«

»Nein, keine Angst. Und außerdem: Rambo würde sowieso niemand stehlen. Der ist viel zu eigensinnig.«

»Na, da haben sich dann aber zwei gefunden«, sagte der Wirt. »Willst du dein Pferd auch in den Stall führen? Heu gibt's jede Menge und es finden sich sicher auch noch ein paar Karotten.«

»Das klingt toll«, sagte Maxi erleichtert, und als hätte er jedes Wort verstanden, drängte Ringo an dem Mann vorbei in den Stall. In einem größeren Abteil standen fünf Schafe zusammen, in einem Holzställchen mit Maschendrahtfront drückten sich jede Menge Hasen und Meerschweinchen aneinander und hinten in der Ecke, in einer kleineren Box, da standen sie beieinander, Seite an Seite, ein Bild der Harmonie, und futterten: Rambo und Penelope.

Ringo ging zielstrebig auf das Gästequartier seines langjährigen Kumpels zu und schüttelte den Kopf, als wollte er sagen: »Junge, du machst vielleicht Sachen.« Dann parkte er sich neben einem Heuballen und begann, ungeduldig Halme herauszuzupfen. Maxi nahm ihm das Zaumzeug ab, um ihm das Fressen zu erleichtern, und rupfte ihm eine großzügige Portion aus dem Ballen. Ein Glück, dass man bei Ringo nie Angst haben musste, er könnte davonlaufen – schon gar nicht, wenn Futter in der Nähe war.

»Da hinten ist die Wasserleitung, da stehen auch saubere Eimer. Und gleich daneben ist der Eingang zur Futterkammer, nimm dir, was du brauchst.«

»Vielen Dank«, sagte Maxi. Sie spürte das Brummen des Handys und checkte die eingegangene SMS von Carolin. »*Hab Alois erst jetzt erreicht. Er ist unterwegs.*«

»Ein Glück«, seufzte Maxi. »Wir werden in einer Viertelstunde abgeholt.«

Im Stall war es zwar nicht richtig warm, aber doch weniger eisig als draußen. Sie zog die Handschuhe aus und wärmte ihre Hände kurz unter Ringos dichter Mähne, dann nahm sie den Sattel von seinem Rücken, und als sie merkte, dass er doch etwas verschwitzt war, rieb sie ihn in Ermangelung einer Decke mit Stroh ab. Dann stellte sie ihrem Isländer auch einen Eimer Wasser hin und begann gerade, sich selbst zu bemitleiden, weil das Pferd Fünf-Sterne-Service genoss, während sie selbst fror und Hunger hatte, als Herr Mayerhofer wiederkam, ein Tablett in der Hand mit einer großen Tasse heißem Tee und einem dicken Käsebrot .

»Sie retten mein Leben!«, erklärte sie und legte dankbar ihre Hände um die dampfende Tasse.

»Na hör mal«, sagte ihr Gastgeber. »Wir haben ja schließlich einen Ruf zu verlieren. ›Junges Mädchen im Florianihof verhungert‹ wär eine schlechte Werbung.«

Der Wirt verschränkte seine Arme über der Boxenwand und beobachtete die beiden Ziegen. »Endlich gibt sie einmal Ruhe, die Penelope. Seit unser Bock, der Zeus, überfahren worden ist, ist sie unberechenbar. Ist ständig gegen den Zaun gerannt, hat sogar mich einmal umgestoßen, dabei war sie früher immer so lieb. Wir haben sie deshalb zuletzt auch gar nicht mehr in den Streichelzoo gelassen.«

»Und eine neue zweite Ziege?«, fragte Maxi.

»Wir haben von einem Bekannten eine andere Ziege dazugenommen, aber das hat's noch schlimmer gemacht.« Er schüttelte den Kopf. »Ist eben so wie bei den Menschen«, sagte er. »Man kann sie nicht nach Belieben zusammenwürfeln, stimmt's?«

»Stimmt«, sagte Maxi abwesend und betrachtete Penelope. Bis jetzt hatte sie ja kaum Gelegenheit dazu gehabt. Sie war schokoladenbraun mit weißen Beinen und der Schwanz war weiß mit brauner Spitze. Von den Ohren führten weiße Streifen über ihr braunes Gesicht hin zur hellen Nase.

»Sie sieht aus, als hätte sie eine Maske auf«, meinte Maxi.

»Ja«, sagte Herr Mayerhofer. »Das ist das Typische bei den Thüringer-Waldziegen. Die Rasse war schon vom Aussterben bedroht, jetzt gibt es wieder mehr davon. Unsere ist überhaupt ein besonders schönes Exemplar, hat auch schon Preise gewonnen.«

»Wow«, sagte Maxi beeindruckt. Immerhin war Penelope die erste Schönheitskönigin, die sie kennenlernte. »Aber wenn sie so oft ausreißt – und außerdem noch wertvoll ist: Warum hat sie dann kein Halsband?«

Der Wirt lachte auf. »Denkst du, das haben wir nicht versucht? Da solltest du sie mal sehen, wenn man ihr ein Halsband umlegt. Da wird sie zur wilden Bestie.«

Ungläubig betrachtete Maxi die Ziege: Sie hatte ja keine Hörner und durch die weiß-braune Gesichtsmaske sah sie so freundlich aus. Dazu noch das Winterfell, das bei ihr auffälliger war als bei Rambo – Penelope wirkte wie das perfekte Kuscheltier.

Wenig später, Maxi hatte gerade ihren Tee ausgetrunken, öffnete sich die Stalltür und Alois begrüßte Fritz Mayerhofer wie einen alten Freund – die beiden hatten einander ja in letzter Zeit auch recht häufig gesehen.

»Ich bring Ringo zuerst in den Hänger«, sagte Maxi mit einem bedauernden Blick in den Ziegenstall. »Dann können Rambo und Penelope noch ein bisschen turteln.«

Sie verabschiedete sich von Fritz Mayerhofer, der ihr noch anbot, Wegzehrung für Ringo und Rambo in den Hänger mitzunehmen, um den Transport zu erleichtern, was Maxi dankbar annahm.

Ringo marschierte in den Hänger, als würde er jeden Tag darin spazieren fahren – Alois' Tochter hatte ihn schon ganz früh regelmäßig ein- und aussteigen lassen, damit er lernen konnte, dass ein Pferdetransporter nichts war, wovor man Angst haben musste. Und Carolin übte immer noch gelegentlich mit ihm, damit es ihn nicht aus der Ruhe bringen würde, falls mal ein Transport in die Tierklinik, zu einem kleinen Turnier oder dem Ausgangspunkt für einen Wanderritt notwendig war. Maxi hatte genug andere Pferde beim Verladen gesehen, um zu wissen, dass diese »Vorbildung« ihres Pferdes ein wahrer Segen war.

Alois folgte mit Rambo einige Minuten später, und während er beide Tiere im Transporter sicherte, ging Maxi noch mal hinein, um den Sattel zu holen. Kaum hatte sie sich das schwere Lederteil auf den Arm geladen, läutete ihr Handy.

»Ach, verdammt«, fluchte sie und legte den Sattel erneut auf dem Stallboden ab. Sie wurde noch viel ärgerlicher, als sie sah, *wer* sie da anrief.

»Tino, verdammt noch mal! Ich hab dir doch gesagt …«

»Ich setz mich jetzt in den nächsten Zug nach Altenburg!«, erklärte Tino hitzig. »Und du kannst mich nicht davon abhalten! Ich warte hier doch nicht in Ruhe ab, wie sich irgend so ein Landjunge meine Lara schnappt! Welchen Bus muss ich dann nehmen?«

»Tino, spinnst du?«

»Piep, piep, piep«, machte Maxis Akku.

»Du versaust womöglich alles, wenn du jetzt so was Unüberlegtes machst!« Die Vorstellung, dass Tino den eifersüchtigen Ehemann gab, wenn Lara mit Max im Dorfcafé saß, gefiel ihr gar nicht. Auch weil sie diejenige gewesen war, die Max versichert hatte, Lara brauche dringend Trost. »Du kannst nicht erst selber fremdküssen und dann hierherkommen und den wilden Stier markieren …«

»Piep, piep, piep …«

»Versprich mir, dass du nicht losfährst, bevor wir noch mal geredet haben! Mein Akku ist fast leer, aber in einer halben Stunde bin ich mit Vic unterwegs, du kannst mich auf seinem Handy anrufen! Ich schick dir noch die Nummer! O. k.?«

Keine Antwort.

»Tino? Versprochen?«

»Piep, piep, piep.«

»O. k., ich versprech's«, sagte Tino widerwillig.

»Aber aufgeschoben ist nicht aufgehoben.«

»Ja ja, schon klar, ich muss auflegen, sonst geht die Nachricht nicht mehr weg.« Sie machte sich nicht die Mühe, sich noch von Tino zu verabschieden, sondern unterbrach das Gespräch, wählte, das blinkende Batteriezeichen ignorierend, Vics Nummer aus und klickte auf *Kontakt teilen*.

»Ein Glück«, seufzte sie, als die Message als »gesendet« angezeigt wurde. Die Uhrzeit leuchtete ihr vom Display entgegen. 17:38.

»Mist!«, fluchte Maxi.

Sie hatte keine Ahnung gehabt, dass es über der Plauderei mit dem Florianiwirt schon so spät geworden war. Vic war immer pünktlich und ganz besonders zu so einem besonderen Date wie heute würde er kaum zu spät kommen. Sie suchte ihn schnell aus dem Namensspeicher und ging auf »Anrufen«.

Ungeduldig wartete sie, doch mitten im Verbindungsaufbau wurde das Display plötzlich schwarz.

»Shit, shit, shit«, fluchte sie, hievte erneut den Sattel hoch und lief nach draußen, wo Alois schon den Motor gestartet hatte. Sie öffnete die Tür, warf den Sattel nach hinten und setzte sich auf den Beifahrersitz.

»Na?«, fragte Alois. »Alles in Ordnung?«

»Na ja, geht so«, sagte Maxi. »Erstmal vielen Dank, dass du uns holen gekommen bist, Alois. Ich weiß nicht, was ich ohne dich gemacht hätte. Nick wäre zwar sicher auch gekommen, aber er ist noch nie mit dem Hänger gefahren, und dann noch bei Schnee und im Dunklen …«

»Kein Problem«, sagte Alois. »Ich hatte schon viel schlimmere Einsätze zu viel unchristlicheren Zeiten, das kann ich dir versichern. Fohlen und Kälbern ist die Uhrzeit ihrer Ankunft nämlich ziemlich egal und das sind noch die angenehmsten nächtlichen Anrufe. Außerdem sind die Straßen jetzt schon alle geräumt.«

»Jedenfalls vielen Dank!«, wiederholte Maxi und ließ sich in den Sitz sinken.

Sie hatte eigentlich gar keine Lust mehr auf das geplante Date, sie wollte nur noch nach Hause. Ob sie Vic vielleicht doch überreden konnte, einfach bei ihr zu Hause abzuhängen, statt noch einmal im Finstern durch die Kälte zu ziehen?

»Sag, Alois, kann ich mir mal kurz dein Handy leihen? Meines hat keinen Saft mehr.«

»Na klar.« Der Tierarzt tastete in seiner Jackentasche. »Ach verdammt«, meinte er. »Geht nicht. Ich hab rasch noch die Arbeitsjacke angezogen, bevor ich losgefahren bin, und das Handy ist in der anderen. Musste ja alles schnell gehen.«

»Ja, ja, natürlich. Ist nicht so schlimm.«

Es war eigentlich ohnehin schon zu spät, um Vic anzurufen. Dass sie zu spät kam, hatte er ja schon selber gemerkt und alles erklären konnte sie, sobald sie zu Hause waren – und das würde ja nicht lange dauern.

»In zehn Minuten sind wir da«, sagte Alois, als hätte er ihre Gedanken gelesen.

»Super«, sagte Maxi.

War ja auch halb so wild. Vic saß in der warmen Küche, quatschte mit Nick über Motorräder und ließ sich von Stella mit Weihnachtsgebäck vollstopfen. Und wenn die beiden mit Arbeit beschäftigt waren, dann setzte er sich eben vor den Fernseher. Genau. Alles halb so wild.

Date oder kein Date, Teil 2

Die zehn Minuten wurden dann doch eher fünfzehn und Maxi saß schon wie auf Nadeln, als Alois' Kombi die Zufahrt zum Hof hinaufschnaufte – wie jedes Mal, wenn sie mit ihm mitfuhr, kam ihr der Gedanke, dass es eigenartig sein musste, zu einem Hof zu fahren, der so lange das eigene Zuhause gewesen war, und in dem nun fremde Leute wohnten.

Aber Fremde waren sie ja nun wirklich nicht mehr – eher so was wie Alois' erweiterte Familie. Für Maxi war er jedenfalls wie ein Bonus-Großvater geworden.

»Na, keiner zu Hause?«, wunderte Alois sich, als das Haus mit den dunklen Fenstern in Sicht kam.

»Aber da hat jemand Besuch, wie's aussieht …«

»Verdammt«, rief Maxi.

Warum hatte sie daran nicht gedacht? Nick und Stella waren ja heute zum Essen eingeladen! Und hier auf dem Land, wo die Leute alle früher aufstanden, wurden auch die Einladungen früher angesetzt. Wahrscheinlich hatten ihre Eltern Vic um eine halbe Stunde verpasst. Und Lara war im Dorfcafé, mit Max. Und da ihr Freund sonst immer nur herkam, wenn sie zu Hause war, wusste er natürlich auch nichts von dem Schlüssel, der im Vogelhaus versteckt war.

Vic saß auf der Treppe zum Windfang, dick eingemummt in Skijacke und Schal, mit Mütze und Handschuhen. Jetzt, wo Alois' Auto vorfuhr, stand er auf und Maxi konnte sehen, dass er einen ziemlich mächtigen Rucksack mithatte. Sie sprang aus dem Wagen und lief auf ihn zu. »Es tut mir so leid, Vic«, rief sie. »Ich war mit Ringo unterwegs, den beiden ausgerückten Ziegen nach ...«

»Ja, ich weiß schon, Carolin hat's mir erzählt ...«

»Ich wollte dich anrufen ...«

Na ja, genau genommen war ihr das erst in den Sinn gekommen, als es schon zu spät war, aber kleine Notlügen waren in so einem Fall doch sicher erlaubt, oder? »... aber mein Akku ist leer und ...«

»Schon gut«, sagte Vic seufzend, »ich bin ja noch nicht erfroren. Komm, ich helf dir die Jungs in den Stall bringen, dann kann Alois gleich wieder fahren.«

Obwohl es mittlerweile jede Menge anderer Stallbewohner gab, waren »die Jungs« immer noch Ringo und Rambo.

Wenig später hatte Alois sich augenzwinkernd verabschiedet – mit einer Bemerkung über das »junge Glück«, das er nicht stören wollte – und die Tiere waren versorgt.

»Kann's losgehen?«, fragte Vic erwartungsvoll und schulterte seinen Riesen-Rucksack.

Maxi wollte eigentlich lieber ins warme Haus, heiße Schokolade trinken und mit Vic und ihrer Kuscheldecke aufs Sofa und vor den Fernseher, aber sie brachte es nun doch nicht übers Herz, das zu sagen. Immerhin hatte Vic sich extra was ausgedacht, wer weiß was für Requisiten mitgeschleppt und auch noch ihretwegen eine halbe Stunde in der Kälte gewartet.

»Klar!«, sagte sie mit so viel Enthusiasmus, wie sie aufbringen konnte. »Wo soll's hingehen?«

»Erst mal«, erklärte er, »verlange ich eine ordentliche Begrüßung, wie sie zwischen Leuten, die fünf, möglicherweise sogar sechs Monate zusammen sind, angemessen ist.«

»Oh«, meinte Maxi, nahm Vics Hände in den dicken Skihandschuhen und sah in seine unwahrscheinlich blauen Augen.

Es war gar nicht schwierig, sich in Romantikstimmung zu bringen, wenn man in diese Augen schaute. »Und welche Art Begrüßung würde dir da so vorschweben?«

Auf einmal war sie froh, dass ihre Eltern nicht da waren und auch Lara nicht; dass niemand plötzlich die Haustür oder ein Fenster aufreißen würde und sie endlich mal wieder vollkommen ungestört ihren unglaublich süßen, unglaublich gut aussehenden Freund küssen …

»Glory days«, dröhnte Bruce Springsteen aus Vics Jacke, »Well, they'll pass you by … glory days …«

»Oh, shit! Entschuldige! Ich hab's noch nicht ausgemacht, weil ich ja auf einen Anruf von dir gewartet hab …«

Vic tastete hastig nach seinem Handy und fand es in der Brusttasche seines Anoraks. »Kenn ich nicht, die Nummer …«, murmelte er und wollte das Handy schon ausmachen, als Maxi es ihm aus der Hand nahm.

»Nicht!«, sagte sie, schlüpfte hastig aus ihrem Handschuh und drückte die Empfangstaste. »Das ist Tino ... hab ihm gesagt, er soll mich unter deiner Nummer anrufen ... Hallo, Tino?«

»Es geht ein Zug noch heute um zwanzig Uhr zwölf«, sagte Tino ohne Begrüßung, im selben trotzigen Tonfall wie beim letzten Gespräch, als ob dazwischen überhaupt keine Zeit vergangen wäre. Offenbar hatte er die Dreiviertelstunde seither auf Fahrplansuche im Internet verbracht. »Und morgen dann stündlich ab sechs Uhr fünfzehn ...«

»Warte mal kurz, Tino ...« Sie hielt das Handy zu und sah Vic entschuldigend an. »Tut mir leid, ich muss das noch kurz abwickeln, sonst setzt dieser Verrückte sich noch in den Zug und kommt einfach her ... Ich mach so schnell wie möglich, o. k.?«

»O. k.«, sagte Vic.

»Wir können ja trotzdem schon mal losgehen ...«

Vic zuckte mit den Schultern.

»O. k.«, wiederholte er, nahm eine Stirnlampe aus der Jackentasche, fixierte sie mit einem Griff über seiner Mütze, hängte Maxi an einem langen Band eine Taschenlampe um den Hals, hakte sich mit beiden Daumen an den Riemen seines Rucksacks ein und marschierte los.

»Tino, hör mir zu«, sagte Maxi eindringlich. »So ein Überraschungsbesuch ist keine gute Idee.«

»Aber was bleibt mir denn übrig, wenn sie nie abhebt?«, fragte Tino verzweifelt. »Wie soll ich denn sonst mit ihr reden?«

»Gib mir noch zwei Tage«, sagte Maxi, »ich bring sie schon dazu, mit dir zu reden, aber dann kann *sie* den Zeitpunkt bestimmen und fühlt sich nicht von dir überrumpelt ... Und vergiss nicht, sie hat jedes Recht, sich mit anderen zu treffen, also keine Eifersuchtsnummer, da wird sie bloß wütend ...«

»Ja, ja, schon kapiert. Aber ich ...«

Vic hatte mittlerweile drei Meter Vorsprung und Maxi stolperte, das Handy in der Hand, hinter ihm her. Wenigstens war die Nacht klar und der Mond fast voll, sonst wäre sie wahrscheinlich gegen den Zaun gelaufen. Vic hatte das Gatter geöffnet und hinter sich wieder zufallen lassen – normalerweise hätte er es für sie aufgehalten, aber er wollte wohl das Gespräch nicht mit anhören, weil er das Gefühl hatte, es ging ihn nichts an.

»Tino, es ist grade ein ganz schlechter Zeitpunkt, ich ruf dich wieder an, ich versprech's ...«

»O. k.«, gab er mit einem Seufzer auf. »Aber nicht länger als zwei Tage.«

Maxi beendete das Gespräch und lief hinter Vic her, auf dem ausgetretenen Pfad, den sie auch immer mit den Pferden gingen.

»Hey«, rief sie. »So sehr rennen müsstest du aber auch nicht.«

Sie gab ihm sein Handy wieder und er nahm es ohne ein Wort und wollte es gerade ausschalten, als Bruce Springsteen erneut loslegte.

»Max«, meinte Vic mit gerunzelter Stirn. »Komisch. Er weiß, dass wir heute verabredet sind.«

»Heb ruhig ab«, sagte Maxi, beinahe dankbar, dass es

nicht nur *ihr* Telefonat war, das den Dateablauf störte. Wenn Vic jetzt mit Max quatschte, waren sie ja sozusagen quitt.

»Hey, Max. Was gibt's?« Er lachte trocken. »Nein, kein Problem. Ich weiß, ich *wollte* es auch abdrehen, aber ... Nein, das hier ist noch kein Date. Das ist momentan mehr so was wie eine offene Therapiestunde. Ach, nicht so wichtig. Ja, ich weiß, ihr Akku ist leer. Ich geb sie dir.«

Vic hielt Maxi das Telefon erneut hin. »Er wollte mir nur auf die Box reden, ob du ihn vielleicht später zurückrufen kannst, aber wo wir sozusagen noch nicht im Date-Modus sind ...«

Was konnte Max von ihr wollen? Mit einem mulmigen Gefühl im Magen nahm Maxi das Handy.

»Hallo, Max? Ich dachte, du bist mit Lara unterwegs?«

»Bin ich auch. Ich bin nur eben mal ... für zwei Minuten allein.« Maxi hörte im Hintergrund eine Toilettenspülung.

Max war also im Dorfcafé auf die Toilette geflüchtet, um sie anzurufen. Das mulmige Gefühl verstärkte sich. »Lara hat da so eine Bemerkung gemacht, dass Carolin mit jemandem zusammen ist. Sie sagte was von einem ›idealen Aragorn‹, was ich ehrlich gesagt nicht ganz kapiert habe ...« Maxi war froh, dass es so dunkel war und Vic nicht sehen konnte, wie sie rot wurde.

»Ähm ... ja, aber ich dachte, dass du und Lara ...«

Max schnitt ihr das Wort ab. »Was mit Lara und mir ist, das hat damit gar nichts zu tun. Du weißt genau, dass ich monatelang gewartet habe, ob Carolin nicht vielleicht doch irgendwann so weit ist. So was stellt man doch nicht von heute auf morgen ab. Also, ich will es einfach nur wissen: Ist sie mit diesem Typen zusammen?«

»Also zusammen ist sie mit ihm wohl noch nicht«, sagte Maxi vorsichtig, »aber na ja, sie haben viel gemeinsam, er ist ein super Reiter und sie scheinen sich sehr gut zu verstehen …«

»Und du hast das Ganze noch ein bisschen gepusht, wenn ich das richtig verstanden habe.«

Maxi spürte, dass sie bei Tageslicht mittlerweile Ähnlichkeit mit einer sehr reifen Tomate hätte. »Nein, gar nicht, ich habe die beiden bloß alleine ausreiten lassen …«

»Ja, ja, das weiß ich schon.«

Mann, Lara würde sich aber was anhören müssen zum Thema Diskretion! Wenn Max nun Vic erzählte, dass sie gar nicht wirklich krank gewesen war und das Date und die Arbeitsdienste und der Arzttermin nur verschoben werden mussten, weil sie Carolin und Bernie alleine losschicken wollte …

»Also, das war's dann auch schon«, sagte Max. »Schönen Abend noch.«

Er hatte aufgelegt, bevor sie noch irgendwas zu ihrer Rechtfertigung sagen konnte.

Diesmal war Vic zwar nicht davongelaufen, aber er stapfte unbeirrt neben ihr weiter, ohne sie anzusehen. Maxi steckte das Handy ein und griff nach seiner Hand an dem Rucksackgurt. Er ließ den Gurt nicht los, also hängte sie sich an seinem Arm ein.

»Wo gehen wir denn hin?«, fragte sie betont fröhlich, als hätte die Unterbrechung durch die beiden Telefonate gar nicht stattgefunden.

Die vermieste Begrüßung war wohl nicht wiedergutzumachen, aber sie konnte immerhin alles in ihrer Macht Stehende tun, um Vic in den »Date-Modus« zu kriegen.

»Ich schätze, du wirst es wiedererkennen«, sagte er kurz angebunden. Sie waren mittlerweile auf der breiten Forststraße, dem Anfangsstück, bevor sie sich teilte und man sich entscheiden musste, welche Route man gehen – oder reiten – wollte. Dann war wieder ein paar Schritte Schweigen.

»Bist du sauer?«, fragte Maxi vorsichtig.

Vic musste darüber offenbar ein paar Sekunden nachdenken, denn er antwortete nicht gleich. »Na ja«, sagte er. »Beim nächsten Mal sag mir einfach, du hast vergessen, anzurufen. Und erzähl nicht irgendwelche Geschichten von wegen Akku ...«

»Aber mein Akku ist *wirklich* leer«, protestierte sie. »Ich schwöre ...«

»Grade vorhin hast du gesagt, du hast mit Tino telefoniert und ihm gesagt, er soll dann auf meinem Handy anrufen. Das heißt, mit *ihm* hast du geredet. Du hast ihm sogar meine Nummer geschickt. Du hast ja auch mit Carolin telefoniert. Irgendwann dazwischen hättest du doch auch mich anrufen können und sagen, dass es später wird, oder?«

»Aber ich dachte doch ewig lange, ich würde es noch rechtzeitig schaffen! Und dann hat das erste Gespräch mit Tino schon so viel Akku verschlungen und das mit Bernie auch …«

»Bernie?«

»Anitas Cousin. Der für sie einspringt.«

»Ja, richtig. Der so gut reitet. Mit dem Carolin allein ausreiten war, weil du krank warst.« Maxi konnte Vics Tonfall nicht wirklich einordnen, und seinen Gesichtsausdruck zu beurteilen, war trotz Stirnlampe unmöglich. Sie beschloss also, einfach weiterzureden.

»Genau. Und dann musste ich noch Carolin anrufen, und dann war ich mit den Ziegen beschäftigt und später hat Tino noch mal angerufen und da war der Akku dann ganz leer …« Shit. Sie erzählte Vic gerade, dass sie mehr oder weniger den ganzen Nachmittag mit allen möglichen Leuten telefoniert hatte, nur mit ihm nicht. Er sah sie nur kurz von der Seite an, als sie ihre Rechtfertigung abbrach, und sagte gar nichts.

»Tut mir leid«, sagte Maxi kleinlaut. »Ich schätze, ich hätte wirklich anrufen können. Aber als ich mit Tino und Bernie telefoniert hab, da hatte ich noch keinen Grund anzunehmen, dass ich es nicht rechtzeitig zu unserem Date schaffen würde und die beiden haben doch *mich* angerufen und ich war mitten im Wald und wollte dann auch nicht den letzten Akku verschwenden, falls was passiert oder so …«

Na, toll. Jetzt hatte sie auch noch gesagt, dass es Verschwendung gewesen wäre, Vic anzurufen.

»Lass es«, sagte er. »Es wird nicht besser.« Allerdings grinste er dabei. »Ich kann mir schon vorstellen, wie's gelaufen ist«, fügte er hinzu und Maxi hörte erleichtert heraus, dass sich seine Laune wieder zu bessern schien. »Aber nächstes Mal erzähl mir einfach, wie's war, o.k.?«

»O. k.«

Sie griff erneut nach seiner Hand und diesmal nahm er sie. Vielleicht würde es ja doch noch ein romantisches Date werden, nun, da alles geklärt war. Beim Gehen war Maxi warm geworden, obwohl es eine kalte, klare Nacht war. Die Sterne leuchteten, und der runde, fast volle Mond blickte wohlwollend auf sie herab. Und sie stapfte hier durch den Schnee mit dem allercoolsten, allersüßesten ...

»Jetzt hier nach rechts!«

Maxi wäre beinahe gestolpert, als Vic sie vom ausgetretenen Weg in den Wald führte.

»Also wenn ich Rotkäppchen hieße, würde ich jetzt langsam anfangen, mir Sorgen zu machen«, meinte sie und Vic lachte.

»Weißt du immer noch nicht, wo wir sind?«

»Ähm, nein. Sollte ich?«

Er lachte noch einmal. »Ich glaube, in deinem Alter kann man noch eine ganz brauchbare Gedächtnisleistung voraussetzen, also ja! Aber du hast jetzt ein paar Minuten Zeit, drüber nachzudenken, denn ich muss kurz vorausgehen und was vorbereiten.«

Vic nahm seinen Schal ab und verband Maxi damit die Augen.

»Hee!«, protestierte sie.

»Du schaust sonst, ich kenn dich!«

Er gab Maxi einen schnellen Kuss und sie hörte ihn

ein paar Schritte weg stapfen, dann das Klinkern von Metall auf anderen harten Gegenständen.

Besteck? Er würde doch nicht etwa was zu essen … Doch, natürlich! Mit einem Mal war ihr vollkommen klar, wo sie sich befanden. Da, hinter den Bäumen war die kleine Lichtung, auf der sie und Vic im Sommer gepicknickt hatten, als sie ihm sein verfrühtes Weihnachtsgeschenk geben wollte! Das er nicht angenommen hatte, weil er überzeugt war, sie würden auch zu Weihnachten noch zusammen sein!

»Ich weiß es wieder!«, rief sie ihm durchs Gebüsch nach.

»Dann weißt du ja auch, was jetzt kommt!«, rief er zurück.

»Nein, was denn?«

»Ich geb dir dein Geburtstagsgeschenk, denn wer weiß, ob wir im Sommer noch zusammen sind!«

Sie lachte und wollte gerade antworten, dass sie gar nichts gegen ein Geburtstagsgeschenk hätte, sofern das nicht hieß, sie würde im Juli keins mehr kriegen. Da dröhnte Vics Handy in ihrer Jackentasche erneut los: »Glory days …«

»Scheiße«, fluchte Maxi, schob ihre Augenbinde hoch und tastete hektisch nach dem Telefon.

Tino. Schon wieder.

Sie drückte den grünen Hörer, in erster Linie, damit es endlich wieder ruhig war. Hoffentlich hatte Vic den Ringtone nicht gehört, ihr war er eben verdammt laut vorgekommen.

»Was ist denn nun schon wieder, Tino?«, flüsterte sie.

Unwillkürlich hockte sie sich hin und zog ihre Kapuze über den Kopf, um den Klang ihrer Stimme zu dämpfen.

»Warum flüsterst du?«, antwortete er.

»Ich kann gerade nicht, kannst du mich später … oder am besten morgen …«

Als hätte sie überhaupt nichts gesagt, fragte Tino weiter: »Ich schicke ihr Blumen, was hältst du davon? Schreibst du mir eure Adresse? Weißt du, was für Blumen sie am liebsten mag? Ich glaube, sie mag Tulpen, aber ich finde nirgendwo welche und …«

»Ja, Himmel noch mal«, zischte Maxi. »Schick ihr Blumen, super Idee, ich schreib dir die Adresse, aber ich *kann* jetzt nicht, o. k.??«

Sie legte auf und lauschte. Ein Glück, Vic schien immer noch beschäftigt zu sein und hatte offenbar nichts mitgekriegt.

Eigentlich konnte sie die paar Minuten, die ihr noch blieben, nützen, um Lara anzurufen und sie schwören zu lassen, dass sie Max unter allen Umständen zur Geheimhaltung verpflichtete, was ihre »Migräne« und den Schlittenausflug gestern anging.

Ach, Mist! Lara wusste ja gar nicht, dass Max ihr was gesagt hatte!

»Dauert's noch lange?«, fragte sie laut.

»Wie sagt Alois immer?«, fragte Vic zurück. »Gut Ding will Weile haben.«

Perfekt, dachte Maxi und wählte hastig Laras Nummer. »Hey, Maxi, ich dachte, du bist mit Vic …«

»Ja, bin ich auch. Hör zu, Lara«, begann sie ansatzlos und hatte ein ganz fieses Gefühl dabei, nun auch noch ihrer besten Freundin etwas vormachen zu müssen. »Max hat Vic angerufen, zum Glück war ich dran. Er weiß, dass ich gar nicht richtig krank war ...«

»Ja, sorry, das ist mir so rausgerutscht und ...«

»Ist ja jetzt egal, aber nimm ihm bitte das Versprechen ab, Vic nichts zu erzählen!«

Sie konnte Lara schlecht sagen, dass Max jetzt sauer auf sie war und absolut keinen Grund hatte, Maxi zuliebe diskret zu sein.

»Unbedingt, hörst du? Jungs quatschen auch, also sorg dafür, dass es Max nicht *auch* rausrutscht, o. k.?«

Sie hatte plötzlich so ein seltsames Gefühl, schaute auf und bemerkte, dass Vic keine zwei Schritte von ihr entfernt stand. Hastig legte sie auf.

»Entschuldige«, sagte sie und versuchte, den Schal wieder vor die Augen zu schieben, was irgendwie nicht funktionierte. »Das Handy ging los und ...«

»Lass nur.« Er nahm ihr den Schal weg und band ihn sich wieder um.

»Ich hatte ja schon so eine Ahnung«, sagte er. »Aber eigentlich hab ich echt nicht gedacht, dass du so weit gehen würdest, mich anzulügen. Und dass dir deine Kuppelei wichtiger ist als unsere Verabredung.«

Oh Mann. Er hatte alles gehört. Maxi kam sich vor wie in einem schlechten Film. Warum musste denn heute *alles* schieflaufen?

»Vic, ich wollte dich doch nicht anlügen, aber dann hatte ich Angst, du wirst sauer, wenn ich dir sage, dass ich Carolin was vorgemacht hab, und ...«

»Wäre ich auch gewesen. Weil ich es verdammt blöd finde. Erst willst du Max und Carolin zusammenbringen, dann sind es Max und Lara und dann wieder Tino und Lara und jetzt haben wir noch diesen Bernie oder wie immer er heißt, der offenbar unbedingt mit Carolin zusammen sein muss. Wie wär's, wenn's zur Abwechslung wieder mal um uns beide ginge?«

»Aber Vic, das ist echt total unfair, ich …«

»Du schaffst nicht mal, mir eine Nachricht zu schicken, dass du dich verspätest, aber du hast Zeit, mit der halben Welt zu telefonieren – und zwar nicht nur den ganzen Tag, sondern auch noch während unserer Verabredung! Wo eigentlich nur wir beide wichtig sein sollten!«

»Aber sonst ist ja auch gar nichts wichtig, wirklich!« Sie streckte ihm sein Handy entgegen. »Da ist dein Handy, wir drehen es jetzt einfach ab, ich will heute Abend mit niemandem mehr reden außer mit dir! Und es tut mir echt leid wegen dieser Krankheitsgeschichte, aber irgendwie konnte ich dann nicht mehr zurück und …«

»Ja, so ist das eben, wenn man damit anfängt, es mit der Wahrheit nicht so genau zu nehmen! Erst die Geschichte mit dem Akku …«

Verdammt! Das hatten sie doch schon geklärt!

»… dann die Telefoniererei, als ob ich gar nicht da wäre, und dann krieg ich noch so nebenbei mit, dass mich jetzt auch noch mein bester Freund deinetwegen anlügen soll, damit ich nicht rauskriege, dass *du* mich angelogen hast! Himmelnochmal! Das ist ja …«

Er schüttelte sich angewidert. »Das ist ja richtig ekelhaft, dieses ganze Chaos!«

»Aber das wollte ich doch alles gar nicht! Das ist alles nur blöd gelaufen, siehst du das nicht?«

»Da läuft einiges ziemlich blöd«, sagte Vic, »da hast du allerdings recht. Und am allerblödesten in dem ganzen Zirkus komm ich mir vor! Ich meine, ich Idiot sage einen ganzen Skiurlaub ab, um Silvester mit dir zusammen zu sein, und du hast keine Hemmungen, mich anzulügen, ohne Grund unser Date zu verschieben, mich warten zu lassen und dann auch noch den ganzen Abend zu telefonieren! Echt jetzt, Maxi ...!«

Er machte eine kurze Pause, als müsste er noch einen Augenblick über das nachdenken, was er gleich sagen wollte. »Grade hab ich das Gefühl, es ist doch eine gute Idee, mit den Jungs vom Verein auf die Skihütte zu fahren. Denn du bist sowieso viel zu beschäftigt, die Beziehungen anderer Leute durcheinanderzubringen!«

»Das bin ich überhaupt nicht!«

Wie konnte Vic nur alles so verdrehen! Es war doch einfach nur eine Verkettung unglücklicher Umstände gewesen, die ...

»Und ob du das bist! Du kuppelst, du intrigierst, du manipulierst. Das ist derzeit das Einzige, was dich interessiert, und lass dir eines sagen: Es nervt tierisch! Lass die anderen doch in Ruhe und kümmere dich um deinen Kram!«

Maxis Wangen brannten. So hatte Vic noch nie mit ihr geredet! Sie fühlte sich wie ein kleines Mädchen, das von seinem Vater zurechtgewiesen wurde. Er hatte kein Recht, sie so anzufahren!

»Und warum sagst du erst jetzt was, wenn dich das so schrecklich nervt?«, fragte sie ihn und spürte, wie ihr die Tränen in die Augen stiegen.

»Na, ich dachte, es hört irgendwann wieder auf! Aber stattdessen wird es immer schlimmer! Du bist ja richtig dankbar, wenn noch jemand Neues auftaucht, den du in dein Kuppeldrama einbauen kannst!«

Das war alles verdammt ungerecht!

Sie hatte Vic doch nicht vorsätzlich angelogen und es hatte ihr selbst leidgetan, dass sie sich dadurch um einen Abend mit ihm gebracht hatte, und überhaupt, wie konnte er sagen, dass sie sonst nichts interessierte? Sie wollte doch bloß, dass ihre Freunde genauso glücklich waren wie sie! Das konnte er ihr doch nicht zum Vorwurf machen! Und wenn er lieber mit seinen Kumpels fahren wollte, dann sollte er das doch einfach tun, ohne sie hier zur Maus zu machen!

»Weißt du was?«, rief Maxi und wischte sich mit dem Handschuh wütend über die Augen. »Du regst dich doch bloß so auf, weil du einen Vorwand suchst, auf deine blöde Skihütte zu fahren! Das hättest du auch ohne Streit haben können! Es zwingt dich nämlich keiner, hierzubleiben! Fahr doch einfach, wenn ich dir so auf den Wecker gehe!«

»Grade jetzt gehst du mir wirklich megamäßig auf den Wecker!«

»Na, vielleicht hättest du mir dann *doch* heute mein Geburtstagsgeschenk mitbringen sollen!«

»Hör auf so rumzuzicken, *du* bist hier im Unrecht!«

»Na klar, ich bin im Unrecht, wenn's dir dann besser geht! Du verdrehst doch bloß alles! Ich versuch nur, Lara zu helfen! Und Carolin wollte sowieso nichts von Max, ich hab sie extra vorher gefragt, aber zu Bernie passt sie perfekt, und alles, was ich gemacht habe, war ...«

»Hör dir doch mal selber zu! Du kannst nicht mal mit mir streiten, ohne über vier andere Leute und ihre Gefühle zu reden oder was du dafür hältst! Hör auf, dich in deren Leben wichtigzumachen! Oder anders gesagt: Hör auf, ihnen zu *helfen!*«

Er deutete mit dem Kopf auf die Lichtung. »Es macht dir sicher nichts aus, alles wegzuräumen.« Damit drehte er sich um und stapfte durch den Schnee davon.

Einen Moment lang war Maxi zu fassungslos, um etwas zu erwidern. Dann fand sie endlich ihre Sprache wieder.

»Das ist so unfair!«, rief sie ihm wütend nach. »Und zu deiner Information: Ich wollte heute bloß noch nach Hause und ins Bett! Ich war todmüde und durchgefroren! Ich bin nur dir zuliebe mitgekommen! Und jetzt lässt du mich mitten im Wald stehen?«

Keine Antwort von Vic.

»Auf so ein Date kann ich verzichten!«, brüllte Maxi aus voller Kehle. »Verdammte Schnapsidee!«

Vic stapfte unbeirrt weiter und würdigte sie keiner Antwort.

»Verdammte Schnapsidee!«, wiederholte Maxi und wie zur Bestätigung schlug ihr ein Zweig ins Gesicht, als sie durchs Gebüsch auf die Lichtung treten wollte.

»*Au!*«, schrie sie wütend und vergaß dann, den Mund wieder zuzumachen. Genau an demselben Platz, an dem sie im Sommer auf ihrer Picknickdecke gesessen hatten, war eine silberne Isolierdecke ausgebreitet und darüber lagen aufgeschichtet mehrere Fleecedecken. Da standen zwei Thermoskannen, eine mit der Aufschrift »Suppe«, eine mit der Aufschrift »Tee«, ein Korb mit Gebäck und zwei von Judith Meisingers grenzgenialen Riesenschokomuffins, in denen jeweils drei Kerzen steckten, für jeden Monat eine. Um die Decken herum hatte Vic in Form eines Herzens Fackeln in den Schnee gesteckt. Zwischen der Thermoskanne und einem der Becher war eine Karte eingeklemmt, auf der in großen Buchstaben »MAXI« stand.

Maxi starrte auf das feurige Fackelherz und hätte ernsthaft zu heulen begonnen, wenn sie nicht so wütend auf Vic gewesen wäre. Es war die verdammt noch mal romantischste Inszenierung eines Fünf-bis-sechs-Monats-Dates, die man sich vorstellen konnte.

29. DEZEMBER
Everybody's Fiesling

Na gut, Vic war nach fünf Minuten wiedergekommen und hatte, ohne sie anzusehen, angefangen, die Fackeln auszumachen und die Sachen wieder in den Rucksack zu packen. »Soll mir keiner nachsagen, ich hätte dich mitten im Wald alleine sitzen lassen«, hatte er gesagt, aber das war auch schon alles gewesen. Und angesehen hatte er sie auch nicht dabei.

Maxi hatte ihm geholfen, die Decken zusammenzufalten und mit angesehen, wie er wütend die Karte mit ihrem Namen drauf dazustopfte.

Aber die ganze Zeit über schaffte sie es nicht, auch nur ein einziges Wort zu sagen. Sie hatte diesen fetten Knubbel im Hals, der sich einfach nicht runterschlucken ließ und den sie stark in Verdacht hatte, er könnte sich in ein unkontrollierbares Schluchzen verwandeln, wenn sie nur einmal den Mund aufmachte. Sie war todmüde und hungrig und sie fror, und wenn sie jetzt anfing zu heulen, würde sie wahrscheinlich nicht so schnell wieder aufhören.

Wahrscheinlich hätte sie sich entschuldigen sollen, zumindest für das, was heute, vielleicht auch einiges, was in den vergangenen Tagen schief gelaufen war. Aber sie war doch nicht für *alles* verantwortlich, was passiert war! Und er konnte ihr doch keinen Strick draus drehen, dass sie ihren Freundinnen helfen wollte! Er wusste doch selber, dass Carolin in Liebesdingen grenzenlos untalentiert war! Was sprach also dagegen, ein bisschen nachzuhelfen, wenn sie sich mit jemandem so offensichtlich gut verstand wie mit Bernie?

Und die Sachen, die er gesagt hatte!

Sie sollte aufhören rumzuzicken, sie würde ihm auf den Wecker gehen, sie würde sich im Leben anderer wichtigmachen! Wahrscheinlich fühlte er sich bloß vernachlässigt, weil sich ihr Leben auch mal um jemand anderen drehte als bloß um ihn! Er hatte kein Recht gehabt, so mit ihr zu reden, überhaupt kein Recht!

Andererseits: Das Picknick war so süß gewesen, er hatte sich so viel Mühe gemacht und ... Aber *trotzdem!* Das war auch keine Entschuldigung! Sie hatte es nicht verdient, so von ihm angemotzt zu werden! Wenn die Ziegen nicht davongelaufen wären ... wenn ihr Akku nicht leer gewesen wäre ... wenn Lara sich nicht bei Max verquatscht hätte – dann wäre alles anders gekommen! Und das waren doch alles Dinge, für die sie nichts konnte, also warum sollte sie sich dafür entschuldigen?

Genauso gut konnte Vic sich erst mal entschuldigen, für all die fiesen Dinge, die er gesagt hatte.

Angefangen damit, dass er zu Silvester wegfahren würde, anstatt zu dem Reitfest zu kommen, für das sie seit Wochen probten! Von dem er wusste, wie wichtig es ihr war! Bei dem er eigentlich auch mithelfen wollte! Und bei dem er für sie der wichtigste Zuschauer gewesen wäre! All das wusste er ganz genau!

Und nun nahm er diesen blöden Streit als Vorwand, um abzuhauen und sie im Stich zu lassen! Nein, sie würde den Mund nicht aufmachen, sie nicht!

Sie gingen also schweigend nebeneinander zurück zum Haus, er setzte sich auf sein Moped, ohne sich von ihr zu verabschieden, und bevor er sich den Helm aufsetzte, sagte er nur noch: »Und entschuldige die Schnapsidee. Und dass du meinetwegen noch länger in der Kälte sein musstest. Ich dachte, es würde dir gefallen. Mein Fehler.«

Damit startete er das Moped und fuhr los.

Jetzt lag Maxi auf dem Sofa, in eine Decke gewickelt und eine Tasse heiße Schokolade vor sich, aber leider fühlte sich das Ganze nicht halb so gut an, wie sie sich's vorgestellt hatte. In regelmäßigen Abständen drückte sie auf die Programmwahltaste und gab für ein paar Sekunden einem anderen Sender eine Chance.

Castingshow. Nachrichten. Sport. Societyklatsch. Noch eine Castingshow.

Lauter Schwachsinn.

Sie hätte gerne einen Film angesehen, irgendwas Romantisches mit Happy End, aber um aufzustehen und eine DVD einzulegen, waren ihre Füße viel zu kalt und ihre Beine viel zu müde. Sie wollte, dass endlich irgendjemand nach Hause kam, um sie ordentlich zu bemitleiden.

Noch vor ein paar Stunden hätte sie jeden ausgelacht, der behauptet hätte, sie würde jemals Vic anschreien – oder er sie.

Da war er nun, der erste große Streit. Carolin wäre zufrieden, dachte Maxi bitter. Endlich mal das Gegenteil von »zuckersüßem Getue«.

Maxi blieb bei dem Rosamunde-Pilcher-Film hängen, der eben eine der Castingshows ablöste. Die Kamera hatte allerdings kaum zweimal über Cornwalls liebliche Landschaft geschwenkt, da war sie schon eingeschlafen.

Sie galoppierte auf Ringo an der Küste von Cornwall, einen wunderschönen weißen Strand entlang. Sie ritt wie eine Wilde, denn sie musste Max und Lara erreichen, bevor Tino es tat. Tino kam hinter ihr auf einem schwarzen Hengst und schwenkte drohend einen riesigen Blumenstrauß. Er durfte die beiden nicht kriegen! Doch halt, da brachen noch zwei Pferde aus dem Gebüsch, ebenfalls in vollem Galopp! Carolin auf Katinka und Bernie auf Marilyn! Sie bemerkten sie gar nicht, hielten auf die Klippen zu, auf die wilden donnernden Fluten des Atlantiks. Die Klippen!

Jetzt erst merkte Maxi, dass sie selbst in gestrecktem Galopp darauf zuraste! Wo waren Max und Lara? Sie musste sie warnen! Die Klippen! Sie würden alle abstürzen! Sie musste Ringo zügeln und alle warnen!

»Halt!«, rief sie, doch Ringo lief weiter wie ein Irrer. »Haaalt!«

»Maxi!«

»Haaaalt!«

»Maxi, huhuuuu! Alles o. k.?«

Maxi schrak hoch. Vor ihr stand Lara, ganz ohne Pferd, und starrte sie neugierig an.

»Du hast so komisch gegrunzt. Als ob du eine schwere Magenverstimmung hättest.«

Verschlafen setzte Maxi sich auf und rieb sich die Augen.

»Nein, mit meinem Magen ist alles in Ordnung. Aber Vic und ich haben uns gestritten.«

»Ich hab mich schon gewundert, dass du so früh zu Hause bist. Und dass ihr nicht ins Dorfcafé nachgekommen seid. Was war denn los?«

»Er hat mitgehört, als ich dich angerufen hab.«

»Oh, shit. Aber ich hab dir *gesagt*, du sollst ihn nicht anlügen!«

»Es wäre nichts passiert, wenn du nicht alles Max erzählt hättest!«

»Na toll, jetzt bin *ich* vielleicht schuld?« Lara funkelte sie an und Maxi seufzte. Heute war einfach nicht ihr Tag.

»Nein, natürlich nicht. Es ist einfach saublöd gelaufen. Erst hat Tino wieder angerufen und ich musste ihm ausreden, sich in den Zug zu setzen und herzukommen ...«

»Er wollte herkommen?« Lara sah sie mit großen Augen an.

»Ja, er ist total eifersüchtig auf Max und wollte herkommen und den gehörnten Ehemann spielen oder was weiß ich ...«

»Und *du* hast es ihm ausgeredet?«

»Na, möchtest du das etwa?« Maxi sah ihre Freundin verblüfft an. »Ich dachte, du und Max ...«

»Was mit mir und Max ist, hat doch damit nichts zu

tun!«, rief Lara und Maxi fühlte sich sofort heftig an das Gespräch mit Max kurz zuvor erinnert. Auf einmal hatte ihre beste Freundin ganz feuchte Augen.

»Aber Lara, ich dachte doch …«

»Du verstehst wirklich gar nichts!«, schluchzte Lara, machte kehrt und Sekunden später hörte Maxi ihre Füße auf der Treppe nach oben.

Na großartig. Jetzt hatte sie Streit mit ihrem Freund und ihre beste Freundin war auch noch sauer auf sie.

Warum gab es keinen, der einen warnte, an solchen Tagen überhaupt aus dem Bett zu steigen? Apropos Bett. Sie war mittlerweile wirklich todmüde. Und sie hatte heute Abend nicht mehr die Energie, mit Lara zu streiten. Sie würde sich einfach noch eine halbe Stunde hier unten auf dem Sofa ausstrecken, bis Lara schlafen gegangen war, und dann hinaufgehen. Morgen früh würde bestimmt alles besser aussehen.

Vic würde anrufen und sagen, dass er es nicht so gemeint hatte und zu Silvester selbstverständlich wie ausgemacht hierbleiben würde. Lara würde zugeben, dass sie überzogen reagiert hatte. Schließlich würde sie in acht Tagen wieder zu Hause sein und konnte sich mit Tino versöhnen, so viel sie wollte. Wenn sie *wirklich* glaubte, dass er der Richtige war. Maxi war da ja nicht so sicher.

Sie fand, Lara war mit Max viel besser dran. Auch wenn der momentan auch sauer auf sie war. Aber das würde sich geben, sobald er merkte, dass sie es nur gut gemeint hatte – und dass sie recht hatte, vor allem. Klar, wenn man mittendrin steckte, erkannte man oft nicht, was für einen das Beste war. Aber sie, Maxi, hatte ja den objektiven Röntgenblick einer wohlmeinenden Außenstehenden! Ja, morgen würden alle erkennen, dass sie ihr Unrecht getan hatten und alles würde wieder gut werden.

»Maxi! Maxi, steh auf! Habt ihr nicht um elf Probe?« Maxi fuhr hoch. Stella war über sie gebeugt und rüttelte sie sanft an der Schulter. Jemand hatte in der Nacht eine zweite Decke über sie gebreitet und ihr ein Kissen unter den Kopf geschoben, bestimmt auch ihre Mutter.

»Wie spät ist es?«, fragte sie.

»Halb elf.«

»Mist! Die Pferde! Warum weckt mich denn keiner?«

»Keine Sorge«, beruhigte Stella sie. »Ich hab die Pferde gefüttert, und dann ist schon Carolin gekommen und hat sie auf die Koppel gelassen. Willst du schnell noch was frühstücken?«

Während Maxi sich die Zähne putzte, das Gesicht wusch und in ihre Reitklamotten schlüpfte, richtete Stella ihr in der Küche ein Blitzfrühstück her. Bevor sie wieder nach unten ging, warf Maxi einen Blick aus dem Fenster. Lara war auf der Koppel bei Rocket.

Wenn sie sich beeilte, konnte sie noch ein paar Worte mit ihr reden, bevor die Generalprobe anfing.

Eine zusammengeklappte Scheibe Toast mit Marmelade in der einen Hand, einen Thermobecher mit Tee in der anderen, lief sie ein paar Minuten später hinaus.

Zu blöd. Gerade hatte sich Carolin zu Lara dazugesellt, das hieß, sie konnte jetzt nicht mit ihr reden. Andererseits – vielleicht gab's ja auch gar nichts mehr zu reden, weil Lara jetzt ausgeschlafen und besserer Laune war als gestern Abend.

Außerdem wusste Carolin vielleicht was darüber, wie Vic so drauf war.

»Hey!«, rief sie also und winkte den beiden zu.

Carolin winkte zurück, aber Lara ignorierte sie und konzentrierte sich ausschließlich darauf, Rocket sein Halfter überzustreifen, wie üblich eine ziemliche Herausforderung, aber mit Carolins Hilfe nur noch halb so schwierig.

»Und jetzt loben!«, sagte Carolin gerade, als Maxi in Hörweite kam.

»Gut gemacht, Rocket«, sagte Lara folgsam. »Braves Pferdchen! Guter kleiner Junge! So ein braves Baby! Ja, du bist mein Goldjunge, mein Süßer, stimmt's?«

Carolin sah Maxi grinsend entgegen und verdrehte die Augen.

»Ich glaub, das reicht dann mit Loben!«, sagte sie zu Lara.

Offenbar hatte Vic zu Hause nichts gesagt – das war typisch für ihn. Maxi musste in so einem Fall sofort mit mindestens einer besten Freundin und am besten noch mit Stella reden. Vic sagte gar nichts, zu niemandem.

»Hey, Strohwitwe«, sagte Carolin fröhlich. »Konnte ja gar nicht glauben, dass du Vic erlaubt hast, wegzufahren!«

»Er … er ist schon weg?«, fragte Maxi. Er war wirklich einfach gefahren, ohne sie noch mal anzurufen, ohne noch mal mit ihr zu reden?

Carolin sah sie erstaunt an. »Heute Morgen, ja. Ich dachte, du hast ihn dazu überredet?«

Na ja. So konnte man es auch nennen.

»Ja, ja, klar«, sagte Maxi hastig. »Ich wusste nur nicht mehr genau, wann er abfahren wollte.«

»Na, was haltet ihr denn davon, wenn wir drei heute Nachmittag rodeln gehen?«, fragte Carolin. »Wir könnten Lara den Ruinenberg zeigen und …«

»Den kenn ich schon«, unterbrach Lara. »Und außerdem hab ich noch Muskelkater von vorgestern.«

»Wovon denn?«, fragte Carolin.

Maxi warf Lara einen warnenden Blick zu, aber da die vermied, ihr in die Augen zu schauen, hatte das nicht den gewünschten Effekt.

»Na, vom Rodeln«, sagte Lara.

Leider schaltete Carolin schneller als Lara. »Ihr wart vorgestern rodeln?«, fragte sie mit hochgezogenen Augenbrauen in Maxis Richtung. »Ich dachte, du warst krank.«

»Vielen Dank auch, Lara«, murmelte Maxi.

Laras Hand war erschrocken zu ihrem Mund gefahren. »Tut mir echt leid«, sagte sie. »Wirklich, Maxi, das war bestimmt keine Absicht …«

»Carolin«, setzte Maxi an. »Ich wollte nur …«

Carolin schüttelte den Kopf und Maxi brach ab.

»Du kannst es einfach nicht lassen, was?«, sagte sie, wandte sich ab und stapfte durch den Schnee zurück zum Viereck, auf das gerade die ersten Pferde geführt wurden.

Die Generalprobe war ein einziges Fiasko. Fabrizio buckelte und warf Frau Doktor Sensibel ab, die daraufhin Bedenken hatte, ob ihr Pferd durch das Formationsreiten nicht doch zu gestresst war. Als die anderen sie endlich gemeinschaftlich überredet hatten, es doch bitte noch einmal zu versuchen, hatten Katinka und Freyja plötzlich das Bedürfnis, eine Rangordnungsfrage auszudiskutieren, als sie sich, wie es die Choreografie verlangte, in der Mitte des Vierecks begegneten.

Maxi war bei ihrer Voltigierkür so unkonzentriert, dass sie einen unfreiwilligen Abgang aus dem Schulterstand machte, mit dem sie normalerweise nie Probleme hatte.

Dann musste sie sich noch von Carolin angiften lassen, weil sie das Glitzerplakat, mit dem Rocket von Lara hereingeführt werden sollte, nicht vorbereitet hatte.

Sie wusste ja nicht, dass es nur Stella zu verdanken war, dass Maxi es überhaupt rechtzeitig zur Probe geschafft hatte.

Rocket ließ sich zwar ganz brav hereinführen, aber bockte beim Hinausführen, weil er es offenbar lustiger fand, bei den anderen Pferden im Viereck zu bleiben. Lara blieb wenigstens erstaunlich cool, sie ließ nicht mal den Strick los und schaffte es schließlich doch, den kleinen widerspenstigen Hengst zum Abgang zu überreden.

Dann bekam Mia noch einen Heulkrampf, weil sie sich ihre nagelneue hellblaue Reitjacke am Gatter aufriss, und zickte so lange herum, bis ihre Mutter sie kurzerhand ins Auto setzte und unter wütendem Schweigen beide Pferde versorgte, bevor sie sich verabschiedete.

»Es sollte ja keine so große Sache werden«, sagte sie, schon etwas ruhiger, zu Maxi und Carolin, bevor sie abfuhr. »Aber ich glaube, jetzt schlackern doch allen etwas die Nerven.«

»Eine versaute Generalprobe ist doch das Beste, was einem passieren kann!«, meinte Bernie gut gelaunt. »Das ist die Garantie für eine gelungene Premiere, hört man doch immer!«

Er war der Einzige, dem heute rein gar nichts schiefgelaufen war. Ganz schöne Blamage, wo er doch auch der Einzige war, der nicht seit Wochen probte!

Wahrscheinlich brachte er gerade deshalb die nötige Unbefangenheit mit. Jedenfalls entlockte er Linda ein Lachen, wofür er von Carolin ein dankbares Lächeln erntete – für Maxi das einzig Tröstliche an diesem schrecklichen Vormittag. Geht nur alle auf mich los, dachte sie trotzig. Aber recht hab ich doch.

Als Nick beim Mittagessen ankündigte, dass er vorhatte, sein kariertes Flanellhemd anzuziehen und den Rest des Nachmittags zu tun, was ein Mann auf dem Land hin und wieder tun musste, vor allem, wenn er im Besitz eines offenen Kamins war: nämlich Holz zu hacken, fragte Lara sofort, ob sie an *seinen* Laptop dürfe, anstatt wie üblich Maxis zu verwenden. Unter den übereinstimmenden »Oh-oh«-Blicken von Nick und Stella verschwand sie, kaum dass sie den letzten Bissen Ravioli hinuntergeschluckt hatte, in Richtung Arbeitszimmer.

Maxi saß da und starrte auf ihren Teller, auf dem

sich, gemessen an ihrem sonstigen Appetit, noch viel zu viele Teigtaschen häuften.

»Alle hassen mich«, sagte Maxi schließlich. »Na ja, vielleicht nicht alle. Aber alle, die mir wichtig sind.«

»Wir hassen dich nicht«, bot Nick an.

»Ihr dürft nicht«, erklärte Maxi. »Ihr seid meine Eltern.«

»Es ist sicher nicht so schlimm, wie du denkst«, sagte Stella. »Wer ist denn sauer auf dich und warum?«

»Vic. Ich hatte ihm nicht gesagt, dass ich die Migräne nur erfunden hab, wegen Carolin und Bernie. Gestern ist er draufgekommen. Er hat gesagt, ich geh ihm auf den Wecker und ich soll aufhören, anderen zu *helfen.*«

Nick machte schon den Mund auf, um etwas zu sagen, überlegte es sich dann aber anders, verzog schmerzverzerrt das Gesicht und rieb sich mit einem vorwurfsvollen Blick zu Stella das Schienbein.

»Und nun ist er mit den Jungs vom Fußballverein zum Skifahren, auf irgendeiner blöden Hütte, was er wahrscheinlich sowieso die ganze Zeit machen wollte. Aber natürlich sagt er, er weiß nicht, warum er hierbleiben soll, wo ich mich sowieso mehr für alle anderen Beziehungen interessiere als für unsere.« Maxis Unterlippe begann, verdächtig zu zittern. »Und er kommt erst nach Silvester zurück.«

»Shit«, sagte Stella. »Das ist hart. Und wer ist noch sauer?«

»Na ja, Lara«, sagte Maxi. »Das ist ja nicht zu übersehen. Tino hat gestern plötzlich beschlossen, er will hierherkommen und um Lara kämpfen …«

»Ach, wie süß!«, entfuhr es Stella.

»Ich hab's ihm ausgeredet«, fuhr Maxi grimmig fort. »Ich dachte, es wär schwachsinnig, sie so zu überfahren. Ich wollte sie nur beschützen. Stellt euch vor, sie sitzt da mit Max und plötzlich … Ach ja, Max. Der ist auch sauer auf mich. Wegen Carolin und Bernie. Als ob das an mir läge, ob zwischen den beiden was läuft oder nicht! Ich hab nur die vorhandene Sympathie in die richtigen Bahnen gelenkt, sozusagen.«

Nick wollte wieder etwas sagen, aber diesmal genügte schon ein warnender Blick von Stella. Er klappte den Mund wieder zu.

»Und Carolin«, seufzte Maxi schlussendlich. »Lara hat sich verplappert und nun weiß sie *auch*, dass ich das Kranksein bloß vorgeschoben hab, damit sie und Bernie alleine ausreiten.« Trotzig verschränkte Maxi die Arme vor der Brust und lehnte sich in ihrem Stuhl zurück. »Also eigentlich hätte ich jedes Recht, auf Lara sauer zu sein, aber umgekehrt ist es ja viel praktischer. Ich bin sowieso schon der Sündenbock für alle.«

Stella holte tief Luft. »Erinnerst du dich an unser Gespräch von neulich?«, fragte sie.

»Ja, ich weiß schon, du hast gesagt, es kann nach hinten losgehen, wenn Leute draufkommen, dass man sie manipulieren will, aber ich manipuliere doch gar nicht! Ich *helfe* doch nur!«

»Womit wir bei der *anderen* Geschichte sind«, meinte Stella. »Du weißt schon, Benno, Kathi, Delia und Frank …«

»Du hast gesagt, das kann man nicht vergleichen«,

murrte Maxi. Momentan interessierten sie diese Geschichten aus vergangenen Tagen herzlich wenig, sie hatte genug eigene Probleme.

»Na ja«, meinte Stella und vermied es, Nick anzusehen. »Ich denke, ich hatte vielleicht Unrecht. Vielleicht kann man das schon vergleichen. Vielleicht war das wirklich genau dasselbe. Vielleicht hab ich damals wirklich alles durcheinandergebracht statt in Ordnung. Vielleicht ist es auch wirklich genetisch, aber das ändert wohl nichts dran, dass du deine Nase in Dinge gesteckt hast, die dich nichts angehen. So wie ich damals. Ich kann mich bei Benno und Kathi nicht mehr entschuldigen, weil ich keine Ahnung habe, wo sie stecken. Aber du solltest vielleicht die nächste Gelegenheit nützen, genau das zu tun.«

Maxi saß mit offenem Mund da.

»Was?«, fragte sie empört. »Wofür soll ich mich denn entschuldigen? Ich hab doch niemandem was getan! Nur weil du plötzlich ein schlechtes Gewissen wegen wie heißen sie noch …«

»Benno und Kathi.«

»… wegen Benno und Kathi hast, soll ich herumrennen und mich bei allen entschuldigen? Entschuldigung, dass ich euch helfen wollte? Entschuldigung, dass ich nicht wollte, dass ihr allein und unglücklich seid?«

»Am besten, du stellst dir mal die Frage, ob deine Freunde jetzt glücklicher sind, als vor deiner Hilfsaktion. Lara zum Beispiel.«

»Weiß nicht«, murrte Maxi. »Anfangs dachte ich

schon. Max hat ihr gutgetan. Was kann ich dafür, dass sie immer noch an Tino hängt, diesem Schlitzohr?«

»Also ja oder nein?«

»Hmpf.«

»Und Carolin?«

»Das kann man noch nicht sagen. Sie und Bernie passen super zusammen. Vielleicht wird das ja was.«

»Die Frage lautet: War sie besser drauf, bevor oder nachdem du das mit Lara und Max ins Rollen gebracht hast?«

»Das ist unfair!«, begehrte Maxi auf. »Ich hab Carolin extra vorher gefragt und sie hat gesagt, es stört sie nicht!«

Stella legte den Kopf schief.

»Bevor oder nachdem?«, wiederholte Stella.

»Hmpf«, sagte Maxi.

»Und Max …«

»Wer weiß schon, was Jungs denken und warum sie wie drauf sind«, schnappte Maxi.

»Und Vic«, sagte Stella sanft. »Ist es zwischen euch beiden besser oder schlechter geworden, seit du angefangen hast, allen anderen zu helfen?«

»Das ist voll unfair! Was kann ich dafür, wenn er alles persönlich nimmt? Und überhaupt gibt ihm das nicht das Recht, mich so fertigzumachen!«

Stella zog nur die Augenbrauen hoch und drehte mit einer fragenden Geste ihre Handflächen nach oben.

»Hmpf«, wiederholte Maxi, zog die Knie hoch und starrte beleidigt aus dem Fenster. Waren Eltern nicht dazu da, einem den Rücken zu stärken? Sollten sie einen nicht trösten, statt auch noch auf einem herumzutrampeln, wenn das ohnehin schon alle anderen taten?

Nick hatte die ganze Zeit über kein Wort gesagt. Jetzt räusperte er sich leise. »Nur eine Frage«, sagte er zu Stella. »Wenn du *vielleicht Unrecht* hattest wegen Benno und Kathi, was hatte ich dann?«

»Vielleicht recht«, sagte Stella mit einem kleinen Grinsen. »Kuss?«

»Kuss«, antwortete Nick und tat genau das.

Na toll, dachte Maxi. Mein Freund hat sich verdrückt, meine Freunde hassen mich und meine Eltern schmusen.

»Ich geh Holz hacken«, meinte Nick, stand auf und nahm sein kariertes Flanellhemd von der Stuhllehne. »Bis später dann, Mädels.«

Er drückte Maxi einen dicken Kuss auf die honigblonde Lockenmähne, aber sie drehte sich trotzig weg. »Sei froh, dass du nur das Kuppelgen geerbt hast«, sagte er unverändert fröhlich zu Maxis Hinterkopf. »Migräne ist echt scheußlich.«

Ein paar Minuten lang saßen Maxi und ihre Mutter schweigend am Küchentisch. Nur das Ticken der Küchenuhr und die verhaltenen Schnauf- und Stampfgeräusche von Nick, der sich im Windfang Stiefel und Jacke anzog, waren zu hören. Schließlich das Geräusch der Haustür, die Maxis Vater hinter sich zuschlug.

»Ich weiß, es kommt dir unfair vor«, sagte Stella, als wäre das ein Signal gewesen, auf das sie gewartet hatte. »Und ich weiß, du bist gekränkt wegen der Dinge, die Vic dir an den Kopf geworfen hat. Aber ein bisschen was kannst du auch dafür, denkst du nicht?«

»Ich dachte, du bist auf *meiner* Seite!«, schnappte Maxi beleidigt.

»Bin ich ja auch. Ich bin *immer* auf deiner Seite. Aber wenn ich das Gefühl habe, du verrennst dich in was, dann muss ich doch …«

Von draußen klopfte Nick an die Fensterscheibe. Stella öffnete das kleine Doppelfenster. »Was ist denn los?«

»Wir haben wieder mal eine Ziege zu wenig. Ich glaube, komplizierte Suchaktionen können wir uns sparen, oder? Ich fahre einfach gleich nach Lauterach.«

»Ich komm mit«, sagte Stella sofort und stand auf. »Passt Rambo denn in die Trude?«

»Irgendwie wird es schon gehen. Jedenfalls können wir nicht ständig Alois bitten. Er hat doch sein Halsband um, oder?«

Die Frage ging an Maxi, die nur stumm nickte. Eben. Sollte sich endlich mal jemand anders um diesen Sturkopf von Ziegenbock kümmern. Wenn sie ihn nicht stundenlang durch die Wildnis hätte verfolgen müssen, wäre so einiges nicht passiert. Jedenfalls wäre Vic noch hier. Außer, er hätte auf andere Art erfahren, dass Maxi ihn angelogen hatte. Außer, sie hätte trotzdem während des Dates mit Tino und Max telefoniert, nur eben von ihrem eigenen Handy. Außer …

Egal, dann war Vic eben auf seiner Skihütte, Carolin, Max und Lara hockten irgendwo und waren beleidigt und ihre Eltern verstanden sie nicht. Von wegen, die Liebesangelegenheiten anderer waren das Einzige, was sie interessierte. Auf sie wartete immerhin eine Silvestershow, in die sie verdammt viel Energie gesteckt hatte und sie hatte nicht vor, sich zu blamieren!

»Ich geh und üb am Tonnenpferd«, murmelte sie, stand von ihrem Stuhl auf und stampfte aus der Küche. Und sie wusste genau, dass Nick und Stella einander einen übereinstimmenden »Wir-waren-auch-mal-in-der-Pubertät«-Blick durchs Küchenfenster zuwarfen. Als ob Eltern deshalb alles wussten, weil sie auch mal jünger gewesen waren! Das bewies gar nichts!!!

»Na, endlich wieder ein Lebenszeichen aus der Pampa!« (Cordula)

»Kriegt man auf dem Land nur eine Online-Minute pro Woche?« (Nini)

Eben. Es war ja nicht so, dass Maxi sonst keine Freunde hatte. Nini und Cordula, aka A-Hörnchen und B-Hörnchen, hatten sie vermisst und freuten sich, von ihr zu hören. Die beiden waren seit gestern auf einem Snowboardcamp und waren beide eingeloggt – Maxi konnte die Freundinnen vor sich sehen, jede mit ihrem Laptop auf den Knien, nebeneinander sitzend, vermutlich auf einem der Betten.

»Sag mal, hast du Lara jetzt auch rekrutiert?« (Nini)

»Als Reserve-Landei? Wenn das so weitergeht, müssen wir auch nach Pieselberg ziehen!« (Cordula)

»WIESELBERG!« (Maxi)

»Habt ihr gar kein Verantwortungsgefühl? Wer soll sich denn dann um die Stadtjungs kümmern?« (Nini)

»Apropos: Wie läuft's bei euch? Oder vielmehr: Wer läuft ;-)?« (Maxi)

Sowohl Nini als auch Cordula waren zurzeit solo, Maxi mutmaßte, dass das Camp also mindestens so viel sozialen wie sportlichen Hintergrund hatte.

»Ich sag nur: blond, blaue Augen, Super-Boarder …« (Nini)

»Und ich sag nur: Blöderweise haben wir denselben Geschmack!« (Cordula)

»Nein, ihr, also von Dreiecksgeschichten kann ich echt nur abraten. Je mehr Ecken, desto mehr Probleme.« (Maxi)

»Ach was, wir Hörnchen teilen immer alle Nüsslein :-D« (Nini)

»Wasnlos? Du musst doch nicht deinen Traumprinzen teilen? Oder bist DU etwa auf Abwegen???« (Cordula)

Plötzlich kam Maxi die Frage in den Sinn, ob auf Vics Skihütte auch bestimmt nur *Jungs* waren. Und augenblicklich spürte sie wieder dieses klebrige, zittrige, verhasste Eifersuchtsgefühl – zum ersten Mal, seit Vonnie wieder von der Bildfläche verschwunden war.

»Viel komplizierter, leider.«

Maxi erstellte schnell eine WhatsApp-Gruppe für Nini, Cordula und sich selbst und nannte sie *3Girls*. Sie wollte nicht noch einmal den gleichen Fehler wie bei Vic machen, der das Telefonat mit Lara mitbekommen hatte. Nicht auszudenken was passierte, wenn Lara jetzt im Facebook-Chat mitbekam, dass Maxi über sie und Tino schrieb.

»Sag mal, habt ihr Tino gesehen, vor eurer Abreise?«, tippte sie. Es dauerte einen Moment, dann hatte Cordula die Nachricht auf WhatsApp gesehen.

»Zweimal bei Starbucks«, schrieb sie zurück. *»Wieso?«*

Jetzt war Nini auch auf WhatsApp. *»Macht ihr grade Partnertausch, du und Lara?«*

»Witzig.« (Maxi)

»Wie geht's ihr denn, der armen Maus? Sie ist so sensibel. Darf man nicht sein, wenn man den Star der Schule zum Freund hat.« (Nini)

»Na, hör mal! Ich werd auch sensibel, wenn mein Freund fremdküsst!« (Maxi)

»Hat er? Das hör ich zum ersten Mal. Geflirtet vielleicht, aber geknutscht?« (Cordula)

»Er hat's zugegeben«, schrieb Maxi zurück.

Ha, dachte sie, da ist das Landei jetzt aber mal ganz eindeutig besser informiert als die Stadtpflanzen!

»Also, der große Streit und die Trennung, das war jedenfalls wegen fast gar nichts – wenn du mich fragst.« (Cordula)

»Ja, wir lieben Lara wie eine Schwester, das weißt du, aber sie war in letzter Zeit tierisch eifersüchtig. Tino wusste schon gar nicht mehr, wo er ungestraft hinschauen sollte.« (Nini)

Hm. Das klang ja, als hätte Tino sie wirklich nicht angelogen.

Keine Entschuldigung für die Küsserei mit dieser Jana, natürlich, aber immerhin.

»Und bei Starbucks, war er da allein?« (Maxi)

»Einmal ja, einmal mit den andern von der Band. Warum fragst du, Sherlock?« (Cordula)

Also jedenfalls nicht mit besagter Tussi.

»Und wie war er drauf?« (Maxi)

»Na, wie schon. Mundwinkel bis zum Boden. Schwerer Lara-Entzug, wenn du mich fragst.« (Cordula)

»Oder mich.« (Nini)

Also stimmte es. Tino versuchte nicht, »auf mehreren Hochzeiten gleichzeitig zu tanzen«, wie Maxis Oma es genannt hätte, sein Lara-Kummer war wohl wirklich echt. Und Lara *wollte* womöglich auch, dass er sie zurückeroberte. Aber wie passte Max da rein? Sie traf sich doch dauernd mit ihm! Heute Abend war sie auch wieder mit ihm unterwegs, obwohl Maxi Kummer wegen Vic hatte und Silvester ohne ihn verbringen musste. Sie hatte nicht einmal gefragt, ob Maxi mitkommen wollte. Na ja, eigentlich war sie ohnehin nicht besonders wild darauf, Max zu begegnen, so sauer, wie der gestern geklungen hatte.

»Lara whatsappt mir gerade«, schrieb Cordula.

»Wahrscheinlich hat sie Schluckauf gekriegt.« (Nini)

»Ich mach dann mal einen Abflug!«, tippte Maxi. *»Viel Spaß mit Blond und Blauäugig. Und wenn Lara über mich schimpft, glaubt nicht alles!«*

»Was soll'n das heißen? Trouble in Paradise?« (Cordula)

»Demnächst mehr!«, schrieb Maxi noch schnell. *»Und brecht euch keine Knochen!«*

Maxi legte ihr Handy beiseite und ließ sich mit einem Seufzer rücklings auf ihr Bett fallen.

Kein Beinbruch

Lara war immer noch einsilbig, sie hatte nicht einmal von ihrem gestrigen Abend mit Max erzählt, sondern war nach einem kurzen »Hallo« schlafen gegangen. Keine Frage, wie es Maxi ging oder ob sie was von Vic gehört hatte.

»Soll ich Tino denn noch mal anrufen?«, hatte Maxi heute früh vorsichtig gefragt. »Soll ich ihm verklickern, dass du *willst*, dass er kommt?«

Lara hatte nur mit den Schultern gezuckt.

»Ach was«, hatte sie gesagt. »Wenn er kommen wollte, wenn's ihm um *mich* ginge, wär er schon längst hier. Der redet doch nur. Ich hab das jetzt endgültig abgehakt.«

»Und warum bist du dann noch sauer auf mich?«

»Bin ich doch gar nicht.«

»Bist du doch.«

»Bin ich nicht.«

»Bist du doch.«

Normalerweise hätte so eine Unterhaltung in Gekicher oder einer Polsterschlacht enden müssen, aber Lara hatte bloß erneut mit den Schultern gezuckt.

»Und was ist nun mit Max?«, versuchte Maxi es neuerlich.

»Du meinst den Typen, den du quasi auf Knien angebettelt hast, deine arme, verlassene Freundin um ein Date zu bitten?«

»Aber Lara … ich wusste doch, ihr mögt euch und …«

Noch ein Achselzucken und sie war aus dem Zimmer gegangen, hinunter an Nicks Computer. Gab es überhaupt keine Diskretion mehr auf dieser Welt? Max hätte ja vielleicht nicht ganz so ehrlich sein müssen, oder?

Und was bedeutete es, dass er Lara sogar dieses Detail erzählt hatte? War es ein Zeichen für eine wachsende Vertrautheit zwischen den beiden? Hatte Max reinen Tisch gemacht, damit er und Lara einen guten Start hätten, ohne Halbwahrheiten?

Wahrscheinlich wartete Tino schon auf ihren Anruf, aber was sollte sie ihm sagen? Dass es vielleicht seine letzte Chance gewesen wäre, seinem Impuls zu folgen und sich in den Zug zu setzen? Was sie, Maxi, ihm ja erfolgreich ausgeredet hatte? Dann konnte er sich gleich im »Alle-hassen-Maxi«-Club einschreiben, aber was machte das schon? An diesem Punkt kam es auf einen mehr oder weniger auch nicht mehr an.

Maxi beschloss, sich für eine kleine Weile aus all dem auszuklinken und mit Ringo einen Ausritt zu machen. Ihr Islandpferd hatte von all ihren Freunden mit Abstand das ausgeglichenste Gemüt – sollten doch die anderen ihre Launen pflegen!

Der Ausritt hätte wunderschön sein können, wenn sie nicht am Ruinenberg vorbeigekommen wäre und dabei beim Gedanken an Silvester einen plötzlichen, heftigen Sehnsuchtsanfall nach Vic gekriegt hätte.

Auf dem Rückweg lenkte sie Ringo ein Stück von der Forststraße durchs Gebüsch, auf die kleine Lichtung, wo Vic sein Fünf-bis-sechs-Monats-Picknick vorbereitet hatte. Man konnte noch die Abdrücke sehen, die die Fackeln im Schnee hinterlassen hatten, und innerhalb der punktierten Herz-Form den Abdruck der Decken.

Maxi stand da und starrte auf die Spuren ihres verpatzten Dates, und plötzlich stiegen ihr wirklich die Tränen in die Augen.

»Verdammt noch mal, Vic«, schniefte sie und wendete Ringo ab. »Verdammt noch mal. Ich hatte mich so auf unser erstes Silvester gefreut.«

Wenig später war Ringo wieder auf der Koppel und Maxi machte einen Gefangenenbesuch – sozusagen.

»Ich weiß genau, wie du dich fühlst, mein Junge.«

Maxi hatte ihre Arme auf Rambos Boxentür abgelegt, das Kinn auf den Handrücken, und redete mitfühlend auf den Ziegenbock ein, der sichtlich die Welt nicht mehr verstand. Sie hatten beschlossen, ihn ein paar Tage drinnen zu behalten, damit er nicht gleich wieder ausbüxte. Mit etwas Glück würde er seine neue Abenteuerlust – und seine neue Freundin – wieder vergessen. Falls nicht, wollten Nick und Alois den Zaun versetzen, damit Rambo der Sprung vom Dach des Unterstandes in die Freiheit zu weit wurde.

Maxi hatte ein paar Trostkarotten für den Ziegenbock mitgebracht, aber es kam ihr so vor, als würde er die nur fressen, um sie nicht zu kränken.

»Mir geht's genauso«, sagte Maxi seufzend. »Mein Freund ist auch in einer weit entfernten Hütte. Mit dem

Unterschied, dass er sauer auf mich ist. Und weißt du was? Je länger ich drüber nachdenke, desto mehr hab ich das Gefühl, er hat recht.«

Sie hatte nichts dergleichen zu Stella oder Nick gesagt. Und sie war noch nicht so weit, Vic anzurufen. Immerhin hatte er sie nicht nur verletzt, zum ersten Mal hatte sie auch das Gefühl gehabt, er verstand sie einfach nicht. Was sie da so getan und eingefädelt hatte, das war ihr in dem Moment nicht nur alles total richtig erschienen, es war auch in der allerbesten Absicht geschehen, sie wollte doch ihre Freunde glücklich machen! Bei Vic hatte es so geklungen, als ginge es ihr darum, sich selbst wichtig zu machen, und das war einfach nicht wahr!

»Du weißt das, stimmt's?«, fragte sie Rambo, der wieder begonnen hatte, mit seinen Hörnern ungeduldig die Boxentür zu traktieren.

Was der freundliche Wirt vom Florianihof gesagt hatte, fiel ihr wieder ein: »Ist so wie bei den Menschen, man kann sie nicht beliebig zusammenwürfeln.«

»Aber bei dir und Penelope hat's gefunkt, was? Bei euch wäre das Ganze sicher viel weniger kompliziert als bei den Zweibeinern, die ich so kenne. Und gerade euch müssen wir trennen. Wie soll so ein armer Bock das kapieren? Ich fühl mich echt mies deswegen, das kannst du mir glauben.«

Maxi hörte ein Moped von draußen und ihr Herz machte einen kleinen Sprung. Vic war zurückgekommen! Bestimmt hatte er genauso viel über alles nachgedacht wie sie, bestimmt würde er sich entschuldigen, dass er so heftig geworden war, und dann konnte sie sich entschuldigen, dafür dass sie … naja, für alles Mögliche eben. Sie gab Rambo schnell die letzte Karotte und schob die Stalltür auf.

Das Geländemoped auf dem Vorplatz war Bernies, und er war nicht allein. Carolin stieg eben ab und reichte ihm einen Helm zurück, den er an den Lenker hängte, zusammen mit seinem eigenen. Beide stülpten stattdessen Wollmützen über und schienen eine witzige Unterhaltung zu führen, denn Maxi hörte Carolin laut lachen. Sie überlegte gerade, sich wieder in den Stall zurückzuziehen, da hatte Bernie sie schon entdeckt und winkte. Sie winkte zurück und ging ein bisschen zögernd auf die beiden zu.

Wenn Carolin sich nun auch von selbst mit Bernie verabredete, dann hatte sie doch eigentlich keinen Grund mehr, auf Maxi sauer zu sein, oder? Das bewies doch nur, dass Maxis Intuition richtig gewesen war!

Gerade, als sie am Haupthaus vorbeiging, öffnete sich die Tür und Lara stürzte heraus, mit fliegenden Haaren und offener Jacke.

»Oh«, sagte sie, als sie Bernie und Carolin sah. »Hallo.« Sie wurde rot. »Ich hab das Moped gehört und dachte …«

Maxi wollte gerade den Mund aufmachen und fragen, wen Lara erwartet hatte, da knatterte das nächste Zweirad heran – Max auf der uralten, renovierten Vespa seines Vaters. Er fuhr sie noch nicht lange, aber Maxi hatte sich gefreut, als er zum ersten Mal damit aufkreuzte – auf Ausflüge zu viert: sie mit Vic auf einem, Max mit

Carolin auf dem anderen Moped. Nun waren es offenbar Max und Lara, und da keiner von beiden momentan sehr gut auf sie zu sprechen war, klappte sie den Mund wieder zu.

Max nahm seinen Helm ab und Lara ging auf ihn zu und begrüßte ihn mit Küsschen links, Küsschen rechts.

»Hallo«, sagte Max in Bernies Richtung. »Du musst Bernie sein.«

»Schuldig«, antwortete der und lachte. »Sollte ich wissen, wer du bist?«

»Max«, sagte Max und starrte Bernie feindselig an.

»Hey, Max«, antwortete der nur sorglos.

Maxi, Max und Lara sahen gleichzeitig zu Carolin, die knallrot im Gesicht wurde.

Ganz offensichtlich hatte sie Bernie gegenüber Max mit keinem Wort erwähnt.

»Und was habt ihr vor?«, fragte Max, als das Schweigen gerade anfing, irgendwie seltsam zu werden.

»Schlittenfahren«, erklärte Bernie, an dessen Gutelaunegesicht Max' finstere Blicke einfach abprallten. »Carolin zeigt mir euren Silvesterhügel, mit der Ruine drauf.«

»Den Ruinenberg«, sagte Max.

»Genau. Und was macht ihr?«

Max warf Lara einen fragenden Blick zu.

»Ooooch, nichts Besonderes«, meinte die nur, nahm wie selbstverständlich Max' zweiten Helm vom Lenker und schwang sich hinter ihm aufs Moped, als hätte sie das schon tausendmal gemacht. »Pizza und dann vielleicht eislaufen. Also tschüs dann allerseits.«

Max stülpte sich seinen Helm wieder über, wendete ohne ein weiteres Wort seine Vespa und fuhr los.

Carolin sah den beiden mit undefinierbarem Gesichtsausdruck nach, Bernie hob nur die Augenbrauen.

»Exfreund?«, fragte er.

Carolin errötete erneut.

»So was Ähnliches«, murmelte sie. »Komm, die Schlitten sind im Schuppen neben dem Stall.«

»Tschüs dann, Maxi!«

Bernie winkte ihr noch einmal zu und folgte Carolin.

Maxi stand vor dem Haus und wusste überhaupt nicht mehr, was sie davon halten sollte.

Sie beschloss, nicht weiter darüber nachzudenken. In Wirklichkeit waren alle anderen besser dran als sie – sie waren morgen zu zweit oder konnten es jedenfalls sein, wenn sie es wollten. Und wem hatten sie das zu verdanken? Ihr! Und dafür musste sie selbst nun auf den romantischen Kuss unter Sternen und Feuerwerksregen verzichten, den sie sich schon hundertmal vorgestellt hatte!

Wieder einmal hoffte sie, dass es in Vics Skihütte keine Mädchen gab, nur zur Sicherheit. Aber selbst wenn dort keine wohnten, die Jungs würden doch sicher nicht ganz ohne weibliche Gesellschaft Silvester feiern, oder? Die Vorstellung, dass Vic in einer romantischen, verschneiten Hütte in den Bergen auf ein Mädchen traf, das Silvester unbedingt noch jemanden zum Küssen suchte …

Nein, halt. Nicht mal dran denken.

Trotzdem war es nicht gerade hilfreich, dass er noch

kein einziges Mal angerufen hatte. Er wusste, sie war eifersüchtig. Er wusste auch, dass sie megaenttäuscht sein musste, weil er zu Silvester nicht da war. Er wollte sie schmoren lassen.

»Ich schmore überhaupt nicht!«, sagte Maxi ganz laut, wie um sich selbst zu überzeugen, und öffnete die Haustür. »Wir werden eine tolle Reitshow machen, alles wird super laufen und es wird ihm noch verdammt leidtun, nicht dabei gewesen zu sein! Jawohl!«

Ein paar der Pferde sahen von der Koppel neugierig zu ihr herüber und von drinnen kam Stellas Stimme: »Alles o. k., Schatz?«

»Ja, ja«, antwortete Maxi, zog ihre goldfarbenen Gummistiefel aus und ging in die Küche, wo ihre Mutter sich gerade einen Tee machte.

»Glaubst du an Liebe auf den ersten Blick?«, fragte Maxi und Stella sah sie verblüfft an. »Warum hab ich das unbestimmte Gefühl, dass das eine Fangfrage ist?«

Maxi sah sie nur weiter erwartungsvoll an.

»Also gut, ja«, sagte Stella seufzend. »Ich schätze schon.«

»Und du erinnerst dich an Romeo und Julia?«

»Das ist schon wieder eine Fangfrage, oder?«

»Findest du nicht, dass die Geschichte ganz leicht auch ein Happy End hätte haben können? Wenn die beiden Liebenden etwas mehr Unterstützung gekriegt hätten?«

»Maxi, hast du nicht in letzter Zeit schon genug Liebende …«

»Nur mit Ja oder Nein antworten, bitte!«

Ein neuerlicher Seufzer von Stella. »Also gut: Ja!«

»Und wenn *du* Romeo und Julia nun hättest helfen können, hättest du's getan?«

Stella runzelte die Stirn und zog die Augenbrauen zusammen.

»Ist natürlich eine Frage der Zivilcourage«, fügte Maxi so beiläufig wie möglich hinzu. »Und manchmal muss man das eine oder andere persönliche Opfer in Kauf nehmen.«

»Ich habe den Verdacht, dass du hier meine wohlbekannte genetische Schwäche ausnützen willst«, knurrte Maxis Mutter. »Aber ja, ich hätte.«

»Das ist eine sehr gute Basis für das nun folgende Gespräch!«, erklärte Maxi strahlend und brüllte dann in Richtung Arbeitszimmer: »Paaaapaaa! Mama und ich müssen dich was fragen!«

Als Maxi am Silvestermorgen aufstand, war Lara schon im Bad, und als Maxi zum Frühstück runterkam, war ihre Freundin schon auf der Koppel. Wahrscheinlich wurde sie nun auch langsam nervös und wollte ganz sichergehen, dass Rocket sie heute Abend bei der Show nicht blamieren würde. Auch egal, dachte Maxi und seufzte. Wenn man nach der Generalprobe geht, blamieren wir uns sowieso alle. Und außerdem: So viele Leute würden ja gar nicht kommen, und es waren alles gute Bekannte, Leute aus dem Dorf, Freunde und Verwandte der Einsteller.

Und es war ja nur der Auftakt zum Silvesterabend, der noch genug weitere Programmpunkte bieten würde, wie Essen, Trinken, Nachtwanderung mit Fackeln, Rodeln und Feuerwerk.

Maxi seufzte. Es war ein tolles Programm und mit Vic wäre es bestimmt das perfekte Silvester geworden, egal was bei der Show schiefging.

Bis jetzt hatte sie nicht mal eine WhatsApp von ihm bekommen, kein Lebenszeichen, gar nichts. Und sie konnte weder Carolin noch Max fragen, ob sie was wussten, denn beide waren schlecht auf sie zu sprechen. Maxi hatte schon daran gedacht, Judith Meisinger anzurufen, Vics Mutter, aber das wollte sie sich wirklich als allerletzten Ausweg aufheben. Außerdem würde sie sie spätestens bei der Show ohnehin sehen, sie und Vics Vater würden ja auf jeden Fall unter den Zuschauern sein.

Drüben auf der Koppel hörte sie Lara laut lachen. Rocket war hinter ihr hergelaufen und hatte sie so heftig gestupst, dass sie im Schnee gelandet war. Eigentlich sollte sie ihrer Freundin erklären, dass es besser war, dem Kleinen etwas Respekt beizubringen, wenn sie wollte, dass er sie heute Abend als »Chefin« akzeptierte.

So wie sie mit ihm spielte, war sie für ihn bloß so etwas wie ein weiteres Fohlen, nur schwächer und ungeschickter als er selber. Aber Lara hatte so viel Spaß mit Rocket. Wenn sie auf der Koppel war, schienen Jungs und die dazugehörigen Dramen für sie in weite Ferne zu rücken. Und außerdem würde sie Kritik von Maxi derzeit wohl nicht besonders gut aufnehmen. Zwei gute Gründe, um sie jetzt einfach in Ruhe zu lassen. Und was sollte schon passieren? Wenn Rocket ein etwas stürmisches und ungebärdiges Nummerngirl war, würde das höchstens zur allgemeinen Erheiterung beitragen.

Maxi schleppte einen Klapptisch zum Reitviereck und begann, alle Requisiten griffbereit darauf herzurichten, die sie am Abend brauchen würden: die Nummern-Plakate für Rocket, Eimer, Äpfel, Bälle und Hütchen für die Geschicklichkeitsspiele, Longe und Longierpeitsche. Um die Musikanlage würde Nick sich kümmern, er würde das Ganze auch moderieren – nicht, dass er einen fixen Text hatte, aber Maxis Vater war ein Improvisationsgenie und er konnte verdammt witzig sein. Seine Spezialität war es, kleine Missgeschicke so zu kommentieren, dass sie sich auf wundersame Weise in Programmhöhepunkte verwandelten. Und nach der Generalprobe zu schließen, würden sie heute Abend von dieser speziellen Begabung Nicks gehörig Gebrauch machen.

»Hey«, riss Carolins Stimme Maxi plötzlich aus ihren Gedanken. »So wie's aussieht, werden wir Lara das Plakat umhängen und nicht Rocket.«

Maxi fuhr herum.

»Hey«, sagte sie und räusperte sich. »Ja, wenn wir keine Fohlenherde für ihn finden, dann mieten wir einfach Lara.« Es entstand eine kurze Pause. »Ich wusste gar nicht, dass du heute Vormittag kommen wolltest.«

»Ich dachte, ich sag dir lieber nicht vorher Bescheid«, erklärte Carolin mit hochgezogenen Augenbrauen. »Sonst finde ich hier noch drei liebeskranke Jünglinge vor, unter denen ich wählen muss.«

Maxi verzog das Gesicht. »Witzig.«

»Kann dich ja schlecht alleine alles vorbereiten lassen«, fuhr Carolin fort. »Du vergisst ja doch wieder die Hälfte.«

»Danke für dein Vertrauen«, knurrte Maxi. »Ist das nur dein normaler liebevoller Ton mir gegenüber oder bist du noch sauer?«

»Nächste Frage«, sagte Carolin. »Lass uns lieber die Capes holen.«

Für das Formationsreiten hatte Judith Meisinger ihnen rote Satincapes genäht, mit denen sie aussahen wie eine Musketiertruppe, echt cool.

»O. k., wenn das so ist: Weißt du noch, das Sandwich, das ich dir neulich gemacht habe? Nach dem Ausritt?«

Carolin runzelte die Stirn.

»Sicher, was ist damit?«

»Ich sollte dich doch daran erinnern, wenn du mir das nächste Mal was verzeihen musst.« Carolins Mundwinkel kräuselten sich minimal nach oben.

»Es gibt also was zu verzeihen, ja?«

»Es tut mir leid«, sagte Maxi. »Dass ich dich angelogen habe und dass ich dich und Bernie quasi auf ein Date geschickt habe, ohne dich zu fragen. Ich dachte einfach, ihr versteht euch gut und habt jede Menge gemeinsam, und ich wollte euch Gelegenheit geben, einander besser kennenzulernen. Ich hab's echt nur gut gemeint.«

»Schon gut, Cupido. Du kannst eben auch nicht aus deiner Haut. Das Sandwich und die Entschuldigung zusammengerechnet geben ausreichend Versöhnungspunkte.«

»Ein Glück«, sagte Maxi erleichtert und zögerte dann.

Carolin rollte mit den Augen. »Noch was?«

»Und was ist nun mit Bernie?«, fragte Maxi. »Gestern sah es ja so aus, als ob …«

»Ich glaube, du überschätzt die Punktezahl für das Sandwich«, unterbrach Carolin sie. »Holen wir jetzt die Capes oder nicht?«

»Schon gut, schon gut«, sagte Maxi hastig. »Ich bin schon still. Die Capes sind in der Truhe im Windfang.«

Sie gingen zurück zum Haus und Maxi hatte gerade Carolin drei Capes über die ausgestreckten Arme gelegt und lud sich die restlichen vier auf, als von der Koppel ein lauter Schrei kam. Beide Mädchen fuhren erschrocken herum, ließen die Capes fallen und stürzten nach draußen.

»Scheiße«, rief Carolin.

»Lara!«, brüllte Maxi.

Beide liefen in Richtung Koppel, so schnell sie konnten. Rocket bremste gerade einen wilden Lauf ab und sah sich um, wo seine Verfolgerin blieb. Aber Lara kam ihm nicht hinterher, denn sie lag auf dem Rücken im Schnee, beide Hände vor dem Gesicht. Und das, was da schon von Weitem so rot auf der weißen Schneedecke leuchtete, sah verdammt nach Blut aus.

»Das ist wirklich kein Beinbruch«, erklärte der kleine, dicke Arzt mit breitem Lächeln.

»Iff weiff«, sagte Lara und tastete vorsichtig nach ihrer tamponierten Nase. »Daf Bein wär mir aber lieber gewefn.«

»Wie bitte?«, fragte der Arzt irritiert.

»Das sind die Schmerzmittel«, erklärte Maxi hastig. »Natürlich wär ihr ein gebrochenes Bein *nicht* lieber. Stimmt's, Lara?«

»Ftimmt *nifft*!«, sagte Lara mit Nachdruck.

»Na, jedenfalls«, fuhr der Arzt mit gerunzelter Stirn fort, »in einer Woche oder spätestens zweien ist alles wieder abgeschwollen und du wirst aussehen wie neu.« Er maß ihr den Blutdruck und dann die Temperatur. »Wie fühlst du dich? Kopfschmerzen? Schwindel? Übelkeit?«

Lara schüttelte ganz vorsichtig den Kopf, als wäre er aus Glas.

»Hab miff noch felten fo gut gefühlt.«

»Das ist der richtige Sportsgeist.« Der Chirurg tätschelte kurz ihre Hand. »Ich muss in den OP. Wenn in den nächsten Tagen Kopfschmerzen oder Übelkeit auftreten, dann bittest du sofort jemanden, dich herzufahren, o. k.? Dann hast du vielleicht doch eine Gehirnerschütterung.«

»Iff bin fit, ganf ficher.«

»Ruh dich hier noch kurz aus, und dann kannst du nach Hause. Einen guten Rutsch wünsch ich euch.« Und damit schloss er die Tür des Krankenzimmers hinter sich.

»Ihnen auch«, rief Maxi ihm noch nach.

»Nifftf wie weg hier«, sagte Lara, schwang die Beine über den Bettrand und stand auf, gefährlich schwankend.

»Hee, langsam!«, rief Maxi erschrocken. »Bleib noch

ein bisschen liegen, o. k.? Ich sag schnell den anderen Bescheid, und du ruh dich inzwischen aus.«

»Na gut«, sagte Lara. »Vielleifft noff ein paar Minuten.«

Mit einem besorgten Blick über die Schulter ging Maxi aus dem Krankenzimmer. Draußen warteten Nick, Stella und Carolin.

»Alles o. k.?«, fragte Stella angstvoll. Sie hatte ganz verheulte Augen und war sichtlich fertig mit den Nerven. »Die Nase wird doch wieder?«

»Sie ist gebrochen, aber der Arzt hat gesagt, es scheint sich nichts verschoben zu haben, in zwei Wochen ist sie wieder wie neu. Lara ruht sich noch kurz aus, dann können wir sie mitnehmen.«

»Ich muss Margit und Alexander anrufen.«

Margit und Alexander waren Laras Eltern und seit Ewigkeiten mit Nick und Stella befreundet.

»Nein«, widersprach Nick. »Das mach ich. Oder Lara selber. Wenn du in diesem Zustand mit ihnen redest, sitzen sie im Auto, bevor du ›Nase‹ sagen kannst.«

»Ich bin vollkommen ruhig«, protestierte Stella und versuchte vergeblich, mit ihren zitternden Fingern ein Taschentuch aus der Packung zu ziehen, die sie aus ihrer Jackentasche genommen hatte.

Nick nahm ihr das Päckchen ab, gab ihr das Taschentuch und drückte sie sanft auf einen Stuhl.

»Na klar«, erklärte er. »Du bist die Ruhe selbst.«

»Das verzeiht Margit mir nie«, schniefte Stella. »Gibt ein unbeschadetes Kind bei mir ab und kriegt es kaputt wieder …«

»Na, na«, sagte Maxi. »Du tust ja grade so, als hättest *du* ihr die Nase gebrochen! Und außerdem, denk an die Narbe auf meiner Stirn! Die hab ich mir geholt, als ich bei Margit auf den Couchtisch geknallt bin! Also seid ihr quitt!«

»Damals hast du ihr auch keine Vorwürfe gemacht, sondern sie getröstet!«, pflichtete Nick bei. »So etwas kann immer mal passieren, da hat gar niemand schuld.«

»Wenn irgendjemand schuld hat, dann ich«, sagte Maxi seufzend. »Sie hat doch keine Ahnung von Pferden. Sie hat Rocket wie einen Spielgefährten behandelt und er sie auch. Nur dass Pferdenasen eben mehr aushalten.«

»Hat sie gesagt, wie's passiert ist?«, schaltete Carolin sich ein.

»Als sie ihm das Halfter überstreifen wollte hat er den Kopf hochgerissen. Sie ist wahrscheinlich nicht seitlich gestanden, wie wir's ihr gezeigt haben, sondern vor ihm.«

»Oder es lag an dem himmelblauen Baby-Halfter«, schlug Carolin vor. »Wenn ich ein Pferd wäre, würde ich auch sonst was tun, um das nicht tragen zu müssen.«

Maxi grinste. »Ich geh rein und seh nach ihr, o. k.?«

Als sie zurück ins Krankenzimmer kam, war Lara schon dabei, ihre Stiefel anzuziehen. »Warte, ich helf dir!«, rief Maxi.

»Geht fon«, kam die schluchzende Antwort und Maxi sah Lara erschrocken an.

»Tut's so weh?«, fragte sie. »Wir holen gleich noch Schmerztabletten aus der Apotheke und …«

»Nein«, unterbrach Lara. »Daf iffef nifft.«

»Sondern?«

»Hab mich im Fbiegel gefehen. Wenn Tino mich fo fieht, geht er gleich pfu feiner Tuffi pfurück.«

Das Schluchzen wurde heftiger und Maxi setzte sich neben Lara aufs Bett und legte den Arm um sie.

»Hör auf zu weinen, Süße, sonst schwillt die Nase noch mehr an.«

Obwohl Maxi eigentlich glaubte, dass das kaum noch möglich war. Laras sonst zartes Näschen war ein dicker roter Knubbel, über den Nasenrücken hatte der Arzt ein Pflaster geklebt. Aus jedem Nasenloch lugte ein weißer Wattetampon. Die Augen waren bereits blau unterlaufen und verschwollen und die Farbe breitete sich langsam über einen Großteil ihres Gesichts aus.

Plötzlich schwang die Tür auf und der kleine, dicke Arzt kam noch einmal herein, nahm mit erstaunlich langen, schlanken Fingern vorsichtig die Tampons aus der Nase und erklärte: »Das hätte ich fast vergessen, die brauchen wir nicht mehr.«

»Siehst du«, sagte Maxi tröstend, als der Arzt wieder verschwunden war. »Ist doch schon viel besser.«

Lara grunzte nur.

»Ich muss nicht wie eine verkehrte Tamponwerbung durch die Silvesternacht laufen. Jippie.«

»Besser Galgenhumor als gar keiner«, meinte Maxi und lächelte ihre Freundin an.

Die lächelte zaghaft zurück, noch gegen die Nachwehen ihres Schluchzens kämpfend.

»Es ist also immer noch Tino«, fragte Maxi schließlich vorsichtig, oder eigentlich war es mehr eine Feststellung. »Immer noch Tino und nicht Max, ja?«

Lara seufzte tief.

»Du hattest ja recht damit, dass wir uns gut verstehen. Und ich gebe zu, es wäre praktisch gewesen, wenn es gefunkt hätte. Max ist toll. Ich finde ihn lieb und witzig und er kann echt gut zuhören.«

»Aber kein Funke?«

»Nicht der Funken von einem Funken. Wir haben's sogar einmal probiert.«

»Was probiert?«

»Uns geküsst. An dem Abend, als du dein Date mit Vic hattest. Max war kurz rausgegangen, und als er wiederkam, hatte er so einen wütenden Blick drauf und hat mich einfach geküsst.«

»Und?«

»Es war ... Also nicht, dass er ein schlechter Küsser wäre, aber es ist einfach nicht so zwischen uns, verstehst du? Auch wenn wir es gern gewollt hätten.«

»Und weiter?«

»Er hat sich entschuldigt und ich dachte einen Moment lang, er fängt an zu heulen. Ich hab ihm gesagt, dass alles o. k. ist und ich es sowieso auch ausprobieren wollte.« Lara zuckte mit den Schultern. »Jetzt sind wir Freunde, Punkt. Die meiste Zeit, die wir zusammen waren, Max und ich, haben wir sowieso nur über Tino und Carolin geredet. Es hat gutgetan, jemanden zu haben, der zuhört.«

»Na, hör mal!«, sagte Maxi empört. »Und was ist mit mir?«

»Du bist doch glücklich mit Vic!«, sagte Lara. »Aber Max und ich … Wir sitzen im selben Boot, verstehst du?«

»Nur, dass es so aussieht, als wollte Tino dich zurückhaben«, erklärte Maxi. »Während Carolin …«

»Ja«, sagte Lara. »Bernie, ich weiß. Armer Max.«

»Es tut mir leid, dass ich Tino gesagt hab, er soll nicht kommen«, sagte Maxi. »Aber ich war eben total überzeugt, du willst nichts mehr von ihm wissen. Und du hast mir nicht erzählt, wie es mit Max wirklich läuft.«

»Schon gut«, sagte Lara. »Mir tut's auch leid. Du hast es ja nur gut gemeint, das ist mir schon klar. Du konntest es ja wirklich nicht wissen. Und ich muss zugeben …« Lara senkte den Kopf.

»Was?«, fragte Maxi.

»Na ja, ein bisschen von dem, was Max und ich abgezogen haben, war auch Show. Wir haben über euch beide geredet, dich und Vic, und die Sache mit Marcel und was Eifersucht alles auslösen kann. Und wir haben uns gedacht, vielleicht wirkt es ja. Und es schien auch zu funktionieren, bis Bernie auftauchte.«

Jetzt starrte Maxi schuldbewusst auf ihre Füße.

»Na ja, und was Tino anging, hab ich mich drauf verlassen, dass du ihn mit Informationen fütterst. Ich wollte, dass er vor Eifersucht platzt. Genauso wie ich wegen dieser Jana.«

»Und warum hast du mir nicht einfach gesagt, dass du ihn eifersüchtig machen willst?«

»Jeder ist überzeugender, wenn er das glaubt, was er erzählt«, meinte Lara mit einem schuldbewussten kleinen Lächeln. »Aber eigentlich hab ich schon gedacht, dass dir trotzdem klar ist, was ich will.«

»Ein wenig Information wäre nützlich gewesen«, knurrte Maxi. »Aber Hauptsache, du bist nicht mehr sauer auf mich.«

»Ich war echt neben der Spur die letzten Tage. Total durcheinander. Max und ich sind so gute Freunde geworden. Und dann hast du mir erzählt, dass Tino diese Jana geküsst hat. Und dann hat Max *mich* geküsst und dadurch ist mir erst richtig klar geworden, wie verliebt ich immer noch in Tino bin.« Nun fing Lara beinahe wieder zu schluchzen an. »Aber ob ich ihm verzeihe, weiß ich trotzdem nicht! Blöder Idiot!«

»Schhhh«, machte Maxi. »Nicht weinen, sonst kriegst du eine Nase wie ein Ballontier. Komm, gehen wir raus zu den anderen. Du musst Stella beweisen, dass du noch lebst, sie ist total fertig mit den Nerven.«

»Die Ärmste«, sagte Lara mitfühlend. »Meine Mutter hat mir tausendmal erzählt, wie schrecklich das für sie war, als du dir bei uns diese Platzwunde geholt hast. Stella musste sie stundenlang trösten.«

Lara schien wirklich einigermaßen fest auf den Beinen zu stehen, und als sie mit Maxi aus dem Krankenzimmer trat, waren ihre Augen trocken und sie war wild entschlossen, ihren Beitrag als Rocket-Dompteurin während der Show trotz allem zu leisten.

»Bist du wirklich sicher?«, fragte Stella.

»Und wenn er sich wieder so aufführt?«, fragte Carolin. »Der Arzt wäre bestimmt dagegen!«

»Der Arzt hat keine Ahnung«, erklärte Lara würdevoll.

»Immerhin kann er eine Nase von einem Bein unterscheiden«, meinte Maxi grinsend, »das ist doch was.«

»Ich könnte eine Maske aufsetzen«, schlug Lara vor, »dann vergraule ich das Publikum nicht.«

»Ach was«, meinte Nick. »Das ist nicht nötig. Ein großer Hut mit Schleier reicht völlig.«

»Nick!«, riefen Stella und Maxi empört im Chor.

Aber Lara lachte nur. »Er hat ja recht«, sagte sie. »Und ich muss zusehen, dass ich immer schön in leichter Rückenlage bleibe, beim Gehen …«

»Warum das denn?«, fragte Stella.

»Na, sonst fällt sie nach vorne um, wegen der Riesennase«, sagte Carolin, als ob es das Logischste von der Welt wäre.

Lara ließ ein irres Kichern hören.

»Und wenn sich irgendwelche Kinder nicht benehmen, dann nehm ich einfach den Schleier ab …!«

»Immer langsam«, meinte Maxi. »Wir haben Silvester und nicht Halloween!«

Aber Laras Kichern war ansteckend, und als Maxi Hand in Hand mit ihren Freundinnen aus dem Krankenhaus kam, war sie mehr in Partylaune als vor dem Unfall. An all dem gemessen, was in den letzten Wochen schiefgelaufen war, würde das neue Jahr leichtes Spiel haben – es konnte nur noch besser werden.

Es war Mittag, als die Klausers mit Lara und Carolin wieder auf dem Hof vorfuhren, und höchste Zeit, mit den Vorbereitungen für Imbiss und Punsch zu beginnen.

»Ich komme in fünf Minuten und helf dir«, versprach Maxi ihrer Mutter, »ich muss nur dringend Vic anrufen.«

»Falls er nicht abhebt«, sagte Carolin halblaut, bevor Maxi in ihr Zimmer ging, »dann ist das nichts Persönliches, o. k.? Er hat auf der Hütte überhaupt keinen Empfang.«

»Und woher weißt du das?«

»Er hat gestern gesimst, als er im Dorf einkaufen war.«

Maxis Herz sank.

»Na, da hast du mir was voraus«, sagte sie. »Mir hat er nicht mal gesimst.«

»Also doch nicht so ganz störungsfrei, die Beziehungskiste, was?«

»Nicht so ganz.«

»Ich hab's mir gedacht, er wollte ja eigentlich unbedingt mit dir Silvester feiern. Da musst du dich mächtig angestrengt haben, ihn umzustimmen.«

»Kann man so sagen.« Maxi seufzte. »Danke jedenfalls.«

Oben in ihrem Zimmer setzte sie sich im Schneidersitz auf ihr Bett und starrte ihr Handy an. Sie war nervös, merkte sie mit Unbehagen, sie hatte richtig Herzklopfen. Ein bisschen fühlte es sich an wie damals, als Vic die Kussgeschichte mit Marcel erfahren hatte und nicht mit ihr reden wollte. Sie hatte tierische Angst gehabt, sie könnte ihn verloren haben.

Und dann der erste Kuss – Maxi bekam Herzklopfen, wenn sie nur daran dachte. Seither hatte sie sich so an ihn gewöhnt: an die täglichen Telefonate, daran, immer zu wissen, was bei Vic los war, und ihm auch alles zu erzählen. Er war immer da gewesen, immer in ihrer Nähe, auch wenn sie sich nicht täglich trafen. Sie vermisste Vic. Und wie sie ihn vermisste.

Die kreuz und quer-Liebesgeschichten im Freundeskreis hatten in letzter Zeit wirklich ihre ganze Aufmerksamkeit in Anspruch genommen. Sie hatte angefangen, für selbstverständlich zu nehmen, wie gut es mit Vic lief.

Sie hätte ihn schon viel früher anrufen sollen. Plötzlich schien es ihr schrecklich wichtig, noch heute mit ihm zu reden, noch im alten Jahr. Sie wollte das neue unbeschwert beginnen können, in dem Gefühl, dass zwischen ihr und Vic wieder alles in Ordnung war.

Sie nahm entschlossen das Handy und suchte Vics Nummer aus dem Speicher, dann wartete sie mit klopfendem Herzen. Aber schon mit dem zweiten Läuten kam die Mailbox, wie Carolin es prophezeit hatte.

Einen Augenblick lang war die Enttäuschung darüber so groß, dass sie vergaß, was sie sagen wollte und nur tief ins Telefon seufzte.

»Vic«, sagte sie dann hastig, »Ich bin's. Ich wollte dir viel Spaß wünschen für Silvester und … na ja, mit dir reden. Mit dir, nicht mit der blöden Mailbox.« Noch ein Seufzer, dann begann sie, einfach draufloszureden. »Rocket hat Lara die Nase gebrochen, wir kommen gerade aus dem Krankenhaus. Sie sieht aus wie ein blaurotes Ballontier, aber sonst geht's ihr gut. Sie und Max sind nur Freunde und sie ist immer noch in Tino verliebt, auch wenn sie nicht sicher ist, ob sie ihm verzeihen kann. Und Max steht wohl immer noch auf Carolin, und was sie und Bernie angeht … ach, verdammt, jetzt rede ich schon wieder dauernd von den andern, tut mir echt leid, aber hab ich dir gesagt, dass ich nichts dafür kann? Es ist genetisch, ich hab das von Stella. Aber was ich eigentlich sagen wollte …«

Piiiiiiep.

Na toll. Jetzt hatte sie eine ganze Nachricht vergeudet mit dem, was Vic am wenigsten hören wollte. Sie wartete eine Minute und rief noch einmal an.

»Vic«, sagte sie hastig, entschlossen, diesmal alles Wichtige unterzubringen, bevor die Aufnahmezeit um war. »Es tut mir leid! Es tut mir leid, dass ich dich angelogen hab und dass ich dich nicht angerufen hab, um zu sagen, dass ich mich verspäte. Es tut mir leid, dass ich während unseres Dates telefoniert hab und dass ich wertvolle Vic-Maxi-Zeit verplempert hab. Es tut mir leid, dass ich uns unser Date vermasselt hab. Es war so süß von dir und du hast dir so viel Mühe gemacht, es war überhaupt keine Zumutung und keine Schnapsidee und es tut mir leid, was ich alles gesagt hab!«

Hier wurde Maxis Stimme merkwürdig brüchig und sie wusste, sie musste schnell machen, wenn sie nicht ins Telefon heulen wollte. »Aber am allermeisten tu ich mir selber leid, weil du zu Silvester nicht da sein wirst … verdammt leid tu ich mir. Ich muss jetzt los, Stella helfen. Ich schick dir einen dicken Silvesterkuss. Und mein Vorsatz fürs neue Jahr ist, ich kümmere mich nur noch um meinen eigenen Kram und *unseren* und …«

Piiiiiieeeep.

Erschöpft ließ Maxi das Handy sinken. Sie hoffte wirklich, Vic würde das heute noch abhören. Ganz klitzeklein regte sich auch die Hoffnung, er würde sie noch im alten Jahr zurückrufen. Aber wenn er keinen Empfang hatte …

Es klopfte an der Tür.

»Maxi«, sagte Lara mit seltsam gedämpfter Stimme, »kann ich reinkommen?«

»Ja, ja, ich hab ihn eh nicht erreicht. Bloß auf die Box gequatscht.«

Lara öffnete die Tür, ihr Gesicht fast vollständig verdeckt von einer Packung Tiefkühl-Babykarotten, die sie mit der Hand festhielt.

»Ich soll die Karotten für die Suppe auftauen«, erklärte sie, und Maxi war froh, ihrer Stimme ein Grinsen anzuhören, das irgendwo unter dem Gemüse verborgen war. »Alles andere musst du machen. Ich soll mich ausruhen.«

Maxi lachte. »Bin schon unterwegs.« Sie gab ihrer Freundin einen kleinen Kuss auf die Stirn, so ziemlich den einzigen Teil des Gesichts, der nicht verdeckt war.

»BFF?«, fragte sie.

»BFF«, bestätigte Lara und hob die Karotten weit genug an, dass Maxi das Grinsen diesmal auch sehen konnte. Best friends forever.

Showtime

Nicks Chili und Stellas Gemüsesuppe, Aufstriche und Salzbrezeln, Kuchen, Kekse und Apfelstrudel, Punsch mit und ohne Alkohol, Tee, Limonade, Bier.

Die Küche der Klausers hatte sich in ein Riesenbüffet verwandelt und Maxi begriff zum ersten Mal richtig, wie viel Arbeit das Silvesterreitfest für ihre Eltern bedeutete, obwohl sie mit den Pferden gar nichts zu tun hatten. Natürlich war es auch eine Gelegenheit, wieder einmal alle Nachbarn und neuen Freunde einzuladen und sich dafür zu bedanken, dass sie hier in Wieselberg so freundlich aufgenommen worden waren. Und Nick und Stella hatten immer schon gerne Feste geschmissen und Open-House-Tage veranstaltet.

Aber trotzdem – was sie da machten war toll, auch wenn es nicht *nur* für Maxi war. Vielleicht hatte sie in letzter Zeit ja nicht nur Vic für zu selbstverständlich genommen.

»In der Guacamole fehlt immer noch Salz«, erklärte Nick gerade.

»Wenn du nicht zu probieren aufhörst, fehlt in der Schüssel bald die Guacamole!«, antwortete Stella.

»Ja, für unsere Gäste gebe ich alles!«

»Du meinst, du *nimmst* alles!«

»Besser eine nur halb volle Schüssel Guacamole, die dafür perfekt gewürzt ist!«

»Ja, wenn sie noch halb voll *wäre!*«

Maxi umarmte Nick und Stella gleichzeitig.

»Ihr seid die besten Eltern der Welt«, sagte sie. »Wisst ihr das?«

Ihre Eltern sahen einander an und nickten dann einvernehmlich.

»Ja, klar«, sagte Stella.

»Sicher«, sagte Nick.

Maxi lachte.

»Da bin ich ja froh«, sagte sie. »Ich geh jetzt raus und bereite Ringo vor. Versprecht mir, den Leuten ordentlich Punsch zu geben, dann kriegen sie vielleicht nicht mit, was bei der Show alles schiefläuft.«

Als Maxi, diesmal nicht in Jeans, sondern in ihrer schönsten Reithose und frisch geputzten Reitstiefeln, vor die Tür trat, tuckerte gerade Max' alte Vespa auf den Parkplatz. Maxi holte tief Luft. Besser, auch das noch im alten Jahr aus der Welt zu schaffen. Entschlossen stapfte sie auf Max zu, der gerade seinen Helm abnahm.

»Hey, Max.«

»Ach du Scheiße.«

Maxi blieb stehen. O.k., er war nicht gut auf sie zu sprechen, aber diese Reaktion samt dem entsetzten Blick hatte sie nun auch wieder nicht erwartet.

»Hör mal, Max, ich versteh ja, dass du sauer bist, aber …«

Er warf ihr nur einen zerstreuten Blick zu und ging

dann mit ein paar schnellen Schritten an ihr vorbei. Maxi wandte sich um und seufzte erleichtert.

Lara war hinter ihr in der Haustür aufgetaucht. Sie trug eine blendend weiße Pudelmütze, von der sich ihr blaurot verschwollenes Gesicht besonders dramatisch abhob.

»Bist du die Treppe runtergefallen oder muss ich jemanden verprügeln?«, fragte Max und nahm Laras Hand.

»Weder noch«, sagte Lara. »Ich hatte nur Nasenkontakt mit einem verspielten Fohlen. Ist nicht so schlimm, wie's aussieht.«

»Oh Mann«, meinte Max erschüttert. »Das kann ich echt nur hoffen.«

»Ab in die Charmeschule«, sagte Lara und lachte.

»Oh, sorry, so hab ich das natürlich nicht gemeint …«

Er umarmte Lara vorsichtig. »Du Arme. Tut's sehr weh?«

Maxi hatte Carolin nicht kommen sehen und fuhr genauso herum wie Max und Lara, als sie ihre Stimme hörte: »Ahäm. Sorry. Eins von den Capes fehlt. Darf ich mal durch?«

»Sicher«, sagte Max, ließ Lara los und ging einen Schritt zur Seite.

»Sorry«, murmelte Lara und verschwand augenblicklich in Richtung Koppel.

»Eigentlich bin ich so früh hier, weil Vic mich gebeten hat«, sagte Max nun in Maxis Richtung. »Er wollte deinem Vater mit den Getränken helfen und da er ja nun nicht da ist …«

»Das ist echt lieb von dir«, sagte Maxi. »Vielen Dank. Nick ist in der Küche und …«

In diesem Moment fuhr das nächste Moped auf dem Vorplatz ein: Bernie.

»Hallo, meine Pferdekönigin!«, rief er Carolin entgegen, die gerade mit dem roten Cape über dem Arm wieder aus dem Haus kam.

»Dachte, ich komm etwas früher, falls ihr noch Hilfe braucht.«

»Das ist echt lieb von dir«, rief Carolin ihm zu und lächelte ihn an. »Vielleicht kannst du Odinn und Freyja satteln? Hatte gerade einen Anruf von Linda und Mia – sie haben eine Reifenpanne und kommen ganz knapp.«

»Kein Problem«, meinte Bernie fröhlich. »Dein Wunsch ist mir Befehl. Hallo, Maxi.«

»Hi, Bernie.«

»Hey, Max«, sagte Bernie grüßend.

Max' Lippen waren zu einem schmalen Strich gepresst.

»Hallo«, sagte er mit sichtlicher Überwindung, ließ Carolin deutlich mehr Platz als notwendig, um vorbeizugehen, und verschwand dann ins Haus.

Maxi sah ihm seufzend nach. Dies war eindeutig *nicht* der richtige Zeitpunkt, um mit Max zu reden.

Sie sattelten und zäumten die Pferde, denen Maxi und Carolin am Nachmittag noch gemeinsam Mähnen und Schweif eingeflochten und mit roten Schleifen verziert hatten. Ausnahmsweise hatte sogar Carolin zugegeben, dass das zusammen mit den roten Capes einen sehr schönen dramatischen Effekt haben würde.

Ein Auto nach dem anderen trudelte ein und schließlich war der Platz vor dem Haus so zugeparkt, dass die Neuankömmlinge ihre Wagen entlang der Zufahrtsstraße abstellen mussten.

»Anita ist gar nicht gekommen«, sagte Maxi enttäuscht, als sie kurz vor fünf die Pferde in einer Reihe aufstellten. Und Vic auch nicht. Irgendwie hatte sie die Hoffnung bis zuletzt nicht aufgegeben.

»Ja, schade, dass sie's verpasst«, meinte Carolin. »Dabei ist Bernie der Einzige von uns, der keine Fehler macht.«

Gerade hatte Nick draußen das Flutlicht eingeschaltet und begrüßte nun mit launigen Worten die Zuschauer.

»Komisch«, meinte Bernie. »Mir hat sie gesagt, sie kommt ganz sicher.«

»Sie ist ja eigentlich auch moralisch verpflichtet, ihrer kleinen Cousine beizustehen«, sagte Carolin grinsend. »Wahrscheinlich verspätet sie sich bloß.«

»Ich bin schon froh, dass *wir* alle da sind«, meinte Linda.

Sie und Mia waren vor zehn Minuten erst gekommen, mit den letzten Gästen. Die anderen hatten abwechselnd mit ihren eigenen Pferden auch Odinn und Freyja warmgeritten. Wenigstens hatten sie so keine Zeit gehabt, nervös zu werden, dachte Maxi. Sie selbst hingegen spürte mittlerweile deutlich, dass sie doch nicht ganz immun gegen Lampenfieber war – vor allem nicht nach *der* Generalprobe.

»Meine sehr verehrten Damen und Herren«, hörte Maxi Nicks mikroverstärkte Stimme, »liebe Nachbarn,

Freunde, Reiter und Nichtreiter! Ich weiß, es wird Ihnen schwerfallen, aber bitte verzichten Sie beim Einreiten auf Applaus, die Pferde sind so viel Trubel nicht gewohnt. Am Ende jeder Nummer ist Applaus selbstverständlich gestattet. Wir sehen nun den eigentlichen Hauptdarsteller des Abends, der mich sozusagen beim Moderieren unterstützen wird … unser jüngstes Familienmitglied Rocket mit seiner unerschrockenen Dompteuse Lara!«

Maxi sah durch die Stalltür, wie Lara mit einem wunderhübsch und brav tänzelnden Rocket mit himmelblauem Halfter, eingeflochtener Mähne und einem Glitzerplakat mit einer weithin sichtbaren »l« darauf eine Runde über den Platz ging.

»Das Schwierigste ist geschafft!«, sagte sie augenzwinkernd zu Carolin, die zustimmend zurückgrinste.

Draußen erhob Nick wieder seine Stimme. »Wir freuen uns also jetzt auf die erste Darbietung des heutigen Abends! Ein Formationsreiten ohne Furcht und Tadel! Ich bitte Sie, nun *nicht* zu applaudieren für Linda auf Freyja, Mia auf Odinn, Antonia auf Fabrizio, Ulrike auf Janaro, Bernie auf Marilyn, Carolin auf Katinka und Maxi auf Ringo, auch genannt die Glorreichen Sieben!«

Es war mittlerweile ganz dunkel geworden, nur das Viereck war vom Flutlicht fast geisterhaft erhellt, passend zum Vollmond. Maxi wartete wie besprochen die ersten Takte ihrer Musik ab – es war ein Stück aus dem Soundtrack von »Herr der Ringe« – und dann ritten sie ein, die sieben Musketiere auf ihren geschmückten

Pferden, in ihren rot glänzenden Capes. Ringo hielt seinen Kopf, als wäre er ein rassiges Vollblut, und schien sich seiner wichtigen Rolle voll bewusst – weil er von allen der Ruhigste war, ritt Maxi nämlich als Erste. Es gab ihr einen Stich, all die fröhlichen Gesichter da draußen zu sehen, die vielen Freunde aus der Umgebung, sogar Schulkollegen aus Altenburg – nur Vic war nicht dabei, um sie zu bewundern.

Reiß dich zusammen, dachte Maxi, sonst wird's nicht viel zu bewundern geben!

Doch diesmal klappte alles wie am Schnürchen: Fabrizio benahm sich eines Lipizzaners würdig wie ein echter Sir und weder Katinka noch Freyja schienen heute das Bedürfnis zu haben, auszutesten, wer von beiden die Chefin war.

Die Glorreichen Sieben – oder eigentlich Vierzehn – brachten ihre Choreografie mit Bravour hinter sich und nahmen anschließend den verdienten Applaus entgegen. Maxis Wangen glühten ebenso wie Carolins, als sie einander nach der ersten Nummer von einem Ohr bis zum andern voller Stolz zugrinsten.

Draußen lud Nick die Zuschauer ein, sich mit einem kleinen Imbiss die kurze Pause zu vertreiben, die die Akteure sich verdient hatten.

Maxi saß ab, legte ihr Cape zusammen und lief hinaus, um sich einen Schluck Tee zu holen, bevor sie zu ihrer »Zirkus«-Nummer mit Rambo wieder aufs Viereck musste.

»Ihr wart spitzenklasse!«, hörte sie da eine weibliche Stimme und drehte sich um.

»Anita!« Begeistert fiel sie Bernies Cousine um den Hals. »Du bist doch noch gekommen!«

»Na, hör mal! Das lass ich mir doch nicht entgehen. Wir waren nicht ganz so früh da, wie ich geplant hatte …« Sie deutete auf ihr Gipsbein, »… bin derzeit etwas verlangsamt … aber wir haben alles von Anfang an gesehen. Ralf hat uns hergefahren.«

Anitas Freund Ralf, den Maxi schon vom Sehen kannte, stand ein paar Schritte entfernt mit einem dunkelhaarigen, hübschen Mädchen, das Maxi noch nie gesehen hatte. Er hob grüßend die Hand und Maxi winkte zurück. Sie wollte gerade fragen, wer das Mädchen war, als Bernie herauskam.

»Geliebtes Cousinchen!«, rief er.

»Selber geliebtes Cousinchen!«, gab Anita lachend zurück und klopfte ihrem Cousin auf die Schulter. »Du hast mir echt keine Schande gemacht! Hattest Marilyn toll im Griff. Ich bin stolz auf dich! Und weil du so brav warst …«

Bernie hob erwartungsvoll die Augenbrauen.

»… hab ich dir was mitgebracht, was du bestimmt schon sehr vermisst hast!«

Im nächsten Moment flog das dunkelhaarige Mädchen auf Bernie zu und warf die Arme um seinen Hals.

Ob das seine Schwester ist?, fragte Maxi sich. Aber ähnlich sehen sie sich nicht besonders …

»Sarah!«, rief Bernie.

Zu mehr hatte er keine Gelegenheit, weil Sarah ihn lang und innig mitten auf den Mund küsste.

Je länger der Kuss dauerte, desto eindeutiger wurde,

dass es sich um keinen von der schwesterlichen Sorte handelte. Maxis Augen wurden immer größer und runder.

»Silvesterüberraschung!«, sagte Sarah strahlend, als ihre Lippen sich schließlich doch von Bernies lösten. »Ich kann bis morgen Abend bleiben, was sagst du? Toll, oder?«

»Ja, ganz toll, wirklich, es ist nur, im Moment …«

Bernie sah sich ein wenig peinlich berührt um und seine Augen begegneten Maxis. Er zuckte kaum merklich mit den Schultern und versuchte ein entschuldigendes Grinsen, das an Maxi allerdings in diesem Moment verschwendet war. Sie hätte diesen verlogenen, frechen Kerl ohrfeigen können! Von wegen frisch getrennt! Ein Glück, dass Carolin das Ganze nicht mitgekriegt hatte.

Und genau das dachte sich wohl noch jemand. Max hatte sich vor Bernie aufgebaut und auch er schien von dessen Lächeln ganz und gar unbeeindruckt. Sein Gesichtsausdruck war sogar ausgesprochen grimmig.

»Kommst du bitte mal kurz«, sagte er mit mühsam beherrschter Stimme zu Bernie, »und hilfst mir mit … den Requisiten? Ich krieg das nicht allein hin.«

»Oh, ich weiß nicht«, meinte Bernie zögernd. »Sollte ich mich nicht vorbereiten auf das … das Geschicklichkeitsreiten …?«

»Wie du willst«, meinte Max mit einem gar nicht freundlichen Grinsen. »Dann besprechen wir das eben hier …«

»Oh, nein«, unterbrach Bernie hastig mit einem Blick

zu Sarah. »Vielleicht doch besser, ich komm gleich mit und wir regeln das … an Ort und Stelle.«

»Genau«, sagte Max, drehte sich um und marschierte in Richtung Parkplatz. Er wusste, Bernie hatte keine andere Wahl, als ihm nachzukommen.

»Shit«, fluchte Maxi leise. Sie hatte so eine Ahnung, worauf diese »Unterhaltung« hinauslaufen würde.

Es war schlimm genug, dass Bernie offensichtlich ein Schlitzohr war und in Carolin nur einen kleinen Flirt für die Ferien gesucht hatte – aber wenn sie es schon erfahren musste, dann wollte Maxi sie wenigstens vorgewarnt haben. Sie drängte sich zwischen den vielen Leuten, die ihr zu der schönen Choreografie gratulierten, zurück in den Stall durch, wo Mia gerade Leckerlis an die Pferde verteilte.

»Wo ist Carolin?«, fragte Maxi. »Hast du sie gesehen?«

»Bringt die Capes zurück«, antwortete Mia und strahlte Maxi an. »Wir waren super, stimmt's?«

»Stimmt«, sagte Maxi, drehte auf dem Absatz um und lief den Jungs Richtung Parkplatz nach.

»Du verdammter Saukerl«, hörte sie Max' wütende Stimme, noch bevor sie die beiden entdeckt hatte. »Ich wusste ja gleich, dass man dir nicht trauen kann!«

»Jetzt mach mal halblang …«, versuchte Bernie ihn zu beruhigen, bewirkte aber das genaue Gegenteil.

»Mach mal halblang?«, fragte Max. »Du hast sie wohl nicht alle! Was denkst du dir eigentlich? Dass du deine Freundin betrügst, ist schlimm genug, und eigentlich weiß ich gar nicht, warum ich so viel Rücksicht nehme, dir nicht vor ihren Augen eine reinzuhauen …«

»Jetzt gib nicht so an, Romeo! Dir hat keiner was getan! Und so einfach eine reinhauen lass ich mir von dir sowieso nicht!«

»Ach nein?« Max hatte mit einer Bewegung seine Jacke ausgezogen und ließ sie in den Schnee fallen. Er ging zwei schnelle Schritte auf Bernie zu. »Das wollen wir doch mal sehen!«

»Hier wird überhaupt nicht gehauen«, ging Maxi dazwischen.

Max sah sich um und lachte. »Maxi! Na toll! Das Superhirn, das unseren Casanova hier mit Carolin zusammengebracht hat! Herzlichen Glückwunsch!«

»Hör zu, Max«, sagte Maxi. »Du hast ja recht und es tut mir auch alles sehr leid, aber …«

»Aber darum geht's nicht«, schnitt Max ihr das Wort ab. »Es geht darum, dass diese Saftbirne hier Carolin belogen hat!« Er wandte sich wieder Bernie zu. »Du hast ihr vorgemacht, du wärst solo und in sie verknallt, und nun knutschst du vor aller Welt mit deiner Freundin! Ich schwöre dir, du Aas, wenn ich höre, dass Carolin deinetwegen nur eine Träne vergießt, dann trete ich dir so in deinen schicken Reiterarsch, dass du …«

»Das wird nicht nötig sein, Max.«

Maxi fuhr herum. Carolin war eben aus dem Haus gekommen und hatte offenbar genug mitgehört, um zu wissen, was los war.

»Ich wollte dir gerade Bescheid sagen«, flüsterte Maxi ihrer Freundin zu. »Bernie ist wohl nicht so solo, wie er getan hat.«

»Das ist alles ein Missverständnis, Carolin«, beeilte

sich Bernie zu sagen. »Ich hatte keine Ahnung, dass Sarah kommt, und wir hatten uns wirklich gestritten und …«

»Das ist mir echt vollkommen egal, Bernie«, sagte Carolin. »Spielt überhaupt keine Rolle.«

»Echt?«, fragte Bernie erleichtert. »Ähm, cool. Also dann … geh ich mal und kümmere mich um Marilyn … und wir … reden dann später, ja?«

Max starrte Carolin fassungslos an.

»Soll das heißen, es ist dir egal, dass dieser Idiot eine Freundin hat?«, fragte er. »Soll das heißen, du bist bereit, für ihn die Zweitfreundin zu spielen, nach Bedarf? Soll das heißen, der kann mit dir machen, was er will?«

»Nein, zum Geier«, rief Carolin wütend zurück. »Das soll nur heißen, dass es mir piepfurzegal ist, ob er eine Freundin hat, weil ich ihn ohnehin nicht will! Von mir aus kann er einen ganzen Harem haben!«

Maxi stand stocksteif und schaute von einem zum andern. Sie wusste, sie hatte bei dieser Szene eigentlich nichts verloren, aber die beiden nahmen sie sowieso nicht wahr. Jetzt zu gehen, würde mehr stören, als zu bleiben.

Max schien von Carolins letzter Aussage restlos verwirrt zu sein.

»Aber ich dachte, ihr zwei seid zusammen!«

»Sind wir nicht!«, fauchte Carolin ihm wütend entgegen. »Geht auch gar nicht, weil ich nämlich in *dich* verliebt bin, du Idiot! Und ich weiß überhaupt nicht, warum du hier für mich den Ritter spielst, wo du doch mit Lara zusammen bist!«

Auf Max' Gesicht spiegelten sich in schneller Abfolge die verschiedensten Gefühle.

»Lara und ich ...«, begann er, unterbrach sich und war mit drei schnellen Schritten bei Carolin. »Ach zum Geier«, sagte er ebenso wütend wie sie grade eben. »Was rede ich überhaupt mit dir. Das bringt ja doch nichts.«

Und damit nahm er ihr Gesicht in seine Hände und küsste sie. Ziemlich lange.

»Aber ...«, begann Carolin, als sie wieder Gelegenheit hatte, nach Luft zu schnappen.

»Klappe«, sagte Max und küsste sie noch einmal.

Das erschien Maxi ein günstiger Moment, um sich zu verdrücken.

Nick erzählte den Zuschauern gerade von Laras Missgeschick mit Rocket und lobte ihren Mut, trotz allem heute dabei sein zu wollen – er erlaubte sogar einen vorsichtigen Applaus für die beiden, als Lara nun mit dem Fohlen, auf dem gewendeten Glitzerplakat eine »2« präsentierend, ins Viereck einmarschierte.

Rocket schien die viele Aufmerksamkeit sogar zu gefallen, er drehte den Kopf hin und her, als wollte er sich jeden Zuschauer einzeln ansehen und war viel zu abgelenkt von all dem Wirbel rund um ihn, um auf dumme Gedanken zu kommen. Maxi schnappte ihre Poms, hängte einen Führstrick an Rambos Halsband ein und bat Mia, den Ziegenbock hinauszuführen, obwohl das eigentlich Carolins Job gewesen wäre.

»Hast du Carolin denn nicht gefunden?«, fragte Mia.

»Doch, sicher«, sagte Maxi. »Sie muss nur eben noch

was Wichtiges erledigen. Sag bloß, du hast was gegen einen Extraauftritt?«

Sie zwinkerte Mia zu und die lachte. Bei irgendeiner Probe hatte sie sich beschwert, dass Maxi bei der Voltigiernummer länger am Pferd war als sie selbst.

»Keine Spur!«, sagte Mia.

Gerade kündigte Nick auch »die zweite unglaubliche Nummer des heutigen Abends an – ein Ziegenbock mit einer dressierten Cheerleaderin – bitte heißen Sie mit mir willkommen: Sir Rambo und Maxi!«

Die beiden liefen los, Mia mit Rambo ans eine Ende des Vierecks, wo sie Rambos Strick losmachte, Maxi ans andere Ende, wo sie begann, ihre Poms hochzuwerfen und damit zu jonglieren.

Rambo sah sich um und musste sichtlich erst einmal nachdenken, was der ganze Zirkus sollte. Shit, dachte Maxi, zu viel Ablenkung! Das haben wir nicht bedacht, wir haben ja immer alleine geprobt, oder mit nur ein paar Leuten als Zuschauer. Das dankbare Publikum begann schon, ihren Jonglierkünsten zu applaudieren, weil sie das offenbar für die dargebotene Attraktion hielten. Da schien Rambo sie endlich wahrzunehmen.

Er legte den Kopf schief und starrte sie an – was er immer tat, wenn sie mit den Poms ankam. Die bunten Puschel weckten normalerweise das Bedürfnis in ihm, mit ihrem Unterhaltungswert zu wetteifern oder ihn noch zu übertreffen. Maxi wusste nie im Vorhinein, was der Ziegenbock machen würde, und heute war die Situation für ihn so neu, dass sie es noch weniger vorhersehen konnte. Er lief auf sie zu, den Kopf immer noch schief gelegt, die Zuschauer wurden ganz still und Maxi fürchtete einen ewig langen Augenblick, dass Rambo sie einfach umrennen würde.

Doch dann bremste er plötzlich – und tat etwas vollkommen Unerwartetes: Er ging auf die Hinterbeine und hielt sich so ein paar Sekunden. Dann kam er zurück auf alle viere und legte erneut den Kopf schief, als wollte er sagen: »Na? Übertrumpf *das* mal!«

Die Zuschauer applaudierten begeistert und Rambo sah sich verblüfft um. Es dauerte nur zwei Sekunden, dann hatte er den Zusammenhang begriffen und stellte sich noch einmal auf die Hinterbeine!

Frenetischer Applaus! Der Ziegenbock hatte es wohl im Gefühl, dass ihm nun die ungeteilte Aufmerksamkeit des Publikums gehörte – er machte kehrt und jagte wie ein Verrückter einmal auf dem Hufschlag im Kreis und einmal im Slalom durch die rot-weißen Verkehrshütchen, die schon für das Geschicklichkeitsreiten aufgestellt waren. Die Leute applaudierten und lachten und Maxi beschloss, ihr Glück nicht überzustrapazieren. Zeit für den Abschlusstrick!

»Leckerli!«, rief sie, hockte sich hin und streckte die Hand aus, auf der ein Leckerli für Rambo lag. »Komm her, mein Süßer! Ein Leckerli! Na komm und hol's dir!«

Auf das Wort »Leckerli« reagierten sowohl Ringo als auch Rambo immer und ausnahmslos. Der Ziegenbock hielt so plötzlich an, dass er ins Schlittern kam und beinahe im Schnee ausrutschte. Er machte kehrt und rannte wieder auf Maxi zu, der noch einmal ganz mulmig wurde. Doch Rambo bremste mit perfektem Timing ab und schnappte sich das Leckerli – das gleichzeitig dazu diente, ihn so lange abzulenken, bis Maxi ihn am Halsband erwischen konnte. Mia brachte ihr im Laufschritt den Strick und zu dritt gingen sie winkend unter dem Jubel des Publikums ab.

Sofort übernahm Nick wieder: »Ladies und Gentlemen! Ich bin sicher, Sie stimmen mir zu, dass der Ziegenbock Rambo an Maxi ein Dressurmeisterstück vollbracht hat!« Gelächter unter den Zuschauern. »Aber mal im Ernst, das war die Überraschungstüte des heutigen Abends, keiner von uns hat Rambo je auf zwei Beinen gesehen, schauen Sie unbedingt nächstes Jahr um dieselbe Zeit wieder rein, vielleicht hat unser Ziegenbock bis dahin fliegen gelernt! Dann müssten wir ihn Rambo, den Fliegenbock, nennen, und das wäre …«

Maxi blendete Nick aus, denn sie hatte Max und Carolin entdeckt, die halb versteckt von Katinka schon wieder im Clinch lagen.

»Ahäm«, machte Maxi sich bemerkbar.

»Was denn?«, fragte Carolin. »Jetzt kommt doch erst das Voltigieren?«

»Ja, schon«, meinte Maxi. »Aber ich finde, jetzt wäre der richtige Zeitpunkt, um mir zu sagen, dass ich von vornherein recht hatte!«

»Was, du?«, protestierte Max. »Du hast doch versucht sie mit diesem, diesem …«

»Max!«, sagte Carolin warnend und deutete mit dem Kopf zu Marilyns Box, in der Bernie mit Sarah herumschmuste.

»… diesem Saftsack zu verkuppeln!«, flüsterte Max.

»Carolin!«, sagte Maxi streng. »Ist da nicht vielleicht eine kleine Richtigstellung angebracht?«

»Na ja«, meinte Carolin. »Ich muss zugeben, sie hat nur *einen* Versuch gemacht, mich mit Bernie zusammenzubringen. Und auch nur, weil sie dachte, du wärst mit Lara zusammen. Aber sie hat davor etwa *dreihundert* Versuche gemacht, mich zu überzeugen, dass du der passende Kandidat bist.«

»Stimmt das?«, fragte Max streng.

Maxi nickte.

»Du wolltest sie also überreden, obwohl du weißt, wie stur sie ist und was für einen Widerspruchsgeist sie hat? Das *konnte* ja nicht funktionieren!«

»Das war also auch falsch?«, fragte Maxi. »Jetzt geb ich's auf! Offenbar kann ich's keinem recht machen!«

Max lachte. »Ach was«, sagte er. »War nur ein Joke. Du bist schon in Ordnung, Maxi. Wirklich.«

»Dann bist du nicht mehr sauer?«

»Nein, er ist nicht sauer«, antwortete Carolin für ihn. »Und außerdem haben wir jetzt was anderes zu tun, als über Max zu reden.«

Max wollte sie an sich heranziehen, aber sie brachte rasch Katinka zwischen ihn und sich selbst, »… *oder* mit ihm zu knutschen!«, fügte sie hinzu. »Da draußen warten jede Menge Zuschauer auf uns!«

Mit einem Blick auf das Display seines Handys konstatierte Max: »Carolins romantische Phase hat diesmal ganze achtundzwanzig Minuten angedauert. Das muss neuer Rekord sein.« Er grinste Carolin an. »Was meinst du, mein kleiner Liebling?«

»Einmal noch ›kleiner Liebling‹ und du bist ein toter Mann!«, erklärte sie und rief dann laut: »Ulli, ist Janaro dann soweit?«

»Ready when you are!«, kam es von der anderen Seite des Stalls.

»Mia?«

»Fertig!«

»Maxi?«

Maxi hatte sich inzwischen aus Reitjacke und Hose geschält und stand ebenso wie Mia in schwarzen Leggins und Gymnastikanzug da. Mia hatte sich während Maxis Ziegennummer aufgewärmt, Maxi war durch die ganze Aufregung und das Adrenalin, das durch ihre Adern pumpte, trotz der Kälte so erhitzt wie nach einem Tausendmeterlauf.

»Let's go!«, rief sie.

Ulli führte Janaro, Maxi und Mia folgten mit kleinem Abstand im Laufschritt. Die Voltigierkür klappte wie am Schnürchen, keine Rede von unfreiwilligen Abgängen oder sonstigen Pannen.

Und die Glückssträhne hielt auch noch während der abschließenden Geschicklichkeitswettbewerbe. Carolin gewann zweimal gegen Bernie und Maxi lachte sich ins Fäustchen. Sie gönnte dem Schlitzohr die Niederlage und Carolin den kleinen Triumph, auch wenn Bernie in Maxis Team war und sie eigentlich ihm die Daumen hätte halten sollen. »Bravo!«, hörte sie Max' Stimme heraus, als Carolin Bernie zum zweiten Mal abhängte, und konnte sich ein Grinsen nicht verkneifen. Geschah Bernie ganz recht. Er konnte von Glück sagen, dass

Max ihn nicht vor seiner Freundin bloßgestellt hatte – es war mehr als fair, wenn er jetzt *nicht* die Gelegenheit bekam, auch noch vor ihr anzugeben.

Als auch der letzte Programmpunkt vorbei war und die über fünfzig Gäste begannen, sich auf die Klauser'sche Küche und den improvisierten Punschstand zu verteilen, den Max und Nick aufgebaut hatten und an dem sie nun alle Hände voll zu tun hatten, kamen die Artisten langsam zur Ruhe und feierten im Stall so eine Art kleine Privatparty. Sogar Bernie hatte es irgendwie geschafft, seine liebeshungrige Sarah auf später zu vertrösten.

Nur Anita war eingeladen, denn sie gehörte ja zu den ursprünglichen »Musketieren«.

»Einer für alle!«, rief sie gerade gut gelaunt, während Mia dabei war, ein Pferd auf ihren Gips zu zeichnen.

»Alle für einen!«, riefen die anderen zurück.

Die Pferde waren abgesattelt und standen unter ihren Abschwitzdecken in den Boxen, genüsslich ihre wohlverdiente Müsliration mampfend. Maxi ging, um ihre Trense an der Wasserleitung auszuwaschen. Vor ihr standen schon Carolin und Bernie mit derselben Absicht.

»Carolin ...«, sagte Bernie zerknirscht. »Es ist wirklich nicht so, wie es jetzt aussieht. Sarah und ich hatten Krach und wir haben seit zwei Wochen nicht telefoniert, ich hatte keine Ahnung, dass ...«

»Schon gut«, sagte Carolin.

»Gar nichts gut!«, mischte Maxi sich ein. »Ich glaub

ihm kein Wort! Die gute Sarah hat mir kein bisschen zerstritten aus der Wäsche geguckt!«

»So was ist immer Ansichtssache!«, erklärte Bernie. »Sarah ist eben sehr sprunghaft. Wollt ihr Mädels mir nicht verzeihen? Immerhin werden wir uns in den nächsten Tagen noch öfter sehen. Und ich würde es echt nicht verkraften, von zwei so tollen Mädchen gemobbt zu werden!«

»Du flirtest einfach *immer*«, sagte Maxi ärgerlich. »Egal, wer gerade rumsteht! Stimmt's?«

»Keineswegs«, sagte Bernie ernsthaft. »Nur bei euch kann ich nicht widerstehen!«

Sein Blick war eine Mischung aus treuherzigem Dackel und Prince Charming, und als Carolins und Maxis Augen sich trafen, konnten die beiden nicht anders als loslachen. Bernie böse zu sein überforderte sie irgendwie, er mochte ein Schlitzohr sein, aber er hatte Charme und war irgendwie drollig. In Sarahs Haut wollte Maxi zwar nicht stecken, aber sie konnte sich nicht um alles kümmern.

»Na gut«, sagte sie herablassend. »Dann wollen wir dir mal verzeihen, dass du uns böswillig getäuscht hast.«

Bernie grinste. »Freunde?«

Maxi und Carolin wechselten erneut einen Blick und nickten dann. »Freunde!«, bestätigten sie.

»Aber von Max würde ich mich fernhalten, wenn ich du wäre«, fügte Carolin hinzu. »Er macht neuerdings einen auf Zorro.«

»Schon klar«, erklärte Bernie. »Ist auch in meinem Interesse.«

Er zwinkerte den Mädels zu und ging, um sein Zaumzeug aufzuhängen.

»Du stehst doch drauf«, sagte Maxi grinsend.

»Worauf?«

»Zorro. Oder vielmehr, dass Max plötzlich den Macho rauskehrt.«

»Du musst es ja wissen.«

»Weiß ich auch.«

»Du bist ja die Beziehungsexpertin.«

»Bin ich auch. Und wenn du von Anfang an auf mich gehört hättest …«

»Maxi! Du hast deine Sandwichpunkte alle schon aufgebraucht! Und das mit der Beziehungsexpertin war *ironisch* gemeint!«

Im Haus war mittlerweile die totale Partystimmung ausgebrochen. Maxi und Carolin kämpften sich an zahllosen Schuhen und Stiefeln und einem Riesenberg Winterjacken vorbei in die Küche, wo Stella gerade den zweiten Topf Chili aufwärmte.

»Alles unter Kontrolle!«, rief sie auf Maxis Frage, ob sie ihr etwas helfen konnte. »Geht rein und amüsiert euch!«

Im Wohnzimmer waren zwei gedimmte Wandlampen und das Kaminfeuer die einzige Beleuchtung. Nick hatte die Sofas so verschoben, dass vor dem Kamin eine Tanzfläche entstanden war, und gab selbst den DJ, unterstützt von Lara, die dafür sorgte, dass er nicht nur alten Kram wie die Stones und die Kinks spielte. Maxi und Carolin holten sich erstmal was zu trinken und ließen sich dann Rücken an Rücken auf einem Bodenkissen nieder, das gerade frei wurde, weil Bernie und seine Freundin aufstanden, um zu tanzen.

»Mann«, sagte Maxi. »Was für ein Abend.«

Jetzt, wo ihr Adrenalinpegel wieder abgesunken war, sie etwas getrunken und gegessen hatte, begann sie auch eine gewisse Erschöpfung zu spüren.

»Und er hat erst angefangen.«

Maxi lachte und lehnte sich an Carolin.

»Ja, aber wenn du Zorro einigermaßen im Griff hast, wird das Aufregendste, das ab jetzt passiert, hoffentlich das Feuerwerk sein!«

»Ach nein! Miss Melodramatik hat genug Aufregung für heute?«

»Miss Melodramatik bewirbt sich um einen neuen Titel. So was wie Miss Harmonie zum Beispiel. Oder Miss Ruhe und Frieden.«

»Ruhe und Frieden ist nicht«, erklärte Max, der plötzlich vor ihnen stand. »Wir haben immerhin Silvester.«

Er schnappte Carolins Hand und zog sie hoch.

»Hee, langsam, Zorro«, protestierte Maxi. »Das ist nicht nur deine Freundin, das ist auch meine Rückenlehne!«

»Entschuldige«, erklärte Max grinsend. »Aber heute ist mein egoistischer Tag.«

Und damit zog er Carolin, die sich noch halb umdrehte und eine hilflose Handbewegung in Maxis Richtung machte, auf die Tanzfläche. Gerade hatte der Rhythmus von schnell zu langsam gewechselt: *Wildest Dreams*, Taylor Swift.

Maxi seufzte und starrte auf Carolin und Max, die jetzt die Arme umeinander legten. Aber sie sah die beiden gar nicht richtig, sie hatte ein ganz anderes Bild vor Augen. Das war die Nummer, zu der sie das erste Mal mit Vic getanzt hatte, auf dem Schulball vor einem halben Jahr. Die Musik, zu der sie ihn beinahe das erste Mal geküsst hätte. Damals war seine Exfreundin Vonnie reingeplatzt – diesmal hatte sie sich die Chance auf einen romantischen Abend selbst verbockt.

Sie hatte es geschafft, fast alles wieder in Ordnung zu bringen: Mit Lara, mit Carolin und auch mit Max. Nur den Streit mit Vic würde sie wohl ins neue Jahr mit hinübernehmen müssen. Sie holte ihr Handy hervor und starrte auf das Display. Nichts.

Ob er wenigstens um Mitternacht eine Nachricht schicken würde?

Plötzlich spürte sie sanften Druck gegen ihren Rücken und sah über die Schulter: Lara hatte Carolins Platz eingenommen.

»Nichts Neues?«, fragte sie.

»Nein«, antwortete Maxi seufzend, lehnte sich an Lara und steckte das Handy wieder ein. »Irgendwie hab ich das ganze Reitfest hindurch noch gehofft, dass er vielleicht auftaucht, weißt du. Ich hatte so ein unbestimmtes Gefühl.« Sie seufzte noch einmal. »War wohl mehr eine Wunschvorstellung.«

Lara nickte mitfühlend. »Ja, ich kenn das. Ich seh auch dauernd Tino zur Türe hereinkommen, obwohl es ja gar nicht sein kann«, meinte sie. »Sieht nach einem verdammt unromantischen Silvester für uns beide aus.«

»Wir können um Mitternacht immer noch einander küssen«, meinte Maxi.

»Klar«, sagte Lara. »Wenn du an dem riesigen roten Ding in meinem Gesicht vorbeitriffst.«

»Du meinst deine Nase?«

»Was sollte ich wohl sonst meinen, Sherlock?«

»Nur, weil die eigentlich schon mehr blau als rot ist.«

»Na, toll«, knurrte Lara.

»Und die Augen sind auch schön blutunterlaufen. Zombie meets Rocky.«

»Danke für das Update.«

»Du hast solches Glück, dass ich dich wegen deiner inneren Werte liebe.«

»Und du hast solches Glück, dass ich gegen körperliche Gewalt bin.«

Maxi lachte.

»Ach, Laramaus«, sagte sie.

»Ach, Maximaus«, gab Lara zurück und beide mussten lachen.

»Tanzen?«, fragte Maxi.

Der Anfall von Müdigkeit war vorbei und es gab schließlich auch mehr als einen Grund, um zu feiern.

»Tanzen!«, bestätigte Lara.

Maxi stand auf und zog ihre Freundin hoch.

Es war Silvester. Rund um sie war eine super Party im Gange. Sie war umgeben von Freunden, Familie und gleich zwei besten Freundinnen. Es konnte echt Schlimmeres passieren.

Happy New Year

Kurz vor elf räumten DJ Nick und DJane Lara ihre Positionen, Stella füllte Thermosflaschen mit Punsch und steckte sie mit drei Flaschen Sekt, jeder Menge Plastikbechern, der Dose mit den restlichen Weihnachtskeksen, einem Dutzend Fackeln und drei Taschenlampen in einen großen Rucksack. Gäste und Gastgeber machten sich winterfest und holten Schlitten und Bobs aus den Kofferräumen ihrer Autos oder, in Maxis Fall, aus dem Schuppen neben dem Stall.

Sie schnappte sich den Rennschlitten, den sie im Jahr zuvor zu Weihnachten bekommen hatte – er war aus blauem Kunststoff und pfeilschnell. Und den alten, riesigen Holzschlitten nahm sie für Nick und Stella mit.

Sie lehnte die beiden Schlitten an die Stallwand und warf noch einen Blick hinein zu den Pferden. Alles war ruhig. Ringo und Katinka standen wie üblich Nase an Nase, Rocket lag schlafend im Stroh zu Katinkas Füßen. Rambo spielte mit einem roten Gummiball, den Maxi ihm bei der letzten Einkaufstour mit Lara gekauft hatte. Es war ein angeblich unzerstörbares Hartgummispielzeug für große Hunde, aber das Ding sah schon ziemlich mitgenommen aus. Na ja, »unzerstörbar« gab es wohl nicht in der Ziegensprache.

Freyja zupfte gedankenverloren über die Trennwand hinweg an Odinns Schweifansatz, Janaro und Marilyn knabberten an den letzten Heuhalmen ihrer Abendration und Fabrizio bearbeitete seinen Salzleckstein.

Alles war friedlich.

»Keine Sorge, ich pass schon gut auf eure Lieblinge auf.«

Maxi fuhr herum. Da stand Alois, ein breites Grinsen im Gesicht. Er hatte sich angeboten, auf dem Hof Wache zu schieben, nur für alle Fälle. Immerhin war Silvester und man konnte nie wissen, ob nicht irgendwelche Verrückten auf die Idee kamen, in der Nähe Knallfrösche zu zünden oder Raketen abzuschießen, die dann womöglich auf dem Dach des Stalls landeten.

Früher, in der Stadt, hatte Maxi an so etwas keinen Gedanken verschwendet. Silvester war eben Silvester und da wurde nun mal geknallt und Feuerwerk explodierte an allen Ecken. Sie hatte kein Haustier gehabt damals, und auch wenn ihre Oma der Katze wegen an Silvester zu Hause blieb und ihre Freundin Nini immer erzählte, wie ihr Beagle bei jedem Knaller aufheulte und sich unterm Sofa verkroch – sie hatte das immer eher für Übertreibung gehalten. Mittlerweile wusste sie es besser, und auch wenn Ringo ziemlich gute Nerven hatte, Fabrizio und Marilyn waren lang nicht so gelassen.

»Ach, Alois«, sagte Maxi. »Du bist echt der Beste. Aber bist du auch sicher, dass du nicht lieber mitkommen willst?«

»Nein, nein, bestimmt nicht. Ich war oft genug auf dem Ruinenberg zu Silvester.«

»Ich meine nur: Vic ist ohnehin nicht da, und es würde mir gar nichts ausmachen, hierzubleiben.«

Ohne dass sie es wollte, war ihr Tonfall ein bisschen ins Selbstmitleidige abgerutscht.

Alois umarmte sie kurz und drückte sie.

»Ach, Mädel«, sagte er. »So ein Unsinn. Du wirst jede Menge Spaß haben, das ist dein erstes Silvester hier bei uns. Das wirst du dir doch nicht verderben lassen! Das täte dir sonst bestimmt später leid!«

»Du hast sicher recht«, sagte Maxi seufzend. »Danke, Alois! Und bis nachher!«

Sie trat vor den Stall und schaute nach oben. Es war eine traumhafte Nacht, sternenklar und Vollmond war außerdem.

»Hey«, sagte Lara.

»Hey«, antwortete Maxi, ohne ihren Blick von den Sternen zu wenden.

»Ihr habt hier mehr von den Dingern als wir in der Stadt«, sagte Lara und schaute ebenfalls nach oben.

»Ja, ihr denkt ja auch, die wichtigsten Sterne sind die auf den Hotels und Restaurants. Aber was ein echtes Landei de Luxe ist …«

»… das hat einen ganzen Himmel voll«, vervollständigte Lara lachend. »Schon klar, du Luxusgeschöpf.«

Im nächsten Moment schrien beide gleichzeitig auf.

»Hast du das gesehen?«

Das kam auch gleichzeitig, und sie mussten beide lachen.

»Eine Sternschnuppe im Dezember, das ist, glaub ich, ziemlich selten«, sagte Maxi. »Meinst du, wir dürfen uns beide was wünschen, oder gilt pro Schnuppe nur ein Wunsch?«

»Die gilt bestimmt für uns beide«, erklärte Lara. »Vor allem, wo wir uns ohnehin so ziemlich das Gleiche wünschen.«

»Also dann«, sagte Maxi und nahm Laras Hand.

»Also dann«, sagte Lara.

Beide kniffen die Augen zusammen und wünschten sich etwas. Ganz fest.

»Na, ihr beiden!«, meinte Nick und richtete den Holzschlitten her. »Vor lauter Astronomiestudien werdet ihr noch den Jahreswechsel verpassen!«

Er packte den Rucksack auf den Schlitten und zurrte ihn mit einem Stück Schnur fest. Dann zündete er die Fackel an, die Stella hielt, und die beiden setzten sich an die Spitze des Silvesterzuges.

»Ich bin verletzt«, erklärte Lara, schnappte Maxis blauen Flitzer, ließ ihn in den Schnee fallen und setzte sich drauf. »Irgendjemand wird mich ziehen müssen.«

»Das neue Jahr kann echt nur besser werden!«, knurrte Maxi gutmütig, nahm die Schnur und zog. »Wenigstens brauchen wir keine Taschenlampe.«

»Wieso das denn?«

»Rudolph, the red-nosed reindeer«, sang Maxi, »had a very shiny nose …«

»Solange du mich ziehst, darfst du singen, was du willst«, erklärte Lara gut gelaunt.

Sie erreichten den Ruinenberg um zwanzig vor zwölf und waren nicht die Ersten: Eine Gruppe Jugendlicher war schon über die Forststraße aus Wieselberg gekommen und gerade dabei, sich auf dem Platz vor dem verfallenen Schlösschen häuslich einzurichten, oberhalb des Rodelhanges.

Sie hatten ebenfalls ihre Schlitten und Taschenlampen dabei. Die meisten waren Pärchen. Manche saßen nun eng umschlungen auf ihren Schlitten und schauten zu den Sternen oder zeigten auf vereinzelte Feuerwerksraketen, die in der Ferne hochgingen. Zwei kletterten auf eine halbhohe Mauer der Ruine, breiteten dort eine Decke aus und machten es sich gemütlich. Aus dem Augenwinkel konnte Maxi sehen, wie sie sich küssten. Ein Junge war dabei, seine kichernde Freundin in seine Snowboardjacke mit einzuzippen.

Maxi und Lara wechselten einen »Was-sind-wir-doch-für-arme-Schweine«-Blick, aber zum Glück hatten sie keine Gelegenheit, sich im Selbstmitleid zu suhlen, denn in diesem Moment ging es mit dem Feuerwerk so richtig los: goldene Kaskaden und roter Sternenregen über Altenburg. Gleich darauf grüne Spiralen und blauer Funkenregen aus der Gegend von Auerbach. »Oooohs« und »Aaaaahs« von allen Seiten.

»Schön, was?«, flüsterte Maxi und setzte sich zu Lara auf den Schlitten.

»Ja«, flüsterte Lara ergriffen zurück.

Es war echt eine tolle Kulisse. Von Minute zu Minute wurde der Nachthimmel lebendiger mit sprühenden Feuer-Kunstwerken in allen Farben. Ein Jammer, dass Vic das nicht sehen konnte. Aber natürlich *hatte* Vic das schon gesehen, und zwar mehr als einmal. Vor zwei

Jahren war es Vonnie gewesen, die er hier oben geküsst hatte, das hatte Maxi aus Carolin rausgequetscht. Das mit Vic und seiner Exfreundin hatte zu Silvester angefangen. Maxi kramte ihr Handy aus der Anoraktasche und warf einen Blick auf das Display.

Drei neue Nachrichten. Ihr Herz klopfte schneller.

Von Nini und Cordula. Von ihrer Tante Delia. Von ihren Großeltern. Sie schrieb zurück, seufzte, und steckte das Handy wieder ein.

Ein kleiner Eifersuchtswiderhaken hatte sich bei dem Gedanken an den gemeinsamen Silvesterabend von Vonnie und Vic in Maxis Herz festgesetzt. Das Schicksal war so ungerecht! Sie versuchte, Vonnie wieder aus ihrem Kopf zu kriegen. Vics Exfreundin war weiß Gott wo und bestimmt nicht gerade dort Skifahren, wo Vic mit seinen Freunden war. Aber Maxis Fantasie ließ sich nichts vorschreiben. Das Bild von Vic mit einem Mädchen auf der romantischen Skihütte kam wieder, nur konkreter als die letzten Male. Er rekelte sich nämlich auf dem Eisbärenfell vor dem offenen Kamin mit einer Blondine im Arm, und die hatte auffällige Ähnlichkeit mit Vonnie.

Laras Gedanken schienen in dieselbe Richtung zu gehen.

»Mit wem Tino wohl heute unterwegs ist?«, fragte sie.

Maxi nahm Laras Hand und drückte sie.

»Er sitzt einsam zu Hause und verzehrt sich nach dir«, sagte sie so überzeugend, wie sie konnte. »Er hat gar keine Lust zu feiern, weil du nicht bei ihm bist.«

»Versprochen?«, fragte Lara sehnsüchtig.

»Versprochen.«

»O. k. Und Vic … Vic ist in seiner Hütte eingeschneit, nur deshalb hat er nicht angerufen. Und keine Nachricht geschickt. Er schreibt gerade mit dem Finger deine Initialen auf das vereiste Fenster.«

Maxi seufzte.

»Versprochen?«

»Versprochen.«

Jemand hatte ein batteriebetriebenes Radio dabei und drehte den Ton laut, damit alle die genaue Zeitansage mithören konnten, die nun in immer kürzeren Abständen kam.

»Noch neun Minuten bis zum Jahreswechsel! Mehr als genug Zeit, noch jede Menge gute Musik zu spielen, hier ist Taylor Swift mit ihrem Hit *Style* auf Sechsundneunzig Sechs Megahertz, wir sind das ganze Jahr für Sie auf Draht …«

Und da war sie auch schon, Taylor Swift.

»Das ist echt fies«, flüsterte Maxi.

Von allen möglichen Nummern aller möglichen Interpreten musste der Radiosender ausgerechnet das Lied spielen, das Maxi als Ringtone für Vic ausgesucht hatte!

»Aber echt!«, stimmte Lara zu. »Das ist strafverschärfend!«

Diesmal war sie es, die Maxis Hand drückte.

Maxi wischte sich unauffällig mit dem Handrücken über die Augen.

»Du darfst nicht heulen«, erklärte Lara ihr.

»Sagt wer? Ist doch finster!«

»Ja, aber ich darf auch nicht, wegen meiner Nase.

Und ich verlange Loyalität von meiner besten Freundin!«

»*You got that James Dean day dream look in your eye …*«

»Das ist … aber … sehr viel verlangt!«, schniefte Maxi.

Was würde sie dafür geben, wenn Vic jetzt hier wäre! Sie schloss die Augen und stellte ihn sich vor, auf seinem Geländemoped, wie er den Helm abnahm, sich durch die Haare fuhr, sie mit seinen Vic-blauen Augen anblitzte. Der Vic-Effekt erwischte sie sogar aus dem Gedächtnis, verstärkt durch die Sehnsucht. Ihr Herz schlug schneller, ihre Knie wurden gummiartig – ja, ihre Fata Morgana war so echt, sie hörte sogar das Motorengeräusch des Mopeds. Sie hörte …

Maxi öffnete die Augen wieder. Sie hörte *wirklich* ein Moped! Und nicht nur sie. Mehr und mehr Köpfe wandten sich der Forststraße zu: Da kam ein Moped von Wieselberg über den verschneiten Weg hochgefahren! Jetzt konnte man schon den Scheinwerfer sehen!

»Verdammter Spinner!«, erkannte sie Bernies Stimme aus dem allgemeinen Gemurmel.

Der respektvolle Unterton war nicht zu überhören.

Maxi war aufgesprungen, ohne es zu merken, und stand stocksteif da. Das Moped hatte das letzte Bergaufstück geschafft, driftete zu einem Halt und sofort richteten sich jede Menge Taschenlampenlichtkegel auf den Fahrer, der jetzt seinen Helm abnahm, genau, wie Maxi es gerade eben noch vor sich gesehen hatte.

»*Vic!*«

Er war es! Er war es wirklich!

Maxi lief auf ihn zu, bevor sie wusste, dass sie sich in Bewegung gesetzt hatte. Unscharf nahm sie wahr, dass Vic einen Beifahrer hatte, der in diesem Moment abstieg, doch was interessierte sie sein Beifahrer, das Einzige, was zählte, war, dass er doch noch gekommen war!

Sie fiel ihm um den Hals, ehe er Gelegenheit hatte, vom Moped zu steigen oder irgendetwas zu sagen.

»Hmm«, sagte er, als Maxi ihm eine Möglichkeit dazu gab, und die Art, wie er lächelte, vervielfachte den Vic-Effekt noch. »Ich sollte wohl öfter zum Skifahren!«

»Lara!«, rief eine Stimme ganz in der Nähe.

Die Stimme kannte sie doch!

»Tino!« Lara stand da, mit ihrem verschwollenen Gesicht unter der weißen Pudelmütze und drei Schritte von ihr entfernt stand Tino.

»Noch sechs Minuten!«, erklärte die Stimme aus dem Radio euphorisch. »Haben Sie im alten Jahr noch etwas in Ordung zu bringen? Dann halten Sie es mit Justin Bieber und sagen Sie *Sorry* …!«

»Du hast Tino mitgebracht!«, sagte Maxi verblüfft.

»Ich hatte ja keine Wahl«, erklärte Vic. »Nachdem ich deine Nachricht gehört hatte. Wer wen liebt und warum. Und dass Lara eine gebrochene Nase hat. Ich dachte, ich muss Tino zumindest anrufen …«

»Du hattest Tinos Nummer?«

»Na ja.« Er grinste. »Eigentlich nicht. Aber dann hat meine Freundin über mein Handy während eines Dates mit ihm telefoniert und …«

Maxi wurde rot.

»Oh. Richtig. Stimmt ja.«

»Jedenfalls hat er sich sofort in den Zug nach Altenburg gesetzt und ich hab dasselbe gemacht …«

»Wow«, sagte Maxi beeindruckt. »Ich hatte ja keine Ahnung, dass du Talent zum Kuppeln hast.«

Vic grinste.

»Ich hatte genug Anschauungsunterricht in den letzten Wochen.«

Tino hatte sich inzwischen zwei Schritte näher an Lara herangetraut.

»*Is it too late now to say sorry …*«, klang Justins Stimme aus dem Radio.

»Sieh mich nicht so an!«, sagte Lara.

»Ich soll dich nicht ansehen?«

»Nein. Heute nicht, morgen nicht …«

»Ich soll dich nie wieder ansehen?«

Tinos Stimme klang geschockt.

»Nein«, schniefte Lara, »nicht nie wieder. Du sollst mich nur in den nächsten zwei Wochen nicht ansehen. Bis ich nicht mehr aussehe wie Rudolph, das Rentier.«

»Dann darf ich dich …« Tino kam noch einen Schritt näher. »Dann darf ich dich also eigentlich schon ansehen?«

»Nur meine Nase nicht.«

»Das heißt, du könntest mir möglicherweise verzeihen?«

»Möglicherweise.«

»Und was schätzt du«, fragte er, »wie lange das mit dem Verzeihen in etwa dauern wird?«

»Nicht so sehr lange«, sagte Lara.

»Noch eine Minute bis zum Neuen Jahr …«, jubelte der Radiomoderator.

»Mir tut's auch leid«, fügte Lara hinzu und eine dicke Träne rollte von ihrem blutunterlaufenen Auge über ihre verschwollene Backe. »Ich war eine eifersüchtige Furie und ich …«

Zu mehr kam sie nicht, denn Tino war schon bei ihr, und als der Radiosprecher begann, von dreißig rückwärts zu zählen, waren Tino und Lara bereits mitten in einem vorsichtigen, aber innigen Versöhnungskuss.

»Mir tut's auch leid«, flüsterte Maxi.

»Schon vergessen«, flüsterte Vic zurück. »Ich hab da auch ein paar Sachen gesagt, die …«

»Ich hätt an deiner Stelle noch viel schlimmere Sachen gesagt«, unterbrach Maxi ihn. Sie zögerte. »Sag mal …«

»Sechzehn … fünfzehn … vierzehn …«

»Was?«

»Waren da eigentlich auch Mädchen auf dieser Skihütte?«

Vic grinste und seine blauen Augen blitzten.

»Wie kommst du denn darauf?«

»Oooch, nur so, wegen Silvester und weil man da doch jemanden zum Küssen braucht …« Maxis Blick wanderte in der näheren Umgebung umher. Carolin und Max standen eng umschlungen an die Schlossmauer gelehnt. Nick und Stella saßen auf dem großen Holzschlitten, Maxis Vater hatte die Arme ganz fest um ihre Mutter geschlungen. Bernie und Sarah knutschten auf einer mitgebrachten Pferdedecke, daneben saßen Händchen haltend Anita und ihr Freund.

»Acht ... sieben ...«

»Braucht man, ja ...?«

Vics Augen kamen näher.

»Dann kann ich ja von Glück reden, dass ich noch rechtzeitig hier war ...«

»Drei ... zwei ...«

»Und ich erst«, sagte Maxi.

»Eins ... null!«

Die Kirchturmglocken aller umliegenden Orte begannen zu läuten und gleichzeitig explodierte der Himmel in einem Meer von Gold und Rot und Blau und Grün. Es regnete Sterne, Lichter sprühten auf und verloschten, feurige Bälle rollten über den Himmel.

»Frohes neues Jahr«, flüsterte Vic.

»Frohes neues Jahr«, flüsterte Maxi.

Und dann konnte sie plötzlich nicht mehr unterscheiden, wo das Feuerwerk eigentlich war: um sie herum oder in ihr drin.

Der traditionelle Neujahrsausritt fand bei unverändert strahlendem Wetter statt. Noch im letzten Jahr war Carolin mit Ringo alleine losgezogen und hatte sich am Kreuzungspunkt der Ruinen- und der Wildschweinrunde mit den Reitern aus der Auerbacher Reitschule getroffen. Diesmal hatten sie und Maxi stolz einen ganzen Tross angeführt, aus ihrem *eigenen* Stall. Alle Einsteller waren gekommen, außer natürlich Anita wegen ihres Gipsbeines und Frau Doktor Sensibel, die vermutlich mehr Sekt erwischt hatte, als für sie gut war.

Jedenfalls führte Maxi darauf auch den oscarverdächtigen Tanzauftritt im Dorfcafé zurück, den Fabrizios Besitzerin hingelegt hatte – um halb zwei Uhr morgens, barfuß, auf der Theke.

Ja, die Stimmung bei der abschließenden Fete war phänomenal gewesen, kein Wunder bei so viel Aufregung, Last-Minute-Silvester-Romantik und Happy-End-Euphorie.

Tino ließ Laras Hand den ganzen Abend nicht los, so, als hätte er Angst, sie könnte ihm wieder davonlaufen, und Lara überstrahlte trotz ihres blauroten Gesichts alle anderen. Na ja, vielleicht nicht *alle*. Maxi war ziemlich sicher, hätte es einen Pokal für das glücklichste Mädchen der Silvesternacht gegeben, es wäre ein Kopf-an-Kopf-Rennen zwischen ihr und Lara geworden. Carolin nicht zu vergessen – selbst sie hatte ihren ironischen Blick zumindest für diesen einen Abend gegen ein seliges kleines Dauergrinsen getauscht. Natürlich würde das nicht zur Gewohnheit werden, aber hey – Max wusste ja, worauf er sich einließ. Nur, jetzt wusste er *auch*, was Carolin für ihn empfand, und allein, dass sie es fertig gebracht hatte, das auszusprechen, war mehr wert als tausend Liebesschwüre bei anderen Leuten.

Bei Bernie zum Beispiel, dachte Maxi grimmig, als sie ihn jetzt dabei beobachtete, wie er Marylin absattelte und dabei mit Carolin herumflachste, als wäre nichts gewesen. Max wäre bei dem Anblick vermutlich wieder fuchsteufelswild geworden, aber er war ja nicht da und für die Atmosphäre im Stall war es bestimmt besser, wenn es keine Feindseligkeiten gab. Schließlich war ja auch alles gut ausgegangen und es gab keinen Grund, nachtragend zu sein. Maxi grinste also zurück, als Bernie ihr jetzt im Vorbeigehen zeigte, dass Marylin den Schirm seiner Reitkappe angeknabbert hatte. Freunde konnte man schließlich nie genug haben.

Maxi brachte Ringos Sattel in die Sattelkammer, wusch die Trense ab, hängte das Zaumzeug auf und löste den Knoten, mit dem Ringos Strick am Balken befestigt war, um ihr Pferd zurück auf die Koppel zu führen. Natürlich bewegte er sich wieder mal keinen Zentimeter, weil Katinka auch noch da stand.

»Hee, Carolin, bist du fertig mit Katinka? Romeo hier will wieder mal nirgends hin ohne seine Julia!«

»Ja, komme schon …«

In diesem Moment läutete Carolins Handy, sie fischte es aus der Hosentasche und warf einen Blick aufs Display.

»Ähm, Maxi«, sagte sie. »Nimmst du Katinka mit? Ich muss da mal rangehen.«

»Klar«, sagte Maxi und erlaubte sich erst ein Grinsen, als sie nicht mehr in Carolins Richtung schaute. Jede Wette, dass das Max war. Vielleicht war es ja doch nicht so schlimm, Teil einer imaginären Max-Carolin-Doppelperson zu sein.

Maxi führte beide Pferde auf die Koppel und schaute ihnen zu, wie sie sich genussvoll im Schnee wälzten. Rocket kam nur kurz vorbei, um seine Mama zu begrüßen, und sauste dann zurück zu Rambo und der neuen Spielgefährtin, die seit heute auch hier wohnte: etwas kleiner und wuscheliger als Rambo, braun, mit einer Maske im Gesicht.

Nick, Alois und Maxi hatten Penelope heute Vormittag gemeinsam vom Florianihof geholt. Die Sache war viel einfacher gewesen als erwartet – als sie und Stella erstmal Nick überredet hatten, dass eine weitere Ziege bestimmt nicht mehr Arbeit machen würde und nur unwesentlich mehr kostete, war der Rest ein Klacks gewesen. Fritz Mayerhofer und seine Frau wollten nicht einmal Geld annehmen, so froh waren sie über die gebotene Lösung: keine wütende Ziege mehr, die die kleinen Kinder der Gäste umschubste und bei jeder Gelegenheit das Weite suchte. Und dazu noch die Gewissheit, dass Penelope einen guten Platz bekam – mit viel Auslauf, tierlieben Besitzern und vor allem: einem Artgenossen, der es ihr angetan hatte. Maxi lehnte sich an den Koppelzaun, legte das Kinn auf die Hände und beobachtete hochzufrieden ihr neues Traumpaar. Es war kurz nach vier, die letzten Strahlen der Januarsonne tauchten die schneebedeckte Koppel in angemessen romantisches rosa Licht. Sie mochte in mancher Hinsicht falschgelegen haben, aber was diese beiden anging, war ihr Instinkt goldrichtig gewesen.

»Vielleicht liegt da deine berufliche Zukunft«, hatte Stella geblödelt. »Ich würde mir an deiner Stelle schon mal die Domain *ziegezuzweit.com* reservieren lassen.«

»Ich dachte, sie dreht durch, wenn man ihr ein Halsband verpasst?«

Carolin war näher gekommen, ohne dass Maxi sie bemerkt hatte. Sie steckte ihr Handy ein und lehnte sich dann neben Maxi an den Zaun.

Penelope hatte sich gleich nach ihrer Ankunft widerspruchslos das rote Halsband mit den Swarovski-Steinen umlegen lassen und es schien sie nicht im Geringsten zu stören.

»Kommt wohl darauf an, *wer* es ihr verpasst«, antwortete Maxi. »Wir haben ihr einfach erklärt, es ist so was wie ein Verlobungsring von Rambo.«

Carolin verdrehte die Augen, wie üblich bei solchen Gelegenheiten.

»Oh Mann. Gleich wirst du irgendwas sülzen von den Fesseln der Liebe, in die man sich freiwillig begibt.«

»Hatte ich nicht vor, aber jetzt, wo du davon anfängst: Wie geht's Max?«

Carolin wurde rot.

»Bestens. Ich glaube, er steht auf seinen neuen Spitznamen.«

»Welcher Spitzname?«

»Zorro.«

Maxi lachte.

»Hat er sich redlich verdient. Und Bernie?«

»Was ist mit Bernie?«

»Genau meine Frage. Oder vielmehr: Was war mit Bernie? Ich *weiß* einfach, dass da nicht nichts war!«

»Ach ja? Und du bist ja unfehlbar in Beziehungsdingen, wie die Vergangenheit gezeigt hat.«

»Du weichst mir aus!«

»Und wenn schon!«

»Ihr habt euch geküsst, stimmt's?«

»Kein Kommentar.«

»Ich wusste es!«

»Du weißt gar nichts.«

Am Waldrand tauchte gerade ein Pärchen auf, Hand in Hand. Der Junge, in ultracooler Snowboardjacke und Baggy Jeans, war blond und schien den Großteil seiner Haare im Gesicht zu tragen. Das Mädchen trug Skinny Jeans, eine schneeweiße Bommelmütze und eine violette Skijacke, die farblich verblüffend gut zu ihrem Gesicht passte. Tino und Lara, die von ihrem Neujahrsspaziergang zurückkamen.

»Ich weiß genug«, sagte Maxi.

»Du weißt überhaupt nichts!«

Maxi blieb unbeeindruckt von Carolins genervtem Tonfall.

»Das stimmt«, gab sie zu. »Aber ich kann's mir genau vorstellen. Ihr seid zu zweit auf einem Schlitten gefahren, damit ihr mehr Fahrt bekommt. Nach dem Sprung über den kleinen Hügel ist der Schlitten umgekippt und ihr zwei seid in den Schnee gefallen. Die Sonne schien, der Schnee glitzerte und so hat eines zum anderen geführt!«

»Es geht noch weiter«, fuhr Maxi fort. »Dieser Kuss brachte nämlich den Augenblick der Wahrheit – in diesem Moment hast du gewusst, dass du Max willst und nicht Bernie!«

Carolins Gesichtsausdruck war undurchdringlich.

»Das ist abartig, weißt du das?«, sagte sie kopfschüttelnd. »Du brauchst professionelle Hilfe. Vielleicht hat

Frau Doktor Sensibel eine Anti-Romantik-Coaching-Stunde für dich frei.«

»Erzähl mir die echte Geschichte, dann muss ich keine erfinden!«

»Es gibt keine Geschichte!«

»Gibt es doch!«

»Gibt es nicht!«

In Maxis Jackentasche brummte es. Sie nahm ihr Handy heraus und checkte das Display: eine WhatsApp von Vic.

»Du schuldest mir immer noch ein Date, Ballkönigin.«

Maxi lächelte.

»Na, den Blick kenn ich doch«, sagte Carolin. »Maxi-Häschen hüpft durch rosarote Vic-Wolken. Ich geh dann mal.«

Sie wandte sich um und stapfte zurück Richtung Stall.

»Aufgeschoben ist nicht aufgehoben!«, rief Maxi ihr nach.

Dann tippte sie ihre Antwort: *»Heute? Picknick im Wald?«*

Sie wartete, Handy in der Hand, auf die Antwort, die auch postwendend kam.

»Verdammte Schnapsidee ;-)!«

»Hmpf!«, schickte sie ihm zurück.

»Halb sechs?«, kam die nächste Nachricht von Vic.

»:-)«, antwortete Maxi, warf noch einen Abschiedsblick auf Rambo und Penelope und machte sich auf den Weg zurück ins Haus.

Bis halb sechs war es noch eine gute Stunde, gerade

ausreichend, um sich für ein Fünf-bis-sechs-Monats-Date fertig zu machen.

Carolin würde natürlich einwenden, dass für eine Outdoor-Verabredung im Januar die Klamotten ziemlich zweitrangig waren – Hauptsache, warm. Aber man konnte nie wissen. Vielleicht würden sie sich nachher noch mit den anderen im Dorfcafé treffen oder bei Maxi zu Hause abhängen. Aber selbst wenn nicht: Ihr neues rotes Shirt unter dem Fleecepulli, die silbernen Kreolen in den Ohren, ihr High-Shine-Lipgloss und noch ein paar Kleinigkeiten mussten heute einfach sein.

Als sie sich wenig später oben in ihrem Zimmer die Wimpern tuschen wollte, musste sie lachen: Lara hatte den Zettel aus ihrem Glückskeks an den Spiegel geklebt und mit einem Herz aus Lippenstift eingerahmt: *»Verachte nicht das Glück im Unglück. Es kommt nicht auf die Verpackung an, nur auf das Geschenk.«*

Ab jetzt würde Lara auch Glückskeks-süchtig sein, nicht nur Astrologie-süchtig, so viel stand fest.

Es war fünf vor halb sechs und Maxi war fix und fertig gestylt und angezogen und gerade dabei, im Windfang in ihre Moonboots zu schlüpfen, als sie draußen Vics Moped hörte. Sie lächelte vor sich hin. Diesmal würde nichts dazwischenkommen, rein gar nichts. Sie öffnete die Tür und winkte Vic, der gerade seinen Helm abnahm. Sie zog ihre Mütze über den Kopf und die Tür hinter sich zu, da brummte ihr Handy. Maxi warf einen schnellen Blick zu Vic. Der war mit dem Rucksack beschäftigt, sie öffnete also die Nachricht noch.

Von Cordula.

Hey, Maxi, Mayday, Mayday. Nini und ich stehen beide auf Blond und Blauäugig! Und zwar ernsthaft! Was tun? Ruf an! xxx C

Maxi seufzte. Das hatte ja nicht gut gehen können! Sie hatte die beiden doch gewarnt! Sie war eine Millisekunde davor, Cordula anzurufen, da sah Vic zu ihr her und sie steckte schnell das Handy ein.

»Hey, Ballkönigin!«

»Hey, Ballkönig!«

»Wird das nicht langweilig, jetzt, wo du schon weißt, was ich vorhabe?«

»Kein bisschen. Ich will alles genau so haben wie letztes Mal.«

Vic legte den Kopf schief und sah sie zweifelnd an.

»Also, ich nicht«, sagte er.

Maxi lachte.

»Du weißt schon, was ich meine.«

In diesem Moment läutete ihr Handy.

»Verdammt noch mal«, fluchte sie und fischte das Telefon aus der Tasche.

»Nini«, seufzte sie. »Das war ja klar.«

Zwei beste Freundinnen, die sich in denselben Typen verguckten. Und jetzt baten beide ausgerechnet sie um Hilfe. Vic runzelte die Stirn.

»Was Wichtiges?«, fragte er.

Maxi drückte entschlossen auf den Ausknopf ihres Handys, bis das Display finster war.

»Nicht so wichtig wie das hier«, sagte sie. Nini und Cordula mussten erst mal ohne sie auskommen. »Wo waren wir stehen geblieben?«

»Alles so wie letztes Mal.«

»Genau«, sagte Maxi. »Ich will die Suppe und den Tee und die Muffins und die Fackeln und die warmen Decken und vor allem will ich wissen, was in der Karte steht!«

»Ehm«, sagte Vic verlegen, »ich glaube, die Karte hat vielleicht ein wenig gelitten.«

Maxi runzelte die Stirn.

»Was heißt das denn?«

»Das heißt, ich war wohl etwas, ähm, emotional, als ich zu Hause den Rucksack wieder ausgeräumt hab, und die Karte ist irrtümlich ein bisschen zu nahe ans Kaminfeuer geraten.«

Maxi sah Vic ungläubig an.

»Du hast sie *verbrannt?*«

»Das ist ein bisschen hart ausgedrückt, aber ich schätze, das Endergebnis ist wohl dasselbe«, meinte er zerknirscht.

»Oh, shit«, sagte Maxi.

Sie hatte sich so auf die Karte gefreut. Aber sie konnte sich lebhaft vorstellen, wie er sich gefühlt hatte. Sie an seiner Stelle hätte vermutlich den ganzen Rucksack verbrannt, nicht bloß die Karte.

»Ich weiß aber noch, was drinstand!«, sagte Vic und zog sie an den langen Fransenbommeln ihrer Strickmütze näher.

»Hm. Und was?«

»Ich weiß es nicht mehr Wort für Wort«, sagte er. »Aber sinngemäß war es in etwa das ...«

Und einen Augenblick später war Maxi ziemlich sicher, dass Vics Übersetzung aus dem Gedächtnis genauso gut war wie das Original. Wenn nicht sogar besser.

VIKTOR & MAXIME

A lot of shit

»Ist er nicht traumhaft?«

»Er ist der Hammer.«

»Wie er den Kopf hält.«

»Wie er sich bewegt. So viel Feuer und Eleganz.«

»And who am I?«, ließ sich Maxis Handy mit rauchiger Stimme vernehmen. *»That's one secret I'll never tell …«*

»Lara!«, unterbrach Maxi den *Gossip-Girl*-Klingelton, den sie ihrer besten Freundin zugeordnet hatte – oder besser: ihrer *einen* besten Freundin. Die andere stand neben ihr und nützte ihr Handy zum Fotografieren.

»Carolin und ich bewundern gerade den Neuen, und ich sage dir: Er ist einfach zum Verlieben.«

Lara am anderen Ende der Leitung lachte.

»Du würdest nie von einem anderen Zweibeiner schwärmen als von Vic – und Carolin von überhaupt keinem, also schließe ich messerscharf, dass es sich um einen Vierbeiner handelt.«

Maxi musste auch lachen.

»Volltreffer. Dorus, ein Friesenwallach. Mähne bis zum Boden, und wenn er trabt, sieht er aus, als würde er tanzen!«

»Hey, wird Ringo nicht eifersüchtig, wenn du so redest?«

Maxi warf einen liebevollen Blick hinüber ans andere Ende der Koppel, wo der falbfarbene Isländerwallach friedlich neben der schwarz-weißen Stute Katinka graste. Als würde er Maxis Blick spüren, hob er den Kopf und sah zu ihr hin.

»Der hat da kein Problem«, erklärte Maxi, während Ringo mit einem kleinen Kopfschütteln seine Aufmerksamkeit wieder dem jungen Gras zuwandte. »Er weiß, dass ich ihm rettungslos verfallen bin. Aber Dorus muss man einfach schön finden! Wenn du ihn sehen könntest – hey, warte: Du *wirst* ihn ja bald sehen! Weißt du schon genau, wann du kommst?«

Es entstand eine kurze Pause.

»Lara?«

»Na ja«, begann Lara zögernd, »es ist so: Tino hat mich gefragt, ob ich in den Osterferien nicht mit ihm zum Snowboarden will. Das Ferienhaus seiner Eltern liegt direkt an der Piste und es gibt zwanzig Zentimeter Neuschnee und soll sogar noch mehr schneien und das ist um diese Jahreszeit so etwas wie ein Lotto-Sechser und …«

»Heee, Time-out!«, unterbrach Maxi. »Ich versteh das auch ohne den Wetterbericht.«

Ihre Freundin hatte sich erst zu Silvester nach einem Riesenkrach mit ihrem Freund Tino wieder versöhnt und seither schwebten die beiden auf rosa Wolken. Klar war Maxi ein wenig enttäuscht, dass ihre Freundin die Osterferien nun doch nicht in Wieselberg verbringen würde – aber hey, manchmal hatte die Liebe eben Vorrang! »Schadet Vic und mir ohnehin auch nicht, wenn wir uns mal etwas auf uns konzentrieren.«

Maxi hörte Lara erleichtert seufzen.

»Bin ich froh, dass du nicht sauer bist! War echt keine leichte Entscheidung!«

»Sag das nur nicht Tino! Der zweifelt sonst noch an deiner immerwährenden Liebe! Und als Entschädigung schuldest du mir einen Shoppingnachmittag inklusive XL-Caramel-Frappuccino, wenn ich das nächste Mal in der Stadt bin!«

»Ist gebongt! Ich muss los, Maxi, Training fängt gleich an!«

»O. k. *Talk soon.*«

»Lara kommt doch nicht?«

Carolin hatte ihr Handy wieder eingesteckt und warf Maxi einen fragenden Blick zu.

Die zuckte nur mit den Schultern.

»Amor, Neuschnee und Sonne – dagegen kommen wir nicht an.«

»Na ja, Amor und Sonne hast du ja auch, oder?«

Maxi grinste.

»Amor, Sonne und einen filmreifen Friesen.«

Dorus hatte die Box von Fabrizio übernommen, dem Lipizzaner der Psychotherapeutin, die Anfang März aus beruflichen Gründen weggezogen war.

»Frau Doktor Sensibel«, wie Carolin sie nannte, hatte ein ähnlich kompliziertes Naturell wie ihr Pferd, deshalb waren die Mädchen beinahe erleichtert gewesen, als sie von der Kündigung erfuhren.

Und offenbar hatte das Schicksal sich was dabei gedacht – Lara, die Astrologie-Expertin, würde bestimmt mit Uranus und Jupiter winken –, denn der Anruf von Herrn Celik kam nur einen Tag später. Sein Sohn Sami würde im Sommer aus der Türkei zu ihm nach Altenburg ziehen, und jetzt schon mal ein paar Wochen auf Besuch kommen. Um dem neuen Zuhause einen zusätzlichen Anreiz zu verleihen und Sami die Eingewöhnung zu erleichtern, hatte er dem pferdebegeisterten Jungen den Friesen gekauft. Als der Anruf kam, war der Transporter mit Dorus schon unterwegs, früher als erwartet, und wenn er das edle Pferd nicht auf dem Balkon unterbringen wollte, brauchte er *sofort* einen Einstellplatz. Für Maxi und Carolin kein Problem!

Die Box war also nur einen Tag frei gewesen und die beiden Mädchen hatten wieder einmal die Bestätigung dafür, dass ihr kleines Unternehmen unter einem guten Stern stand.

Sie hatten Dorus eine Woche auf einem abgegrenzten Stück der Koppel gehalten, damit die anderen Pferde sich an ihn gewöhnen konnten, und heute erst eingegliedert. Den ganzen Samstagvormittag standen sie nun schon am Zaun und beobachteten die Herde, um eingreifen zu können, falls es zu heftigen Kämpfen kam – aber bis jetzt war die Aufregung kaum der Rede wert gewesen.

Mit Janaro, dem Hafloaraber, hatte es eine kleine Auseinandersetzung gegeben, allerdings mehr Show als ernsthafte Rauferei; ansonsten ließen die anderen Pferde den Friesen eher noch links liegen, solange er sich nicht bei der Fütterung vordrängte. Dorus würde sich seine Position in der kleinen Herde erst noch erobern – oder sich eben mit dem niedrigsten Rang zufriedengeben. Gerade trabte er mit hoch erhobenem Kopf und wehender Mähne ans andere Ende der Koppel, bremste ab und näherte sich Katinka – ein eindrucksvoller Freier mit wehender Mähne und stolz gerecktem Hals. Ringo hob den Kopf, seine Ohren wanderten abwechselnd vor und zurück. Dann trat er Dorus einen Schritt entgegen. Nur einen einzigen Schritt. Er machte nicht etwa Anstalten zu beißen, zu treten oder sonst irgendwie seine Überlegenheit zu beweisen. Er warf dem Neuen bloß einen *langen* Blick zu. Dorus senkte den Kopf, machte rasch einen großen Bogen um Katinka und tat so, als wollte er eigentlich ganz woanders hin.

Carolin und Maxi prusteten los.

»Dein Filmstar ist um einiges schöner, als er mutig ist«, meinte Carolin.

»Das ist nicht die Abwesenheit von Mut, sondern bloß die Anwesenheit von Intelligenz«, erklärte Maxi würdevoll. »Mit dem Chef legt man sich nicht an.«

Obwohl die meisten anderen Pferde größer waren als er, hatte Ringo sich mit stiller Autorität von Anfang an die Führungsposition in der Herde bewahrt – und Katinka, seine große Liebe, stand natürlich unter seinem persönlichen Schutz.

»Hätte nie gedacht, dass Ringo mal so ein besitzergreifender Ehemann wird«, meinte Carolin grinsend. »Schließlich war er doch jahrelang mit Rambo allein, bevor Katinka gekommen ist.«

Rambo, der schwarz-weiß gefleckte Ziegenbock, war ursprünglich Ringos einziger Stallgefährte gewesen, bis Maxi und Carolin beschlossen hatten, es mit dem Mietstallbetrieb zu versuchen. Der Bock war nun ein voll akzeptiertes Mitglied der Pferdeherde und seit dessen Geburt der Lieblingsspielgefährte für Katinkas Fohlen Rocket gewesen.

Der junge Hengst war vor ein paar Wochen von Katinkas Muttermilch entwöhnt und in eine größere Herde mit mehreren Fohlen gebracht worden, wo er jetzt seine »Kindergartenzeit« in der Gesellschaft Gleichaltriger verbringen durfte. Die Trennung war allen schwergefallen, Lara hatte sogar am Telefon geheult, als Maxi ihr Bericht erstattete – sie hatte sich in den Weihnachtsferien unsterblich in Rocket verliebt, daran änderte auch die gebrochene Nase nichts, die sie dem übermütigen Fohlen zu verdanken hatte.

Jedenfalls war es ein Glück für Rambo, dass es nicht nur für Lara und Tino, sondern auch für ihn und die Ziegendame Penelope zu Silvester ein Happy End gegeben hatte – die hübsche braune Artgenossin war beinahe noch unternehmungslustiger als Rambo selbst und hielt ihn entsprechend auf Trab. So kam der Bock gar nicht dazu, Rocket allzu sehr zu vermissen.

»*You got that James Dean daydream look in your eye ...*« Wieder meldete sich Maxis Handy, diesmal mit Vics Ringtone.

Carolins Mundwinkel wanderten nach oben und sie grinste ihr übliches ironisches Carolin-Grinsen.

»Wie passend, wo wir gerade von Ehemännern reden …«

»Oh, er hat es dir erzählt?«, fragte Maxi mit großen runden Augen, während sie erneut ihr Handy aus der Jackentasche fischte. »Dann ist es ja kein Geheimnis mehr und ich kann dir endlich auch den Ring zeigen.«

»Ring? Welchen Ring?«

Jetzt war es Carolin, die die großen Augen machte. Gleich würden sie ihr mit einem »Plopp« aus dem Gesicht hüpfen. »Hat er etwa … Er hat doch nicht wirklich …?«

»Nein«, erklärte Maxi genussvoll. »Aber ich freu mich schon drauf, deinem Bruder zu erzählen, dass du gerne Brautjungfer wärst!«

Carolin kniff ihre Augen zu Schlitzen zusammen und warf Maxi einen Blick zu, der wohl eher nicht zu einer Brautjungfer gepasst hätte.

»Vic!«, rief Maxi ins Telefon. »Stell dir vor, ich habe gerade mit Carolin über die Zukunft geredet, und sie …«

»Wag es ja nicht!«, unterbrach Carolin drohend. »Oder du wirst es bereuen! Spätestens bei deiner nächsten Reitstunde!«

»Deine Schwester ist eine Sklaventreiberin«, sagte Maxi zu Vic, »aber mit einer romantischen Ader.« Sie lachte. »Ja, ich bin selber auch verblüfft. Vielleicht erzähl ich's dir ein andermal.«

Carolins Augen verengten sich wieder.

»Vielleicht aber auch nicht«, fügte Maxi hastig hinzu. »Apropos Zukunft, ist der Trainer aus England schon da? Echt? Und wann genau ist jetzt das Probespiel? Na hör mal! Die Tigerettes können es kaum noch erwarten! Das war doch klar, dass wir euch unterstützen! Keine Top-Fußballer ohne Top-Cheerleader! Nicht, dass du uns brauchen würdest! Er will dich auf jeden Fall, das weiß ich jetzt schon! Na, weil du der Beste bist, deswegen. Ja, ich weiß, dass er nicht den besten *Küsser* sucht. Aber du kannst eben auch fast genauso gut Fußball spielen.«

Maxi sah aus dem Augenwinkel, wie ihre Freundin mal wieder die Augen verdrehte.

»Carolin kriegt schon wieder ihre Allergie«, erklärte sie ihrem Freund. »Weiß echt nicht, wie Max das aushält. Wahrscheinlich ist er schon dankbar, wenn sie ihn mal nicht angiftet.«

Max war Vics bester Freund und nach langem Hin und Her seit der schicksalhaften Silvesternacht endlich offiziell mit Carolin zusammen. Er war total verschossen in Vics Schwester – und umgekehrt. Aber Carolin würde sich eher die Zunge abbeißen, als in der Öffentlichkeit etwas Liebevolles über oder gar *zu* ihrem Freund zu sagen.

»Mir ist im Unterschied zu euch die Bedeutung von etwas vertraut, was sich *Privatsphäre* nennt«, erklärte Carolin mit Nachdruck. »Und ich werde euch daran erinnern, dass es das gibt, wenn ihr das nächste Mal eine Gruppe ahnungsloser Freunde zwingt, euch einen ganzen Film lang beim Knutschen zuzusehen! Das Geld für eure Kinokarten war glatt verschwendet, wenn du mich fragst!«

»Ich frag dich aber nicht«, gab Maxi zurück. »Außerdem bin ich multitaskingfähig. Hab keine Minute von dem Film verpasst!« Sie wandte ihre Aufmerksamkeit wieder Vic zu. »Ja, ja, die Kinogeschichte«, sagte sie ins Telefon und schüttelte den Kopf. »Schon wieder. Muss der Neid sein. Ich lege jetzt besser auf, sonst verfällt sie wieder in eine ihrer muffigen Phasen und das kann ich den Pferden nicht zumuten, die sind ja so sensibel. O. k. Bis bald, mein supersüßer Lieblingsfußballkönig.«

Carolin gab ein unterdrücktes Stöhnen von sich und Maxi beendete das Gespräch.

»Du bist irgendwie grün im Gesicht«, meinte sie gelassen zu ihrer Freundin. »Du solltest was gegen diese Romantikunverträglichkeit tun.«

Carolin holte tief Luft und schüttelte nur den Kopf, als müsste sie das eben Gehörte so erst loswerden, um wieder normal denken zu können.

»Sag mal, eins schnall ich irgendwie nicht«, sagte sie dann. »Du hältst ihm doch die Daumen für dieses Spiel, das der englische Scout sich ansieht. Aber was, wenn er Vic wirklich für ein Stipendium auswählt? Dann ist er ein ganzes Schuljahr lang nicht da! Länger, als ihr beide überhaupt schon zusammen seid!«

Maxi und Vic waren seit letztem Sommer zusammen, also etwa neun Monate. Sie waren sich immer noch nicht einig, ob erst ab dem ersten Kuss gezählt werden sollte, oder schon ab einem früheren Datum – *bevor* Vonnie aufgetaucht war, Vics Ex. Abgesehen von dieser kurzen Periode von Eifersucht und Missverständnissen ganz am Anfang ihrer Beziehung hatte es nur noch ein kurzes, aber heftiges Tief während der Weihnachtsferien gegeben. Ansonsten war die ganze Zeit störungsfrei und harmonisch gewesen, wohl auch, weil sie einander nicht besonders oft sahen – Vic arbeitete neben der Schule im Dorfcafé, das seinen Eltern gehörte, gab Mathenachhilfe und spielte nicht nur im Fußballteam des Gymnasiums, sondern auch in der U-18-Mannschaft des Altenburger Vereins.

Und Maxi hatte ihr Cheerleader-Training mit den Tigerettes, ihr Pferd Ringo und mit Carolin gemeinsam die Verantwortung für den Stallbetrieb. Da blieb nicht so viel Zeit für Verabredungen, aber umso mehr genossen Vic und sie dann auch alles, was sie gemeinsam unternahmen.

Ein Jahr ohne Vic? Maxi hatte den Gedanken nie wirklich weitergesponnen, es war so … unvorstellbar, dass er plötzlich nicht mehr da sein könnte. Der Scout kam nur alle zwei Jahre, um Stipendiaten auszuwählen, und er sah sich viele Spieler an – die Jungs mussten akademisch *und* sportlich entsprechen. Vic brachte gute Grundvoraussetzungen mit, weil auch seine schulischen Leistungen überdurchschnittlich waren, aber dennoch war die Wahrscheinlichkeit nicht irre hoch, wenn man realistisch blieb.

Sie wollte nicht darüber nachdenken, wie ein Jahr ohne Vic sich tatsächlich anfühlen würde – das nächste Schuljahr war noch weit weg und das übernächste noch viel weiter. Aber es war eine tolle Chance für ihren Freund, sie musste ihm einfach die Daumen halten.

»Es ist eine tolle Chance für ihn«, sagte sie laut. »Da *muss* ich ihm doch die Daumen halten.«

»Nicht, dass das nicht sehr edel von dir wäre«, antwortete Carolin. »Aber wenn er dann *wirklich* weg ist? Schon mir würde er schrecklich fehlen und er ist bloß mein Bruder, der mir manchmal tierisch auf die Nerven fällt – und nicht mein persönlicher Romeo mit Wohnadresse Rosa Wolke Nummer neun.«

»Nummer sieben«, korrigierte Maxi mit einem kleinen Grinsen. »Wir sind kürzlich umgezogen.«

Sie wollte sich nicht mit traurigen Bildern von einem Leben ohne Vic den Tag verderben. »Was wird jetzt eigentlich aus unserer Bärlauch-Expedition?«, wechselte sie daher unauffällig das Thema. »Ich wollte nach dem Mittagessen los. Stella macht übrigens diese Wok-Sache, die dir neulich so gut geschmeckt hat, und du bist fix eingeplant.«

»Endlich sagst du mal was Vernünftiges«, meinte Carolin und lächelte breit. »Es ist sowieso Essenszeit.«

»Bei dir ist *immer* Essenszeit!«

»Ich bin noch im Wachsen. Und außerdem bin ich eine handfeste Basketballerin und nicht bloß so eine hampelnde Hüpfbarbie.«

Maxi lachte, als sie und ihre Freundin nun nebeneinander in der strahlenden Frühlingssonne von der Koppel Richtung Haus gingen. Fast ein Jahr war vergangen, seit dem Umzug der Familie Klauser aus der Stadt hierher nach Wieselberg. Und so skeptisch sie anfangs gewesen war, so sehr liebte sie inzwischen alles an ihrem neuen Leben, auch das ständige Geplänkel mit Carolin, die nur halb so ruppig war, wie sie immer tat. Sie liebte den Hof und die Pferde, Ringo natürlich besonders. Sie liebte die neuen Freunde, die wunderschöne Landschaft. Sie liebte die Tatsache, dass ihre Eltern sich jetzt als Freiberufler auf dem Land ihre Zeit besser einteilen konnten und nicht mehr so gestresst waren. Sie liebte ihre neue Schule und das Tigerettes-Cheerleader-Team, bei dessen Aufbau und Coaching sie selbst mitgeholfen hatte.

Und sie liebte all das noch viel mehr, wenn sie daran dachte, wie ein Blick aus diesen unwahrscheinlich Vic-blauen Augen sich anfühlte.

»Was ist denn so witzig?«, fragte Carolin misstrauisch. »Du grinst wie die Katze aus *Alice im Wunderland!*«

Maxi schnappte ihre verblüffte Freundin mit beiden Armen, hielt sie fest und drückte ihr einen dicken Kuss auf die Wange.

»Ich bin glücklich«, sagte sie. »Wenn das nicht *verdammt* witzig ist.«

»Stinkt wie Knoblauch, schmeckt wie Knoblauch und alle Jahre wieder tun die Leute so, als wäre es eine Delikatesse«, erklärte Carolin und ließ naserümpfend eine Handvoll hellgrüner Bärlauchblätter in den mitgebrachten Stoffbeutel fallen. »Werd ich nie verstehen.«

»Ich brauch das Zeug auch nicht«, antwortete Maxi. »Aber da die Gourmetszene im Frühling offenbar nicht ohne Bärlauch auskommt, wären wir ja blöd, wenn wir ihn stehen ließen. Grünes Gold, sozusagen, und wir brauchen Futtereimer. Und neue Salzlecksteine.«

»Und Rambo hat schon wieder einen Ball vernichtet.«

»Vergiss nicht das Einstellgeld für Rocket.«

»Und trotzdem stinkt das Zeug. Der ganze Wald stinkt nach Knoblauch. Und ich *hasse* Knoblauch.«

»Apropos stinken«, meinte Maxi. »Ich riech hier noch was anderes …«

»Pferdeäpfel!«, stellte Carolin verblüfft fest und starrte auf den kaum angetrockneten Haufen zu ihren Füßen, genau da, wo sie eben eine Faust voll Bärlauch weggerupft hatte.

»Ich wusste doch, ich kenn das Parfüm. Aber wie kann das sein? Hier ist weit und breit kein Reitweg.«

»Ganz einfach«, sagte Carolin und runzelte die Stirn. »Da denkt jemand, er kann einfach querfeldein reiten, wie es ihm gefällt. Und das ist eine verdammt blöde Idee.«

»Und wenn schon.« Maxi zuckte mit den Schultern. »Kann uns doch eigentlich egal sein, oder?«

»Nein, kann es nicht. Denk doch mal nach. Wir sind der nächstgelegene Reitstall. Wenn einer der Forstaufseher bemerkt, dass hier jemand unerlaubt geritten ist, fällt der Verdacht bestimmt auf uns.«

»Oh«, sagte Maxi. »Stimmt. Daran hab ich gar nicht gedacht.«

»Wenn die von der Forstverwaltung annehmen, wir halten uns nicht an das festgelegte Wegenetz, dann riskieren wir die Reiterlaubnis. *Und* eine Geldstrafe.«

»Shit.«

»Im wahrsten Sinne.«

Carolin bückte sich, pflückte mit bloßer Hand den obersten Pferdeapfel und warf ihn mit Schwung ins Gebüsch. Maxi beobachtete sie mit offenem Mund.

»Was soll *das* denn?«

»Ich lasse Indizien verschwinden«, erklärte Carolin trocken. »Und du bist herzlich eingeladen, mitzuhelfen.«

Maxi verzog angewidert das Gesicht. »Übertreibst du nicht ein bisschen? Ich meine, Pferdekacke auf den Schuhsohlen ist eine Sache, aber auf den Fingern …«

Carolin warf ihr einen strafenden Blick zu.

»Jetzt hab dich nicht so. Das Zeug ist außen schon ganz trocken und wir haben nun mal keine Gummihandschuhe dabei. Also los!«

Maxi betrachtete den Pferdemist und dann ihre Hände. »Also ich weiß nicht …«

»Wenn der Mist gut verteilt ist, fällt er nicht so auf«, unterbrach Carolin. »Und in kleinen Dosen riecht man ihn auch kaum. Vor allem nicht bei der allgemeinen Bärlauchverpestung. Hilfst du mir jetzt oder nicht?«

Seufzend griff Maxi ebenfalls ins Pferdeglück, holte aus und schleuderte den Mist, so weit sie konnte. Dann betrachtete sie angewidert ihre Finger.

»Von wegen angetrocknet! Das Zeug klebt an mir!«

Carolin lachte.

»Du hast auch in die *Mitte* gegriffen! Da hält sich die Feuchtigkeit natürlich am besten. Aber keine Sorge: Vic wird dein neues Parfüm bestimmt lieben, wie alles an dir.«

»Witzig«, knurrte Maxi.

»Ich würde vorschlagen, wir nennen es *Eau de K&K*«, fuhr Carolin grinsend fort. »Knoblauch und Kacke!«

Maxi griff sich erneut eine Handvoll Pferdemist.

»Max steht sicher auch voll auf die Mischung«, rief

sie grimmig, zielte und traf Carolin mit der vollen Ladung in Brusthöhe an der Jacke.

Die zögerte keine Sekunde.

»Zeit zum Haarewaschen!«

Und *flatsch*, hing in Maxis dunkelblonden Locken eine Handvoll duftender Naturdünger fest.

»Na warte«, knurrte Maxi. »Jetzt gibt's Krieg!«

Eine halbe Stunde später war der Pferdemist wirklich ausgesprochen gut verteilt – auf einem blonden und einem dunkelhaarigen Mädchen, die kichernd und einander schubsend, zwei prall mit Bärlauch gefüllte Stofftaschen schwingend, über den schmalen Pfad zwischen den Feldern vom Waldrand auf den Hof mit der großen Pferdekoppel zuliefen.

Maxi hatte das Tor schon fast erreicht, als sie plötzlich abbremste.

»Siehst du auch, was ich sehe?«

»Den schwarzen Mercedes? Das ist doch der Wagen von Herrn Celik, oder?«

Der Besitzer von Dorus war erst ein einziges Mal hier gewesen, um das Pferd zu begutachten und die Einstellkonditionen mit Nick zu besprechen, weil Maxi und Carolin in der Schule waren. Sie kannten das Auto aus Altenburg, wo es immer vor dem *Fliegenden Teppich* geparkt war, Herrn Celiks exklusivem türkischen Spezialitätenrestaurant auf dem Stadtplatz. Er hatte es erst wenige Monate, bevor Maxis Familie nach Wieselberg gezogen war, eröffnet. Seine Schwester war in Altenburg verheiratet, darum hatte es ihn wohl hierhergezogen statt in eine der großen Städte. In seiner Heimat hatte er bereits ein gut gehendes Lokal und nach über einem Jahr Pendeln zwischen Altenburg und Istanbul, in dem er den Laden hier auch zum Laufen gebracht hatte, schien er seinen Lebensmittelpunkt endgültig hierher verlagern zu wollen. Wenn man dem Kleinstadttratsch in Altenburg glauben durfte, hatte Samis Mutter die Familie ziemlich Hals über Kopf verlassen, und Herr Celik wollte alles hinter sich lassen, was ihn an sie erinnerte – außer seinen Sohn Sami natürlich.

Der war bisher immer nur auf Kurzbesuch bei seiner Tante gewesen, sollte aber im Sommer endgültig nach Altenburg zu seinem Vater übersiedeln. Maxi konnte sich vorstellen, dass Sami deshalb nicht nur Vorfreude empfand – sie selbst war nur von der Stadt in ein Dorf verpflanzt worden, der türkische Junge musste sich an ein neues Land, eine neue Sprache gewöhnen. Und für ihn war ein Besuch bei den Verwandten und alten Freunden dann nicht so einfach mit einer kurzen Zug- oder Autofahrt zu bewerkstelligen. Und was war eigentlich mit seiner Mutter? Wo lebte die? Kam sie ihn besuchen?

Maxi wollte gerade Carolin fragen, ob sie etwas über die Familienverhältnisse wusste, da öffnete sich die Beifahrertür des Wagens und ein kräftiger, dunkelhaariger Junge sprang heraus, etwa im Alter von Carolin und Maxi. Jeans, T-Shirt, Baseballjacke, strahlend weiße Sneakers. Ohne zu zögern, ging er nach einem kurzen Rundblick auf die Pferdekoppel zu.

»Das muss Sami sein«, rief Maxi und beschleunigte ihren Schritt. »Ich dachte, er kommt erst morgen?«

Gleich darauf schwang sich ein ebenfalls dunkelhaariger, leicht untersetzter Mann aus der schwarzen Limousine. Er war glatt rasiert, trug einen teuer aussehenden dunkelgrauen Anzug und perfekt polierte schwarze Schuhe. Irgendwie schien es sehr passend, dass Herr Celik sich für das schwarz glänzende Friesenpferd entschieden hatte.

Er entdeckte die Mädchen, die eilig auf ihn zukamen, winkte und öffnete den Mund, um ihnen etwas entgegenzurufen – doch dann blieb ihm bei ihrem Anblick die Begrüßung sichtlich im Hals stecken.

»Shit, wir müssen aussehen, als hätten wir Tunnel durch einen Misthaufen gegraben«, flüsterte Carolin.

»Lass mich wenigstens das Knoblauchzeug loswerden!«, flüsterte Maxi zurück, schnappte Carolins Bärlauchvorrat und legte ihn zusammen mit ihrem eigenen am Zaun ab.

Dann schloss sie wieder zu ihrer Freundin auf und kam gerade noch rechtzeitig, um sie daran zu hindern, dem elegant gekleideten Mann zur Begrüßung die Hand hinzustrecken.

»Herr Celik«, sagte Maxi mit ihrem strahlendsten Lächeln und zupfte unauffällig ein paar braune Krümel aus ihren Korkenzieherlocken. »Wir haben Sie heute noch gar nicht erwartet! Wir haben vorhin noch … ähm … ausgemistet …«

»Ja, ausgemistet!«, stimmte Carolin mit hochrotem Kopf zu.

Der Blick ihres neuen Einstellers haftete an Carolins linker Wange, auf der Maxi bei einem schnellen Scan einen braunen Schmierfleck bemerkte, und wanderte dann weiter zu Maxis hellen Jeans, die von Flecken übersät waren.

»Und dabei gab es einen kleinen Unfall«, fuhr Maxi fort, denn Carolin war, wie üblich in solchen Situationen, nicht zu gebrauchen. »Aber keine Sorge, es ist nichts, was sich nicht mit einer heißen Dusche und einer Waschmaschine beheben ließe!«

Sie lächelte Herrn Celik mit unverminderter Strahlkraft an und schließlich erholte der sich von seinem Schreck, räusperte sich und deutete eine kleine Verbeugung an.

»Natürlich, natürlich«, sagte er, und seiner Sprache war nur ein ganz leichter Akzent anzumerken. »Gar kein Problem. Es ist ein Pferdestall, nicht wahr, und da gibt es eben auch Pferde...gerüche. Sami hat sehr viel Zeit bei meinen Eltern auf dem Land verbracht, er kennt das. Ich bin mehr ein ... Stadtmensch, wenn Sie wissen, was ich meine.«

Maxi wusste ganz genau, was Herr Celik meinte. Sie hatte sich selbst auch immer als Stadtpflanze gesehen. Hätte ihr früher, in ihrem alten Leben, jemand erzählt, sie würde irgendwann im Vollbesitz ihrer geistigen Kräfte mitten im Wald aktiv an einer Pferdemist-Schlacht beteiligt sein – und auch noch Spaß daran haben –, sie hätte den Betreffenden für verrückt erklärt.

»Aber sicher«, erklärte sie. »Das Landleben ist nicht

jedermanns Sache. Aber es zahlt sich aus, ihm eine Chance zu geben, ganz bestimmt.«

Herr Celik sah nicht so aus, als wollte er irgendetwas eine Chance geben, was so roch wie Maxi und Carolin, aber er lächelte trotzdem freundlich.

»Welche von Ihnen ist die Reitlehrerin?«

Maxi rammte Carolin ihren Ellbogen in die Seite. Ihre Freundin lief hochrot an und trat einen Schritt vor.

»Ich! Ich meine, ich bin natürlich keine geprüfte Reitlehrerin, die Prüfung kann ich erst in vier Jahren machen, aber ...«

»Aber sie ist spitzenklasse!«, unterbrach Maxi ihre Freundin. »Eine Sklaventreiberin und eine Perfektionistin, aber spitzenklasse! Sie hat mir in ein paar Wochen Reiten beigebracht, obwohl ich vorher noch nie auf einem Pferd gesessen habe.«

»Maxi, wirklich ...«, wollte Carolin Maxis Schwärmerei abschwächen, aber Samis Vater schien beeindruckt zu sein, denn er sah Carolin wohlwollend an.

»Perfektionismus ist gut. Ohne den Willen zur Perfektion ist gute Qualität nicht möglich. Im Geschäftsleben überlebenswichtig.«

Er warf einen Blick zur Koppel, wo sein Sohn, die Arme auf dem obersten Balken des Zaunes verschränkt, bewegungslos stand und die Pferde beobachtete. »Sami liebt Pferde und er ist seit seiner frühen Kindheit bei meinen Eltern geritten, oder vielmehr: Er hat gelernt, nicht runterzufallen. Mein Cousin, der einige Rennpferde besitzt, hat Dorus für uns ausgesucht – er sagt, das sei ein großartiges Pferd ...«

»Oh ja, das ist er!«, unterbrach Carolin. »Ein Spitzenpferd.«

Herr Celik lächelte und wiederholte seine kleine Verbeugung.

»Es freut mich, dass die Expertin seiner Meinung ist.«

Carolin lief erneut rot an und nahm intensiven Blickkontakt zu ihren verdreckten Schuhspitzen auf.

»Jedenfalls hätte ich gern, dass Samis Reitkünste in absehbarer Zeit dieses Pferdes würdig sind. Ich verlasse mich da ganz auf Sie!«

»Und sie wird Sie bestimmt nicht enttäuschen!«, sprang Maxi für ihre Freundin ein. »Das garantiere ich Ihnen!«

»Na dann … ist ja erst mal alles geklärt. Ich muss in der Nähe etwas erledigen, hole Sami in zwei Stunden wieder ab. Vielleicht können Sie ihn inzwischen mit seinem Pferd bekannt machen. Er ist …« Herr Celik zögerte kurz. »Er ist nicht begeistert davon, dass er hierherziehen soll. Aber auf das Pferd freut er sich. Ich wäre Ihnen beiden sehr verbunden, wenn sie ihm helfen würden, sich hier … wie soll ich sagen … zu Hause zu fühlen.«

»Klar«, sagte Maxi rasch. »Ich weiß, wie er sich fühlt. Na ja, so ungefähr wenigstens. Keine Sorge, Herr Celik, Sami wird hier bestimmt viel Spaß haben.«

Samis Vater lächelte dankbar und nickte.

»Davon bin ich überzeugt. Vielen Dank.«

Einen Moment schien er zu überlegen, wie er die Verabschiedung handhaben sollte, ohne unhöflich zu wirken, und entschied sich dann für eine kurze Wink-Bewegung.

»Ach ja«, sagte er, als wäre ihm eben noch etwas Wichtiges eingefallen, »und wegen der Sprachbarriere machen Sie sich keine Sorgen – er lernt sehr schnell.«

»Das wird bestimmt kein Problem«, erklärte Maxi im Brustton der Überzeugung. »Machen *Sie* sich bitte keine Sorgen.«

Nick hatte berichtet, Sami sei zweisprachig aufgewachsen, also so schlecht konnte sein Deutsch ja wohl nicht sein.

Herr Celik nickte und verschwand endgültig hinter dem Steuer des schwarzen Mercedes.

Carolin ließ einen tiefen Seufzer der Erleichterung vom Stapel, als der Wagen langsam die Zufahrt hinunterkurvte.

»Deine Schüchternheit geht schon als Krankheit durch!«, erklärte Maxi kopfschüttelnd ihrer Freundin. »Und deine alberne Bescheidenheit sowieso.«

»Gar nicht«, murmelte Carolin.

»Und ob. Du bist eine *tolle* Reitlehrerin! Und du hast super viel Ahnung von Pferden. Die Celiks hätten es nicht besser treffen können.«

»Jetzt hör schon auf!« Carolin errötete einmal mehr und schüttelte den Kopf. »Du hörst dich an wie ein Werbeprospekt!«

»Und den könntest du auch brauchen! Freiwillig zählst du höchstens auf, was du *nicht* kannst! Dabei würdest du jedem Idioten in null Komma nichts Reiten beibringen, davon bin ich überzeugt!«

»Maxi!«, zischte Carolin. Sie waren auf das Gatter zugegangen und nun bereits in Hörweite von Sami, der sich eben zu ihnen umdrehte.

»Oh, sorry!«, rief Maxi unbeschwert. »Tut mir leid, Sami, *du* warst natürlich nicht gemeint mit dem Idioten. Aber Carolin ist echt eine Spitzenreitlehrerin, du wirst superschnell Fortschritte machen, und dann noch mit einem Pferd wie Dorus …«

Sami sah sie verständnislos an.

»Entschuldige«, fiel Carolin hastig ein. »Maxi ist etwas überschwänglich und hat einen mittelmäßigen Knall. Aber man gewöhnt sich dran. Ihren Eltern gehört der Hof hier. Und ich bin Carolin. Maxi und ich kümmern uns hier um die Pferde und den Reitbetrieb.«

Samis Augen waren zu Carolin gewandert, aber er machte keine Anstalten, etwas zu erwidern.

»Genau«, fügte Maxi noch hinzu. »Freut uns echt, dich kennenzulernen!«

Sie lachte und hielt ihre schmutzigen Hände hoch. »Und wenn wir dir jetzt nicht die Hand schütteln, dann ist das bloß in deinem Interesse, glaub mir.«

»Hi«, sagte Sami zögernd und hob die rechte Hand in einer Geste ganz ähnlich der, mit der sein Vater sich eben verabschiedet hatte. *»I'm Sami. Nice to meet you.«*

»Oh«, meinte Carolin. »Ich schätze, sein Englisch ist wohl besser als sein Deutsch.«

»Nice to meet you, too«, sagte Maxi sofort.

Als eine der Besten ihrer Klasse in Englisch hatte sie keine Scheu, sich in der Sprache zu verständigen. Sie lachte und sprudelte sofort auf Englisch los, inklusive der scherzhaften Bemerkung über das Händeschütteln, aber auch diesmal war Sami damit kein Lächeln zu entlocken. Er zog fragend die Augenbrauen hoch und biss sich auf die Unterlippe.

»*Nice to meet you*«, wiederholte er dann.

Offenbar war sein Englisch-Sprachschatz nicht viel umfangreicher als sein deutscher.

Maxi und Carolin warfen einander einen ratlosen Blick zu.

»Ich dachte, er sei zweisprachig aufgewachsen?«, flüsterte Carolin ihrer Freundin zu.

»Dachte ich auch«, flüsterte Maxi zurück.

Sami sah von einer zur anderen.

»*Français?*«, fragte er schließlich mit einem hoffnungsvollen Augenaufschlag. »*Le Français, c'est ma deuxième langue.*«

Maxi sah erneut zu Carolin und die gab den Blick zurück.

»*Oh, shit*«, sagten beide gleichzeitig.

Sami grinste. Dafür reichte sein englisches Vokabular ganz offensichtlich.

»*Shit!*«, wiederholte er und sein Grinsen wurde breiter.

Plötzlich wanderten seine Augen an den Mädchen vorbei, irgendetwas hinter Maxi und Carolin schien seine Aufmerksamkeit auf sich zu ziehen.

Er deutete mit ausgestrecktem Arm darauf.

»*They like very much*«, sagte er in gebrochenem Englisch und die beiden wandten sich um, der Richtung von Samis Arm folgend. Rambo hatte die beiden an den

Zaun gelehnten Stofftaschen mit dem Bärlauch entdeckt und den Inhalt der ersten auf dem Boden verteilt, wo seine Gefährtin Penelope sich schon begeistert darüber hermachte. Nun hatte der schwarz-weiße Ziegenbock mit den Zähnen auch die zweite Tasche an einem Zipfel geschnappt und schüttelte sie hin und her, sodass der Rest des gesammelten Bärlauchs zu Füßen der beiden Ziegen landete.

»Oh, shit!«, riefen Maxi und Carolin erneut wie aus einem Mund und stürzten hin, um zu retten, was zu retten war – nämlich herzlich wenig. Die beiden Ziegen waren nach dem langen Winter ausgehungert auf frisches Grün und während das Lauchgewächs für Pferde – allerdings nur in großen Mengen – ungesund sein konnte, musste man sich um Rambo und Penelope mit ihrem viel robusteren Verdauungssystem da zum Glück keine Sorgen machen.

Sami half ihnen, den Ziegen die restlichen Bärlauchblätter zu entreißen, und als sie fertig waren, merkten die beiden Mädchen, dass der türkische Junge sie amüsiert musterte.

Er deutete auf seine Wange, dann auf Carolins Gesicht und fragte grinsend: *»Shit good for skin?«*

Carolin errötete wieder einmal und rieb mit der Hand über ihre Wange.

Zu Maxis Füßen lag ein schon gut angetrockneter Haufen Pferdeäpfel, den eines der Pferde heute Morgen auf dem Weg zur Koppel hinterlassen hatte. Sie bückte sich, hob eine Handvoll davon auf und betrachtete es gedankenvoll.

»Yes«, sagte sie ernst. *»Very good for skin!«*

Und im nächsten Moment konnte Sami sich davon selbst überzeugen.

»Maxi!«, rief Carolin entsetzt. »Du kannst doch nicht …!«

Aber Sami hatte seine Schrecksekunde blitzschnell überwunden, duckte sich unter Maxis nächstem Geschoss durch und revanchierte sich mit einer Handvoll deutlich frischerem Pferdemist, den er hinter dem Zaun hervorfischte. Allerdings traf er Carolin statt Maxi, die sich rechtzeitig aus der Schusslinie gerettet hatte.

»Heee!«, protestierte die. »Und ich will den Knilch noch verteidigen!«

Flapp!, landete die nächste Ladung auf ihrer Jacke und sie ging zum Gegenangriff über.

Als die drei wenig später erschöpft nebeneinander an den Koppelzaun gelehnt saßen, rammte Carolin Maxi ihren Ellenbogen in die Seite.

»Aua!«, rief die empört. »Wofür war das denn?«

»Das war dafür, dass du total bescheuert bist!«, erklärte Carolin. »Was wird Samis Vater sagen? Der lässt seinen Sohn wahrscheinlich so nicht mal in sein piekfeines Auto steigen! Der lässt ihn womöglich nie wieder hierherkommen!«

»Ach Blödsinn«, sagte Maxi und gab ihrerseits Sami, der neben ihr saß, einen freundschaftlichen Schubs mit dem Ellenbogen. »Er wollte doch, dass sein Sohn Spaß hat. Stimmt's nicht, Sami? *You had fun?*«

Sami grinste. *»Yes«*, sagte er und fügte hinzu: *»Lot of shit. Lot of fun.«*

Das Leben ist kein Ponyhof

»Aber wir *haben* doch schon den perfekten Picknickplatz! Mehrfach getestet und für gut befunden!«

»Perfekt für August! Zu wenig Sonne für März, wir wollen ja nicht erfrieren. Und außerdem tun kleine Veränderungen einer Beziehung gut, hab ich gelesen.«

»Warum soll man was verändern, was ohnehin toll ist?«

Maxi blieb stehen und nahm Vics Hand.

»Du findest das hier also toll?«

Sein kleines Grinsen passte zu dem fröhlichen Blitz-Blick aus seinen strahlend blauen Augen. »Abgesehen vom sinnlosen Durch-den-Wald-Latschen, ja.«

Maxi grinste zurück. »Ich dachte, du bist Sportler!«

»Ja, aber heute ist trainingsfrei. *Und* ich hab Hunger. Sportler werden sehr ungemütlich, wenn sie Hunger haben.«

»So, so. Und wo bitte bleibt da die Romantik?«

Vic runzelte fragend die Stirn und warf in komischer Verzweiflung die Hände in die Luft.

»Ja, weiß der Teufel, wo die bleibt!«

Maxi musste lachen. Sie legte ihrem Freund die Arme um den Hals.

»Vielleicht ist sie ja näher, als du denkst!«

Vics blaue Augen tanzten ganz nahe vor ihren braunen.

»Ja, wenn man die Suche nach dem richtigen Picknickplatz etwas beschleunigen könnte, dann würde sie sich womöglich noch einfinden.«

»Also gut«, sagte Maxi entschlossen. »Ich übertrage *dir* hiermit die Verantwortung für den Picknickplatz. Ich bin mit allem einverstanden. Bloß sonnig muss es sein und einigermaßen eben.«

Vic schob Maxi auf Armeslänge von sich weg und sah sich kurz um.

»O. k.«, meinte er und machte drei große Schritte, Maxi an der Hand mitziehend, bis er neben einem Himbeerstrauch in einem kleinen, mit jungem Gras bewachsenen Sonnenfleck stand. Er zog mit einer Hand den Picknickrucksack von seinen Schultern und stellte ihn im Gras ab. »Hier ist Sonne und es ist eben. Problem gelöst. Zeit fürs Picknick. Fehlt bloß noch die Decke.«

Er griff nach der karierten Wolldecke, die Maxi zusammengerollt unter dem Arm trug, doch sie machte keine Anstalten loszulassen.

»Aber Vic …«

»Du hast gesagt, du bist mit allem einverstanden!«

»Ja, aber es scheint, dass das vielleicht ein bisschen voreilig war, ich meine, hier ist es …«

»Perfekt«, unterbrach Vic sie. »Es ist absolut perfekt, denn du bist hier und ich bin hier und unser Mittagessen ist hier, und wenn du die Decke nicht rausrückst, dann geht es auch ohne.«

Ohne zu zögern setzte er sich genau da, wo er gerade

stand, im Schneidersitz ins Gras, immer noch Maxis Hand haltend. »Komm schon, es ist superbequem, und sonnig ist es auch.«

»Vic«, sagte Maxi.

»Ja?«

»Ich muss dir was sagen.«

»Was denn?«

»Es ist was eher Unromantisches.«

Vic hob die Augenbrauen.

»Ja?«, sagte er wieder.

»Du sitzt in einer Portion Pferdeäpfel.«

Vic ließ Maxis Hand los und sah zwischen seinen Knien nach unten.

»Oh«, meinte er trocken. »Das erklärt, warum es so bequem ist. Aber sag mal, wieso …? Ich meine, hier ist doch weit und breit …«

»Kein Reitweg«, fiel Maxi ein. »Ganz genau. Irgendjemand kümmert sich aber offenbar nicht um solche Kleinigkeiten.« Sie streckte ihre Hand aus und zog Vic hoch. »Schön frisch«, erklärte sie mit Kennerblick auf seine Hose. »Die können noch nicht weit sein. Wäre gut, wenn wir sie erwischen.«

In diesem Moment kam von irgendwoher ein Geräusch und Maxi und Vic hielten beide unwillkürlich den Atem an und lauschten.

»Wildschwein?«, fragte Vic.

»Oder ein Pferdeschnauben«, antwortete Maxi und sah sich auf dem weichen Waldboden um. »Da!«, rief sie aufgeregt. »Frische Spuren! Los, komm, die schnappen wir uns! Wär ja noch schöner, wenn wir wegen irgend so einem Idioten unser Reitwegerecht verlieren!«

»Na gut, *detective*«, meinte Vic. »Aber merken Sie sich eines: Romantik kann man vielleicht verschieben, aber Hunger nicht! Wir haben höchstens noch eine halbe Stunde für diese Ganovenjagd, bevor die Situation magentechnisch brenzlig wird!«

»Sie sind da lang!«, rief Maxi. »Ich versteh das gar nicht, mitten durchs Dickicht! Was soll das bringen? So macht Reiten doch keinen Spaß!«

»Irgendwie hab ich den Eindruck, dass du mir nicht zuhörst«, meinte Vic gutmütig. »Liest du nicht diese Mädchenmagazine? Da steht drin, dass Kommunikation das Allerwichtigste in einer Beziehung ist!«

»Wir kommunizieren ja«, erklärte Maxi, ohne sich umzudrehen, und bog einen tief hängenden Ast weg, um die Spuren besser sehen zu können. »Du hast Hunger und ich will die Schwarzreiter fangen. Alles besprochen.« Plötzlich drehte sie sich doch um und lachte. »Wieso liest *du* eigentlich diese Mädchenmagazine?«

»Typisch«, murmelte Vic. »Das hast du rausgehört!«

»*Das* war ja auch interessant«, konterte Maxi. »Also, warum liest du so ein Zeug?«

»Na ja«, meinte Vic. »Zu elektronischen Geräten kriegt man eine Gebrauchsanweisung. Zu Ikea-Möbeln eine Bauanleitung. Zu einem Haustier Tipps vom Tierarzt. Aber zu einer Freundin …«

Maxi wusste nicht, ob sie lachen oder sich ärgern sollte.

»Du vergleichst mich mit einem Mixer oder einem Billy-Regal?«, fragte sie. »Oder einem *Hamster?*«

»Oh nein«, antwortete Vic ernst. »Das würde ich nie tun. Du bist ungleich komplizierter.«

»Ich hoffe für dich, dass das eben so was wie ein Kompliment war«, sagte Maxi und kämpfte sich durch eine Brombeerhecke. »Sonst muss ich dich nämlich hier im Wald zurücklassen, damit du über alles noch mal gründlich nachdenken kannst und …«

Sie blieb so abrupt stehen, dass Vic ihr auf die Fersen trat und sie beinahe umrannte.

»Maxi, was …?«

Aber Maxi musste nicht antworten, denn nun sah er es auch: Auf der kleinen Lichtung hinter der Hecke stand ein braun-weiß geflecktes Pony. Es trug ein rotes Halfter und an dem Halfter hing das eine Ende eines grünen Stricks. Das andere Ende steckte in der verdammt dreckigen Hand eines Mädchens mit dunklen Locken und dunkelbraunen Augen. Sie war einen Kopf kleiner als Maxi und ihr Alter war schwer zu schätzen, denn ihr Gesicht war kaum weniger dreckig als ihre Hände – oder ihre Kleidung: Jeans, Gummistiefel, Parka.

Maxi und Carolin hatten nach ihrer Pferdemist-Schlacht weniger mitgenommen ausgesehen. Auf dem Boden am Fuß eines Baumes lag eine alte Pferdedecke, darauf eine Wasserflasche und eine leere braune Papiertüte, die vermutlich einmal etwas Essbares enthalten hatte.

Wenn das ein Picknick ist, dachte Maxi, dann aber

ein ziemlich bescheidenes. Sie hatte keine Ahnung, was sie sagen sollte – das Mädchen sah nicht aus, als würde es einfach zum Spaß die Reitvorschriften verletzen. Ihre Augen waren verschwollen, vermutlich vom Weinen. Sie wich vor Maxi und Vic zurück, hob hastig die Papiertüte auf, schnappte in einer raschen Bewegung ihre Decke an einem Zipfel und warf sie sich über die Schulter.

»Komm, Johnny«, sagte sie zu dem Pferd. »Wir verschwinden.«

»Warte«, hörte Maxi Vics Stimme hinter sich, gerade als sie selbst den Mund aufmachen wollte, um endlich etwas zu sagen.

Vic ging an ihr vorbei auf das Mädchen zu, das weiter vor ihm zurückwich.

»Hey«, sagte er sanft, blieb stehen und hob beide Hände zum Zeichen, dass er in friedlicher Absicht kam. »Wie lange seid ihr beide denn schon hier draußen unterwegs?«

Das Mädchen starrte ihn mit ihren großen dunklen Augen unter dem fast schwarzen Lockengewirr an.

»Zwei Tage«, sagte sie. Und dann heulte sie los.

Sie hieß Sara und war knapp dreizehn. Johnny war nicht ihr Pferd, es gehörte einem kleinen Reitstall in Possingen, etwa dreißig Kilometer von Wieselberg, in dem sie gegen Reitunterricht am Wochenende beim Ausmisten half. Sie hatte sich die ganze weite Strecke durch den Wald geschlagen.

Johnny, so süß er aussah, war offenbar ein ziemlich unberechenbares kleines Pferd – manchmal lief er lammfromm Runde um Runde mit einem kleinen Reitanfänger auf dem Rücken, dann wieder stieg und bockte er plötzlich – ohne erkennbaren Grund.

Vor drei Tagen hatte er die Nichte des Stallbesitzers, die wild entschlossen gewesen war, sich gegen das störrische Pony durchzusetzen, abgeworfen, die Umzäunung des Vierecks durchbrochen und war zurück zur Koppel getürmt, wo die anderen Pferde standen. Es war zu riskant, ihn noch länger als Schulpferd für die Kleinen zu verwenden, und man konnte ihn auch nicht guten Gewissens als Reitpony verkaufen.

»Er ist so ein süßes Pferd, wirklich«, flüsterte Sara und rollte das Papier des Käsebrotes aus Vics Picknickrucksack, das sie eben mit Heißhunger verschlungen hatte, zu einer Kugel. »Nur eben ein bisschen schwierig, manchmal. Im Stall haben sie keine Geduld mit ihm, das ist alles. Bei mir ist er ganz brav, weil er spürt, dass ich ihn lieb hab.«

Johnny wählte ausgerechnet diesen Augenblick, um so heftig an dem Strick zu zerren, dass Sara beinahe das Gleichgewicht verlor.

»Na ja, meistens zumindest.« Sie stand auf und streichelte dem Pony beruhigend den Hals. »Du willst zurück zum Stall, zu deinen Freunden, nicht wahr?«, murmelte sie. »Aber das geht nicht, mein Süßer, dahin können wir nicht mehr zurück.«

»Heißt das«, setzte Vic nach einem schnellen Blickwechsel mit Maxi vorsichtig an, »du hast ihn … sozusagen ... entführt? Weil sie Johnny in dem Stall nicht richtig behandelt haben?«

Die Tränen stiegen ihr erneut in die Augen.

»Nicht deshalb.« Sie schluckte, kämpfte mit den Tränen. »Aber er ist mein allerbester Freund«, schluchzte sie schließlich los. »Ich konnte doch nicht zulassen, dass er zum Metzger kommt!«

»Zum *Metzger?*« Maxi war fassungslos. »Das ist ja schrecklich. Natürlich konntest du das nicht zulassen. Ich wäre auch mit ihm weggelaufen.«

»Aber was ist mit deinen Eltern?«, fragte Vic vorsichtig. »Hast du sie angerufen? Wissen sie Bescheid? Sucht womöglich die Polizei schon nach dir?«

Sara schüttelte den Kopf.

»Da ist nur meine Mama«, sagte sie schniefend. »Und weil sie am Wochenende ohnehin immer arbeitet, schlafe ich da meistens im Stall. Und den Leuten dort hab ich gesagt, ich kann dieses Wochenende nicht, weil meine Oma krank ist.«

»Und Johnny?«, erkundigte Maxi sich. »Wenn ihr beide gleichzeitig verschwunden seid, ist das doch sicher aufgefallen!«

»Freitagabend habe ich ausgemistet und gefüttert und mich dann verabschiedet, um zu meiner Oma zu fahren. Ich war nicht die Letzte im Stall, also hat sicher jemand gesehen, dass Johnny noch da ist. In der Nacht, als alle schon geschlafen haben, bin ich zurück, um ihn zu holen. Ich hab die Tür zu seiner Box offen gelassen, damit sie denken, er hat sich aus dem Staub gemacht. Er ist ein schlaues kleines Pferd – den Riegel hat er schon öfter aufgekriegt. Außerdem weiß niemand, dass ich das mit dem Metzger mitbekommen hab.«

»Du hast ja an alles gedacht«, meinte Maxi beeindruckt.

»Erst mal schon«, sagte Sara. »Aber jetzt weiß ich nicht mehr weiter. Wenn ich heute Abend nicht nach Hause komme, fliegt alles auf. Meine Mutter kommt um vor Sorge, wenn ich mich nicht melde. Aber ich kann Johnny nicht alleine lassen und sie dürfen ihn auch nicht finden.«

»Wenn sie rauskriegen, dass du ihn hast, bist du dran wegen Diebstahl«, erklärte Vic mit gerunzelter Stirn.

»Aber was soll ich denn bloß tun?«, rief Sara und begann wieder zu weinen. »Ich hab nicht genug Geld, um ihn zu kaufen. Und selbst wenn ich es zusammenkratzen könnte, kann ich mir keinen Einstellplatz leisten. Meine Mutter verdient nicht so viel.«

Vic sah Maxi an und Maxi Vic.

»Ich könnte dir das Geld leihen«, sagte Vic.

Er verdiente einiges an den Trinkgeldern im Café und hatte auch noch nichts von seinem Weihnachtsgeld ausgegeben, das wusste Maxi. Sie wusste natürlich nicht, wie viel Geld Vic *genau* auf seinem Sparbuch hatte, aber ein Pferd zu kaufen – und sei es auch nur, so eklig das klang, nach dem Kilopreis – würde sicher ein ziemlich heftiges Loch in sein Vermögen reißen.

Maxi sah ihren Freund an, der ohne viel nachzudenken einem Mädchen in Not so ein großzügiges Angebot gemacht hatte, und verknallte sich wieder mal aufs Neue in ihn.

Auf Sara hatte das Angebot offenbar eine ähnliche Wirkung. Sie sah Vic mit großen Augen an, als wäre er so was wie eine Erscheinung.

»Das würdest du tun?«, fragte sie ungläubig.

Vic lächelte sie aufmunternd an. »Klar.«

»Und ich hätte vielleicht eine Idee wegen des Einstellplatzes«, sagte Maxi.

»Aber Maxi, wir sind voll besetzt, es ist keine Pferdebox frei!«

Stella war in der Küche und putzte die inneren Scheiben der doppelten Küchenfenster, während Nick gleichzeitig die äußeren polierte. Ab und zu schnitt er Grimassen und wunderte sich, dass ihn niemand beachtete. Er hatte ja keine Ahnung, dass seine Villa Kunterbunt wieder mal im Begriff war, sich um ein Mitglied zu erweitern.

»Ich weiß, dass keine *Pferde*box frei ist!«, antwortete Maxi. »Aber eine *Ziegen*box! Rambo und Penelope wollen doch sowieso immer zusammen sein! Und die freie Box ist für jedes andere Pferd zu klein, aber für Johnny reicht sie vollkommen aus!«

»Ab wann wäre das denn? Wir sollten das erst mal in Ruhe mit den Besitzern besprechen. Auch wegen der Einstellgebühr – für eine kleine Box kannst du nicht so viel verlangen, aber Arbeit hast du genauso viel wie mit einem großen Pferd.«

»Also, es wäre sozusagen ab sofort«, meinte Maxi zögernd. »Und was die Besitzer angeht, da ist die Situation momentan etwas unklar …«

Stella hob die Augenbrauen. »Was soll das denn heißen?«

»Nichts weiter«, sagte Maxi hastig. »Nur, dass da noch ein paar … ähm … Formalitäten zu erledigen sind. Und wegen der Einstellgebühr … die wollte ich eigentlich sehr niedrig halten.«

Stella zog fragend die Augenbrauen hoch.

»*Sehr, sehr* niedrig«, ergänzte Maxi und wurde rot.

Stella sah ihre Tochter an, dann lachte sie.

»Ein Sozialfall. Hätt ich mir gleich denken können. Beim letzten Mal hast du uns um eine einsame Ziege reicher gemacht, jetzt um ein mittelloses Pony. Ich hoffe, dir ist klar, dass spätestens bei verwaisten Elefanten Schluss ist.«

»Heißt das, es geht in Ordnung?«, fragte Maxi aufgeregt. »Die Besitzerin ist Stallarbeit gewohnt, sie wird bei allem mithelfen und das ist doch auch sehr wertvoll, falls Carolin und ich mal gleichzeitig nicht können, gibt es jemanden, auf den wir uns verlassen können, und …«

»Lass mich noch deinen Vater fragen«, unterbrach Stella. Sie wandte sich ihrem Mann durch die nun fertig geputzte Fensterscheibe zu. »Nick?«

Nick polierte eine hartnäckig verklebte Stelle und reagierte nicht gleich.

»Nihiiiick!«

Maxis Vater ließ von der Fensterscheibe ab und warf seiner Frau einen fragenden Blick zu.

»Maxi möchte ein Pony aufnehmen. Was meinst du?«

»Wie bitte?«

»Maxi. Will. Ein. Pony!«

»Seit wann fragt ihr mich bei so was?«

»Wie? Wir fragen dich immer!«

Nick begann, wieder an der einen verklebten Stelle zu schrubben, und seine Antwort fiel unverständlich aus.

»Wie bitte?«

Nun formte Nick seine Hände zum Trichter.

»Pony. Super. Steht. Ihr. Sicher. Gut.«

Dann machte er ein enthusiastisches Gesicht und eine Daumen-nach-oben-Geste.

Stella und Maxi sahen einander an und prusteten los, Nick lachte draußen herzlich mit, ohne eine Ahnung zu haben, was überhaupt so komisch war.

»Na ja«, sagte Stella, »also wenn du mal deine Frisur ändern willst, den Segen deines Vaters hast du.« Sie nahm Maxi um die Schultern und drückte sie kurz. »Meine Tochter schleppt Tiere an. Andere Töchter verschwinden einfach. Da muss ich nicht lang nachdenken, was mir lieber ist.«

»Wer ist denn verschwunden?«, fragte Maxi verblüfft.

»Ich war an der Tankstelle, vorhin, weil uns die Milch ausgegangen ist. Die Frau, die da arbeitet, ist in meinem Alter, vielleicht etwas jünger. Sie war ganz aufgelöst, weil ihre Tochter offenbar weggelaufen ist. Seit zwei Tagen ist sie verschwunden, übrigens auch aus einem Reitstall. Die Ärmste hat es gerade erfahren, als ich dort war. Sie hat mir so leidgetan. Na ja, vermutlich ist das Mädel bei ihrem Freund und taucht bald wieder auf, aber trotzdem, man macht sich Sorgen.« Sie warf Maxi, von der keine Antwort kam, einen Blick zu. »Was ist denn los? Ist dir nicht gut? Du bist ja auf einmal ganz blass!«

»Alles o.k.«, sagte Maxi und war schon an der Tür. »Bin gleich wieder da.«

Sara und Vic warteten im Stall auf Maxi, wo sie Carolin inzwischen die ganze Geschichte erzählt hatten. Das dunkel gelockte Mädchen bekam einen neuen Heulanfall, als sie hörte, dass ihre Mutter schon krank vor Sorge war.

»Ich bring dich heim«, sagte Vic sofort. »Und helf dir, alles zu erklären. Wenn jemand dabei ist, ist so was immer leichter.«

»Das würdest du tun?«, fragte Sara wieder, wie zuvor, als Vic ihr angeboten hatte, das Geld für den Kauf von Johnny vorzustrecken. Diesmal lag in ihrer Stimme schon beinahe etwas wie Ehrfurcht.

»Ja, klar«, antwortete Vic wieder. »Und dann fahren wir nach Possingen und klären das mit dem Preis für Johnny. Ich bin sicher, das wird alles kein Problem, wenn wir gleich bezahlen und du ehrlich bist und dich entschuldigst.«

»Glaub ich auch nicht«, meinte Maxi. »Sie wollten ihn ja ohnehin loswerden. Wahrscheinlich sind sie sogar froh, dass du ihnen die Mühe abgenommen hast.«

Aber Sara schien Maxis Kommentar gar nicht zur Kenntnis zu nehmen. Sie starrte nur Vic mit ihren großen dunklen Augen an und nickte.

Es gab Maxi einen klitzekleinen Stich, als sie wenig

später zusah, wie Sara den Helm aufsetzte, der eigentlich *ihr* Helm war, und dann die Arme um Vic schlang, bevor er mit dem Moped losdüste.

»Also ich will ja nicht kleinlich sein«, meinte sie, als sie mit Carolin Vics Moped nachsah. »Aber hätt ich mir nicht auch ein klitzekleines bisschen Bewunderung verdient, dafür, dass ich ihr Pferd hier untergebracht habe?«

Carolin zuckte mit den Schultern.

»Vic taugt wohl irgendwie besser zum Helden als du«, meinte sie.

»Na ja«, seufzte Maxi. »Sie ist ein Mädchen und Vic ist Vic. Ich kann ihr wohl keinen Vorwurf machen.«

Sie wandte sich ab, um zurück ins Haus zu gehen, dabei streifte ihr Blick die Koppel. »Carolin, sieh mal!«, rief sie überrascht.

Sie hatten Johnny auf dem abgetrennten Bereich untergebracht, der bis gestern Dorus' Eingewöhnungsquartier gewesen war. Das gefleckte Pony stand an dem Teil des Zaunes, der an die große Koppel angrenzte, und wollte ganz offensichtlich so nahe wie möglich bei den anderen sein. Doch das Verblüffende war, dass Ringo auf der anderen Seite ebenfalls Johnnys Nähe zu suchen schien. Gerade steckte er den Kopf vorsichtig zwischen den zwei Elektrodrähten durch, um liebevoll an Johnnys Hals zu knabbern.

»Fellpflege!«, rief Carolin verblüfft. »Ringo hat ihn akzeptiert, schon nach so kurzer Zeit!«

»Aber wenn der Boss ihn akzeptiert, bedeutet das nicht, wir können ihn gefahrlos zu den anderen lassen?«

»Würde ich auch so sehen«, meinte Carolin. Sie

schlüpfte unter dem Gatter durch und hakte den trennenden Teil des Elektrozauns aus.

Das Pony zögerte keinen Augenblick, lief sofort auf Ringo zu und der begrüßte ihn vollkommen entspannt mit Schnauben und Schnüffeln. Katinka kam auch, um Johnny zu begutachten, die anderen warfen zwar ein paar neugierige Blicke, aber blieben auf Distanz. Wenn der Neue für Ringo o. k. war, musste man sich nicht unnötig aufregen.

Als die Mädels nach einer kurzen Beobachtungszeit schließlich Richtung Haus gingen, standen das kleine braun-weiß gefleckte Pony und der falbfarbene Isländer dicht beieinander, Ringos Kopf bei Johnnys Schweif und umgekehrt, und knabberten friedlich aneinander herum, als wären sie die ältesten Freunde.

»So selbstverständlich hat er kein Pferd mehr angenommen seit Katinka«, meinte Maxi.

»Er spürt, dass der Kleine keine Führungsansprüche stellt. Und Sympathie gibt's natürlich unter Pferden genauso wie unter Menschen.«

»Was denkst du, was mit Johnny los ist? Kann mir gar nicht vorstellen, wie der Kleine einen Zaun durchbricht oder einen Reiter abwirft.«

»Ich lass ihm ein paar Tage, um sich einzugewöhnen, und dann werde ich mal versuchen, ein bisschen mit ihm zu arbeiten. Ich kenn den Stall in Possingen ja nicht, aber ich kenn genug Ställe, um zu wissen, dass nicht alle so auf die Pferde eingehen wie wir. Vielleicht stellt sich heraus, dass er hier das reinste Lämmchen ist, weil er einfach weniger Stress hat.«

»Findest du sie eigentlich hübsch?«

»Hübsch? Wen?«

Vic sah Maxi verblüfft an. Eben hatte er Sara mit dem Moped zum Hof hinaufgebracht und nun blieben ihnen ein paar Minuten, bevor er weitermusste, zum Training.

»Na, wen schon! Dein neues Groupie!«

Vics Gesichtsausdruck wirkte immer noch ratlos.

»Sara natürlich! Sag bloß, du merkst nicht, wie sie dich anhimmelt! Sie würde jetzt in diesem Moment die Luft einfangen, die du ausgeatmet hast, und einen herzförmigen Ballon damit füllen – wenn sie nicht damit beschäftigt wäre, dir eine Limo aus dem Haus zu holen!«

Sara arbeitete mit Erlaubnis ihrer Mutter täglich zwei Stunden nach der Schule im Dorfcafé als Küchenhilfe, um den Kaufpreis für Johnny abzubezahlen – so bot es sich natürlich an, sie auf dem Moped mitzunehmen, damit sie sich Bus und Fußweg ersparte, wo Vic ja sowieso meistens zwischen Dienst und Training kurz bei Maxi vorbeischaute.

Er sah Maxi einen Moment lang an und dann explodierte sein Lachen so unmittelbar und heftig, dass sie gegen ihren Willen mitlachen musste.

»Was?«, fragte sie bemüht ärgerlich, ohne mit dem Lachen aufhören zu können.

»Du bist eifersüchtig«, sagte Vic. »Sehr süß.«

»Erstens: keine Spur. Und zweitens: Du weichst meiner Frage aus!«

»Findest *du* sie denn hübsch?«

Na ja. Sara hatte diese dunklen Locken, ein rundes Gesicht mit großen braunen Augen, volle Lippen, eine leicht geschwungene, aber feine Nase. Seit Maxi sie ohne Schmutzbelag gesehen hatte, wusste sie, dass das Mädchen auch einen wunderschönen samtigen Teint hatte. Maxis Haut war eigentlich auch problemlos, aber ausgerechnet jetzt kämpfte sie gerade mit dem Pickel aus der Hölle, der sich mitten auf ihrer Stirn breitgemacht hatte, zwischen den Augenbrauen, wie ein indisches Bindi – nur einen Tick weniger schmückend.

Sara war kleiner als sie und etwas fester gebaut, aber sie hatte eine gute Figur.

»Hmpf«, machte Maxi nur und zupfte an einer Haarsträhne, um damit den Pickel zu verdecken.

»Bitte?«

Vic grinste und sie wusste genau, was er dachte. Wenn sie zugab, dass sie Sara hübsch fand, würde er es auch zugeben, und wenn sie sich dann darüber aufregte, würde er fragen, wieso für sie denn andere Regeln galten als für ihn. Man konnte jede Menge Leute hübsch finden und es hatte gar nichts zu bedeuten. Verdammt. Er las wirklich zu viele Mädchenzeitschriften.

»Ja, ich finde sie hübsch. Du kannst es also ruhig zugeben.«

»Was zugeben?«

»Grrr«, machte Maxi.

Vic musterte sie amüsiert.

»Du willst doch bloß hören, dass ich nur Augen für dich habe und kein anderes Mädchen an dich herankommt.«

»Will ich das?«

»Willst du das nicht?«

»Leute«, kam Carolins Stimme aus dem Stall. »Ich sitze hier und höre jedes Wort. Und das ist die bescheuertste Unterhaltung, die mir je untergekommen ist.«

»Du machst dich lustig über mich«, zischte Maxi.

»Nur ein ganz klein wenig«, flüsterte Vic und seine Augen sprühten kleine blaue Funken.

»Es gab keine Cola«, ließ sich da Saras Stimme vernehmen, etwas außer Atem. »Bloß Eistee. Ist das auch o.k.?«

Sie stand da, ein Glas mit Eistee in der ausgestreckten Hand, und strahlte Vic an. Maxi musste sich enorm beherrschen, um nicht genervt aufzustöhnen.

»Vielen Dank«, sagte Vic freundlich. »Lieb von dir.«

Er nahm den Eistee, trank ihn in einem Zug aus und betrachtete dann ein wenig hilflos das Glas.

Sofort schnappte Sara es aus seiner Hand.

»Lass nur«, rief sie und war schon wieder auf dem Weg zurück zum Haus. »Ich mach das.«

Maxi ließ dem Stöhnen freien Lauf, das sie bisher zurückgehalten hatte.

»Ein Glück, dass sie darauf besteht, dich zu bedienen wie eine Haremssklavin«, meinte sie. »Sonst wären wir überhaupt keine Minute mehr allein.«

Das war keine Übertreibung. Vic hatte Sara zu ihrer Mutter begleitet und geholfen, alles zu erklären. Vic hatte ihr das Geld geliehen, um Johnny freizukaufen. Vic war mit ihr bei dessen früheren Besitzern gewesen, hatte Saras »Kurzschlusshandlung« erklärt und die Kaufverhandlungen geführt. Vic hatte ihr den Job im Dorfcafé verschafft. Vics Freundin gehörte der Stall, in dem Johnny einen so tollen Platz gefunden hatte.

Dass Letzteres ein Angebot besagter Freundin gewesen war, völlig unabhängig von Vic, tat für Sara nichts zur Sache: Vic war ein Halbgott und musste daher ununterbrochen angehimmelt werden.

»Was denkst du, wieso ich gesagt habe, ich hätte Durst?«, fragte Vic und zog Maxi an sich heran. »Ich komme gerade aus dem Dorfcafé, wo bekanntlich kein Mangel an kalten Getränken herrscht.«

Jetzt musste Maxi endlich auch zurücklächeln.

»Dann bist du also auch ganz gern mal mit mir allein?«

»Noch lieber wäre es mir, wir könnten diese Momente mit etwas anderem verbringen als albernen Frage-Antwort-Spielen.«

Aus dem Augenwinkel sah Maxi, dass Sara bereits wieder auf sie zusteuerte. Entschlossen legte sie ihre Arme um Vics Hals, stellte sich auf die Zehenspitzen und küsste ihn.

Ja, sieh nur genau hin, dachte sie dabei, so laut sie konnte, er gehört zu mir und vergiss das bloß nicht!

Vic erwiderte den Kuss, aber sie merkte, dass er gleichzeitig ein Lächeln unterdrückte und wieder hatte Maxi das Gefühl, von ihm ganz und gar durchschaut zu werden.

»Ich muss los«, erklärte er schließlich. »Morgen ist das Spiel.«

»Ich weiß«, sagte Maxi, »ich hab nachher auch noch Cheerleader-Training. Wir proben noch mal unsere heißesten Moves für euch.«

Vic hob die Hand und winkte Sara zu, die diesmal wenigstens so viel Feingefühl bewiesen hatte, ein paar Schritte entfernt stehen zu bleiben. Dann setzte er seinen Helm auf und startete das Moped.

»Übrigens«, sagte er, sich Maxi noch einmal zuwendend. »Ich habe nur Augen für dich und kein anderes Mädchen kommt an dich heran.«

Damit klappte er das Visier zu und düste davon. Und Maxi hatte wieder einmal weiche Knie und Herzklopfen und so ein Gefühl im Bauch, als würden dort hundert Gummibälle durcheinanderhüpfen. Und sie konnte schwören, dass seine Augen, als er sie gerade angesehen hatte, für einen Moment noch blauer geworden waren. Der Vic-Effekt. Mit genauso viel Power wie am ersten Tag.

Maxis Handy machte sich bemerkbar und ihr wurde klar, dass sie bereits seit geraumer Zeit einer nicht mehr vorhandenen Staubwolke nachstarrte.

»Cordula! Dass du mal wieder die Nummer von Kuhhausen wählst!«

»Ich bin's, Nini! Bin nur an Cordulas Telefon – offenbar.«

Doppeltes Gekicher von der anderen Seite der Leitung.

Nini und Cordula, auch A-Hörnchen und B-Hörnchen genannt, waren in der Stadt Maxis beste Freundinnen nach Lara gewesen. Die beiden machten alles zusammen, tauschten ständig Klamotten aus, bis sie selbst nicht mehr wussten, wem was gehörte, und natürlich hatten sie auch das gleiche Handy. Und die gleichen Kontakte darin. Und dasselbe Hintergrundbild. Also hatte Nini offenbar der Einfachheit halber Maxi angerufen, um zu sehen, ob sie das richtige Telefon erwischt hatte.

»Was sagt sie?« Cordula im Hintergrund.

»Warte, ich schalte auf Lautsprecher.« Wieder Nini.

»Wie wäre es mal mit verschiedenen Hintergrundbildern?«, fragte Maxi lachend. »Das könnte enorm hilfreich sein.«

Am anderen Ende hörte sie ebenfalls Lachen und dann Cordulas Stimme: »Kommt nicht infrage. Wir haben immer noch unseren schnuckeligen Snowboardtypen drauf, alle beide. Nini hat so einen süßen Schnappschuss von ihm gemacht, aber mit *meinem* Handy.«

Wieder Nini: »Also gehört es uns beiden. Ich meine: ER gehört uns beiden. Er hat zwar nichts davon, aber für uns ist es praktisch, denn wir können ihn als Alibifreund verwenden, wenn wieder mal einer das Wort ›Tschüs‹ nicht versteht.«

»Ihr Mädels seid so hart«, meinte Maxi grinsend. »Die armen Jungs.«

»Ja, es ist wahr«, antwortete nun wieder Cordula und seufzte. »Hier im Großstadtdschungel haben wir deshalb auch schon einen schlechten Ruf, und es wird immer schwieriger, fette Beute zu finden. Und drum haben wir uns gedacht …«

»… wir verlegen unser Jagdrevier vorübergehend!«, vollendete Nini den Satz. »Aufs Land, wo die Luft noch gesund ist und die Jungs noch grün sind! Und weil Lara doch jetzt nicht kommen kann, und du deshalb total alleine und ohne angemessene Ostergesellschaft bist …«

»Ihr wollt mich besuchen kommen?«, jubelte Maxi. »Klar! Sicher! Ich würde mich total freuen! Wann könnt ihr da sein?«

»Na ja – Samstag fangen die Ferien an …«

»Also Samstag! Da kommt ihr gerade rechtzeitig zum Fußballmatch und danach ist Party im Dorfcafé!«

»Party im Dorfcafé?«, fragte Nini. »Mit der Fußball-Elite von Altenburg? Unser Jagdfieber ist geweckt!«

»Ja, klingt spitzenmäßig«, warf Cordula ein. »Denkst du, deine Eltern sind einverstanden, dass wir bei euch einreiten?«

»Klar muss ich Stella und Nick noch fragen, aber die haben bestimmt nichts dagegen! Nur was das Jagdgebiet angeht – die beiden Besten sind vergeben, das wisst ihr ja!«

»Ja, ja«, antwortete Cordula mit tieftrauriger Stimme. »Die beiden Cover-Boys des Wieselberger Waldanzeigers sind nicht mehr frei, das ist uns bekannt. Aber wir drehen einfach den einen oder anderen Stein um und warten ab, was darunter hervorkrabbelt!«

Maxi prustete los. Sie hatte die beiden viel zu lange nicht gesehen. Die Osterferien *konnten* gar nicht anders als genial werden! Und Nini und Cordula waren zu zweit, das hieß, sie musste kein schlechtes Gewissen haben, wenn sie mal mit Vic allein sein wollte – die beiden beschäftigten sich auch ohne sie, da musste man sich wirklich keine Sorgen machen!

Keine zehn Minuten später war alles mit ihren Eltern

abgesprochen und sie schickte A- und B-Hörnchen die triumphierende WhatsApp: *»Camp Wieselberg ist eröffnet!«*

Wie war sie bloß jemals auf die Idee gekommen, auf dem Land könnte es langweilig werden?

Innerhalb weniger Tage hatte sie eine Ausreißerin und Pferdediebin gefunden, und ein Pony vor dem Schlachthof bewahrt. Nun kamen ihre beiden zweitbesten Freundinnen auf Besuch und dazu hatte sie noch den süßesten Freund der Welt, dessen blaue Augen sie innerhalb eines Sekundenbruchteils auf Wolke Nummer sieben beamen konnten. Sollte Sara ihn doch anhimmeln, so viel sie wollte, Maxi konnte das nichts anhaben.

Carolin kam gerade aus dem Stall, wo sie mit Sara Sattelkammer und Vorratsraum gefegt hatte.

»Sag mal, bist du jetzt zur Reitstallpräsidentin aufgestiegen, die beim Arbeiten nur noch zusieht?«, fragte Carolin auf ihre übliche liebevolle Art. »Vergiss nicht, mir rechtzeitig zu sagen, wie ich dich anreden soll. Frau Präsident, Fräulein Oberstallrat oder ganz schlicht Eure Hoheit?«

»Carolinchen, mein Schmusebärchen!«, rief Maxi überschwänglich. »Hab ich schon erwähnt, dass ich glücklich bin?«

Hörnchen Surprise

»Vic hat gespielt wie ein junger Gott!«

»So gut hat er überhaupt noch nie gespielt!«

»Ja, und das will was heißen!«

»Wenn die ihn nicht nach England holen, dann sind sie bescheuert!«

»Nach so einem Spiel *müssen* die ihm ein Stipendium geben!«

»Die werden ihn nicht nur holen, die werden ihn nicht mehr hergeben!«

»Bye-bye, Wieselberg, hello, England!«

Die begeisterten Kommentare zu Vics sportlicher Leistung schwirrten an Maxi vorbei und über sie hinweg. Sie war stolz auf Vic. Sie platzte beinahe vor Stolz. Sie freute sich für ihn, dass alles so gut gegangen war, noch besser als erwartet. Sie hatte immer noch so ein seltsames Kribbeln auf den Lippen, von dem Kuss, als er nach dem Spiel als Allererstes über die Bande gesprungen war, um sie zu umarmen und herumzuwirbeln. Es war – einmal mehr – ein tolles Gefühl, die Freundin des Superstars zu sein. Es war *immer* ein tolles Gefühl, Vics Freundin zu sein, aber das heute war schon was Besonderes gewesen. Fast wie damals bei ihrem ersten Kuss mitten auf dem

Altenburger Fußballplatz vor ausverkauften Zuschauerrängen.

Und sie selbst hatte mit den Tigerettes auch eine verdammt gute Figur gemacht. Die Moves hatten perfekt gesessen und jeder Auftritt der Cheerleader hatte Applaus und bewundernde Pfiffe geerntet.

Sie hatte also mehr als einen Grund, sich zu freuen und stolz zu sein. Aber irgendwie wollte sich jetzt, wo sie im Dorfcafé in ihrem roten »Ballkönigin«-Shirt auf Vic wartete, die Fröhlichkeit nicht so recht einstellen.

»Er geht weg«, sagte ein kleines Stimmchen in Maxis Kopf. »Er wird nach England gehen und dich vergessen.«

Maxi verdrängte das kleine Stimmchen, so gut es ging. Das ist erst nächstes Schuljahr, sagte sie sich, noch so lange hin. Vielleicht auch erst übernächstes. Oder vielleicht auch gar nicht, Vic ist zwar für Altenburger Verhältnisse ein toller Spieler, aber wer weiß, ob der englische Trainer das nicht anders sieht.

Hoppla, unterbrach Maxi sich ärgerlich: *Hoffte* sie jetzt etwa, dass Vic nicht gut genug war? Klar war er gut genug gewesen! Jetzt sei nicht so kindisch und egoistisch, befahl sie sich. Freu dich, verdammt!

Das Dorfcafé hatte sich in einen Hexenkessel verwandelt – Maxi war ziemlich sicher, dass nicht nur ganz Wieselberg, sondern auch halb Altenburg hier war, um seine Helden zu feiern. Ein Freundschaftsspiel des Gymnasiums Thiergartenstraße gegen ihre Erzrivalen vom Sportgymnasium Killergasse war in jedem Fall Tagesgespräch in einer Kleinstadt wie Altenburg.

Wenn dann zu einem Sieg auch noch die Anwesenheit eines Talentscouts dazukam, der sich einige der Jungen genauer ansehen wollte, dann war das eine kleine Sensation. Und nun war Vics Leistung wirklich herausragend gewesen, und auch wenn die übrigen Spieler ebenfalls einiges gezeigt hatten – Fußball war schließlich ein Mannschaftssport – so hatte Maxi trotzdem das Gefühl, es ging nur um ihn. Er war ja auch der Einzige, der in einem Verein spielte und dem schon seit Jahren ein Talent bescheinigt wurde, das weit über Schulfußball und Regionalliga hinausgehen könnte. Alle redeten davon, wie toll er gespielt hatte, die Namen der anderen hörte man nur in Nebensätzen.

»Hey, Tigerette, spitzen Entertainment!«

»Ja, echt toll, was du hier auf die Beine gestellt hast! Kein Wunder, dass die Jungs so gut waren!«

Nini und Cordula.

Maxi wandte sich den strahlenden Gesichtern ihrer Freundinnen zu. Sie waren vom Bahnhof direkt zum Match gekommen und Maxi hatte nur Zeit für ein kurzes Hallo gehabt, bevor sie mit den Cheerleadern zum Warm-up auf den Platz musste. Nun war die Begrüßung dafür umso stürmischer.

»Gruppenumarmung!«, brüllte Nini, und dann johlten alle drei: »Gruppenumarmung!«

Maxi war auf der Stelle leichter ums Herz. Sie liebte ihr neues Leben in Wieselberg und Carolin war eine megatolle Freundin, auf die sie sich in jeder Situation verlassen konnte. Aber das sorglose und völlig sinnfreie Herumalbern mit ihren alten Freundinnen aus der

Stadt fehlte ihr trotzdem manchmal – das lag Carolin einfach nicht.

A-Hörnchen und B-Hörnchen hatten nicht umsonst diese Spitznamen: Die beiden waren nicht nur unzertrennlich, sie sahen einander auch wirklich ähnlich: dieselbe Haarlänge bis knapp an die Schultern, nur waren Cordulas von Natur aus wellig, Ninis ganz glatt – aber der kastanienbraune Farbton war auch fast derselbe. Beide hatten heute ihre langen Ponyfransen aus der Stirn gekämmt und mit identischen Glitzer-Haarklemmen zurückgepinnt. Ninis Augen waren grün, Cordulas braun, aber der Schwung der Nasen, Augenbrauen und Lippen war so ähnlich, dass man sie ohne Weiteres für Schwestern halten konnte. Und den Effekt unterstrichen sie durch ihr Styling: von den Ohrringen bis zu den Schuhen kauften sie dieselben Accessoires. Manchmal nahmen sie die gleichen Sneakers in verschiedenen Farben und tauschten dann, sodass jede zum Beispiel einen pinkfarbenen und einen violetten trug.

Heute hatte Cordula ihre Haare geglättet und ihre Frisur sah wirklich genauso aus wie die von Nini. Beide trugen – passend zum sportlichen Anlass – Jeans, Chucks und identische Kapuzensweater mit aufgedrucktem Peace-Zeichen, aus denen sie sich gerade schälten. Darunter trugen beide eng geschnittene Tops mit partytauglichem Ausschnitt, die sich lediglich in der Farbe unterschieden: Ninis war grün, passend zu ihren Augen, Cordulas leuchtend rot. Die Schals und schräg umgehängten Fransentäschchen hingegen waren wieder Marke »eineiiger Zwilling«.

»Wo habt ihr denn euer Gepäck?«, fragte Maxi.

»Alles schon bei Nick im Auto!«, sagte Nini.

»Ja, der Service hier ist ausgezeichnet«, ergänzte Cordula. »Charmanter älterer Herr am Bahnsteig, der sich gewissenhaft um die Taschen und unseren Transport zum Sportgroßereignis des Jahres gekümmert hat!«

»Ahäm«, hörte Maxi die Stimme ihres Vaters vom Eingang. »Ich gebe zu bedenken, dass der ›ältere Herr‹ noch im Vollbesitz seines Hörvermögens ist! Also wenn das mit dem Charme alles so bleiben soll, wie es ist …«

»Älter war natürlich im Sinne von ›zuverlässig‹ und ›welterfahren‹ gemeint!«, erklärte Nini rasch.

»Ja, älter als wir und daher klüger und reifer! Der sprichwörtliche Fels in der Brandung!«, sprang Cordula ebenfalls sofort in die Bresche.

Nick lachte.

»Na gut, mit dieser Dosis Schmeichelei werde ich wohl eine Woche auskommen«, erklärte er, »und jetzt entschuldigt mich, ich muss der Familie des Helden gratulieren!«

Während Nick auf die Eltern von Vic und Carolin zusteuerte, die beide hinter der Theke standen, hatte Stella sich auch bis zu ihnen durchgekämpft.

»Und der Spielerfrau muss man wohl auch gratulieren«, meinte sie und umarmte Maxi ganz fest. »Er geht ja noch nicht morgen«, flüsterte sie ihrer Tochter ins Ohr. »Und es gibt billige Flugtickets – für Kurzbesuche.«

Maxi drückte dankbar zurück. Ihre Mutter war die Erste, die daran gedacht hatte, dass Vics Triumph nicht *nur* schön für Maxi war.

Judith Meisinger winkte Stella über die Köpfe der anderen Gäste zu, Maxis Mutter nahm ebenfalls Kurs auf die Theke und Maxi hatte endlich Gelegenheit, mit A-Hörnchen und B-Hörnchen zu plaudern.

»Sag mal, Ballkönigin«, meinte Cordula, »ich bin ja nur ein einfaches Mädchen aus der Stadt – aber irgendwie schnall ich nicht, warum der Soccer-Zampano aus dem fernen Königreich ausgerechnet hier in Landei-Hausen nach neuen Talenten sucht?«

»Ja, genau«, fügte Nini hinzu. »Antwort A) Er hat einfach den Globus gedreht und blind auf einen Punkt getippt? Oder Antwort B) Es ist historisch verbürgt, dass hier die Fußball-Gene so hochentwickelt sind?«

Maxi grinste. Mit Nini und Cordula würde in den Ferien keine Sekunde Langeweile aufkommen, so viel stand fest.

»Antwort C)«, erklärte sie. »Der Trainer dieses Sportinternats in Wales ist ein Freund unseres Schuldirektors. Es geht die Kunde, dass die zwei sich von einem Schüleraustausch im vorvorigen Jahrhundert kennen. Und alte Freundschaft rostet ja bekanntlich nicht. Der englische Trainer weiß, dass sein Kumpel hier sich um den Sportnachwuchs besonders kümmert, und kommt alle zwei Jahre nach Altenburg, um sich die Jungs anzusehen. An der englischen Schule wiederum gibt es eine lange Tradition, was Sportstipendiaten aus dem Ausland angeht. Natürlich bewerben sich auch andere Schulen, aber na ja – wenn das Altenburger Gymnasium Talente zu bieten hat, dann kriegen die sozusagen den *Friendship*-Bonus.«

»Und wenn die Jungs dort für die englische Schule spielen«, fragte Cordula, »was haben sie dann davon?«

»Das ist so«, setzte Maxi an und grinste. Sie hatte erst vor Kurzem genau dieselben Fragen mit Vic durchgekaut. »Erstens hat die Schule eben einen tollen Ruf, was Fußball angeht. Trainingsbedingungen sind super, der Sport wird dort viel wichtiger genommen als hier, daher wird auch viel mehr investiert. Förderungen aller Art, Sportanlagen, Camps, die besten Coaches. Die haben auch Kontakte zu Jugendmannschaften der renommierten englischen Clubs und so. Außerdem bietet das Ganze natürlich alle Vorteile eines x-beliebigen Schüleraustauschs – nachher ist das Englisch perfekt, man erweitert seinen Horizont, blablabla.« Maxi seufzte. »Und wenn es ganz toll läuft, könnte er auch ein volles Stipendium bis zum Schulabschluss angeboten kriegen. Und das ist dann sowohl sportlich als auch akademisch so was wie ein Sechser im Lotto.«

»Verstehe«, meinte Cordula und runzelte die Stirn. »So eine Das-kommt-nur-einmal-Sache.«

»Wo man blöd wäre, Nein zu sagen«, fügte Nini nachdenklich hinzu.

Maxi nickte. »So eine Schule könnten sich seine Eltern nie leisten, auch nicht für ein Jahr.« Von irgendwoher ganz unten kam noch ein Seufzer, Marke »abgrundtief«.

Nini und Cordula wechselten einen Blick.

»Süße, du brauchst einen Hörnchen-Surprise-Drink«, erklärte Nini sehr entschieden und Cordula nickte.

»Ja, wir kümmern uns sofort darum. Mal sehen, was

die an der Theke so draufhaben. Geh nicht weg, wir sind gleich wieder da.«

Maxi nickte und beobachtete die beiden, wie sie sich mit einer Kombination aus Charme und Ellenbogentechnik durch die Menge kämpften.

»Wenn das nicht die schöne Prinzessin mit der wilden Lockenpracht ist, die mit ihrem Lächeln jeden Kristalllüster überstrahlt!«

Maxi fuhr herum und blickte in ein Paar frech blitzende hellblaue Augen. Seine blonden Haare waren etwas länger als zuletzt, aber der selbstbewusste Tonfall und die blumige Ausdrucksweise waren unverändert.

»Marcel!«, rief Maxi. »Schön, dich zu sehen!«

»Ah, und da ist es schon, das berühmte Lächeln!«, rief Marcel und deutete eine kleine Verbeugung an. »Und ich darf mich glücklich schätzen, es auf das Antlitz der Prinzessin gezaubert zu haben!«

Maxi grinste.

Sie freute sich ehrlich, Marcel wiederzusehen, auch wenn er vor einiger Zeit für jede Menge Herzschmerz zwischen ihr und Vic mitverantwortlich gewesen war. Aber danach hatten sie sich als Freunde getrennt, auch wenn Marcel seine »Abfuhr« bei Maxi wohl nicht richtig als solche anerkannt hatte – vermutlich einfach, weil diese Erfahrung in seinem Gehirn nicht abgespeichert war. Marcel verlor nicht; er verschob höchstens seinen Sieg auf später.

Sie umarmten einander, wobei Marcel die Umarmung vielleicht ein klein wenig länger ausdehnte, als es unter guten Freunden üblich gewesen wäre.

Maxi löste sich schließlich und machte einen Schritt von Marcel weg – doch der grinste nur, hielt ihre Hand fest und drückte einen formvollendeten Kuss darauf.

»Du änderst dich auch nie«, erklärte Maxi mit einem Kopfschütteln und wusste nicht, ob sie lachen oder sich ärgern sollte.

»Ich würde ja«, antwortete Marcel ernsthaft und zuckte mit den Schultern. »Aber meine weibliche Fangemeinde ist dagegen.«

»Verstehe.« Sie grinste und schaffte es endlich, dem Jungen ihre Hand wegzuziehen, wobei sie sich unauffällig umsah. »Ist Vonnie auch …?«

»Oh nein, habt keine Angst, Prinzessin.« Er zwinkerte Maxi zu. »Die böse Zauberin weilt fern von diesem Königreich.«

Maxi wurde rot und knuffte Marcel.

Vonnie war Vics Exfreundin und hatte im vergangenen Sommer mit allen Mitteln versucht, ihren früheren Freund zurückzuerobern. Auch wenn sie sich von ihr schließlich im Guten verabschiedet hatte, verursachte der Gedanke an die hellblonde Konkurrentin bei Maxi immer noch nervöses Magenflattern.

»Ich bin ziemlich sicher, dass man so *nicht* von seiner Schwester redet!«, erklärte sie strafend und Marcel senkte sofort demütig den Blick.

»Bitte um Vergebung, Prinzessin«, sagte er. »Was muss ich sagen oder tun, um dieses Lächeln zurückzuholen, das meiner mickrigen Existenz erst einen Sinn verleiht?«

Maxi konnte nicht anders, sie lachte laut heraus. Marcels Selbstbewusstsein war grenzenlos und das nervte zuweilen, aber er war auch charmant und unterhaltsam – und dem konnte man sich selbst mit viel gutem Willen kaum entziehen.

»Ahäm«, sagte plötzlich eine Stimme neben ihr. »Stör ich gerade?«

Maxi wandte sich von Marcel ab und blickte direkt in Vics Augen unter den wuscheligen dunklen Haaren – über dem Shirt mit dem »Ballkönig«-Print in exakt derselben vic-blauen Farbe. Sie hatte es ihm zu Weihnachten geschenkt, passend zu ihrem eigenen T-Shirt. Es war nicht abgemacht gewesen, heute sozusagen im »Partnerlook« aufzukreuzen, aber Maxi fand es cool, dass es so gekommen war. Lara würde es bestimmt für ein Zeichen des Schicksals halten. Lara fand allerdings auch Schicksalszeichen in einem Pferdeapfel, wenn es sein musste.

»Vic!« Maxi schlang die Arme um den Hals ihres Freundes und gab ihm einen Begrüßungskuss. »Stell dir vor, Marcel ist über die Osterferien auch hier. Er hat gerade gesagt, dass er dir unbedingt zu deinem Spiel gratulieren muss!«

»In der Tat«, erklärte Marcel, ohne mit der Wimper zu zucken. »Einmaliges Spiel, Vic, alter Junge. Man kann dir nur dazu gratulieren – ebenso wie zu deiner überaus reizenden Begleitung.«

»›Begleitung‹ trifft es nicht ganz«, erklärte Vic trocken, ohne auf das Kompliment einzugehen. »Die korrekte Bezeichnung lautet ›feste Freundin‹.«

Maxi lief rot an. Einerseits war es natürlich schön, dass Vic in aller Öffentlichkeit so zu ihr stand. Aber andererseits hatte die Situation etwas von einem Revierkampf und das war ihr irgendwie unangenehm.

Allerdings nicht Marcel, der nur amüsiert lächelte und mit einer neuerlichen kleinen Verbeugung meinte: »Ich neige mich in Ehrfurcht vor der wahren Liebe.«

Zum Glück kamen in diesem Moment Nini und Cordula mit insgesamt drei Gläsern unbestimmten Inhalts in einer sehr merkwürdigen Farbe von der Theke zurück – und beide starrten ungläubig auf Marcel, als stünden sie einem kopflosen Gespenst gegenüber.

»Goofy!«, riefen beide wie aus einem Mund.

»Die siamesischen Zwillinge!«, antwortete Marcel nicht weniger verblüfft.

»Wie, ihr kennt euch?« Maxi schaute von einem zum anderen. »Woher denn?«

»Na, aus dem Snowboardcamp!«, rief Nini.

»Blond und blauäugig!«, ergänzte Cordula halblaut in Maxis Ohr, sodass Marcel es nicht hören konnte.

»Wie, das war Marcel? Von dem ihr …« Maxi bremste sich rechtzeitig ein, als sie die warnenden Blicke ihrer Freundinnen auffing. Marcel musste ja nicht wissen, dass er bei den beiden eine Zeit lang Gesprächsthema Nummer eins gewesen war – und sich nur keine von beiden mit ihm eingelassen hatte, um die jeweils andere nicht zu kränken, »… von dem ihr damals erzählt habt, weil er so ein tolles Board hatte?«, beendete sie ihren Satz rasch.

Marcel hatte – ebenso wie seine Schwester Vonnie – immer von allem das Beste. Damit konnte Maxi also gar nicht falsch liegen.

»Genau!«, sagte Cordula sichtlich erleichtert. »Sein Board war echt cool.«

»*Weswegen* man einer Frau im Gedächtnis bleibt, ist letztlich nicht von Bedeutung«, erklärte Marcel mit einem kleinen Grinsen und Maxi war sicher, dass er das kleine Ablenkungsmanöver durchschaut hatte. »Hauptsache, sie erinnert sich.«

»Dieses Wieselberg scheint ein internationaler Treffpunkt zu sein«, meinte Nini, immer noch verwundert. »Ich schätze, wir haben den hiesigen Partyfaktor echt unterschätzt.«

»Und hätte ich gewusst, dass die beiden hübschesten Stimmungskanonen des vergangenen Winters hier anzutreffen sind, ich wäre sicher öfter zu meiner geliebten Tante auf Besuch gekommen!«

Maxi unterdrückte ein Lachen. Marcel hatte die Zielautomatik für seine Eroberungsversuche blitzschnell verlagert – von dem gut befestigten, bis an die Zähne bewaffneten Schloss, das sie darstellte (vor allem, solange Vic genau neben ihr stand), zu den scheinbar leicht einzunehmenden kleinen Dörfern der »siamesischen Zwillinge«.

Sie nahm das nicht persönlich – das war eben Marcel – und das war auch der Grund, warum sie sich so glücklich schätzte, einen Freund wie Vic zu haben, der genau wusste, was er wollte.

»Wir sind bloß Gäste hier«, erklärte Cordula.

»Die *Star*gäste ohne Zweifel«, gab Marcel sofort zurück und wurde mit einem siamesischen Doppellächeln belohnt.

»Die Stargäste sind gerne bereit, dir ein wenig von ihrer Zeit zu opfern«, meinte Nini souverän. »Sagen wir – in einer halben Stunde im Wintergarten? Erst mal haben wir nämlich etwas *Girlfriend Time* bei Hörnchen-Surprise-Drinks eingeplant – mit unserer Gastgeberin.«

»Ich zähle die Sekunden«, erklärte Marcel galant und verdrückte sich, ebenso wie Vic, der ja noch nicht mal seine Eltern begrüßt hatte.

»Also wirklich, Mädels!«, sagte Maxi streng zu ihren beiden Freundinnen. »Euch kann man echt nicht allein wegfahren lassen! Marcel Kempinsky? Habt ihr denn gar nichts aus meinen Erfahrungen gelernt?«

»Dann ist *das* also der Bruder von Vonnie?«, fragte Nini.

»Wir hatten ja keine Ahnung!«, versicherte Cordula.

»Wir haben nicht mal richtig abgespeichert, dass er Marcel heißt«, meinte nun wieder Nini und kicherte.

»Ja, wir haben ihn vom ersten Tag an *Goofy* genannt, weil er der Einzige im Kurs war, der nicht *regular* gefahren ist.«

»Aber auch, weil er offenbar schmeichelhaftere Spitznamen gewohnt ist und sich ein bisschen drüber geärgert hat«, ergänzte Cordula und lachte.

»Und alle anderen haben das sofort übernommen – also ist er als Goofy in die Geschichte dieses legendären Snowboardcamps eingegangen.«

»Ich will euch ja keine Vorschriften machen«, meinte Maxi. »Aber Marcel ist echt kein Boyfriend-Material. Er ist intelligent und unterhaltsam und witzig und sieht auch noch verdammt gut aus …«

»Also wenn du ihn uns ausreden willst, musst du das aber anders anfangen!«, unterbrach Cordula sie.

»Ihr müsst schon bis zum dicken Ende zuhören«, fuhr Maxi fort. »*Aber* er ist ein unzuverlässiges Schlitzohr, das bloß seinen Spaß haben will! Er wird euch ausnützen! Am Ende verknallt ihr euch in ihn und dann geht noch eure Freundschaft deswegen flöten! Also Finger weg!«

Nini drückte Maxi grinsend einen der drei grüngrauen Drinks in die Hand. »Ich dachte, du wolltest uns keine Vorschriften machen?«

»Ja, Mutti«, meinte Cordula und grinste ebenfalls. »Wir sind schon ziemlich groß. Mach dir bloß keine Sorgen um uns, wir kommen klar. Und jetzt trink deinen Hörnchen-Surprise-Cocktail, auch wenn es riskant aussieht!«

»Nicht halb so riskant, wie sich auf Marcel einzulassen«, murmelte Maxi und erntete strafende Blicke von beiden Freundinnen. »Schon gut, schon gut«, fügte sie hastig hinzu. »Ich werde euch nicht dreinreden, ihr seid alt genug. Aber ich erhebe dieses Glas mit der schmutzig braunen Flüssigkeit darauf, dass sich keine von euch in diesen unwiderstehlichen Typen verliebt!«

»Na meinetwegen«, meinte Nini. »Darauf können wir trinken.«

Cordula hob ebenfalls ihr Glas.

»Auf das Nichtverlieben!«, erklärte sie. »Beim Verlieben weint am Schluss bloß immer einer.«

Maxi, Nini und Cordula ließen ihre Gläser aneinanderstoßen und nahmen jede einen Schluck.

»Ich frag lieber nicht, was da drin ist«, meinte Maxi und verzog das Gesicht, während ihre Geschmacksknospen eine Liste aufstellten.

Cola? Milch? Kiwi? Ketchup? Banane?

»Hallo, Maxi, hast du Vic gesehen?«

Sara. Natürlich.

»Sara«, sagte Maxi und redete betont langsam weiter, um deutlich zu machen, dass sie das Ignorieren ihrer Freundinnen als unhöflich empfand. »Das sind Nini und Cordula, sie wohnen über Ostern bei uns. Ihr werdet euch also sicher über den Weg laufen.«

»Hallo«, sagte Sara mit merkbarer Ungeduld zu den beiden Mädchen, die mit einem synchronen Fingerwinken antworteten. Dann fuhr sie, wieder zu Maxi gewandt, fort: »Ich muss ihm unbedingt gratulieren! Er hat einfach soooo geil gespielt!«

»Sara!«, kam Judith Meisingers Stimme von der Theke. »Endlich! Hilfst du mir bitte beim Abräumen?«

»Ja, sicher, Frau Meisinger. Ich komme schon.«

Irgendwie war es eine kleine Genugtuung für Maxi, dass Sara mit Vics Mutter nicht per Du war – und kaum hatte sie diesen Gedanken gedacht, hatte sie auch schon ein schlechtes Gewissen deswegen.

»Vic war grade noch dahinten, beim Flipperautomaten!«, sagte sie zu Sara.

»Oh, cool! Danke!« Und weg war sie.

»Oh-oh«, meinte Cordula mit hochgezogenen Augenbrauen. »Ich habe schon länger keinen so besorgniserregenden Fall mehr gesehen.« Sie wandte sich Nini zu. »Was meinen Sie, Frau Kollegin?«

Nini nickte langsam und bedächtig und zog die Stirn in sorgenvolle Falten. »Akute Vic-itis«, erklärte sie. »Die Symptome sind eindeutig.«

Maxi lachte. Wenn A-Hörnchen und B-Hörnchen das ganze ins Lächerliche zogen, war es plötzlich auch nur mehr genau das: lächerlich. Vic und sie waren glücklich, Punkt. Daran würde Saras Heldenverehrung nichts ändern.

»Da könnt ihr recht haben«, meinte sie. »Die Details dazu erzähl ich euch später – jetzt erst mal: Prost!« Sie hob ihr Glas erneut und verzog das Gesicht.

»Das Zeug ist so eklig, das muss weg!«

»In der Tat«, sagte Cordula grinsend, »aber schön austrinken, hörst du? Da kennen wir nix!«

Nini ließ ihr Glas gegen Maxis klingen. »Vergiss nicht, es ist für einen guten Zweck«, sagte sie grinsend. »Aufs Nichtverlieben!«

Maxi lachte und ihr Blick schweifte im Raum umher, bis sie Vic fand, der im selben Moment auch zu ihr herübersah. Er lächelte, als ihre Augen sich begegneten, doch die vielen kleinen Gummibälle in ihrem Bauch wurden diesmal von einem steinharten Riesenball in ihrem Magen in Schach gehalten: Ein Jahr ohne Vic, war das auszuhalten? Besser nicht dran denken. Sonst weinte am Schluss wirklich einer und Maxi konnte eine ziemlich genaue Schätzung abgeben, wer das sein würde.

»Nein, nein, die Hände ruhig halten! Links und rechts vom Pferdehals! *Nicht* höher! Nur *ruhiger*! Nein, lass die

Fersen tief! Und den äußeren Schenkel zurück! Mann, Sami ...« Carolin biss sich in den Zeigefinger, um nicht vor lauter Frustration laut aufzustöhnen.

»Auweia.« Maxi stützte die Ellenbogen auf die hölzerne Umzäunung des Dressurvierecks. »Wir haben hier wohl ein Kommunikationsproblem, was?«

»Wenn du ›Kommunikationsproblem‹ nicht auf Türkisch oder auf Französisch sagen kannst, zieh Leine!«, knurrte Carolin.

Maxi grinste. Sie hatte längst aufgehört, solche Antworten persönlich zu nehmen.

»So schlimm?«, fragte sie.

»Schlimmer. Samis Sitz ist gar nicht schlecht. Er hat Talent. Aber er macht tausend kleine Fehler, zerrt zu viel an den Zügeln. Dorus läuft ihm ständig über die äußere Schulter davon, weil ich nicht weiß, wie ich ihm vermitteln soll, dass er den Außenzügel anlegen muss.« Carolin seufzte, holte ihr Handy hervor und checkte die Uhrzeit. Genau in diesem Moment begann es zu läuten, sie warf einen kurzen Blick auf das Display und hob ab.

»Max, ich kann jetzt nicht, ich ruf dann zurück«, sagte sie und legte wieder auf, ohne eine Antwort abzuwarten.

»Immer diese Sülzerei während der Arbeitszeit«, meinte Maxi und verdrehte die Augen. »Wirklich, du übertreibst es, Carolin.«

Ihre Freundin ignorierte den Kommentar und steckte das Handy wieder ein.

»Die Stunde ist fast um«, meinte sie kopfschüttelnd,

»und ich hab das Gefühl, ich konnte ihm gar nichts beibringen. Ich hab beinahe ein schlechtes Gewissen, Geld dafür zu nehmen.«

»Du kannst doch nichts dafür, dass er dich nicht versteht.«

Plötzlich schien Carolin eine Idee zu haben.

»Aber *du* verstehst mich!«, erklärte sie.

»Nur sehr selten«, sagte Maxi. »Und wenn's um Romantik geht, überhaupt nicht.«

»Es geht aber zur Abwechslung mal um was Wichtiges!«, erklärte Carolin. »Geh und sattle Ringo, o. k.? Ich lasse euch hintereinandergehen und du zeigst immer genau das vor, was ich korrigiere, ja? Dann kann Sami es von dir abschauen!«

»Ist einen Versuch wert«, meinte Maxi. »Aber ich hab nur eine halbe Stunde Zeit. Dann kommt Vic auf einen Sprung vorbei, vor seiner Nachmittagsschicht.«

»Ja, ja, du versäumst schon keine wertvolle Romantiksekunde, versprochen. Außer du trödelst noch weiter hier rum, anstatt endlich Ringo zu holen!«

»Ich weiß ohnehin nicht, warum ich glaube, ich kann mal mit Vic alleine sein«, meinte Maxi. »Jede Wette, Sara rückt ihm wieder nicht von der Pelle.«

»Sara ist heute doch gar nicht hier!«

»Sie kommt garantiert wieder mit Vic«, erklärte Maxi und schnaubte. »Ihr Dienst war vor zehn Minuten aus und er ist bestimmt zu ritterlich, um sie den Bus nehmen zu lassen. Sie wird von Vics Moped steigen, fünf Sekunden lang Johnny beobachten, feststellen, dass es ihm gut geht, und zu den Füßen ihres Gurus zurückkehren, um ihn anzuhimmeln. Jede Sekunde. Bis er wieder fahren muss.«

»Ach komm, kein Grund zur Eifersucht, das ist ja lächerlich. Vic bemerkt sie doch nicht mal richtig. Und außerdem *muss* sie ja auf den Hof kommen – sie schuldet uns schließlich etwas Arbeitseinsatz für Johnnys Pflegeplatz.«

»Das stimmt schon.« Maxi gab ein Geräusch von sich, das irgendwo zwischen Grunzen und Seufzen lag. »Aber es nervt trotzdem.«

»Also entweder du holst jetzt Ringo oder einen Türkisch-Dolmetscher.«

Wenn Carolin ein Thema für ausreichend besprochen hielt, dann ließ sie daran echt keinen Zweifel.

Maxi machte das Beste aus der »Doppelreitstunde« und nutzte die Gelegenheit, um Sami deutsche Wörter beizubringen: »Hand«, »Pferd«, »Zügel«, »Ferse«, »Sattel«, »Trab«.

Und Carolin war mit dem Ergebnis wenigstens ein klein wenig zufriedener.

»O. k.«, meinte sie. »Ähm, *très bien* oder so.«

»Merci«, sagte Sami, stieg von Dorus und tätschelte den Hals des Pferdes. Dann lachte er und sagte etwas Französisches, was sich vielleicht auf das Pferd bezog, vielleicht aber auch auf den Unterricht. Oder auf das Wetter. Carolin und Maxi sahen einander nur an, dann wieder zu Sami und zuckten synchron mit den Schultern.

Offenbar sah das irgendwie witzig aus, denn Sami lachte gleich wieder los.

»*Shit!*«, sagte er.

»*A lot of shit*«, gab Maxi grinsend zurück.

»*A lot of fun*«, ergänzte Carolin und dann mussten sie alle drei lachen.

»Er ist echt ein netter Typ«, meinte Maxi, als sie und Carolin hinter Sami zum Sattelplatz zurückgingen, Ringo am Zügel.

»Apropos netter Typ«, meinte Carolin und grinste. »Da knattert was.«

Maxi hatte Vics Moped natürlich auch gehört und sah sich um. Ihre Freude wurde etwas gedämpft, als sie tatsächlich Sara auf dem Beifahrersitz bemerkte.

»Er hat wirklich seinen kleinen Fan mitgebracht.«

Carolin knuffte Maxi in die Seite, doch die fand das überhaupt nicht witzig.

»So klein ist sie nun wirklich nicht«, erklärte Maxi mürrisch. »Jedenfalls nicht klein genug, um sie zu übersehen, wenn sie an Vic klebt wie ein Furunkel.«

»Gib schon her«, sagte Carolin und griff nach Ringos Zügeln. »Ich sattle Ringo ab.«

In diesem Moment bog der schwarz glänzende Wagen von Herrn Celik auf den Parkplatz und sie bemerkte, wie Sami besorgt auf seine Uhr sah.

»Und Dorus auch«, meinte sie seufzend und schnappte auch noch die Zügel des Friesen. »Wir haben ja mächtig überzogen mit der Reitstunde.«

Sami warf ihr einen dankbaren Blick zu und lief los. Sein Vater war meistens in Eile und wartete nicht gerne. Im Vorbeilaufen winkte er Vic und Sara zu, die gerade ihre Helme abnahmen.

»Wahrscheinlich denkt er, *sie* ist Vics Freundin«, meinte Maxi und hatte nicht die geringste Lust, ihren Ärger zu verbergen. »Man sieht Sara weiß Gott öfter mit Vic als mich.«

»Jetzt hör schon endlich auf und geh hin!«

Maxi wusch sich schnell die Hände und lief dann zum Parkplatz, um Vic zu begrüßen.

»Vic ist ja so lieb!«, rief Sara, als sie in Hörweite war, ohne ihren bewundernden Blick von ihrem Helden zu wenden. »Er hat mir eine Matheaufgabe erklärt, die ich über die Ferien machen muss. Ohne ihn hätt ich das nie gecheckt, ehrlich.«

Ja, so hat es mit uns auch angefangen, dachte Maxi und spürte, wie sich die Muskeln in ihrem Gesicht anspannten.

»Cool«, sagte sie mit so viel Freundlichkeit, wie sie aufbringen konnte.

Aber sie hätte genauso gut »Klappe, du Schlange« zischen können. Sara hatte ohnehin nur Augen und Ohren für Vic.

»Gibt's was Neues wegen England?«, fragte Maxi also, Sara ignorierend, so gut sie konnte.

Vic schüttelte den Kopf und sah zu Boden.

Was war das?, dachte Maxi verblüfft. Machte es ihn verlegen, vor Sara über seine Fußballerfolge zu reden?

»Dauert bestimmt noch eine Weile, bis ich was Genaues sagen kann«, murmelte er.

»Oh, die *müssen* dich einfach nehmen!«, rief Sara begeistert und wandte Zustimmung heischend den Blick zu Maxi. »Er hat so toll gespielt, nicht wahr, Maxi?«

»Ja«, quetschte Maxi zwischen zusammengebissenen Zähnen hervor. »Voll toll.«

Vic sah von ihr zu Sara, machte dann einen kleinen Schritt auf Maxi zu, nahm ihre Hand. »Bleibt's bei Kino morgen Abend?«, fragte er. »Nini und Cordula kommen doch mit, oder?«

Maxis Zähne rieben so fest aneinander, dass sie sicher war, man konnte das Knirschen hören. Musste Vic das gerade jetzt fragen, wo Sara danebenstand? Die Reaktion von Groupie-Girl war doch vorprogrammiert!

»Oh, Kino, super!«, rief Sara auch augenblicklich strahlend, als hätte Vic die Frage an sie gerichtet. »Geht eure ganze Clique? Dann kann ich doch mitkommen, oder? Um wie viel Uhr?«

Vic warf einen hilflosen Blick zu Maxi, doch die schüttelte nur den Kopf. Auch schon egal. Sollte sie mitkommen. Sollte sie in Vics Popcorn-Eimer sitzen, wenn sie unbedingt wollte.

»Ähm, ja«, sagte Vic. »Sicher. Wir gehen alle. Carolin und Max kommen auch. Sieben Uhr beim Stadtkino in Altenburg.«

»Super!«

»Sara??«, kam Carolins Stimme vom Sattelplatz. »Hilfst du mir mal mit den Pferden, bitte?«

Maxi unterdrückte ein Grinsen. Carolin mochte nicht gerade die Königin der Romantik sein, aber sie war eine verdammt gute Freundin.

»Ja, klar, komme gleich!«, antwortete das dunkel gelockte Mädchen, aber irgendwie schienen ihre Füße in dem Boden vor Vic verwurzelt zu sein.

»Ich hab gemeint *jetzt!*«, rief Carolin, Ungeduld in der Stimme. »Dorus' Hufe müssen noch gemacht werden und er braucht sein Kraftfutter. Und du wolltest beim Ausmisten helfen.«

»Bin schon da!« Sara strahlte Vic mit ihren großen runden Augen an. »Ich werde Johnny von seinem Retter grüßen!«, sagte sie, stellte sich auf die Zehenspitzen, umarmte Vic, drückte ihm je ein Küsschen auf die linke und die rechte Wange, und lief zum Sattelplatz.

»Halleluja«, meinte Maxi trocken. »Dachte schon, sie wär an dir festgewachsen.«

Vic zuckte mit den Schultern.

»Was hätt ich denn sagen sollen? Ich glaube, sie hat nicht so viele Freunde, sie hat ja jede freie Minute in diesem Stall verbracht. Und nun ist Johnny *hier*, also ist das quasi ihr neuer Lebensmittelpunkt ...«

Nein, *du* bist ihr neuer Lebensmittelpunkt, verkniff Maxi sich zu sagen. Vic konnte ja nichts dafür, aber deswegen nervte es um nichts weniger. Blieb nur zu hoffen, dass diese Schwärmerei so plötzlich abflauen würde, wie sie aufgetaucht war. Und zwar *bald*.

»Hey«, sagte Vic und zog Maxi näher. Sie hatte vor lauter Sara-Ärger beinahe vergessen, dass er ihre Hand hielt. »Du kriegst da zwei Falten zwischen den Augenbrauen. Und das soll ja verdammt teuer sein, die wieder wegzubekommen ...«

Maxi musste lachen. »Ich vergesse immer, was du für Zeitschriften liest.«

»Nicht, dass Falten mich stören«, erklärte Vic und

grinste. »Wenn wir erst mal zwanzig, dreißig Jahre zusammen sind, darfst du welche kriegen.«

»Klingt, als würdest du langfristige Pläne machen.«

»Klar«, sagte er ernsthaft. »Ich spiele dann bei Manchester United und du gehst shoppen und lässt Victoria Beckham alt aussehen.«

»Victoria Beckham wird dann alt *sein*.«

»Nein, bestimmt nicht. Die liest dieselben Zeitschriften wie ich.«

Maxi merkte, dass ihre Mundwinkel ziemlich weit nach oben gewandert waren. Vic hatte es wieder mal geschafft, sie aus ihrer ärgerlichen Sara-nervt-tierisch-Stimmung auf die rosa Wolke zu transportieren, von der aus alles immer so leicht aussah. Nein, alles *war* leicht. Sie musste sich nur auf das Wesentliche konzentrieren. Und das Wesentliche war hier, genau vor ihren Augen. Maxi legte die Arme um Vics Hals und er kringelte eine ihrer honigblonden Korkenzieherlocken um seinen Zeigefinger und zog sie daran noch näher zu sich.

»Ciao, Romeo«, kam Cordulas fröhliche Stimme von der Haustür. »*See you later*, Julia!«

Maxi löste sich nicht aus Vics Umarmung, aber drehte sich mit einem Grinsen auf dem Gesicht um, in der Erwartung, Nini und Cordula, vermutlich im Partnerlook – zumindest, was Frisur und Handtasche anging – und Gleichschritt auf sie zukommen zu sehen. Aber da war nur *ein* siamesischer Zwilling.

»Irgendwie fehlt da was!«, rief Maxi ihr zu. »Du hast deine bessere Hälfte vergessen.«

»Nein, nein«, antwortete Cordula. »Hat alles seine

Richtigkeit. Ich fahre in die Stadt, ein paar Sachen besorgen. Nini guckt *Gossip Girl*.« Sie grinste, als sie Maxis perplexen Gesichtsausdruck sah. »Unser Therapeut hat uns das empfohlen«, fügte sie hinzu. »Damit unsere Persönlichkeiten nicht komplett verschmelzen.«

»Verstehe«, sagte Maxi, aber in Wirklichkeit war sie nicht sicher, ob sie das verstand. Cordula fuhr ohne Nini in die Stadt? Cordula und Nini machten *nie* etwas ohne einander. Maxi hatte sogar schon erlebt, dass Cordula sich mit dem besten Freund von Ninis Date verabredete, nur damit sie zu viert weggehen konnten. Und dass A-Hörnchen und B-Hörnchen gemeinsam in die Ferien fuhren und dann ihre Zeit nicht gemeinsam verbrachten, und zwar jede verdammte Minute, das war nicht nur ungewohnt, das war geradezu unheimlich.

Rodeo und andere Überraschungen

»Und?«, fragte Max in die Runde. »Wie habt ihr ihn gefunden?«

»Also ich fand ihn cool«, erklärte Maxi. »Voll witzig, aber auch ein bisschen romantisch.«

»*Ein bisschen?*«, fiel Carolin ein. »Als am Schluss die große Küsserei losging, dachte ich einen Augenblick, ich muss die Popcorntüte in Popkotztüte umbenennen.«

Sie schüttelte sich so angewidert, dass die anderen losprusteten. Bis auf Maxi, die grinste nur ein bisschen. So schlimm, wie sie tat, war der Film für ihre Freundin bestimmt nicht gewesen. Immerhin hatte sie sich noch vor drei Monaten den neuesten Band von *Plötzlich Prinzessin* von Maxi geliehen – Carolin selbst hatte ihn ihr zu Weihnachten geschenkt –, weil die Bücher eben ihnen *beiden* gefielen.

Max kannte wohl auch die geheimen romantischen Abgründe in Carolins Seele, denn er warf seiner Freundin einen liebevollen Blick zu, legte den Arm um sie und zog sie näher an sich heran.

»Lass es raus, Königin meines Herzens«, sagte er grinsend. »Aber glaub mir: Ganz ohne Romantik zu leben ist ungesund.«

»Ohne *Popcorn* zu leben ist ungesund«, erklärte Carolin und nahm ihm die Tüte weg. »Ich glaube, ich geh mehr deshalb ins Kino als wegen der Filme, die Maxi immer aussucht.«

»Ach was, du gehst wegen der tollen Gesellschaft mit«, meinte Maxi mit einem Seitenblick zu Max. »Die Romantik gibt's als Draufgabe.«

»Ja, aber man kann's damit auch übertreiben«, erklärte Nini. »Zu viel Romantik vernebelt den Blick für das Wesentliche.«

»Endlich mal ein vernünftiger Beitrag zu dem Thema«, erklärte Carolin, ließ dabei aber unauffällig ihren Kopf an Max' Schulter sinken.

»Romantik ist doch bloß so was wie ein Nebeneffekt, wenn man verliebt ist«, erklärte Vic. »Ist doch nicht die Hauptsache an sich.«

»Also *ich* finde«, schaltete Sara sich in die Unterhaltung ein und machte eine bedeutungsvolle Pause, bevor sie fortfuhr, »dass der Hauptdarsteller ein bisschen wie Vic aussah, meint ihr nicht?«

Vic lief rot an, Maxi verdrehte die Augen und Carolin begann zu husten.

Max sah sich verlegen in der Runde um und meinte dann: »Ähm, na ja, vielleicht war da eine gewisse Ähnlichkeit, so vom Typ her …«

»Ja«, meinte Nini leichthin, »dann muss Vic sich eben noch entscheiden, ob er nach Hollywood geht oder nach England, man kann nie genug Möglichkeiten haben, stimmt's?«

»Ja, Vic hat bestimmt *alle* Möglichkeiten!«, meinte Sara verklärt und Maxi unterdrückte ein Stöhnen.

»Und *wir* haben alle *Durst!*«, brach Nini das betretene Schweigen, das folgte. »Wo gehen wir hin?«

Maxi warf ihr einen dankbaren Blick zu. Erst war sie beinahe geschockt gewesen, als sich heute nur *ein* Zwilling zum Kinoabend fertig machte – Cordula hatte beschlossen, sich in Stellas und Nicks kreative Ostereier-Bemal-Session einzuklinken, und war nicht wegzukriegen gewesen. Aber dann hatte es sich für sie als Vorteil herausgestellt: Nini hatte sich mit Sara das Popcorn geteilt und es so eingerichtet, dass sie und Sara so weit von Maxi und Vic entfernt saßen wie irgend möglich. Hätte Sara neben Vic gesessen, Maxi hätte den Film wohl nicht halb so witzig gefunden.

»Wir könnten ins Köö gehen«, meinte Max. »Zum Billardspielen!«

»Super Idee!«, sagte Maxi. »Ich rufe Cordula an, sie liebt doch Billard! Sie kommt garantiert nach!«

»Nein!«, rief Nini sehr entschieden und die anderen sahen sie überrascht an. Nein? »Ähm, sie hat mir vorhin im Kino schon gewhatsappt, dass sie wohl nicht mehr nach Altenburg kommen will«, erklärte Nini hastig. »Sie schaut höchstens noch ins Dorfcafé.«

»Oh, dann fahren wir doch auch dahin!«, meinte Carolin. »Ist für uns doch egal. Außer Max ist dagegen …?«

Max war der Einzige in der Gruppe, der in Altenburg wohnte, aber er schüttelte nur den Kopf.

»Ich hab ja das Moped«, sagte er. »Kein Problem.«

»Für mich auch nicht!«, erklärte Sara strahlend. »Der Bus nach Klederach fährt auch durch Wieselberg.«

»Jippie«, murmelte Maxi und Vic drückte schnell ganz

fest ihre Hand – was wohl ebenso als Trost gemeint war wie als Bitte, nicht auf die »arme« Sara loszugehen.

Maxi warf Vic einen Seitenblick zu und knurrte ganz tief unten in der Kehle, sodass nur er es hören konnte. *Dass* er es gehört hatte, merkte sie an dem kleinen Grinsen, das an seinen Mundwinkeln zog.

»Ähm, also ich würde aber echt gerne Billard spielen!«, meinte Nini und wurde ein bisschen rot. »Und wir wissen ja nicht mal, ob Cordula heute überhaupt noch vom Sofa hochkommt. Also bevor wir jetzt alle extra nach Wieselberg fahren und dann kommt sie am Ende gar nicht …«

Maxi sah Nini verblüfft an, aber die wich ihrem Blick aus, indem sie erwartungsvoll zu den anderen schaute. Die zuckten nur mit den Schultern, zum Zeichen des Einverständnisses. Sie wussten ja auch nicht, dass Nini gerade ein ungeschriebenes Hörnchen-Gesetz gebrochen hatte: dass sich nämlich eines, egal ob A oder B, immer so weit wie möglich dem jeweils anderen Hörnchen anzunähern hatte: optisch, geografisch und in jeder anderen Hinsicht.

»O. k. dann«, meinte Max. »Also ins Köö!«

O. k. dann, dachte Maxi. Irgendwas stimmt hier nicht.

Wenig später, als Max und Vic sich Mann gegen Mann am Pool-Tisch duellierten, Carolin gerade eine Runde Getränke holte und Sara verkehrt herum auf einem Stuhl saß, die Arme über der Lehne verschränkt und verträumt – na, wohin wohl? – starrte, nutzte Maxi die Gelegenheit, Nini zu fragen.

»Ihr habt Krach gehabt, oder? Cordula und du?«

»Krach?« Ninis Verwunderung schien absolut echt zu sein. »Wie kommst du denn darauf?«

»Na hör mal! Dass man innerhalb von zwei Tagen zwei Mal erlebt, wie ihr beide getrennt was unternehmt, das ist schließlich unerhört im Hörnchen-Miniversum!«

Nini grinste. »Ach was«, sagte sie. »Du bist uns ja nicht mehr so gewohnt. Zu Hause ist das längst nicht mehr so.«

»Echt jetzt?« Nach allem, was Lara erzählt hatte und sie selbst bei den Girlie-Abenden mit der alten Clique mitbekam, wenn sie in der Stadt war, hatte sie im Gegenteil den Eindruck, die Freundschaft zwischen den beiden wurde immer *noch* inniger. Aber Nini zuckte nur mit den Schultern und grinste.

»Wir werden eben auch älter!«, meinte sie und deutete mit dem Kopf in Richtung Pool-Tisch, den Vic und Max abwechselnd ernsten Blickes umrundeten, auf der Suche nach der idealen Abstoß-Position. »Wollen wir den beiden Cowboys mal zeigen, wie man mit so einem Queue richtig umgeht?«

Nini war verdammt gut in Billard – aber Maxi hatte noch nie *mit* ihr gespielt: Sie und Lara im einen Team, Nini und Cordula im anderen, das war immer die Ordnung der Dinge gewesen.

»Schätze, die Zeiten ändern sich«, meinte Maxi und hob die Hand.

»Schätze, das tun sie«, erwiderte Nini und schlug ein. »Vic«, rief sie dann, »Zeit für eine Trainerstunde, sonst wird das ja hier nie was! Beweg mal deinen Fußballerknackarsch etwas auf die Seite, dann kannst du noch was lernen!«

Maxi lachte laut heraus. Nicht nur, weil die Meldung von der zierlichen Nini einfach urkomisch rüberkam, sondern vor allem wegen Saras entsetztem Gesichtsausdruck. Es war doch nicht möglich, dass jemand so respektlos mit einem Halbgott redete, ohne augenblicklich vom Blitz getroffen zu werden!

Aber der Halbgott lachte nur gutmütig und überließ Nini seinen Platz.

Ein Glück, dass Vic für diese Anhimmelei nicht empfänglich ist, dachte Maxi mit einem Seitenblick auf Sara. Sonst müsste ich mir womöglich ernsthaft Sorgen machen.

»O. k., ich denke, die haben ihre Lektion gelernt«, erklärte Nini zwei Partien später. »Nehmt es nicht zu tragisch, Jungs!«

»Aber ihr habt *unentschieden* gespielt!«, rief Sara empört. »Die Jungs haben eine Partie verloren und ihr auch!«

»Aber natürlich, Süße«, meinte Nini geduldig, als würde sie einer Zweijährigen erklären, wie man einen Becherturm baut. »Wir haben ihnen ja auch nur fünf Prozent von dem gezeigt, was möglich wäre. Mehr würden sie nicht verkraften, verstehst du? Ihre kleinen Gehirne würden sonst explodieren, und das wollen wir doch nicht, oder?«

Vic und Max wollten das mit den fünf Prozent natürlich nicht auf sich sitzen lassen und verlangten eine Revanche, die sie auch bekamen – und prompt verloren.

»Siehst du, Schätzchen?«, kommentierte Nini nur gelassen ihren und Maxis Sieg, zu Sara gewandt. »Kleine Schritte. Alles klar?«

Carolin wollte auch noch eine Runde spielen und so ergab sich noch eine Pärchen-Partie Max&Carolin gegen Vic&Maxi, die Vic und Maxi gewannen – was Sara wieder einigermaßen mit dem Schicksal aussöhnte.

Jedenfalls war es schon fast elf, als sie endlich zur Bushaltestelle aufbrachen. Max begleitete sie noch und Maxi bemerkte mit Genugtuung, dass Carolin sich überhaupt nicht gegen einen doch ziemlich romantischen Abschiedskuss wehrte. Und auch nicht dagegen, dass er ihr für die Heimfahrt seine Jacke lieh, weil es abends doch empfindlich kühl geworden war.

»Was?«, knurrte Carolin, als sie Maxis Blick auffing.

»Ach, nichts weiter«, meinte Maxi leichthin. »Ich genieße bloß die Aussicht. – Oh-oh«, fügte sie hinzu, als im selben Moment ihr Handy losging. »Das ist Stella. Hey, Mom, sorry, ich hab total vergessen, anzurufen, aber wir sitzen schon im Bus und ... oh ...« Maxi brach ab und lachte. »O. k. Ja, ich denke schon. Klar, mach ich. Bis gleich, tschühüs.«

»Anschiss?«, fragte Nini besorgt. »Ich hätte auch dran denken können, ich wusste doch, dass Stella dich gebeten hat, anzurufen und bestimmt fühlt sie sich für mich auch verantwortlich ...«

»Nein, nein«, unterbrach Maxi sie. »Es war gar nicht deswegen. Sie hat bloß Lust auf einen Schokoshake.

Und falls das Dorfcafé noch aufhat, soll ich ihr einen mitbringen.« Ihr Blick wanderte in Richtung vic-blauer Augen. »Denkst du …?«

Vic sah auf die Uhr. »Ja, klar, wir haben bestimmt noch auf. Es sind ja Ferien.« Er grinste. »Jede Menge freilaufender Schüler also. Und der Bus hält sowieso für fünf Minuten in Wieselberg, da hast du Zeit, schnell ins Café zu laufen und den Shake zu holen. Ich bestell ihn schon mal vor.«

Er nahm sein Handy und rief seine Mutter an. Maxi hörte sie durchs Telefon lachen, als Vic ihr von Stellas »Notfall« erzählte. Sie versprach ihm, den Schokoshake bereitzuhalten, wenn Maxi kam. War ja wirklich witzig. Stella hatte zwar manchmal Schokolade-Anfälle, Eiscreme-Anfälle oder Keks-Anfälle, genau wie Maxi, wobei diese Attacken sich immer als hoch ansteckend erwiesen, egal von welcher Seite sie ausgingen. Aber dass es ausgerechnet ein Shake aus dem Dorfcafé sein musste? Na ja, vielleicht war der Eiscremevorrat in der Tiefkühltruhe aufgebraucht.

Maxi sprang in Wieselberg aus dem Bus und lief zum Dorfcafé, während Vic und Carolin mit dem Fahrer plauderten, der zum Glück ein guter Bekannter ihres Vaters war, und ihn überredeten, auf jeden Fall zu warten, bis Maxi wieder da war. Sara würde inzwischen in den Bus nach Klederach umsteigen, der jede Minute kommen musste.

Wenigstens kann ich mich von Vic verabschieden, ohne dass sie uns dabei auf die Pelle rückt, dachte Maxi, als sie die Tür zum Dorfcafé aufdrückte. Es war immer noch gut besucht für die späte Stunde – großteils Schüler und Studenten, wie Vic richtig vermutet hatte. Im großen vorderen Raum bei der Theke waren fast alle Tische besetzt und sogar im Wintergarten saß noch ein Pärchen, das offensichtlich nicht gestört werden wollte. Maxi konnte nur aus dem Augenwinkel den blonden Hinterkopf des Jungen sehen, der das Gesicht des Mädchens verdeckte.

»Hey, Judith!«, begrüßte sie Vics Mutter, die ihr nur mit einem breiten Lächeln wortlos den Shake im Pappbecher mit To-go-Deckel entgegenhielt. »Das ist echt total lieb, vielen Dank!« Sie begann in ihrer Hosentasche nach Kleingeld zu kramen, aber Judith winkte ab.

»Der geht aufs Haus«, sagte sie und zwinkerte Maxi zu. »Man berechnet ja auch nicht einem Verdurstenden eine Flasche Wasser.«

Maxi lachte. Judith und Stella waren mittlerweile echt gute Freundinnen geworden, ähnlich wie Carolin und sie. Und Jo, der Vater von Carolin und Vic, verstand sich auch super mit Nick, die beiden konnten stundenlang über Wein oder Werkzeug fachsimpeln.

Sie hatten sich *alle* super hier eingelebt. Alles war perfekt. Es konnte gar nicht besser sein. Irgendwie machte Maxi der Gedanke Angst. Immer, wenn in einem Film der Moment kam, in dem alles perfekt war, passierte im *nächsten* Moment etwas, das diese Perfektion kaputt machte.

»Maxi?«, weckte Judith Meisinger sie aus ihrem kurzen Tagtraum. »Solltest du nicht zusehen, dass du wieder zum Bus kommst?«

»Klar. Natürlich. Vielen Dank noch mal!« Sie umarmte Vics überraschte Mutter kurz und heftig. »Ihr seid alle so lieb, echt!«

Ohne dass sie genau wusste, warum, standen ihr plötzlich Tränen in den Augen. Sie schnappte den Becher, wandte sich um und war mit drei Schritten wieder bei der Tür. Die Köpfe des Schmusepärchens lösten sich eben voneinander und für einen Moment konnte sie das Gesicht des Mädchens deutlich sehen: Cordula? War das möglich?

Auf einmal war sie auch ziemlich sicher, wem der blonde Hinterkopf gehörte, er war ihr gleich irgendwie bekannt vorgekommen: Das musste Marcel sein! Die beiden hatten sie nicht gesehen, da war Maxi fast sicher, und mit dem nächsten Schritt war sie an der Tür und lief mit klopfendem Herzen zum Bus zurück. Konnte sie sich geirrt haben? Sie hatte immerhin in dem Moment ein bisschen verschwommen gesehen. Maxi fuhr sich mit der Hand über die Augen. Ja, und was war das überhaupt gewesen? Die Beinahe-Tränen? Etwa eine Spätfolge des romantischen Films? Es gab doch überhaupt keinen Grund, so heulsusig zu sein!

Vic hob die Augenbrauen und sah sie forschend an, als sie beim Bus ankam.

»Alles klar?«, fragte er.

»Ja, sicher.«

Der Fahrer ließ eben den Motor an, es war höchste Zeit, einzusteigen. Maxi griff nach Vics Hand und bemerkte, dass Sara immer noch da stand – in Vics Schatten, als wollte sie sich hinter ihm verstecken.

»Wolltest du nicht deinen Bus erwischen?«, fragte Maxi mit kaum verhohlener Ungeduld.

Saras Mundwinkel begannen, verdächtig zu zucken.

»Ich hab ihn verpasst«, sagte sie. »Und Vic war so lieb, mir anzubieten …«

»Es sind nur zehn Minuten mit dem Moped«, fiel Vic hastig ein. »Und ich kann sie ja schlecht hier stehen lassen. Das war der letzte Bus für heute.«

»Sicher«, sagte Maxi und seufzte. »Es ist lieb von dir, sie heimzubringen.«

»Es ist lieb von dir, dass du nichts dagegen hast«, flüsterte Vic in ihr Ohr und gab ihr einen extralangen Abschiedskuss.

»Ahäm«, machte der Busfahrer.

»Ja, macht schon, ihr zwei«, sagte auch Carolin. »Ihr bringt noch den Busfahrplan durcheinander mit eurem Geturtel.«

»Tschüs, alte Romantikerin«, sagte Maxi grinsend. »Bis morgen!« Sie stieg rasch ein und ging im schon fahrenden Bus ein paar Reihen nach hinten, um sich neben Nini zu setzen.

Der Bus kurvte einmal über den Platz und fuhr dabei knapp am Dorfcafé vorbei. Die Scheinwerfer leuchteten genau eine hellrote Vespa an, die davor geparkt war. Marcels Vespa. Und eben öffnete sich die Tür und ein blonder Junge kam heraus, seinen Arm sehr vertraut um ein Mädchen mit braunen, schulterlangen Haaren schlingend.

»Da vorne!«, rief Maxi und Nini schaute erschrocken durch die große Windschutzscheibe des Busses.

»Was ist da?«

»Oh, ich dachte ich hätte ein Reh gesehen.«

»Ein Reh? Mitten auf dem Dorfplatz? Kommt das denn vor?«

»Wir sind hier auf dem Land«, erklärte Maxi. »Hier geschehen die seltsamsten Dinge.«

»Wo ist er?«, fragte Stella, kaum dass Maxi zur Tür herein war.

»Wo ist wer?«

Stella warf ihrer Tochter einen »Über-so-was-scherzt-man-nicht«-Blick zu, und Maxi übergab grinsend den hinter ihrem Rücken versteckten Schokoshake. »Geschenk des Hauses Meisinger, mit lieben Grüßen von Judith.«

Sie folgte ihrer Mutter in die Küche, wo Nick gerade dabei war, Osterdekoration an den Fenstern anzubringen.

»Judith ist eine echte Freundin«, seufzte Stella. »Von mir aus kannst du Vic heiraten, die Schwiegerfamilie ist in Ordnung.«

»Hee, soll das heißen, du würdest mich für einen Schokoshake verhökern?«, protestierte Maxi.

»Doch nicht für einen x-beliebigen Shokoshake! Nur für einen extra cremigen, extra sahnigen, extra schokoladigen …« Stella begann angestrengt an ihrem Strohhalm zu saugen. »Dass die noch immer keine dickeren Trinkhalme erfunden haben!«

»Setz dich bequem in den Lehnstuhl«, meinte Nick grinsend. »Leg den Kopf in den Nacken und ich leer den Shake durch den großen gelben Trichter. Dann sollte es schneller gehen.«

»Und solche Vorschläge von dem Mann, der dereinst in der Pizzeria *Zum alten Mafioso* das Calzone-Wettessen gewonnen hat!«

»Das war etwas ganz anderes. Ich habe der Calzone gezeigt, wer der Herr ist. Aber du zeigst dem Schokoshake, dass du ohne ihn nicht leben kannst!«

»Der Schokoshake und ich sind Kumpels!«, erklärte Stella würdevoll. »Und wenn du in Zukunft noch mit uns abhängen willst, Mister Calzone, dann musst du wohl etwas mehr Respekt zeigen!«

Nick grinste und legte die Arme um Stella. »Gegen den Schokoshake hab ich keine Chance«, meinte er. »Also muss ich mich wohl mit ihm arrangieren.«

»Gut erkannt«, gab Stella zurück. »In dem Fall werden der Schokoshake und ich deine Annäherungsversuche trotz ihrer Plumpheit mit Wohlwollen hinnehmen.«

»Sag dem Schokoshake, ich bin ihm zu Dank verpflichtet«, murmelte Nick in Stellas Haare und küsste sie aufs Ohr.

»Hee, Leute«, rief Maxi. »Schluss damit! Es sind Minderjährige im Haus, schon vergessen? Und wo wir grade davon reden, ist Cordula eigentlich da?«

»Mh-mh«, machte Stella verneinend.

»Hört sofort auf zu schmusen!«, sagte Maxi streng.

»Mh-mh!«, machte nun Nick ohne die geringsten Anstalten, Maxis Anordnung Folge zu leisten.

Maxi seufzte und gab auf. Sie wusste aus Erfahrung, dass ihre Eltern in solchen Momenten nicht ansprechbar waren. »Solche Momente« waren übrigens deutlich häufiger geworden, seit die Familie in Wieselberg wohnte. Und noch mal häufiger in den letzten Wochen. Das Landleben schien Nick und Stella beziehungstechnisch echt zu bekommen.

Gerade hörte Maxi die Eingangstür. Offenbar war Cordula zu Fuß nach Hause gekommen – zumindest das letzte Stück des Weges. Die knatternde rote Vespa war ihr wohl doch zu auffällig gewesen.

Nini war vorhin gleich nach oben gegangen – sie und Cordula bewohnten die ehemalige Abstellkammer, die die Klausers erst kürzlich als allerletzten Raum entrümpelt und renoviert hatten, und die nun als Gästezimmer diente. Maxi lief ebenfalls über die Treppe nach oben, an ihrem Zimmer vorbei zu dem der Freundinnen.

Die Tür war nur angelehnt und durch den Spalt konnte Maxi Nini und Cordula sehen, die auf dem Bettsofa saßen, die Köpfe zusammensteckten und tuschelten, in allerbester Hörnchen-Tradition. Maxi machte einen Schritt zurück und schlich auf Zehenspitzen in ihr Zimmer. Die Sache mit Cordula und Marcel gefiel ihr nicht, ganz und gar nicht. Aber Nini und Cordula schienen sich bestens zu verstehen, und daran würde sie bestimmt nichts ändern.

Gossip-Girl-DVDs, heiße Schokolade und Marshmallows. Maxi, Nini und Cordula hatten einen faulen Ferientag hinter sich. Das Wetter war nicht besonders und Carolin hatte den Pferdefrühdienst übernommen, da sie sowieso danach mehrere Reitstunden eingetragen hatte.

Gossip Girl war ihr nach eigenen Angaben zu »tussig«, sie fühlte sich also keineswegs ausgeschlossen.

Als Maxi schließlich am Nachmittag zum Sattelplatz hinüberschlenderte, strahlte Carolin ihr entgegen.

»*Guess what?*«, sagte sie. »Bin vorhin Johnny geritten. Dachte mir, ich versuch's einfach mal. Er war lammfromm. Das bravste Pferd. Also ich wüsste keinen Grund, warum man ihn nicht als Schulpferd für die Kleinen verwenden sollte.«

»Das bravste Pferd?«, fragte Maxi verblüfft. »Aber selbst Sara hat doch gesagt, dass er ausgesprochen zickig sein kann.«

Carolin zuckte nur mit den Schultern. »Ich hatte nur zwanzig Minuten Zeit, zwischen zwei Reitstunden. Aber ich wollte jetzt noch mal mit ihm rausgehen. Schau doch einfach zu und überzeug dich selbst.«

»Mach ich.« Maxi hörte Nini und Cordula oben auf ihrem Balkon herumalbern, wandte sich um und rief hinauf: »Hee, Mädels! Carolin hat das wilde Pony gezähmt! Wollt ihr mal zusehen?«

»Klar!«, riefen die beiden im Duett. »Wir kommen!«

Im nächsten Moment waren sie aus Maxis Blickfeld verschwunden und kamen gleich darauf aus dem Haus, Stella und Nick im Schlepptau.

»Sind noch Zuschauer zur Wildpferdenummer zugelassen?«, fragte Nick.

»Sicher.« Carolin zuckte mit den Schultern. »Aber erwartet euch nicht zu viel. Johnny ist brav wie ein Schaukelpferd.«

»Ich komm auch mit!«, erklärte Mia, mit knapp elf die

jüngste Einstellerin, die eben auf ihrem Isländerwallach eine Töltstunde absolviert hatte und dabei war, Odinn abzusatteln. »Odinn kann inzwischen sein Müsli fressen.«

Carolin hatte das gefleckte Pony fertig gesattelt und gezäumt, und während der ganzen Zeit hatte Johnny tatsächlich keinen Mucks gemacht.

»Na dann komm, mein Kleiner«, sagte Carolin, nahm Johnny am Zügel und ging los. Johnny bewegte sich keinen Zentimeter. »Komm schon, Johnny«, wiederholte Carolin und tippte das Pferd leicht mit der Gerte an. Johnny schüttelte den Kopf, schnaubte, legte die Ohren an und ging einen Schritt rückwärts.

»Hey, was soll denn das, Kumpel?«, redete Carolin in ihrer ruhigen Pferdeflüsterer-Stimme auf das Pony ein. »Wir drehen ein paar Runden im Viereck, so wie vorhin, ist gar nichts dabei.«

Schließlich gelang es Carolin, das unwillige kleine Pferd halb mit Zerren, halb mit gutem Zureden die zwanzig Schritte bis zum Dressurviereck zu bringen. Der Rest der Herde war wie immer auf der angrenzenden Koppel, allerdings auf dem Teil, der am weitesten vom Viereck entfernt war – der Rest war abgesperrt, damit das Gras noch ungestört wachsen konnte.

Das Viereck war leer und da war weit und breit nichts, wovor Johnny sich hätte fürchten können. Dennoch legte er die Ohren an und ließ sich nur widerstrebend hineinführen.

»Bist du sicher, dass das dasselbe Pferd ist, das vorhin so brav war?«, meinte Maxi grinsend. »Du könntest ihn mit Ringo verwechselt haben, der ist nicht viel größer.«

Carolin warf Maxi einen vernichtenden Blick zu und würdigte sie keiner Antwort.

»Wirst schon sehen, wenn ich erst oben sitze, macht er keine Mätzchen mehr«, sagte sie, als sie das Pony mit Mühe in die Mitte des Platzes gebracht hatte. Sie zog den Sattelgurt fester und schwang sich auf Johnnys Rücken. Im nächsten Augenblick, noch bevor Carolins Hosenboden den Sattel berührt hatte, begann das Pony zu bocken – es stieg vorne und schlug hinten aus, in so schnellem Wechsel, dass Carolin keine Chance hatte, sich oben zu halten. Sie saß im Sand, ehe irgendjemand richtig kapiert hatte, was eigentlich los war. Johnny nützte das Überraschungsmoment, zischte durch das Tor ab, das Maxi noch nicht wieder geschlossen hatte, und galoppierte den Zaun entlang ans entlegene Ende der Koppel. Dort, keine zwei Meter von Ringo und Katinka entfernt, nur eben auf der anderen Seite des Zaunes, begann er seelenruhig an den Grashalmen zu knabbern, die am Wegesrand wuchsen.

»Hast du dir wehgetan?«, fragte Maxi erschrocken und half Carolin hoch, aber die schüttelte nur den Kopf, klopfte sich den Staub von der Sitzfläche und starrte Johnny nach.

»Was zum Geier war das?«, fragte sie.

»Ich würde sagen, jedenfalls kein Schaukelpferd«, meinte Nick. »Eher ein Rodeopferd.«

»Aber ich schwöre euch, ich bin ihn vorhin geritten und es ging tadellos! Ihr könnt Anita fragen, wenn ihr mir nicht glaubt! Die war gerade mit Marilyn im Viereck!«

»Aber wir glauben dir ja«, sagte Maxi. »Klein Johnny ist einfach schwer zu durchschauen. Wie manche von uns auch.« Sie bemühte sich, Cordula bei diesem Satz nicht anzusehen und ihn wie einen allgemeinen Scherz klingen zu lassen. »Vielleicht ist das ja auch alles bloß Affentheater?«

»Du meinst, er schauspielert bloß?« Carolin schüttelte den Kopf. »Nein, das glaub ich nicht. Irgendwas macht ihm Angst, wir müssen bloß noch herausfinden, was es ist.«

Mia wandte sich ab und ging zurück zum Sattelplatz – vermutlich war es ihr unangenehm, ihre Reitlehrerin dabei beobachtet zu haben, wie sie in hohem Bogen auf ihrem Po landete. Stella und Nick waren wohl auch der Ansicht, dass Carolin zu viel Aufmerksamkeit peinlich sein könnte, und hatten wieder einmal einen ihrer Rosamunde-Pilcher-Augenblicke eingeschoben: Sie standen eng umschlungen am Koppelzaun.

Nini und Cordula steckten kichernd die Köpfe über ihren Handys zusammen und es sah aus, als würden sie einander WhatsApp-Nachrichten zeigen, die sie bekommen hatten. Aber von wem? Diese Art Gekicher gab es normalerweise nur bei akuter Jungsbeteiligung.

Maxi runzelte die Stirn. Was lief da bloß ab? Wenn Cordula sich heimlich mit Marcel traf, dann würde sie doch bestimmt nicht Nini seine Nachrichten zeigen?

Ach was. Sie schüttelte den Gedanken ab. Die »siamesischen Zwillinge« hatten vermutlich zu Hause in der großen Stadt auch noch irgendwas am Laufen – und wenn es nur ein armer, ahnungsloser Typ war, der einer der beiden nun whatsappte, ohne zu ahnen, dass seine Nachricht als Entertainment für die beste Freundin genutzt wurde.

Aber anders gedacht, wenn es ohnehin so viele Jungs gab, die sich auf dem Radar der beiden befanden, wieso musste Cordula sich ausgerechnet den einen angeln, der Nini auch gefiel? Der bei ihnen *beiden* so viel Eindruck gemacht hatte, dass sie ihn seit Monaten als Hintergrundbild auf ihren Handys hatten?

Die Bilder waren nach dem ersten Treffen mit Marcel übrigens prompt ersetzt worden – bei beiden durch denselben sexy Schnappschuss von Chace Crawford, dem Typen aus *Gossip Girl.* Weil Marcels Selbstbewusstsein ja wirklich nicht *noch mehr* Futter brauchte.

Maxi beschloss, Vic anzurufen, um sich von den Gedanken an Marcel und ihre beiden Freundinnen abzulenken. Er hatte eben Dienstschluss gehabt und sie wollten sich später treffen und etwas unternehmen, hatten aber noch nichts Genaues ausgemacht. Es war so schön, dass sie und Vic einander hatten und dass zwischen ihnen alles klar war. Keine Spielchen, keine Aufs und Abs, keine Unsicherheit mehr.

»Hallo«, antwortete eine weibliche Stimme nach dem dritten oder vierten Klingeln und einen Moment lang schwieg Maxi perplex. »Ich bin's, Judith«, fuhr die Stimme von Vics Mutter am anderen Ende fort. »Vic hat sein Handy liegen lassen, als er eben los ist, um Sara nach Hause zu bringen. Aber ich weiß, dass er dich anrufen wollte, weil er gerade erst gemerkt hat, dass er heute Abend nun doch keine Zeit hat. Er muss zu diesem Treffen …« Judith räusperte sich und ließ den Satz in der Luft hängen.

»Was denn für ein Treffen?«, fragte Maxi. »Er hat gar nichts erwähnt.«

»Hat irgendwas mit Fußball zu tun«, sagte Judith und lachte, aber etwas in ihrer Stimme ließ Maxi aufhorchen. *Irgendetwas mit Fußball?* Judith wusste sonst eigentlich immer ziemlich genau, wann Vic Training und Mannschaftsbesprechungen hatte. Es war sehr untypisch, dass sie sich so vage ausdrückte.

Sie wollte gerade den Mund aufmachen, um nachzufragen, da fügte Judith hinzu: »Sorry, Maxi, hab gerade zwei große Tische bekommen, muss Schluss machen. Dachte nur, ich sag dir schnell Bescheid, als sein Handy jetzt geläutet hat. Geht's deiner Mutter gut?«

»Ja, sicher«, antwortete Maxi verwirrt. Wie kam Judith denn jetzt auf Stella? Sie war doch nicht krank gewesen?

»Super, dann liebe Grüße, wir sehen uns, ja?« Weg war sie. Und Maxis gute Laune hatte einen heftigen Dämpfer bekommen. Sogar der Anblick ihrer Eltern, die gerade Hand in Hand zum Haus zurückgingen, ärgerte sie plötzlich. Sie steckte ihr Handy ein und gesellte sich zu Carolin und Mia auf den Sattelplatz. Odinn hatte fertig gefressen und eben kam Mias Mutter Linda, um ihre Tochter abzuholen.

»Geh nur«, sagte Carolin, »ich bringe ihn dann raus zu den anderen.«

Johnny stand bereits abgezäumt und abgesattelt

friedlich neben Odinn, als hätten die wilden Rodeo-Szenen von eben nie stattgefunden.

»Versteh einer dieses Pferd«, murmelte Carolin und betrachtete das Pony kopfschüttelnd.

»Versteh einer die Jungs«, antwortete Maxi so finster, dass sie Carolin ein Lachen entlockte.

»Was ist denn los? Trouble auf Wolke sieben?«

Maxi zuckte mit den Schultern. »Nein. Weiß nicht. Vic und ich wollten heute was machen und nun hat er plötzlich irgendein Treffen, von dem er wohl vorher nichts wusste oder das er vergessen hat. Hat angeblich irgendwas mit Fußball zu tun.«

Kam es Maxi nur so vor oder wich Carolin ihrem Blick aus? Jedenfalls betrachtete sie Johnnys rechtes Ohr sicher mit mehr Konzentration als eigentlich notwendig.

»Weißt du vielleicht was darüber?«

»Ich? Nein, keine Ahnung.« Sie zupfte ein paar dreckverklebte Mähnenhaare auseinander. »Aber das ist ja nicht weiter tragisch, oder?«

»Na ja«, knurrte Maxi. »Zeit, die Klette nach Hause zu fahren, hat er jedenfalls.«

»Ach, komm. Nicht *das* schon wieder.«

»Jungs stehen nun mal auf Bewunderung.«

»Du bewunderst ihn doch auch.«

»Nicht so. Nicht mit diesen Mein-kleines-Pony-Augen.«

»Und du glaubst, darauf steht er? Ich dachte, du kennst ihn besser.«

Maxi seufzte. »Ich weiß überhaupt nicht, was in ihm

vorgeht, wegen England und so. Er redet gar nicht darüber. Und müssen die ihm nicht bald mal Bescheid sagen?«

»Sicher«, sagte Carolin und hob Johnnys rechten Hinterhuf, den sie gerade eben kontrolliert hatte, noch einmal hoch. »Und er wird schon noch darüber reden. Bestimmt verdrängt er es irgendwie, weil er nicht sich selbst und andere verrückt machen will.«

»Ja, wahrscheinlich hast du recht.« Maxi seufzte erneut. »Und dann ist da noch was. Ich denke, dass Cordula sich mit Marcel trifft. Dabei steht Nini auch auf ihn. Und sie hatten eigentlich ausgemacht, dass keine von beiden ... na ja, du weißt schon. Weil ihnen ihre Freundschaft wichtiger ist. Und ich ... ich weiß jetzt nicht, ob ...«

»Nein!« Carolin stellte den Fuß des Ponys wieder ab.

»Wie bitte?«, fragte Maxi verwirrt. »Was, Nein?«

»Nein, du sollst dich nicht einmischen.«

Maxi zog die Augenbrauen hoch. »Einfach Nein? Mehr sagst du nicht dazu?«

»Genau. Sonst gar nichts. Darf ich dich daran erinnern, was du zu Silvester mit deiner – ähm – *Hilfe* für ein Chaos ausgelöst hast?«

Maxi wurde rot. »Daran musst du mich nicht erinnern.«

»Eben. Also lass es einfach. Wenn Cordula mit Marcel rummacht und Nini kommt drauf und ist deswegen sauer, dann müssen die beiden das eben klären. Das ist ihre Sache und hat rein gar nichts mit dir zu tun.«

»Hat es wohl«, protestierte Maxi. »Die beiden sind

sehr enge Freundinnen von mir und waren immer unzertrennlich, seit ich sie kenne! Ich kann doch nicht zulassen, dass sie das ruinieren wegen eines Typen wie Marcel!«

»Ach«, sagte Carolin. »Und warum? Weil dann nicht mehr alles so wäre, wie es immer war? Hier Lara und Maxi, dort Nini und Cordula? Dann willst du dich also einmischen, damit sich *für dich* nichts ändert?«

Maxi sah Carolin sprachlos an. »So ein Blödsinn. Ich finde einfach, dass die beiden …«

»*Ihre Sache*«, wiederholte Carolin nur mit Nachdruck und band die Führstricke von Odinn und Johnny los. »Kommt, Jungs«, sagte sie. »Zurück zu den anderen.« Und beide Pferde trotteten brav und folgsam hinter ihr her. »Sieh dir das an«, rief Carolin über die Schulter zurück. »Kaum zu glauben, dass das hier dasselbe Pferd ist wie vorhin, was?«

Ohne Worte

»Nini kommt nicht mit?«

Maxi begann langsam, sich daran zu gewöhnen, dass A-Hörnchen und B-Hörnchen offenbar ihrem Wunsch entwuchsen, immer zusammen zu sein. Ihrer Freundschaft schien das – vorläufig jedenfalls – keinen Abbruch zu tun. Anders würde es wohl werden, wenn sich für die eine herausstellte, was die andere – zumindest manchmal – so mit ihrer »freien« Zeit anfing.

»Nein«, sagte Cordula. »Sie hat diesen Wahn, dass man Ausgleichssport braucht, wenn man mehr als ein Dutzend Pfannkuchen gegessen hat.«

Nick hatte am Abend zuvor »für alle meine Mädels« einen All-you-can-eat-Pfannkuchen-Abend veranstaltet – Maxi hegte den Verdacht, dass das mit ihrem geplatzten Vic-Date zusammenhing, das sie auch ihm gegenüber erwähnt hatte. Wenn Stella trösten wollte, redete sie. Wenn Nick trösten wollte, kochte er. Und irgendwie hatten ihre Eltern erstaunlich feine Antennen dafür, wann das eine und wann das andere angesagt war – meistens jedenfalls. Maxis Vater hatte auch Alois eingeladen – der pensionierte Tierarzt war ein großer, kräftiger Mann, doch mit dem Appetit von Nini und Cordula konnten weder er noch Nick mithalten. Sogar

Carolin war von der Pfannkuchenkapazität der beiden beeindruckt gewesen.

»Wir essen das ja nicht alles gleich«, hatte Cordula erklärt, »die Hälfte nehmen wir in unseren Backen mit und bewahren es für schlechte Zeiten auf.«

»Alte Backenhörnchentradition«, hatte Nini zugestimmt und sich noch zwei auf den Teller geladen, um das Dutzend vollzumachen.

»Na, hoffentlich bewahrt ihr die Pfannkuchen nicht unter dem Kopfkissen auf«, hatte Stella gemeint. »Es könnte nämlich sein, dass unsere nächsten Gäste *keine* Backenhörnchen sind!«

»Welche nächsten Gäste?«, hatte Nini unschuldig gefragt. »Uns gefällt es hier!«

»Ja, genau!« Cordula hatte sofort den exakt selben Tonfall getroffen. »Ich dachte, das mit der Adoption sei beschlossene Sache?«

Es war ein klasse Abend gewesen, der große Tisch in der Küche der Klausers voll besetzt, die Stimmung mindestens so gut wie die Pfannkuchen und er hatte Maxi *wirklich* getröstet. Sie hatte also nicht vor, sich den Tag heute durch *irgendetwas* zu verderben oder verderben zu lassen. Auch nicht dadurch, dass Vic sich seit seiner spätabendlichen WhatsApp gestern nicht mehr gemeldet hatte. »*Tut mir echt leid wegen unseres Dates, ich mach's wieder gut, versprochen! Kuss, Vic.*« Das war's. Und nun rief er nicht an? Bitte schön. Die Konsequenzen hatte er sich selbst zuzuschreiben. Cordula hinterging Nini mit Marcel? Wunderbar. Carolin hatte recht: Es ging nur die beiden was an.

Cordula und Maxi nahmen den Bus nach Altenburg und von da ging alle zehn Minuten ein weiterer Bus zum Einkaufszentrum.

In der ersten Stunde, nachdem sie durch die großen Schwingtüren traten, benahm Cordula sich wie eine Verdurstende in der Wüste, die endlich eine Oase mit süßem Quellwasser entdeckt hat. Sie und Maxi stürzten sich auf die allerletzten Winterschlussverkauf-Schuhe, probierten, an einer Riesenbrezel kauend, Ohrringe und Brillen an, testeten Lippenstifte und teilten sich einen Kopfhörer beim Probehören der CD-Neuerscheinungen. Für Maxi war es beinahe wie mit Lara und sie hatte den Eindruck, für Cordula war es wohl auch beinahe wie mit Nini.

»Oooooh, sieh nur!«, rief Cordula plötzlich. »Ein Passfotoautomat! Und einer von den guten!«

»Einer von den guten?«, fragte Maxi verblüfft. »Das Ding haben die Saurier hier zurückgelassen, bevor sie ausgestorben sind! Es macht noch nicht mal Farbfotos!«

»Das ist ja gerade das Gute! Schwarz-weiß ist erstens cool und zweitens billig! Nini und ich haben einen Deal – wann immer wir einen dieser Automaten finden, machen wir Fotos darin – wir haben schon ein ganzes Album, die sind zum Schießen, sag ich dir!« Cordula kramte in der Handtasche nach ihrem Portemonnaie und zeigte Maxi zwei der Schwarz-Weiß-Schnappschüsse von der letzten Session mit Nini.

»Die haben wir während des Snowboardcamps gemacht. Hatten wir einen Spaß an dem Abend!«

Das konnte man auf den zwei Minifotos deutlich

sehen. Beide Mädchen trugen alberne Snowboardmützen – Nini hatte eine mit Schild und einem applizierten Eisbären aus Teddyfleece, Cordula eine mit Knopfaugen, Nase, Schnurrbart und aufgenähten Katzenohren. Auf einem Bild rollten beide mit den Augen und versuchten gleichzeitig, mit ihren Zungen die Nasenspitzen zu berühren. Auf dem anderen umarmte Cordula Nini und drückte ihr einen superdicken Kuss auf die Wange. Nini warf den Kopf zurück und lachte, sodass man von ihr fast nur das Kinn und viele Zähne sah. Die gute Laune und dicke Freundschaft sprangen einem von den Fotos richtig entgegen.

»Es wird ihr voll leidtun, dass sie nicht mit war, wenn ich ihr von dem Fotoautomaten erzähle.«

Cordula wirkte richtig geknickt.

»*Wir* können doch Fotos machen!«, schlug Maxi vor. »Ich hab so was noch nie gemacht. Ist natürlich nicht dasselbe, aber …« Sie hielt die beiden schwarz-weißen Automatenfotos hoch und grinste. »Wie wär's, wenn Nini mit drauf wäre?«

Cordula strahlte. »Super Idee!«

Es war eng in der Kabine und sie hatten nur mit Mühe beide auf dem kleinen Hocker Platz, aber dadurch wurde das Ganze nur noch witziger. Maxi wunderte sich kein bisschen, dass A-Hörnchen und B-Hörnchen dem Fotoautomaten eine Hauptrolle in ihrem Freundschaftsalltag gegeben hatten: Es machte wirklich einen Riesenspaß. Cordula und sie schnitten Gesichter, verwendeten die eben eingekauften Ohrringe und Sonnenbrillen ebenso als Requisiten wie Cordulas Moccacinobecher und die Haarreifen mit Osterhasenohren, von denen sie fünf Stück gekauft hatten, einen für jedes Mädchen und einen für Stella – wobei Maxi keine Zweifel hatte, dass ihre Mutter das Ding am Ostersonntag aufsetzen würde. Ihre Überredungskünste würde sie höchstens bei Carolin brauchen.

Maxi und Cordula verließen das Einkaufszentrum mit drei Streifen albernen Passfotos und allerbester Laune. Maxis Favoriten waren die, auf denen sie sich zwei der Mini-Fotos von Nini und Cordula wie spacige Brillengläser vor die Augen hielt und Cordula daneben ein überraschtes »Oh!«-Gesicht machte.

Girlpower! Das war's, was zählte!

Man ließ sich immer viel zu viel von Jungskram beeinflussen, aber hey: Richtig verstehen oder richtig aufheitern konnte einen eben nur eine richtig gute Freundin.

»*Girls rule!*«, brüllte Cordula und stürmte mit einem pinkfarbenen Luftballon in der Hand, den sie im Spielzeugladen geschnorrt hatte, durch die große Glasdrehtür, auf die Bushaltestelle zu.

»*Girls rule!*«, bestätigte Maxi mindestens in derselben Lautstärke, sodass ihre pinkfarbenen Osterhasenohren wackelten, und ignorierte die hochgezogenen Augenbrauen und das Kopfschütteln der Leute um sie herum. Sie und Cordula rannten um die Wette bis zur Bushaltestelle und ließen sich dort, mehr vom Lachen atemlos als vom Laufen, auf die Sitzbank fallen.

»Wenn ich denke, dass die Sache mit Tino damals beinahe zwischen Lara und mich gekommen wäre«, sagte Maxi, als sie wieder bei Puste war. »So was darf man echt nicht zulassen.«

»Nein«, bestätigte Cordula. »Freundschaft geht vor. Kein Typ ist es wert, seinetwegen eine richtig gute Freundschaft zu riskieren.«

»Ganz meine Meinung«, stimmte Maxi zu und war einen Augenblick in höchster Versuchung, ihre Beobachtung im Dorfcafé zur Sprache zu bringen. Der Bus kam, Maxi biss sich auf die Lippen und hielt den Mund. Nicht einmischen, wiederholte sie wie ein Mantra, nicht einmischen, nicht einmischen. Aber wie passte diese Einstellung Cordulas zu ihrem heimlichen Date mit Marcel? Sie hatte eben im Brustton der Überzeugung gesprochen, und Nini war so gegenwärtig in allem, was sie sagte und tat, dass Maxi sich einfach nicht vorstellen konnte, wie Cordula ihren siamesischen Zwilling hinterging.

Vics Ringtone riss sie aus ihren A-und-B-Hörnchen-Spekulationen.

Cordula hob die Augenbrauen, als Maxi das Handy sekundenlang anstarrte, ohne abzuheben. »Na, komm schon«, sagte sie. »Nur weil er *einmal* ein Date hat platzen lassen …«

Maxi verdrehte die Augen und hob ab.

»Hallo, Fremder«, sagte sie in deutlich kühlerem Tonfall als dem, den sie normalerweise für Vic reserviert hatte.

»Bevor du irgendwas sagst«, schnitt Vic ihr das Wort ab, »lass mich erst mal, o. k.? Es tut mir wahnsinnig leid wegen gestern, ich hatte diese Besprechung irgendwie vergessen und dann war ich nach dem Dienst so spät dran, dass ich gleich los musste.«

Um Sara heimzubringen, dachte Maxi, hielt sich aber zurück, es laut auszusprechen.

»Ich wollte dich von unterwegs anrufen, nachdem ich Sara abgesetzt hatte, aber in der Hektik hab ich das Handy auf der Theke liegen gelassen und dann wurde es an dem Abend so spät, dass ich nicht mehr anrufen wollte, als ich heimgekommen bin. Drum hab ich nur geschrieben. Sei nicht böse, o. k.?«

Maxis Herz schmolz. »Bin ich doch gar nicht«, sagte sie.

»Bist du doch«, erklärte Vic.

»Bin ich nicht.«

»Bist du doch. Ich kenn deinen tiefgekühlten Tonfall.«

»Na ja«, sagte Maxi. »Vielleicht ein ganz kleines bisschen.«

»Versteh ich ja auch. Ich hab dich versetzt und dann nicht mal angerufen. Ich wäre umgekehrt auch sauer.«

»Hm«, machte Maxi.

»Also dachte ich mir, ich mach's heute wieder gut. Unternehmen wir am Abend was? Nur wir beide?«

»Also eigentlich«, begann Maxi, »hatten wir einen Mädelsabend geplant ...«

Cordula rammte ihr den Ellbogen in die Seite. Sie hatte Minuten zuvor vorgeschlagen *eventuell* gemeinsam eine DVD zu gucken, *falls* Vic sich heute nicht melden und den Abend für sich beanspruchen würde.

»... mehr oder weniger«, fügte Maxi hinzu und räusperte sich.

»Bitte?«

»O. k.«, sagte Maxi schneller, als sie wollte, und mit einem größeren Lächeln in der Stimme, als sie geplant hatte.

»Dann hol ich dich heute um sechs ab.«

»Halb sieben«, sagte Maxi. Es war schon halb fünf, der Heimweg dauerte noch gute vierzig Minuten und sie brauchte wenigstens *etwas* Vorbereitungszeit.

»Alles klar.« Sie hörte Vics Grinsen ebenfalls in seiner Stimme. »Dann leg ich jetzt auf, bevor du dir's wieder anders überlegst.«

»Zicke«, sagte Cordula und stupste Maxi noch mal mit dem Ellbogen.

»Pf«, machte Maxi. »Man muss sich rarmachen, steht in allen diesen Mädchenzeitschriften.«

»Stella, bitte, bitte, kannst du die Abendfütterung für mich übernehmen? Carolin hatte heute Morgen Stalldienst, Vic holt mich in einer halben Stunde ab und ich bin schon soooo spät dran!«

»Ja, klar, kein Problem!«

»Kommt überhaupt nicht infrage!«

»Wie bitte???« Mutter und Tochter drehten sich zu Nick um, der gerade in die Küche gekommen war, um seine Kaffeetasse aufzufüllen.

»Du überanstrengst dich schon mit deinem Osterputz!«, fügte Nick streng hinzu.

»Überanstrengen?« Stella sah ihn durch schmale Augen mit einem »Du-willst-das-bestimmt-nicht-diskutieren«-Blick an. »Was redest du da?«

Nick hielt Stellas Blick eine Weile stand, dann kapitulierte er. »Na, wie du meinst«, murmelte er. »Aber ich helf dir.«

Stella verdrehte die Augen.

»Was ist denn das für eine neue Überbesorgtheit?«, fragte Maxi ihre Mutter lachend, als wäre ihr Vater gar nicht im Raum. Und zu Nick meinte sie: »Hör *du* lieber auf, so viel Kaffee zu trinken! Als Familienvater im fortgeschrittenen Alter musst du auf deine Gesundheit achten!«

Um Stellas Mundwinkel zuckte ein Grinsen und sie hob die Augenbrauen.

»Hast du das gehört, Familienvater im fortgeschrittenen Alter? Steig um auf Kräutertee!«

Nick warf ihr einen »Dieser-Vorschlag-ist-unter-meiner-Würde«-Blick zu und das Mahlwerk der Espressomaschine begann auf seinen Knopfdruck hin, einen Höllenlärm zu machen. »Kann dich leider nicht verstehen«, brüllte er.

Maxi lachte. Ihre Eltern waren echt zwei Scherzkekse. Aber welche, mit denen man so ziemlich über alles reden konnte.

»Sagt mal, wenn ich was wüsste, was euch betrifft, aber na ja, nicht ganz direkt, sondern sozusagen in zweiter Linie, würdet ihr wollen, dass ich es euch sage?«

»Nicht, wenn es irgendwie unausgegoren ist«, antwortete Stella wie aus der Pistole geschossen. »Sonst regt man sich bloß wegen nichts auf.«

»Ganz falsch«, erklärte Nick gewichtig. »In der Familie und unter Freunden sollte man *ganz offen* sein. In jeder Hinsicht.«

Es folgte wieder ein Blick-Duell zwischen den beiden.

»Ihr seid echt keine große Hilfe«, sagte Maxi seufzend. Sie musste das Nini-Cordula-Marcel-Problem wohl doch allein lösen. »Mom, kann ich mir die beigefarbenen Stiefel mit dem Keilabsatz leihen?«, wechselte sie das Thema. »Die passen so gut zu meinem Outfit.«

»Du meinst, zu *meinem* Outfit«, korrigierte Stella mit einem Blick auf Maxis Tunikapulli.

»Sei nicht kleinlich, sonst nehm ich dir meine Sweatjacke weg.«

Stella grinste und zippte die bequem geschnittene Sweatjacke mit Teddyplüschfutter zu, die in letzter Zeit ihre liebste Zu-Hause-Jacke war. »Die sind in dem Karton auf dem Schrank, warte, ich geb sie dir runter ...«

»Nicht doch, ich mach schon«, sagte Nick, ließ vor lauter Eile, Stella zuvorzukommen, beinahe die Kaffeetasse fallen und drängte sich an ihr vorbei ins Vorzimmer.

Maxi grinste. »Muss das schön sein, wenn ein Mann nach unzähligen Jahren Ehe immer noch so zuvorkommend ist.«

»Das mit den ›unzähligen Jahren‹ hab ich gehört!«, kam Nicks Stimme von draußen.

»Es ist so ein Grenzfall zwischen schön und nervig, um ehrlich zu sein.« Stella sah aus dem Küchenfenster. »Apropos zuvorkommend. Sieh mal, wer da ist.«

Maxi warf ebenfalls einen Blick aus dem Fenster.

Über dem Lärm der Kaffeemaschine hatten sie das Knattern von Vics Moped überhört. »Und so bildschön hab ich deinen Ritter überhaupt noch nie gesehen«, fügte Stella mit einem kleinen Grinsen hinzu.

Maxi drängte sich zu ihrer Mutter ans Fenster und sah zu, wie Vic den Helm abnahm und mit den Fingern durch seine welligen Haare fuhr. Er trug dunkle Jeans und unter seiner schwarzen Lederjacke ein dunkelblau-hellblau gemustertes Hemd. Der Vic-Effekt im Quadrat.

»Ich geh dann mal«, sagte Maxi ein bisschen atemlos.

»Schönen Abend«, meinte Stella und lächelte.

»Hab ich bestimmt.« Maxi war schon halb zur Tür draußen. »Und pass mir gut auf Nini und Cordula auf, ja?«

»Ist das dein Ernst?«, rief ihre Mutter ihr noch nach. »Wie wär's mit einer leichteren Aufgabe?« Aber da war Maxi schon fast zur Tür draußen.

»Hey«, sagte Vic, als sie die Tür aufriss, und überreichte ihr eine absolut vollkommene rote Rose. »Immer noch sauer?«

Der Abend war perfekt, alles lief ab wie bei einem Valentinstag *made in Hollywood*: Die Rose war nur der Vorbote zu einem ganzen Strauß. Es gab Abendessen im *Fliegenden Teppich* bei Kerzenlicht, romantische Musik und sogar ein richtiges Geschenk: Er hatte die Ohrringe mit den Smiley-Anhängern besorgt, die Maxi im Vorbeigehen im *Siebensachen* bewundert hatte, einem witzigen Laden, der auf dem Weg zwischen Schule und Bushaltestelle lag.

Erst machte Maxi sich Sorgen, dass sie vielleicht irgendeinen Anlass übersehen hatte. Jahrestag, Halbjahrestag, Valentinstag, Tag des verliebten Teenagers? Aber Vic versicherte ihr, es gebe keinen Anlass, das alles sei »einfach nur so«. Doch irgendwie war der Abend kein typisches Vic-Date. Zum ersten Mal, seit sie einander kannten, hatte Maxi das Gefühl, Vic war irgendwie nervös, wollte alles »richtig« machen.

Sonst waren ihre Verabredungen kaum je so ausgetüftelt und bis ins letzte Detail durchgeplant – und wenn, dann waren es eben so typische Vic-Pläne, wie ein Winterpicknick bei Fackelschein mitten im Wald. Dies hier war klassisch und streng nach Rezept. Aber vielleicht lag das ja an seiner Zeitschriftenlektüre in letzter Zeit. Sie musste ihm wirklich verbieten, diesen Schund zu lesen, sonst fing er noch an, sie mit den Mädels zu verwechseln, deren Kummerkastenbriefe da drin abgedruckt waren.

Schluss jetzt, unterbrach Maxi, ärgerlich auf sich selbst, ihren Gedankengang. Sei nicht so fies und undankbar! Er gibt sich Mühe und was machst du? Du machst dich drüber lustig!

Sie stocherte in ihrem Schokomousse und wunderte sich, dass die richtige Stimmung sich bei ihr trotz aller Romantikzutaten einfach nicht einstellen wollte.

»Ist das Schokozeugs nicht gut?«, fragte Vic besorgt.

»Doch, doch, superlecker.« Sie löffelte das Dessert in sich hinein und strahlte Vic an.

»Du bist doch nicht immer noch sauer wegen gestern? Es war echt nur eine Kette von dummen Zufällen und …«

»Nein, nein«, unterbrach Maxi ihn hastig. »Ich bin nicht sauer. Überhaupt nicht.«

Sauer war tatsächlich das falsche Wort. Aber irgendwas lief hier komisch, sie konnte nur einfach nicht den Finger drauftun, was es genau war. Irgendwas fühlte sich seltsam an. Sein besorgter Blick, der abwesende Gesichtsausdruck immer wieder zwischendurch, sein Bemühen, alles so perfekt zu machen. Etwas drückte die Stimmung, etwas stand zwischen ihnen, etwas war nicht so wie sonst.

Maxi schob die fast leer gelöffelte Schale weg. »Wollen wir fahren?«

Es war eine wunderschöne Frühlingsnacht, kalt aber sternenklar, und als Vic das Moped vor dem Haus der Klausers abstellte, tauchten heute ausnahmsweise weder Nick noch Stella an einem der Fenster auf und auch sonst störte nichts die Verabschiedung.

Vic blödelte, dass er seine Lederjacke, die er Maxi für die Heimfahrt geliehen hatte, als Kurzzeitkredit betrachtete, der mit Kusszinsen zurückzuzahlen sei. Maxi hatte gegen den Zinssatz absolut nichts einzuwenden und alles war wie immer – nur eben doch nicht. Irgendetwas stimmte einfach nicht. Maxi war traurig, dabei hätte sie an einem solchen Abend eindeutig glücklich sein müssen.

»Alles o. k. zwischen uns?«, fragte Vic, sicher zum dritten Mal an diesem Abend.

»Ja doch«, antwortete Maxi und hätte sich dann gleich wieder für die Ungeduld in ihrer Stimme ohrfeigen können. »Danke für den schönen Abend«, fügte sie mit einem etwas angestrengten Lächeln hinzu. »Es war … perfekt.«

Sie sah in seine blauen Augen, er in ihre braunen. Da war irgendwas, sie wusste es genau.

Sie kam erst drauf, als sie die Haustür hinter sich zugezogen hatte und draußen hörte, wie Vic sein Moped wieder startete. Aber da war sie sich plötzlich ganz sicher – die Lösung war einfach, aber erschreckend: Vic hatte ein schlechtes Gewissen.

»Alois!«, rief Maxi. Sie hatte den Wagen des Tierarztes in der Zufahrt gesehen und war gleich hinüber zum Stall gelaufen. War eines der Pferde etwa krank und Carolin hatte vergessen, ihr was zu sagen? Oder war das einfach nur einer der Nachbarschaftsbesuche, wie Alois sie öfter machte? »Was ist denn los? Ich wusste gar nicht, dass du vorbeischauen wolltest!«

»Hallo, Maxi«, begrüßte Alois sie. »Keine Sorge, alles bestens. Ich habe mir nur euren Neuzugang angesehen.« Er deutete auf Johnny in seiner Ziegenbox. »Carolin hat mich darum gebeten. Sie hat mir erzählt, wie er sich benimmt, und wollte, dass wir eventuelle Behinderungen wie ein taubes Ohr oder ein blindes Auge ausschließen.«

»Taubes Ohr oder blindes Auge?«, fragte Maxi verblüfft. »Davon hat Carolin gar nichts gesagt.«

»Sie hat gestern Abend erst angerufen und mich gefragt, ob das eine mögliche Erklärung für Johnnys Verhalten wäre. Die plötzlichen Angstreaktionen, weißt du, die könnten natürlich damit zusammenhängen, dass er etwas in seiner Umgebung nicht rechtzeitig mit den Sinnen wahrnimmt und dann erschrickt. Vielleicht wegen einer schlecht verheilten Augenverletzung oder einer nicht behandelten Ohrenentzündung.«

»Und?«, fragte Maxi gespannt.

Alois schüttelte den Kopf. »Nichts dergleichen. Die Idee war gut, aber das Kerlchen ist kerngesund, ich habe ihn komplett durchgecheckt.«

Die Klausers hatten es aufgegeben, Alois für seinen tierärztlichen Service bezahlen zu wollen. Ringo und Rambo betrachtete er sowieso noch halb als »seine« Tiere, immerhin hatte er Maxis Familie den Hof vor einem Jahr mit den beiden »Jungs« verkauft und der Draht zu Maxis Familie war von Anfang an so gut gewesen, dass Alois mittlerweile zum Familienmitglied geworden war.

Die Einsteller zahlten natürlich, soweit sie nicht andere Tierärzte hatten – Alois war ja eigentlich schon in Pension. Aber die Tiere, die Maxi und Carolin gehörten, behandelte er gratis, und dass Johnny ein »Sozialfall« war, wusste er schon.

Alois war bei den Klausers jederzeit willkommen – Voranmeldung überflüssig.

»Willst du mit uns frühstücken?«, fragte Maxi also. Sie wusste, dass ihr großväterlicher Freund gerade wieder einen Brief von seiner Tochter bekommen hatte, die er sehr vermisste. Sie lebte mit ihrem Freund in den

USA und beendete dort ihr Tiermedizinstudium. »Nick macht seine *Magic Mirror Eggs*, die willst du bestimmt nicht verpassen.«

»Bestimmt nicht«, antwortete Alois und die hundert Lachfältchen rund um seine Augen kamen alle in Bewegung. Sein Blick streifte die beiden Ziegen Rambo und Penelope in der Box gegenüber von Johnny. Der schwarz-weiße Bock zupfte aus einem kleinen Häufchen Heu, das noch von der Abendfütterung übrig war, ganz gezielt bestimmte Halme hervor und ließ sie dann vor Penelope fallen, die sie mit der Seelenruhe von jemandem, der weiß, dass er Fünf-Sterne-Service verdient hat, annahm und genüsslich kaute.

»Er sucht ihr die Leckerbissen heraus«, sagte Maxi und lachte. »Anfangs haben wir nicht kapiert, was das soll. Früher hat er einfach immer drauflosgefressen. Aber offenbar hat er mitgekriegt, welche Kräuter sie am liebsten mag, und die serviert er ihr jetzt extra.«

»Ein echter Gentleman«, meinte Alois und lachte wieder.

»Dafür knabbert sie immer an der einen Stelle hinter seinen Ohren, wo er so gern gekrault wird. Er hält immer ganz andächtig still, wenn sie das macht.«

»Ja, wenn zwei so richtig füreinander geschaffen sind, dann weiß einer, was der andere denkt, und spürt, was der andere gerne hat. Und er nimmt die Wünsche des anderen wichtiger als die eigenen.«

Alois' Blick war nachdenklich geworden und Maxi wusste, dass er mit den Gedanken nicht mehr bei den beiden Ziegen war.

»Bei dir und deiner Frau ist es so gewesen, nicht wahr?«

Alois nickte. »Ja«, sagte er. »Ich hatte Glück. Großes, großes Glück.«

Maxi sah zu, wie Penelope die letzten Hälmchen verdrückte und dann liebevoll mit der Fellpflege ihres Gefährten begann.

»Ich glaube, bei meinen Eltern ist das auch so«, sagte sie.

»Ja«, meinte Alois und lächelte sie an. »Den Eindruck habe ich auch. Und bei Ringo und Katinka!« Er wandte den Kopf der Tinkerstute und dem Isländerwallach zu, die wie üblich über die Boxentrennwand hinweg miteinander schmusten. Dann zwinkerte er Maxi zu. »Bis gleich«, sagte er. »Wir sehen uns beim Frühstück!«

Maxi ließ die Pferde und Ziegen auf die Koppel, schaffte dann mit der Schubkarre das Heu hinaus und verteilte es in großen Haufen. Die erste Koppel war schon abgegrast, und bis das Gras auf der neuen, dieses Jahr dazugepachteten Futterwiese hoch genug war, dauerte es noch etwas – bis dahin wurde mit Heu zugefüttert. Ringo und Katinka hatten ihren angestammten Fressplatz, dem sich kaum je eines der anderen Pferde näherte. Zu ihrer Überraschung hatte Maxi allerdings bemerkt, dass ihr Isländer gar nichts dagegen zu haben schien, wenn Johnny an seinem privaten Buffetplatz mitnaschte, solange er einen Respektabstand einhielt und nicht zwischen ihn und Katinka kam.

Freyja, die zweite »Chefin« der Herde, fraß mit Odinn

auf der anderen Seite, der Rest verteilte sich dazwischen. Dorus stand derzeit noch etwas abseits, er war immer noch nicht voll integriert und Rangkämpfe mit Marilyn, Odinn und Janaro hatten die eine oder andere Spur hinterlassen: ein paar kleinere Bisswunden, ein paar nackte Stellen, wo ein anderes Pferd ihm ein Büschel Haare ausgerupft hatte.

Als sie fertig war, blieb Maxi an ihrem Lieblingsplatz, dem Gatter zur Koppel, stehen, stützte sich mit den Armen auf den Zaun und ließ ihre Augen abwechselnd zu Ringo und Katinka und dann wieder zu Rambo und Penelope schweifen.

Sie hatte gedacht, sie und Vic würden auch mal eines dieser Pärchen werden, die sich ohne Worte verstanden. Also eigentlich hatte sie gedacht, sie *waren* schon eines dieser Pärchen. Aber der Abend gestern hatte sie eines Besseren belehrt. Irgendwas ging in Vic vor und sie kapierte ganz und gar nicht, was es war. Es sei denn, es war wirklich die eine Sache, an die sie gar nicht denken wollte, aber dauernd denken *musste*. Die Sache mit Sara.

Vielleicht hatte sie ihn geküsst, nachdem er sie zu Hause abgesetzt hatte. Sie konnte es vor sich sehen, wie sie ihren – Maxis! – Helm abnahm, er seinen, und dann, anstatt ihn wie sonst immer auf die Wangen zu küssen, hatte sie … Oder vielleicht war es im Dorfcafé passiert, als einmal niemand in der Nähe war – gemeinsam zu arbeiten, das konnte so eine Atmosphäre schaffen … Vielleicht hatte sie sich auch für seine Hilfe bei einem Mathebeispiel etwas zu überschwänglich bedankt und eines hatte zum andern geführt. Vielleicht hatte er sich – nun ja – nicht gewehrt. Welcher Junge wehrt sich schon mit Händen und Füßen, wenn ein Mädchen so offensichtlich auf ihn abfährt wie Sara auf Vic?

Ein Kuss, ja, ein *halber* Kuss würde schon erklären, warum Vic sich so schuldbewusst benahm. Sie konnte sich noch gut erinnern, wie sie sich gefühlt hatte, als Marcel sie geküsst hatte. Sie hatte das weder geplant noch ermutigt, aber ein schlechtes Gewissen hatte sie trotzdem gehabt. So was konnte schon passieren, oder? Bei der Vorstellung sträubten sich wieder einmal alle Haare in Maxis Nacken. Diese undankbare, verräterische kleine Tussi! Maxi stand in aller Herrgottsfrühe auf, um Saras Pony zu füttern, und was tat Sara? Alles, um ihr den Freund auszuspannen!

Ein Motorengeräusch unterbrach die Unterhaltung und einen Moment lang klopfte Maxis Herz schneller. War Vic gekommen, um ihr zu erklären, was wirklich los war? Um reinen Tisch zu machen?

Aber es war ausnahmsweise Max, der mit seinem Moped die Auffahrt hochgetuckert kam, Carolin auf dem Beifahrersitz, die schon im Absteigen den Helm abnahm, ihn über den Lenker hängte und zum Gatter gelaufen kam.

»Hey, war Alois schon da?«, fragte sie atemlos.

»Ja. Johnny ist gesund. Am Seh- oder Hörvermögen liegt es nicht.«

Maxi hörte selber, wie dumpf ihre Stimme klang, und Carolin sah sie auch sofort forschend an.

»Was ist denn los? Ich dachte, du hattest gestern das

ultimative Date mit meinem Bruderherz? Er hat extra unsere Cousine angerufen, um sich Romantiktipps geben zu lassen!«

Maxi wandte den Blick ab und starrte erneut auf die beiden Ziegen. »Wann kommen Ehemänner mit roten Rosen an, mit Brillantarmbändern, mit Essenseinladungen und Komplimenten?«

Carolin sah sie perplex an. »Woher soll ich das wissen? Ich bin nicht verheiratet, falls dir das entgangen sein sollte.«

»Nicht im wirklichen Leben«, sagte Maxi ungeduldig. »Im Film! Wann sind Ehemänner besonders aufmerksam und liebevoll?«

»Keine Ahnung? Wenn's im Drehbuch steht? Mann! Was geht bloß wieder in deinem Kopf …«

»Denk doch mit!«, unterbrach Maxi wütend. »Sie sind aufmerksam und liebevoll und kommen mit Geschenken an, weil sie ein *schlechtes Gewissen* haben! Und das schlechte Gewissen haben sie in den allermeisten Fällen, *weil* …???«

Carolins Blick wechselte von perplex zu ungläubig. »Du denkst doch nicht *wirklich*, dass er und Sara …«

»Hi, Maxi!« Max gesellte sich zu ihnen. »Hat Carolin dir schon von Vic ausgerichtet …«

»Ach ja, wir sollen dich grüßen lassen«, fiel Carolin hastig ein. »Und all der übliche Sülzkram, den du dir ohnehin denken kannst.«

Max schüttelte nur mitleidig den Kopf. »Du übertreibst es manchmal echt mit dem Nicht-Übertreiben, meinst du nicht auch? Also, weil er doch heute Frühdienst hat und nicht mit raufkommen konnte, schickt er dir das hier …«

Max hatte seine linke Hand die ganze Zeit über hinter seinem Rücken versteckt, nun tauchte sie auf, einen kleinen, flachen Karton haltend, den er nach oben öffnete wie eine Schmuckschatulle, sodass zehn leicht ramponierte, schokoladeüberzogene Mini-Schaumküsse sichtbar wurden. »Wir sollten dir eigentlich ausrichten, dass jeder Schaumkuss ein Gutschein für einen echten Kuss ist! Und du kannst alle Gutscheine heute Nachmittag auf dem Ostermarkt einlösen!«

»Rosen und Geschenke«, murmelte Maxi.

Max hob die Augenbrauen und runzelte die Stirn. »Irgendwie hatte er sich, glaube ich, eine etwas freudigere Reaktion erwartet. Wahrscheinlich auch, weil Sara ihm vorgejauchzt hat, wie suuuuupersüüüühüß sie die Idee findet.«

»Sara?«, fragte Maxi sofort. »Was hat die denn damit zu tun?«

»Gar nichts, aber sie war frühmorgens schon im Dorfcafé, offenbar um sich ihre tägliche Dosis Vic abzuholen, bevor sie mit dem Bus zu euch weiterfährt …«

»Max«, versuchte Carolin ihn zu unterbrechen. »Ich glaub nicht, dass …«

»Wenn die Kleine nicht der heftigste Ein-Personen-Fanklub ist, den ich je erlebt habe!«, plauderte Max in unbeirrbarer Fröhlichkeit weiter. »Wetten, sie versteckt sich in seinem Koffer, wenn er nach England fliegt, und … *Aua!*«

Max brach ab, beugte sich vor und rieb sein Schienbein, dem Carolin eben einen heftigen Tritt versetzt hatte.

»Ich meine doch bloß …«, fuhr Max fort, um dann gleich wieder abzubrechen, Carolin und dann Maxi entschuldigend anzusehen und dunkelrot anzulaufen. »Ich meine ja nur, weil sie eben so hartnäckig ist …«, fügte er halbherzig hinzu.

Maxi sah von Max zu Carolin, die nun ebenfalls knallrot im Gesicht war. Also wusste sie es! Bei Max war Maxi sich nicht sicher, aber Carolins Gesichtsausdruck war eindeutig. Vic musste es ihr erzählt haben.

»Hey, Leute!«

Maxi zuckte beim Klang von Saras Stimme zusammen. »Ich war ja mit dem Bus fast so schnell wie ihr mit dem Moped! Na, war der Tierarzt schon da? Ist mit Johnny alles o. k.?«

»Na, *die* hat mir jetzt grade noch gefehlt«, murmelte Maxi, wandte sich grußlos ab und stapfte zurück zum Haus.

»Was hat sie denn?«, hörte sie Saras Stimme hinter sich und dann Carolins, die antwortete: »Hat nichts mit dir zu tun. Sie ist einfach nur schlecht drauf.«

»Sag bloß, sie wollte die Schaumküsse nicht?« Bei der Frage wurde Saras Stimme vor Empörung beinahe schrill. »Aber Vic hat sich doch *solche* Mühe gegeben! Und ich fand es soooooo süß von ihm! Darf ich einen haben?«

Maxi beschleunigte ihren Schritt. Diese falsche kleine Schlange. Sie wollte kein weiteres Wort mehr hören.

Anders, aber nicht besser

Der Besuch des Altenburger Ostermarktes war für den Nachmittag schon seit Tagen ausgemacht gewesen. Max war den ganzen Vormittag über geblieben und hatte Carolin beim Unterricht und dann bei einem neuerlichen Reitversuch auf Johnny zugesehen, der allerdings ähnlich endete wie der vorangegangene. Sara war nach einem kurzen Gespräch mit Alois zwischen Tür und Angel – Maxi hatte sie *nicht* eingeladen, sich dazuzusetzen – gegangen, um ihren Dienst im Dorfcafé anzutreten, wollte aber genau wie Vic um zwei wieder hier sein, um mit den anderen nach Altenburg auf den Markt zu fahren. Mittlerweile wunderte Maxi sich kaum noch, als Cordula kurz vor Abmarsch beschloss, doch nicht mitzukommen.

»Ich hab heute Lust auf die wilde, freie Natur«, erklärte sie. »Machen wir doch Arbeitsteilung: Ich sammle Zweige für den Osterbaum, Weidenkätzchen und so und ihr besorgt auf dem Markt die Deko.«

»Klaro, Süße«, antwortete Nini gut gelaunt. »Klingt doch nach einem super Plan. Soll ich dir was mitbringen? Schaumrolle? Zuckerapfel? Gebrannte Mandeln? Chace Crawford?«

»Eine Schaumrolle und Chace Crawford, bitte. Wenn

du Chace nicht kriegst, dann stattdessen die Mandeln und den Zuckerapfel.«

»Gebongt!«

Die beiden hüpften, klatschten und kicherten sich durch eine komplizierte Handshake-Choreografie, in der sie offenbar jede Menge Routine hatten, und erneut konnte Maxi nicht fassen, wie frech Cordula ihre beste Freundin belog. Denn *dass* sie sie belog, war für Maxi offensichtlich. Sie wurde einfach nicht schlau aus Cordulas Verhalten, besonders nach dem coolen Nachmittag im Shoppingcenter neulich und dem Gespräch über Mädchenfreundschaften – das passte doch alles nicht zusammen. Gerade als Maxi anfing, sich wieder darüber den Kopf zu zerbrechen, ob sie sich nicht *doch* einmischen sollte, rief Vic an.

»Maxi, es tut mir leid, ich weiß, wir hatten das ewig ausgemacht, aber ich schaff's heute einfach nicht zum Ostermarkt. Ich muss dann nachher nach Altenburg, der Trainer hat mich gerade angerufen.«

»Was, jetzt? In den Osterferien? Und wieso muss Max nicht?«

Zögern am anderen Ende der Leitung. »Das ist ... sozusagen ... eine Art Strategiebesprechung für die nächsten Spiele. Aufstellung, Taktik, Timing. Immerhin sind wir Titelverteidiger dieses Jahr. Und er will wohl erst mal alles nur mit dem Kapitän besprechen.«

»Aha«, sagte Maxi und der ungläubige Tonfall war durchaus beabsichtigt. »Verstehe.«

Sie hörte ein quietschiges Lachen im Hintergrund und ihr Magen reagierte augenblicklich mit der Verwandlung in einen kleinen, steinharten Ball. »Ist das Sara?«, fragte sie. »Die wollte doch auch zum Markt mitkommen?«

»Ja, sie wollte dir gerade schreiben, dass sie doch nicht mitkann. Meine Mutter hat sie gebeten, heute länger zu bleiben, weil so viel los ist. Sie räumt noch Tische ab und so.«

Definiere »und so«, dachte Maxi, aber sie schwieg.

»Ist was?«, fragte Vic. »Du bist irgendwie komisch.«

»Nein, ich finde eher, *du* bist komisch«, sagte Maxi.

»Überhaupt nicht«, protestierte Vic. »Wieso sollte ich komisch sein?«

»Das wüsste ich auch gern. Am besten erklärst du's mir.«

»Da gibt's aber nichts zu erklären.«

»Bist du sicher?«

»Sicher bin ich sicher.«

»Na dann.«

»Na dann.«

Schweigen am anderen Ende, dann wieder das quietschige Lachen.

Maxi legte auf, ohne sich zu verabschieden. Seit Silvester hatte es kein solches Gespräch mehr zwischen ihr und Vic gegeben.

»Alles klar?«, fragte Carolin. Es hatte sich den ganzen Vormittag über keine Gelegenheit ergeben, mit Carolin alleine zu reden, aber Maxi war verdammt sauer auf ihre Freundin und sie hatte nicht vor, sie darüber im Unklaren zu lassen. Carolin *wusste*, was los war. Und hatte nicht nur die Ahnungslose gespielt, sondern Maxi auch noch das Gefühl gegeben, sie litte unter Verfolgungswahn. Es war ja verständlich, dass sie ihren Bruder decken wollte, aber fies ihr gegenüber war es trotzdem.

»Ja. Nur Vic kommt nicht. Und Sara auch nicht. Angeblich hat deine Mutter sie gebeten, länger zu bleiben.«

»Was heißt ›angeblich‹?«, fragte Carolin ärgerlich. »Es war heute viel los, das hat sie mir vorhin am Telefon auch gesagt.«

»Na klar«, zischte Maxi. »Dann ist es also ein Zufall, dass Vic und sie beide nicht kommen, ja?«

»Ja, genau das ist es«, zischte Carolin zurück.

Max und Nini unterhielten sich vorne über Billard – sie und Maxi waren ein paar Schritte zurückgefallen.

»Und dass Vic dauernd irgendwelche seltsamen Fußballtermine hat, von denen sonst niemand etwas weiß und zu denen sonst auch niemand hinmuss? Das soll mir wohl auch nicht komisch vorkommen?«

Carolin wurde rot und biss sich auf die Lippe. »Glaub mir, du reimst dir das alles völlig falsch zusammen«, murmelte sie.

»Hey, ihr zwei«, rief Max nach hinten. »Macht ein bisschen schneller, sonst verpassen wir den Bus!«

Die Mädchen beschleunigten ihren Schritt.

»Dann erklär's mir!«, verlangte Maxi halblaut.

»Ich kann dir gar nichts erklären«, murmelte Carolin gerade noch, bevor sie die beiden anderen erreichten. Und damit war das Thema für den Nachmittag wieder erledigt.

Dass Nini so begeistert vom Ostermarkt war, söhnte Maxi wieder ein wenig mit ihrem Schicksal aus. Dass sie mehrmals betonte, wie schade es sei, dass Cordula nicht mit war, dämpfte ihre Stimmung aber gleich wieder. Wie war es möglich, dass plötzlich alle um sie herum so falsch und durchtrieben agierten? Cordula, Carolin, Vic – alle hielten etwas vor ihr geheim, erzählten Lügenmärchen oder sagten zumindest nicht die ganze Wahrheit. Die Osterferien waren gerade mal zur Hälfte um und in den paar Tagen war Maxis Welt völlig auf den Kopf gestellt worden, ohne dass sie richtig gemerkt hätte, wie es passiert war. Und alles war so schwammig, so wenig greifbar, sie konnte gar nichts unternehmen, weil sie nicht mal sicher war, was sich eigentlich abspielte!

Als sie am Abend nach Hause kam, war Maxi irgendwie erschöpft, ohne richtig zu wissen, warum. Vic hatte nicht noch mal angerufen. Cordula war bei der Begrüßung bester Laune gewesen, ohne die Spur eines schlechten Gewissens. Sie war gerade dabei, im Wohnzimmer mit Nini gemeinsam die Zweige zu dekorieren, die sie gesammelt hatte – vermutlich bei einem romantischen Osterspaziergang mit Marcel.

Stella hatte einen Riesenbecher Vanilleeiscreme mit Karamellstückchen vor sich stehen und löffelte das Zeug, als würde Eiscreme demnächst abgeschafft. Maxi stand vor Charlys geöffneter Tür und betrachtete missmutig den Inhalt des riesigen Kühlschranks. Sie hatte keinen richtigen Hunger, aber irgendwie das Gefühl, Essen könnte vielleicht dazu beitragen, dass sie sich besser fühlte. Sie schielte auf den Eiscremebecher und bemerkte den zweiten Löffel, den ihre Mutter vorsorglich hingelegt hatte. Gleichzeitig sah sie, wie Stella ihrem Vater, der eben auf der Suche nach Knabberzeug in die Küche geschlurft kam, einen »Verzieh-dich-bitte-hier-reden-Mädels«-Blick zuwarf. Nick antwortete mit einem »Ich-dachte-ich-wohne-hier«-Augenverdrehen, verzog sich aber dann doch rasch, nachdem er mit sicherem Griff eine Packung Salzbrezeln aus der Knabberschublade gefischt hatte.

Maxi seufzte. Was kam jetzt wieder? Zusätzlicher Stress von Elternseite war das Letzte, was sie jetzt brauchte.

»Du willst bestimmt nicht dafür verantwortlich sein, dass ich das hier allein aufesse«, sagte Stella und Maxi schloss Charlys Tür, wandte sich um und tat, als würde sie die Eiscreme jetzt erst bemerken.

»Bestimmt nicht«, sagte sie, drehte einen Küchenstuhl um, sodass sie sich mit einem Arm auf der Lehne abstützen konnte, nahm mit der freien Hand den Löffel, den Stella ihr hinhielt, und begann, damit nach Karamellstückchen zu fischen.

»Marcel hat also eine Eroberung gemacht, wie's aussieht«, begann Stella in unverfänglichem Ton das Gespräch, nachdem Mutter und Tochter eine Minute lang schweigend Vanilleeis gelöffelt hatten.

»Wie, das weißt du?« Maxi sah ihre Mutter verblüfft an, und Stella lachte.

»Na hör mal! Ich bin vielleicht uralt, aber noch nicht blind und taub! Und Mütter haben sowieso geschärfte Sinne!«

Maxi starrte Stella sekundenlang an, während hinter ihrer Stirn wie ein Film noch einmal die Episode im Dorfcafé ablief. Ihre Mutter hatte also schon von Cordula und Marcel gewusst. Hatte Cordula was gesagt? Hatte sie mitbekommen, wie sie sich mit Marcel verabredet hatte? Hatte sie deshalb …?

»Ha!«, rief Maxi.

»Ha?«, gab Stella fragend mit erhobenen Augenbrauen zurück.

»Jetzt weiß ich, warum ich dir unbedingt diesen Schokoshake aus dem Dorfcafé holen sollte!« Ihre Mutter hatte gewollt, dass sie die Sache mit Cordula und Marcel mit eigenen Augen sah!

Stellas Gesicht färbte sich augenblicklich dunkelrot.

»Du weißt es? Es tut mir leid, Maximaus, ich hätte es dir vielleicht früher sagen sollen, aber …«

»Und ob du's mir hättest früher sagen sollen!«

»Das hat Nick ja auch gemeint, aber ich war nicht vollkommen sicher, und deshalb …«

»Was, Nick weiß auch Bescheid?«

Ihr *Vater* hatte es sogar mitbekommen? Deshalb neulich diese seltsame Unterhaltung über Ehrlichkeit in der Familie und im Freundeskreis! Es grenzte an ein Wunder, dass Nini noch nicht Bescheid wusste! Maxi musste ihr die Sache unbedingt schonend beibringen, bevor das ganze Dorf darüber tratschte. Sollte sie vorher mit Cordula reden? Oder sollte sie sie einfach übergehen?

»Maxi?«

»Ja?«, sagte Maxi zerstreut. In was für eine Lage war sie hier bloß gekommen, verdammt noch mal? »Ich versteh gar nicht, wieso du so ein Affentheater drum gemacht hast«, fügte sie hinzu. »Du hättest es mir doch einfach sagen können.«

Stella nickte schuldbewusst.

»Ich weiß, aber bevor ich es nicht Schwarz auf Weiß hatte, wollte ich nicht alle rebellisch machen, bloß Nick und Judith …«

»Du hast mit Judith darüber geredet?«

Stellas Gesicht färbte sich noch eine Schattierung dunkler.

»Süße, bestimmt denkst du, ich hätte es dir zuerst sagen sollen, aber es war gerade so viel los, mit Vic und dem Fußballmatch und dem Pony-Drama …« Sie holte tief Luft und sah Maxi unsicher an. »Aber sag mal – was hältst du denn davon? Freust du dich ein bisschen?«

»Freuen?« Maxi sah ihre Mutter entgeistert an. »Darüber, dass Cordula mit Marcel rumknutscht?«

Stella runzelte die Stirn und wirkte einen Moment ziemlich verwirrt.

»Wie bitte? Cordula? Ich hab Nini gemeint! Aber das ist eigentlich nicht das, worüber ich …«

»*Nini?* Du hast *Nini* gemeint?«

»Ja,«, sagte Stella. »Ich hab sie mit Marcel gesehen. Das war, während du mit Cordula shoppen warst. Sie sind wohl gemeinsam zum Joggen, und dann haben sie sich hier auf dem Parkplatz offensichtlich unbeobachtet gefühlt, und als ich in der Küche aus dem Fenster gesehen habe …«

»Nini!«, wiederholte Maxi ungläubig. »Bist du auch wirklich ganz sicher?«

»Aber sicher bin ich sicher«, sagte Stella irritiert.

»Nicht zu fassen«, murmelte Maxi. »Sie belügen sich *gegenseitig*! Und Marcel ... der ist überhaupt das Letzte ...«

Maxi war der Appetit vergangen. Sie stand auf, ließ den Eislöffel ins Spülbecken fallen und sagte: »Ich geh dann mal hinauf in mein Zimmer. Bin ziemlich geschafft. Danke, dass du's mir gesagt hast. Besser spät als nie.«

»Maxi, ich wollte dir eigentlich noch ...«

Aber Maxi war schon zur Tür hinaus, nahm zwei Stufen auf einmal, knallte ihre Zimmertür hinter sich zu und ließ sich rücklings auf ihr Bett fallen. Zwei Türen weiter saßen Nini und Cordula an Ninis Laptop und luden gemeinsam Fotos von ihrem Wieselberger Osterurlaub auf ihre Facebook-Seiten. Obwohl jede wohl nur etwa die Hälfte von dem wusste, womit die andere sich hier die Zeit vertrieb. Was für ein Durcheinander.

Maxis Handy machte sich bemerkbar. Vic. Aber egal, was er ihr zu sagen hatte, ob es auf ein Geständnis, eine Entschuldigung oder eine Rechtfertigung hinauslief – oder ob er weiterhin darauf beharren wollte, dass gar nichts los war und Maxi bloß »komisch« sei – sie hatte auf nichts davon Bock.

Zwei ihrer besten Freundinnen hatten Geheimnisse voreinander *und* vor ihr.

Ihre Mutter hatte vor niemandem Geheimnisse *außer* vor ihr.

Vic leugnete, ein Geheimnis vor ihr zu haben, und ließ zu, dass sich in ihrem Kopf wilde Szenen abspielten, was es sein *könnte*. Und Carolin wusste Bescheid und klinkte sich aus.

Maxi schaltete ihr Handy aus und beschloss, den Rest des Abends einem Buch über Bodenarbeit mit Pferden zu widmen, das schon eine Weile auf ihrem Nachttisch wartete.

Als Maxi am nächsten Morgen ihr Handy wieder einschaltete, meldete es ihr fünf nicht beantwortete Anrufe von Vic. Sie drehte es erneut ab und ging ins Bad. Es war eindeutig zu früh für so was. Sie fühlte sich schrecklich. Wie konnte es sein, dass einem innerlich alles wehtat, obwohl doch nicht wirklich was passiert war? Zumindest wusste sie das nicht mit Bestimmtheit. Aber all die Lügen, Halbwahrheiten, Alibis und falsche Beteuerungen von allen Seiten machten ihr echt zu schaffen. Am liebsten wäre sie im Bett geblieben, aber wenn sie nicht zum Frühstück runterkam, würden innerhalb einer Viertelstunde nicht nur ihre Mutter, sondern auch Nini und Cordula bei ihr auftauchen um herauszufinden was los war. Da schien frühstücken und so tun als ob noch die weniger anstrengende Lösung.

Nini und Cordula waren fröhlich und bester Laune – und Maxi wurde beinahe übel bei dem Gedanken, was diese beiden, die »beste Freundinnen« waren, seit sie sie kannte, hinter dem Rücken der jeweils anderen taten. Hatte keine von ihnen auch nur die Spur eines schlechten Gewissens? Wie war so was möglich? Die Fröhlichkeit wirkte echt, also entweder die beiden waren absolut gewissenlos – oder exzellente Schauspielerinnen.

Stella war irgendwie grün im Gesicht und aß nur trockenen Toast.

»Zu viel Eiscreme gestern?«, fragte Maxi.

Ihre Mutter rang sich ein Lächeln ab und zuckte mit den Schultern. Nick streichelte kurz Stellas Hand, aber sie schien das gar nicht zu bemerken, sondern starrte Maxi an, als wollte sie ihr telepathisch etwas mitteilen.

Wahrscheinlich wollte sie noch irgendetwas wegen Nini und Cordula loswerden, dachte Maxi. Aber davon hatte sie erst mal genug gehört. Als A- und B-Hörnchen sich – heute mal gemeinsam – zu einem Spaziergang in Richtung Ruine aufmachten, verdrückte sich auch Maxi aus der Küche, um ihrer Mutter keine Gelegenheit zu einem vertraulichen Gespräch zu geben. Sie hatte sowieso Carolin versprochen, ihr mit Ringo gemeinsam wieder bei Samis Reitstunde zu helfen. Und danach würde sie einen Ausritt machen, sie hatte Ringo seit Beginn der Ferien ohnehin vernachlässigt.

Die Erste, der sie im Stall begegnete, war Sara. Sie hatte Johnnys Halfter in der Hand, wollte ihn gerade aus der Box holen und wich Maxis Blick aus, als wollte sie sich am liebsten unsichtbar machen.

»Ich hab Carolin gefragt«, sagte sie statt einer Begrüßung hastig, »es stört sie nicht, wenn ich während der Unterrichtsstunde auch im Viereck bin. Ist doch o. k., oder?«

»Schätze schon«, sagte Maxi nur.

Das wurde ja immer besser. Sie tat Carolin einen Gefallen, obwohl die ihr ganz offensichtlich etwas verschwieg, und nun musste sie auch noch die ganze Reitstunde lang Sara ertragen. Als ob sie die braunen Locken, das herzförmige Gesicht, das Grübchen in ihrem Kinn, die runden Augen, die vollen Lippen nicht ohnehin letzte Nacht ununterbrochen gesehen hätte. Vic und die hübsche, kleine Sara, die ihn anbetete. Ihre Fantasie hatte nichts ausgelassen, sosehr sie auch versucht hatte, an etwas anderes zu denken. Als sie endlich eingeschlafen war, hatte sie von Sara geträumt. Und nun war diese schreckliche Nacht kaum vorbei und wer stand hier, bereit, ihr auch den folgenden Tag zu versauen? Wieder Sara. Und warum war sie da? Weil sie, Maxi, in ihrer Naivität einen Unterschlupf für Saras Pony angeboten hatte.

Wäre es nicht wirklich darum gegangen, dem Pony das Leben zu retten, und wüsste sie nicht, dass Sara einfach kein Geld hatte, um sich irgendwo anders einen Einstellplatz zu leisten, sie hätte das Mädchen in diesem Moment aufgefordert, zu verschwinden. Aber es war nun einmal, wie es war, und sie hatte es sich selbst und ihrer Gutmütigkeit zuzuschreiben, dass Sara sich ständig auf ihrem Territorium herumtrieb.

Sie putzte, sattelte und zäumte Ringo und daneben tat Sara genau dasselbe mit Johnny. Die ganze Zeit über sprachen sie kein Wort miteinander. Carolin war schon auf dem Platz und wärmte Dorus auf. Sie machte das vor den meisten Stunden und auch zwischendurch – um das Pferd und seine Eigenheiten kennenzulernen und dann beim Unterricht Pferd und Reiter besser aufeinander abstimmen zu können. Irgendwann sollten die beiden ein Team sein, doch dieses Ziel schien – vor allem wegen der Kommunikationsschwierigkeiten – noch in ziemlich weiter Ferne zu liegen.

Maxi putzte verbissen an Ringo herum, bis wirklich kein Staubkörnchen mehr in seiner Mähne oder seinem Fell hing. Geh schon!, dachte sie in Großbuchstaben, geh schon, geh schon! Sie hatte absolut keine Lust, einträchtig neben Sara zum Viereck zu gehen, als wären sie alte Freundinnen.

Offenbar schien Sara allerdings die gegenteilige Strategie zu verfolgen, und erst als Maxi noch Ringos Augen mit einem feuchten Lappen gereinigt, einen Knoten aus der Mähne geschnitten und zweimal die Hufe kontrolliert hatte, holte sie Johnnys Sattel – genau als Maxi auch keine Entschuldigung mehr hatte, das Satteln noch länger hinauszuzögern, vor allem, zumal inzwischen Herrn Celiks Limousine vorgefahren war.

Wahrscheinlich war Carolin ziemlich nervös geworden, beim Anblick des Autos. Beim letzten Mal war Samis Vater nämlich ausgestiegen und hatte die ganze Stunde lang hinter der Umzäunung des Vierecks gestanden, ein stummer, kritischer Zuschauer.

»Bestimmt war er total unzufrieden mit Samis Fortschritten«, hatte Carolin düster gemeint. »Und zu Recht. Ich weiß einfach nicht, wie ich ihm verklickern soll, was ich meine. Bei jemandem mit seinem Talent würde es normalerweise viel schneller gehen.«

Maxi war überzeugt, dass ihre Freundin das viel zu negativ sah. Herr Celik war eben nicht der leutselige

Plauder-Typ, nur deshalb war er im Anschluss an den Unterricht nach einer kurzen Begrüßung gleich wieder verschwunden.

Heute war er jedenfalls nicht geblieben, nur Sami war aus dem Auto geklettert, hatte kurz zu ihr herübergewunken und war dann gleich zum Viereck gegangen, als er gesehen hatte, dass sowohl seine Reitlehrerin als auch sein Pferd bereits auf ihn warteten.

Carolin würde sauer werden, wenn sie sich mit Ringo noch mehr Zeit ließ, das wusste Maxi genau. Soll sie doch, dachte Maxi trotzig. Dann sind wir wenigstens quitt. Nein, widersprach sie sich selbst, dann sind wir noch lange nicht quitt – nicht mal ansatzweise.

»Bist du fertig?«, fragte Sara plötzlich schüchtern.

»Ja, warum?«, gab Maxi unwirsch zurück.

»Johnny geht bestimmt lieber mit Ringo, deshalb.«

Maxi zuckte nur mit den Schultern, zäumte Ringo auf und führte ihn ohne ein weiteres Wort in Richtung Viereck.

»Na endlich«, rief Carolin ihr entgegen. »Ich dachte schon, du kommst überhaupt nicht mehr!«

»Jetzt bin ich ja da«, knurrte Maxi.

»In der Tat. Und deine Freundin, die gute Laune, hast du auch mitgebracht.«

»Wir haben ausgemacht, dass ich komme und dir helfe. Wenn ich auch noch den Clown spielen soll, kostet das extra.«

Carolin verdrehte die Augen. »Setz dich einfach nur auf dein Pferd, dann bin ich schon zufrieden.«

Maxi stieg in den Steigbügel und flupp! – wanderte

der Sattel hundertachtzig Grad um Ringo herum und blieb unter seinem Bauch hängen. Maxi hatte vergessen, den Gurt nachzuziehen. Sie stolperte, bekam den Fuß nicht gleich aus dem Steigbügel, hüpfte auf einem Bein, verlor schließlich doch das Gleichgewicht und legte eine Art Zeitlupensturz in den Sand hin.

Carolin starrte sie von der Mitte des Vierecks mit in die Seiten gestemmten Armen fassungslos an – Sami auf Dorus und Sara auf Johnny hatten den exakt selben Gesichtsausdruck drauf – und dann explodierten alle drei gleichzeitig mit Gelächter.

Ringo hatte sich während der ganzen Aktion keinen Zentimeter bewegt, er drehte jetzt nur den Kopf zu Maxi und warf ihr einen langen, fragenden Blick zu. Maxi rappelte sich wütend hoch und klopfte sich den Staub aus dem Hosenboden.

»Verdammt noch mal!«, fluchte sie und versuchte vergeblich, den Sattel über Ringos rundliche Mitte wieder nach oben zu schieben, was dazu führte, dass Sara und Sami Tränen lachten und Carolin sich gemütlich auf den Zaun setzte, um dort der Vorstellung beizuwohnen.

»Ich hatte ja keine Ahnung, dass du das mit dem Clown wörtlich gemeint hast!«, sagte sie. »Aber egal, was es kostet, es ist jeden Cent wert!«

»Verdammt noch mal!«, wiederholte Maxi, nun noch wütender, und hockte sich neben Ringo, um den Sattelgurt zu öffnen. Der Sattel plumpste zu Boden und dies empfand Ringo als eindeutiges Signal, dass die Arbeit für heute getan war. Er machte sich also gemessenen Schrittes auf den Weg zurück zum Sattelplatz, ohne sich noch einmal nach Maxi umzusehen, die ihm erst fassungslos nachstarrte, dann seinen Namen brüllte, was der Isländer aber ignorierte.

Maxi war mittlerweile vor Wut knallrot im Gesicht und sowohl Sami als auch Sara bemühten sich, aus ihrem Lachkrampf irgendwie herauszufinden, um Maxi nicht noch mehr auf die Palme zu bringen.

»Verdammt noch mal«, schimpfte sie erneut, stampfte mit dem Fuß auf, hob mit Mühe den schweren Sattel hoch und folgte damit leicht schwankend ihrem Pferd.

Als sie auch noch über den am Boden liegenden Sperrbalken des Dressurvierecks stolperte, war es mit der Selbstbeherrschung ihres Publikums vorbei und das Gelächter ging von vorne los.

»Abgang Bobo der Clown«, hörte Maxi Carolins Stimme über dem Gelächter der beiden anderen, dann kam von Sami etwas auf Türkisch, das klang etwa so wie: *»Bununla bir kariyer yapabilir!*«*, gefolgt von einem weiteren Lachkrampf.

Sara schnappte nach Luft. *»Haklısin bende öyle düsünüyorum!**«*, erklärte sie dann. *»Normalde hiç bu kadar komik değil!***«*

Ja, macht euch nur lustig, ihr Idioten, dachte Maxi, in welchen Sprachen ihr wollt! Ist mir doch egal!, und stapfte noch ein paar Schritte weiter, bevor sie plötzlich stehen blieb und sich umdrehte.

---

* Damit könnte sie Karriere machen!

** Das kannst du laut sagen!

*** Normalerweise ist sie nie so lustig!

Sami und Carolin starrten Sara, die sich gerade eine Lachträne aus dem Gesicht wischte, gleichermaßen verblüfft an.

»Du sprichst türkisch?«, fragte Carolin.

»Sen Türkçe mi konusuyorsun?«*, fragte nur einen Atemzug später Sami.

»Ja«, sagte Sara zu Carolin. »Mein Papa ist Türke.« Dann sah sie zu Sami und fügte hinzu: *»Benim babam Türk.**«*

*»Benimde!***«*, erwiderte Sami und strahlte sie an.

»Nun, dann schätze ich, ich werde Bobo den Clown umständehalber aus dem Dienst entlassen und ihm erlauben, sich zurückzuziehen, solange er noch einen Rest Würde hat. Du hingegen bist als Dolmetscherin engagiert. Und zwar ab sofort. Einverstanden?«

»Na klar«, erwiderte Sara strahlend. »Ich bin doch froh, wenn ich mich nützlich machen kann!«

»Nützlich«, murmelte Maxi und schnaubte verächtlich durch die Nase. »Wenn's nach mir geht, hast du dich schon mehr als genug nützlich gemacht.«

Sie zäumte Ringo ab und brachte ihn zurück auf die Koppel. Die Lust, noch ausreiten zu gehen, war ihr gründlich vergangen. Dabei warf sie unauffällige Seitenblicke in Richtung Reitplatz, wo fröhliche Bemerkungen und Anweisungen auf Deutsch und Türkisch hin und her flogen, immer wieder unterbrochen

---

* Du sprichst türkisch?

** Mein Papa ist Türke.

*** Meiner auch!

von Gelächter. Die Reitstunde mit der *nützlichen* Sara schien ja mächtig Spaß zu machen.

Maxi fegte die Sattelkammer und kehrte Haare und Mist auf dem Sattelplatz zusammen. Sie checkte die Uhrzeit auf ihrem Handy. Die Reitstunde war eigentlich um und bestimmt würde Herrn Celiks schwarz glänzender Mercedes jeden Moment auftauchen. Was machten die bloß so lange? Sie schlenderte zurück zum Reitplatz, die Hände in den Hosentaschen und machte sich dort mit Schaufel und Mistboy zu schaffen. Die Stunde war offensichtlich beendet, Carolin war dabei, Dorus trocken zu reiten, und hatte Johnny als Handpferd am langen Zügel. Das Pony wirkte neben dem Friesen wie ein geflecktes Schoßhündchen, aber es lief lammfromm nebenher, ohne jede Scheu vor dem mächtigen Ross. Sara und Sami lehnten in einer Ecke des Vierecks am Zaun, plauderten und lachten.

Gerade kam Carolin mit den beiden Pferden am Hufschlag bei Maxi vorbei.

»Hi, Bobo«, sagte sie. »Na, wieder alles unter Kontrolle?«

»Hmpf«, machte Maxi und schubste einen Pferdeapfel so heftig, dass er über den Mistboy hüpfte und zwei Meter weiterrollte.

Carolin grinste. »Sag bloß, die Vorstellung geht noch weiter!«

Maxi würdigte sie keines Blickes und tat, als würde der Umstand, dass der Wagen von Samis Vater eben die Auffahrt heraufkurvte, ihre ganze Aufmerksamkeit beanspruchen. Sami hatte den Mercedes ebenfalls bemerkt, er sagte irgendetwas, was von Sara mit einem strahlenden Lächeln beantwortet wurde, und beugte sich dann vor, um sie auf beide Wangen zu küssen. Dass sie dabei knallrot wurde, konnte man sogar vom entgegengesetzten Ende des Reitplatzes nicht übersehen.

Dann warf Sami einen fragenden Blick zu Carolin.

»Geh nur«, rief die, und deutete zu der schwarzen Limousine. »Ich versorge Dorus schon.«

»Danke!«, rief der dunkelhaarige Junge zurück und lachte. *»Merci! Thank you! Teşekkürler*!«* Dann kletterte er halb, halb sprang er über die Abgrenzung des Reitplatzes und lief in Richtung Parkplatz. Sara hingegen kam im Laufschritt über den Platz auf Carolin und Maxi zu, über das ganze Gesicht strahlend.

»Ist er nicht total süß?«, rief sie schon auf halber Strecke den beiden zu. »Stellt euch vor, seine Mutter hat seinen Vater verlassen, genau wie mein Papa meine Mama.«

Sie sagte es mit so viel Begeisterung, dass man hätte glauben können, es sei die beste Nachricht des Tages, dass beide Eltern sich getrennt hatten.

»Und er liebt Pferde«, fuhr Sara fort. »Er sagt, am liebsten wäre er eines! Ist das nicht witzig? Meine Mutter erzählt immer, wenn man mich früher, als ich klein war, gefragt hat, was ich werden will, dann habe ich gesagt: ›Ein Pferd!‹ Voll witzig, nicht wahr?« Die schon abgeklungene Rötung ihrer Wangen frischte sich wieder

---

* Danke!

auf. »Und er hat gesagt, ich bin das hübscheste Mädchen zwischen Ankara und Wieselberg.« In dem Moment schien ihr aufzufallen, dass das vielleicht keine übermäßig höfliche Bemerkung war. »Von euch beiden natürlich abgesehen«, fügte sie hastig hinzu.

»Natürlich«, meinte Carolin gut gelaunt.

»Hmpf«, machte Maxi.

»Ist er nicht *total* süß?«, fragte Sara noch einmal und blickte mit verklärtem Blick wieder in Richtung Parkplatz, wo Sami gerade einstieg, die Hand noch einmal hob, um den drei Mädels zuzuwinken, bevor er hinter den getönten Scheiben des Wagens unsichtbar wurde.

»Total«, sagte Carolin und Sara nickte ergriffen.

Carolin zwinkerte Maxi zu, stieg ab und führte beide Pferde in Richtung Sattelplatz, Sara ihrem Sami-Tagtraum überlassend.

»Kommst du?«, fügte sie zu Maxi gewandt hinzu und sagte grinsend, kaum dass sie außer Hörweite war: »Also ich schätze, in Zukunft wird sie deutlich weniger an Vic kleben – schon allein, weil ihr neues Idol auch auf sie abzufahren scheint.«

Maxi sagte nichts und zuckte nur mit den Schultern. Dass Sara sich jetzt für jemand anderen begeisterte, bewies ja nicht, dass in der Vergangenheit nichts gelaufen war.

»Komm schon, Maxi, Vic hat überhaupt kein Interesse an ihr. Hatte er keine Sekunde lang. Und sie hat ihn ja auch bloß angehimmelt, weil er so ein edler Ritter war.«

Maxis Schulterzucken kam schon ganz automatisch.

»Was ist denn bloß los mit dir?«, fragte Carolin ärgerlich. »Es gibt kein Drama, also musst du dir eines erfinden, ist es das? Ist dir die ewige Harmonie zu langweilig geworden?«

Das war Maxi nun eindeutig zu viel.

»Jetzt hör aber auf!«, fauchte sie Carolin an. »Ich kenne Vic und ich kenne dich. Und ich bin nicht bescheuert. Da ist etwas, was er mir nicht sagt, und du weißt Bescheid. Erzähl mir nicht, dass das nicht wahr ist, du bist nämlich eine verdammt schlechte Lügnerin. Wenn du's nicht sagen willst, sag's nicht. Aber hör auf, mich zu verarschen, o. k.?«

Und damit stampfte sie davon. Sie hatte sich heute wahrlich schon genügend zum Affen gemacht. Es war einer dieser Tage, an denen alles und jeder gegen sie war – sogar Ringo!

Genau genommen war es eine dieser *Wochen*! Und wieso musste überhaupt immer in den *Ferien* alles so kompliziert werden? In den Sommerferien: Vonnie. In den Weihnachtsferien dann der ganze Stress mit Lara und Tino und Carolin und Max. Na ja, sie war daran nicht ganz unbeteiligt gewesen. Aber jetzt die Osterferien und wieder gab es ein Riesendurcheinander. Und *diesmal* konnte *sie* für nichts was. Nur um sie herum schienen alle verrücktzuspielen. Sogar ihre Eltern benahmen sich eigenartig. Die dauernde Rumschmuserei, Nicks Überbesorgtheit und das seltsame Gespräch mit Stella gestern, über Nini und Marcel. Maxi schüttelte frustriert den Kopf.

Schön langsam war sie ziemlich sicher, die Einzige

hier zu sein, die sich noch normal benahm und niemanden anlog. Alle anderen sollte man mal ordentlich schütteln und auf den Boden der Tatsachen zurückholen.

Sie streifte im Windfang ihre Stall-Turnschuhe ab und kontrollierte ihr Handy, das sie hier liegen gelassen hatte.

Noch mal drei unbeantwortete Anrufe, alle von Vic.

Und eine WhatsApp: *»Bist du zu Hause?«*

Mir doch egal, dachte sie trotzig. Sara kann er auch ständig rumkutschieren. Wenn es ihm so wichtig ist, mit mir zu reden, warum schwingt er sich dann nicht auf sein verdammtes Moped und kommt her?

»Maxi, bist du das?«, hörte sie die Stimme ihrer Mutter von drinnen.

»Jaahaa«, rief sie zurück.

»Kannst du mal eben in die Küche kommen? Ich wollte da was mit dir besprechen.«

Klartext

Auweia, das klang nach ernsthafter Unterhaltung, und danach war Maxi jetzt gar nicht. Sie durchforstete blitzschnell ihr Gehirn nach möglichen Stella-bezogenen Delikten, konnte aber so gut wie nichts finden.

»Also wenn es um das schwarze Top geht, ich schwöre, ich kann nichts dafür, dass sich der Saum auflöst! Ich hab es einfach nur ganz normal getragen, bin nirgends hängen geblieben, mit keinem Klettverschluss drangekommen …«

»Nein, nein«, sagte Stella und lächelte Maxi über ihre Teetasse hinweg an. »Das Top kannst du sowieso haben. Das ist … ein bisschen eng. Ich wollte über was ganz anderes reden, und zwar wenn Nick mal nicht da ist. Und Nini und Cordula auch nicht da sind.«

Maxi setzte sich ihrer Mutter gegenüber an den Küchentisch und zog erwartungsvoll die Augenbrauen hoch. Der Umstand, dass das schwarze Top soeben in ihren Besitz übergegangen war, qualifizierte sich als Highlight des Tages – bis jetzt.

»Also du weißt doch noch, unsere Unterhaltung neulich, wegen des Schokoshakes …«

»Und wegen Nini und Marcel.«

»Ja«, sagte Stella etwas angestrengt. »Nini und Marcel, genau. Aber über die beiden wollte ich eigentlich gar nicht reden, die waren nur mein … Einstieg, sozusagen.«

»Einstieg? In was denn?«

»In unser Gespräch.«

»Seit wann brauchst du für ein Gespräch mit mir einen Einstieg?«

Stella lächelte ein bisschen unsicher. »Gute Frage. Wahrscheinlich hätte ich keinen gebraucht und *ganz sicher* wäre es besser gewesen, ich hätte mich nicht damit aufgehalten, denn dann wäre ich nicht vom Thema abgekommen und du wüsstest längst, was ich dir sagen will.«

»Über Schokoshakes.«

Stella grinste. »Ja, die haben auch damit zu tun. Also …« Sie holte tief Luft. »Nick war ja anderer Meinung, aber ich wollte dich noch nicht gleich damit verrückt machen, solange ich nicht ganz sicher war. Und dann wollte ich noch warten, bis die kritische Zeit vorbei ist.«

Kritische Zeit? Maxi hatte plötzlich ein ganz mulmiges Gefühl. Worum ging es hier bloß? Sie hatte immer noch keine Ahnung, worauf ihre Mutter hinauswollte, aber es war eindeutig von größerer Bedeutung als ein Schokoshake.

»Und bei dir war so viel los«, fuhr Stella fort, ohne zu merken, dass Maxis Anspannung mit jedem ihrer Worte wuchs. »Mit Vic und dem Probespiel und Nini und Cordula … aber nachdem ich diese Woche beim Arzt war …«

»Beim Arzt?« Maxis Stimme war vor Schreck ganz schrill. »Mama, du bist doch nicht krank?«

Sie könnte sich für ihre Bemerkung heute Morgen ohrfeigen! Zu viel Eiscreme? Ihre Mutter war in letzter Zeit öfter so blass gewesen und hatte richtig elend gewirkt, wie hatte sie das übersehen können?

»Wenn es nach Nick geht, schon«, sagte Stella mit einem kleinen Lächeln, aber als sie Maxis besorgten Blick sah, schüttelte sie gleich darauf den Kopf und fuhr hastig fort: »Aber nein, keine Sorge, mir geht's bestens. Ich arbeite nur zurzeit an der Familienvergrößerung und das ist anstrengender, als ich es in Erinnerung hatte.«

Maxi starrte ihre Mutter volle fünf Sekunden an, bevor sie es richtig kapiert hatte.

»Ein Baby!«, rief sie dann, sprang auf, lief um den Tisch herum und fiel ihrer Mutter um den Hals. »Wir kriegen ein Baby! Ich wusste gar nicht, dass ihr eins wolltet, ich meine, ihr habt nie drüber geredet und ihr redet doch sonst über alles …«

Stella wurde rot. »Es gab nicht direkt einen Plan«, sagte sie.

»Aha«, machte Maxi, setzte sich auf den Stuhl neben ihre Mutter und grinste sie an. »Die Landluft.«

»Genau«, sagte Stella und grinste zurück. »Die Landluft.«

Maxi runzelte die Stirn. Ihr anderes Gespräch mit Stella vor ein paar Tagen war ihr wieder eingefallen. »Dann ist es *das*, was du Judith erzählt hast! Nicht das mit Nini und Marcel.«

»Ja, ich musste mit einer Freundin darüber reden und

Judith ist echt so was wie meine beste Freundin geworden, seit wir hier sind …«

»Hee!«, protestierte Maxi. »Ich dachte, *ich* wär deine beste Freundin!«

Stella zog Maxi an sich heran und umarmte sie.

»Ich meinte eine Freundin, die bei ihrem letzten Geburtstag schon ähnliche Schwierigkeiten mit dem Kerzen-Auspusten hatte wie ich«, sagte sie und lachte. »Es gibt ja auch Dinge, die du lieber mit Lara besprichst. Oder Carolin.«

»Pff«, machte Maxi. »Mit Lara vielleicht. Aber mit Carolin besprech ich zurzeit gar nichts. Die sagt mir nämlich auch nichts.«

Stella sah Maxi an. »Vielleicht hat sie ja einen guten Grund«, meinte sie.

»Na klar, verteidige sie auch noch, die treulose Tomate.«

»Tu ich nicht, aber treulose Tomate ist sie bestimmt keine und …«

»Da! Du tust es schon wieder!«

»Na ja«, sagte Stella und lächelte. »Was soll ich machen? Sie ist immerhin die Tochter meiner zweitbesten Freundin!«

Sie stand auf, nahm einen Stuhl und öffnete die Tür zur Speisekammer.

»Was wird das?«, fragte Maxi.

»Ich bin erleichtert«, erklärte Stella, stieg auf den Stuhl und begann, auf dem obersten Regalbrett nach etwas zu tasten. »Weil wir beide endlich Klartext geredet haben. Und diese Situation erfordert Schokolade.«

Sie stellte sich auf die Zehenspitzen, um auch den hinteren Teil des Brettes absuchen zu können.

»Bist du verrückt?«, rief Maxi. »Der Sessel könnte kippen! Du könntest das Gleichgewicht verlieren! Komm da sofort wieder runter! Ich mach das!«

»Na toll«, meinte Stella. »Jetzt hab ich noch ein Familienmitglied, das mich wie eine Kranke behandelt!«

»Komm da runter!«, wiederholte Maxi streng und zog an Stellas Hand, bis ihre Mutter nachgab und von dem Stuhl stieg.

»Keine Schokolade«, meldete sie.

»Wieso versteckst du die überhaupt da oben?«, fragte Maxi kopfschüttelnd.

Stella sah sie mit hochgezogenen Augenbrauen an: »Ein Haushalt mit derzeit drei Teenagern und einem Ehemann, der alles als Kaffeebeilage betrachtet, was nicht weglaufen kann. Wie soll man hier als Schwangere ohne Notvorrat eine Schokoladenattacke überleben?«

»Ich verstehe«, erklärte Maxi und grinste. »Wie wäre es denn, wenn ich mit dem Rad runterfahre und dir von deiner zweitbesten Freundin einen Schokoshake hole? Ich will nämlich sowieso mit Vic reden. Das mit dem Klartext ist glaub ich eine gute Idee.«

»Wie bitte?«, fragte Stella und fuhr mit der Hand über die Augen, als wollte sie eine Vision abschütteln. »Was hast du gesagt? Außer ›Schokoshake‹ hab ich nämlich nichts verstanden!«

Maxi lachte.

Familienvergrößerung! Als sie klein war, hatte sie sich immer Geschwister gewünscht, aber ihre Eltern waren im Dauerstress gewesen, als sie noch in der Werbeagentur arbeiteten. Ein Einzelkind zu sein, hatte auch Vorteile und irgendwann hatte sie beschlossen, dass es so eigentlich viel besser war. Aber nun freute sie sich darauf, eine große Schwester zu sein. Der Tag gewann mit jeder Minute! Bestimmt war das ein gutes Omen für ihr Gespräch mit Vic. Ihm noch länger aus dem Weg zu gehen war kindisch, sie würde ihn ganz direkt fragen, was eigentlich los war, und sie würden das klären, wie Erwachsene.

»Ich bin schon unterwegs«, rief sie, lief zur Tür und überlegte es sich dann noch mal anders. Mit drei großen Schritten war sie wieder bei Stella und umarmte sie ganz fest. »Ich werde große Schwester«, sagte sie. »Das ist so cool.«

Stella lachte und erwiderte die Umarmung.

»Das stimmt«, sagte sie. »Das ist verdammt cool.«

Maxi legte prüfend die Hand auf ihren Magen.

»Ich glaube, ich brauche auch einen Schokoshake. Dieses Familienvergrößerungsdings macht hungrig.«

»Fang bloß nicht du auch noch an«, meinte Stella. »Nick hat schon zwei Kilo zugenommen.«

Als Maxi ihr Fahrrad vor dem Dorfcafé abstellte, hatte sie ein gutes Gefühl. Was immer es war, das Vic vor ihr geheim gehalten hatte, so schlimm konnte es nicht sein. Und er *wollte* jetzt darüber reden, das bewiesen die vielen Anrufe. Dienst hatte er nicht, nur Judith Meisinger und Karen, die junge blonde Kellnerin waren da.

»Hey, Judith«, sagte sie, und begrüßte Vics Mutter mit

einem strahlenden Lächeln. »Ich brauche zwei Schokoshakes.« Sie ließ ihren Blick über den Inhalt der Vitrine gleiten. »Und drei Brownies und drei von den großen Schoko-Caramel-Cookies.« Sie seufzte und suchte Judiths Blick. »Und Vic. Alles zum Mitnehmen.«

Judith lachte und begann, mit einer Patisserie-Zange Cookies in eine Papiertüte zu stecken. »Die Süßigkeiten sind kein Problem«, sagte sie. »Aber was Vic angeht, muss ich dich leider enttäuschen. Er ist vorhin weggefahren, um was zu besorgen, wollte aber danach ohnehin zu dir fahren. Alles in Ordnung mit euch?«

Maxi zuckte mit den Schultern.

»Das wollte ich eigentlich *ihn* fragen. Er war irgendwie komisch in letzter Zeit.«

Judith hielt einen Moment lang ihren Blick, als sie ihr die Becher mit den Shakes über die Theke reichte. »Es hat bestimmt nichts mit dir zu tun«, sagte sie.

Maxi nickte halbherzig und Judith begann, die Brownies einzupacken.

»Für dich und deine Freundinnen?«, fragte sie.

»Nein, für Stella und Stella«, antwortete Maxi mit einem Grinsen. »Bis auf den zweiten Shake. Und vielleicht einen Brownie.«

»Sie hat's dir also endlich erzählt«, meinte Judith Meisinger lächelnd. »Freust du dich?«

Maxi nickte.

»Es ist ungewohnt«, sagte sie, »aber schön.«

Als sie vor die Tür trat, bog gerade ein Junge mit einer knallroten Vespa auf dem Parkplatz ein. Er nahm den Helm ab, fuhr sich mit prüfendem Blick in seinen

Rückspiegel durch seine blonden Haare, bis sie nicht mehr zerdrückt, sondern nur noch auf coole Art zerstrubbelt aussahen, und sandte sein gewinnendstes Lächeln in Richtung Maxi.

»Wenn das nicht Prinzessin Goldlocke ist!«, erklärte er. »Gerade hab ich an Euch gedacht, Hoheit! Das muss Schicksal sein, dass wir uns jetzt begegnen!«

»Das ist allerdings Schicksal«, antwortete Maxi grimmig. »Denn ich habe ein Hühnchen mit dir zu rupfen! Genau genommen einen ganzen Hühnerstall!«

Marcel hängte den Helm an den Lenker seiner Vespa und sah Maxi amüsiert entgegen.

»Die holde Amazonenprinzessin ist auf dem Kriegspfad. Ich hätte es kaum für möglich gehalten, aber diese kriegerische Aura, die dich umgibt, macht dich noch anziehender!«

»Du hast Glück, dass die Prinzessin beim Tierschutzverein ist!«, entgegnete Maxi. »Sonst würde nämlich nicht viel von dir übrig bleiben, du Ratte!«

»Harte Worte!« Marcel schüttelte den Kopf, die Unterhaltung sichtlich genießend. »Aber ist die Sache mit dem Rupfen von Hühnern für Tierschützer nicht auch tabu?«

»Schluss mit den Arche-Noah-Spielchen!«, schoss Maxi zurück. »Was fällt dir ein, dich gleichzeitig mit Nini und Cordula zu treffen? Das ist ja wohl das Allerletzte!«

»Aber ganz im Gegenteil«, gab Marcel zurück. »Es beweist nur, was ich für ein großes Herz habe, in dem ich locker zwei bezaubernde Brünette unterbringe! Übrigens habe ich darin auch noch mehr als genug

Platz für eine blonde Prinzessin, also wenn du deine kriegerische Energie in was Konstruktives umwandeln willst ...«

»Ich will überhaupt nichts umwandeln!« Maxi stand nun ganz dicht vor ihm und gab ihm wütend einen kleinen Schubs vor die Brust. »Die beiden belügen einander deinetwegen! Sie riskieren ihre Freundschaft!«

Marcel sah sie mit großen, unschuldigen Augen an.

»Und was davon soll, bitte schön, mein Fehler sein? Ich stelle mich den beiden Ladys lediglich zur Verfügung und schweige über alles Weitere wie ein echter Gentleman! Das ist alles.«

»Ja, und das ist auch mehr als genug! Lass die beiden zufrieden mit deinen Charmeattacken, hörst du?«

»Das würde ich sofort, wenn du noch mal wiederholst, dass du mich in der Tat charmant findest! Denn ich bin sicher, dann finden wir beide so viele wichtige Dinge, über die wir reden könnten, dass ich gar keine Zeit mehr hätte für die beiden niedlichen Snowboardhäschen ...«

Maxi kochte vor Wut.

»Ich wünsche dir echt, dass du dich mal so richtig verliebst«, sagte sie. »Und dann so richtig dabei auf die Nase fällst. Dann spielst du vielleicht nicht mehr so leichtfertig mit den Gefühlen anderer Leute.«

»Oh, aber ich *bin* verliebt!«, erklärte Marcel und fiel vor ihr auf die Knie. »Doch die Prinzessin meiner Wahl spielt ein grausames Spiel mit mir! Was also soll ein Mann in seiner Verzweiflung da mit seiner freien Zeit anfangen?«

Maxi knirschte mit den Zähnen. Einen Augenblick war sie versucht, einen ihrer Schokoshakes als Wurfgeschoss zu missbrauchen, aber das wäre nicht nur Verschwendung eines Grundnahrungsmittels für Schwangere, es würde Marcel auch eine unglaubliche Befriedigung verschaffen, dass er es geschafft hatte, sie so weit zu provozieren. Also drehte sie sich einfach um und ließ ihn stehen – oder genauer gesagt knien.

Als sie die Shakes und die Tüten mit dem Gebäck in ihrem Fahrradkorb verstaut hatte und an ihm vorbeiradelte, war er aufgestanden, hatte eine Narzisse aus einem der Blumenkästen des Dorfcafés gepflückt, winkte damit und verbeugte sich tief.

Maxi ignorierte ihn einfach. Was sie am meisten ärgerte, war die Tatsache, dass er irgendwie recht hatte: Dafür, dass Nini und Cordula einander seinetwegen belogen und ihre Freundschaft aufs Spiel setzten, dafür konnte er nichts. Wütend stieg sie in die Pedale und radelte das kurze Stück durch das Dorf bis an die Abzweigung, die zum Hof ihrer Eltern führte. Sie kämpfte sich den Hügel hinauf, und als sie über die Zufahrt fuhr, war Vics Moped auf dem Parkplatz das Erste, was sie sah. Dann sah sie Vic. Er saß auf den Stufen vor dem Windfang des Hauses, hob die Hand grüßend zu einem angedeuteten Winken und lächelte sie an. Aber es war nicht sein normales, unbeschwertes Lächeln, das fühlte Maxi ganz genau.

»Du bist schwer zu erreichen, in letzter Zeit«, sagte Vic statt einer Begrüßung, als er auf sie zukam.

»Danke gleichfalls«, erwiderte Maxi.

Die Unterhaltung mit Marcel eben hatte ihre guten Vorsätze ziemlich heftig untergraben. Plötzlich war sie wieder wütend auf die ganze Welt, vor allem auf den männlichen Teil. Jungs waren so … so … oberflächlich! Und sie konnten nicht Nein sagen! Oder wollten nicht. Das hatte Marcel eben ja wieder mal sehr schön bewiesen.

Vic seufzte.

»Du bist sauer.«

»Sag mir was, was ich noch nicht weiß.«

Maxi nahm den Gitterkorb von ihrem Fahrrad, klopfte laut an die Haustür, öffnete sie und stellte alles drinnen ab, bevor sie die Tür wieder schloss.

Vic nahm Maxis Hand.

»Komm, wir gehen ein Stück.«

Vics Hand um ihre fühlte sich gut an, genauso wie sie sich anfühlen sollte. Einen Moment lang war Maxi in Versuchung, diesem angenehmen Gefühl nachzugeben und sich davon vorgaukeln zu lassen, dass alles bestens war und sie nicht in wenigen Momenten etwas zu hören bekommen würde, was sie sehr wahrscheinlich nicht hören wollte.

Dann kam Sara ihnen entgegen.

»Hallo, Vic«, sagte sie, seinem Blick ausweichend, und errötete. Und nicht nur das war auffällig. Wo war das übliche Strahlegrinsen und Wimpernklimpern? Das konnte sie doch unmöglich schon wegen Sami komplett abgestellt haben?

»Hi, Sara«, antwortete Vic freundlich wie immer, aber auch er schien irgendwie unangenehm berührt.

Also doch.

Maxi zog ihre Hand aus Vics und beschleunigte ihren Schritt.

»Maxi, warte doch.«

Sara war bereits außer Hörweite, sie schien es heute ziemlich eilig zu haben, vom Hof wegzukommen.

Maxi blieb stehen und drehte sich zu Vic um.

»Ich warte schon seit Tagen. Du kommst mal mit Absagen, mal mit Rosen, aber nie mit Klartext. Also: Was? Ist? Los?«

Vic fuhr sich mit der Hand durch die Haare und wusste sichtlich nicht, wo er beginnen sollte. »Ich wollte bestimmt nicht, dass es so kommt«, sagte er.

»Dass *was* wie kommt?«, fragte Maxi entnervt.

»Ich wollte dir die Ferien nicht verderben und deshalb hab ich nichts gesagt, aber offenbar kennst du mich zu gut. Du merkst einfach, wenn …«

»Wenn du ein schlechtes Gewissen hast?«

Er zuckte mit den Schultern. »Ja.«

»Dann hatte sie also doch Erfolg mit ihrer Groupie-Masche«, sagte Maxi und da war es wieder, das Bild von Sara und Vic: Sie steigt vom Moped, gibt ihm den Helm zurück, er nimmt seinen ab, sie legt auf ihre impulsive Art die Arme um seinen Hals und statt ihn auf die Wange zu küssen …

»Wie bitte?«, unterbrach Vic verwirrt Maxis Kopfkino. »Was meinst du?«

»Na, was werde ich wohl meinen?«, gab Maxi eisig zurück. »Sara natürlich. Denkst du, ich bin blind? Aber vielleicht solltest du wissen, dass du nicht der Einzige bist, den sie anhimmelt. Heute hat sie einen neuen Superstar entdeckt.«

Vic sah Maxi einen Moment lang an, als hätte sie in einer fremden Sprache gesprochen. Dann schien es ihm zu dämmern.

»Du denkst, da läuft was zwischen mir und Sara?«

»Läuft, lief, wäre fast gelaufen. Was auch immer. Auf jeden Fall war's wohl genug, dass du ein schlechtes Gewissen hast und sie weder dir noch mir in die Augen schauen kann.«

Vic holte tief Luft.

»Ach Scheiße«, sagte er. »Das ist alles meine Schuld.«

»Na, sie ist wohl auch nicht ganz unschuldig.«

»Maxi«, sagte Vic. »Da ist gar nichts zwischen Sara und mir. Null. Nada. Niente. Heute war es irgendwie peinlich, weil ich neulich nach dem Dienst im Café mit ihr geredet habe. Ich hab ihr erklärt, dass ich froh war, ihr helfen zu können, aber dass sie sich schon mehr als genug bedankt hat und vielleicht mir gegenüber nicht so … überschwänglich sein sollte, weil das für dich und mich unangenehm ist. Dass wir zwei uns nicht so oft sehen und auch mal ein paar Minuten für uns sein wollen.«

Maxi starrte Vic überrascht an. »*Das* hast du gesagt?«

Er zuckte mit den Schultern. »Das hätte ich vielleicht schon früher sagen sollen, dann wäre sie dir nicht so auf den Wecker gefallen und du wärst nicht auf solche Ideen gekommen.«

»Da war also gar nichts?«, fragte Maxi mit einer Mischung aus Erleichterung und Verwirrung. »Überhaupt nichts? Aber dieser Abend, das Date, das hat sich so angefühlt, als wolltest du etwas wiedergutmachen. Und ich meine nicht nur, dass du mich versetzt hast. Das war alles so überdrüber. Und dann diese geheimnisvollen Fußballtermine. Und Carolin! Ich weiß genau, dass sie mir irgendwas verheimlicht, und sogar bei Max hatte ich den Eindruck, er weiß was, was ich nicht weiß, und …«

»Weiß er ja auch. Er ist mein bester Freund und Carolin ist meine Schwester. Natürlich haben sie's mitgekriegt.«

Vic holte tief Luft.

»Der Trainer aus England«, sagte er dann. »Er hat mir ein Angebot gemacht, das ich nicht ablehnen konnte.«

Maxi sah Vic einen Moment lang sprachlos an.

»*Das* ist es?«, fragte sie dann ungläubig. »Aber damit haben wir doch gerechnet, dass du nächstes oder übernächstes Schuljahr vielleicht …«

»Nicht nächstes oder übernächstes Schuljahr. Dieses. Ein Stipendiat hat sich verletzt. Ganz ähnlicher Spielertyp wie ich. Der Trainer braucht sofort Ersatz und ich wäre seine Idealbesetzung, sagt er.«

»Sofort?«, fragte Maxi perplex. »Was meint er mit ›sofort‹?«

Vic nahm erneut Maxis Hand und sah darauf hinunter, ihrem Blick ausweichend.

»Nach den Osterferien. Für das letzte Trimester. Im Sommer hätte ich zwei Wochen Trainingscamps, sonst wäre ich zu Hause. Und wenn alles gut geht, bin ich automatisch im Programm für das Folgejahr. Ohne weitere Tryouts.«

»Nach den Osterferien«, wiederholte Maxi, als wären das die einzigen Worte, die sie verstanden hatte. Das war in weniger als einer Woche. Das waren nicht mal mehr fünf Tage. Sie zog langsam ihre Hand wieder aus seiner.

»Wie lange weißt du das schon?«, fragte sie.

Vic bohrte seine Hände in die Jackentaschen und sah Maxi schuldbewusst an.

»Er hat mir das Angebot gleich nach dem Spiel gemacht. Also gefragt, ob ich mir das vorstellen könnte. Ich habe mir zwei Tage Bedenkzeit genommen, es mit meinen Eltern besprochen. Er hat sich an zwei anderen Schulen noch Kandidaten angesehen, wollte aber immer noch mich.«

»Gleich nach dem Spiel«, sagte Maxi, und wieder klang es, als hätte sie nur dieses Bruchstück richtig mitgekriegt.

Er wusste es schon die ganzen Ferien. Er hatte sie nicht wegen Sara versetzt, sondern mit dem englischen Trainer verhandelt. Die Konditionen, seinen Einsatz in der Mannschaft, das Training, die Umstellung auf die neue Schule, vielleicht schon die Flüge besprochen.

»Ich wollte dir nicht die Ferien verderben«, redete Vic hastig weiter. Jetzt, wo er beschlossen hatte, die Geschichte rauszulassen, wollte er auch wirklich alles loswerden. »Ich wollte, dass wir noch superschöne gemeinsame Ferien haben, ich wollte, dass das die besten Tage überhaupt werden, die besten, die wir je hatten. Ich wollte, dass du vollgetankt bist mit schönen Erinnerungen, wenn ich wegfliege, damit du mich nicht vergisst, damit du weißt, dass sich zwischen uns nichts ändert, dass ich ja bald wieder da bin ...«

Deshalb dieses »perfekte« Date. Und deshalb auch das schlechte Gewissen. Weil er eine Verabredung absagen musste, die eine der letzten für lange Zeit gewesen wäre. Weil er wollte, dass alles perfekt war, in den letzten Tagen, bevor er abreiste.

»Maxi?«

Maxi räusperte sich und sah auch zu Boden.

»Ich versteh schon«, sagte sie schließlich.

»Ja?«, sagte Vic hoffnungsvoll, beinahe ein bisschen ungläubig.

»Ja, klar«, sagte Maxi mit einer Stimme, die ihr selbst ganz fremd vorkam. »Aber du hättest es mir einfach sagen sollen. Ist ja klar, dass du das annehmen musst. Und ich meine, wir sind ja schließlich nicht verheiratet.« Sie lachte auf, aber das Lachen klang sogar in ihren eigenen Ohren irgendwie hohl. »Du kannst machen, was du willst. Ich meine, in unserem Alter nimmt das doch keiner richtig ernst, oder? Wahrscheinlich hätten wir uns sowieso irgendwann getrennt, in einem Monat oder in drei Monaten oder vielleicht auch erst in einem Jahr. Aber es wäre sicher irgendwann passiert, oder?« Sie redete einfach weiter, ohne nachzudenken – und ohne darauf zu achten, welche Wirkung ihre Worte auf Vic hatten. »Also du musst keine Angst haben, dass ich jetzt hysterisch werde oder so was in der Art. Bestimmt nicht. So hört es eben auf, wenn es gerade am schönsten ist. Ist doch gut, irgendwie. Eigentlich finde ich, alle Paare sollten sich trennen, wenn es am schönsten ist.

Denn irgendwann ist es sowieso vorbei, und so spart man sich das hässliche Ende.«

»Aber Maxi«, sagte Vic nach einer kurzen, sprachlosen Pause mit rauer Stimme, »ich will doch nicht Schluss machen!«

Maxi sah ihn an. Sie hatte ihn verletzt, das konnte sie sehen. Aber sie sah es wie aus großer Entfernung, es berührte sie nicht richtig. Überhaupt kam der gut aussehende Junge mit den blauen Augen ihr plötzlich so fremd vor. Als *wäre* er schon ganz weit weg.

Sie hatte doch nichts Böses gesagt! Nur die Wahrheit! Nur das, was jeder vernünftige Mensch gesagt hätte! Was hatte es für einen Sinn, sich jetzt schrecklich aufzuregen! Und was hatte es für einen Sinn, sich vorzumachen, dass es *nicht* in dem Moment vorbei war, in dem Vics Flugzeug vom Boden abhob? Besser, man sah die Dinge so, wie sie wirklich waren.

»Natürlich nicht«, sagte Maxi. »Das müssen wir ja auch nicht.«

Das bleibt uns ja eben erspart. Kein Streit, kein Schreien, kein Heulen! Schlussmachen war überflüssig, denn es war von ganz alleine zu Ende, ohne dass einer von ihnen etwas dazu tun musste!

»Wir haben Skype«, sagte Vic und Maxi hatte den Eindruck, dass er sich verdammt zusammenreißen musste, um seine Stimme einigermaßen normal klingen zu lassen. »Und Facebook. Und WhatsApp. Ich werde dir alles erzählen, was in der neuen Schule und im Training los ist, und du erzählst mir alles von hier, o. k.?«

»Ja, sicher«, sagte Maxi zerstreut.

Sich mit Chatten und Skypen quälen und jeden Tag Angst haben müssen, dass man irgendwann das Unvermeidliche hört? Dass er an der neuen Schule jemanden kennengelernt hat? Vielleicht eine Cheerleaderin? Vielleicht eine aus dem Matheklub? Vielleicht das Mädchen, das nach der Schule im Pub jobbt, so wie er es zu Hause im Café seiner Eltern gemacht hat? Sie werden feststellen, dass sie jede Menge gemeinsam haben, und sie wird von ihrem Exfreund erzählen, der ihr das Herz gebrochen hat, und Vic, der edle Ritter, wird … Halt. Es ging schon los. Ihr Kopf bastelte sich jetzt schon Geschichten zurecht, die ihr nur wehtun würden. Darauf hatte sie keine Lust. Vic wollte es vielleicht noch nicht akzeptieren, vielleicht glaubte er sogar *wirklich*, dass sich zwischen ihnen nichts verändern würde, aber sie war nicht so naiv. Besser sich gleich mit dem Unvermeidlichen abfinden.

Vic missverstand ihr Schweigen wohl als Verzweiflung oder er dachte, dass sie mit den Tränen kämpfte und deshalb nichts sagte.

»Maxi, es tut mir so leid«, redete er weiter. »Ich wollte, dass wir noch ein paar superschöne Tage miteinander haben und jetzt hab ich erst recht alles versaut. Du hast dir irgendwas zusammengereimt wegen Sara und warst gekränkt und …«

»Schon gut«, unterbrach Maxi ihn. »Das war dumm von mir. Mach dir keine Gedanken.«

Sie hätte beinahe laut aufgelacht. Was sie sich alles ausgedacht hatte! Sich verrückt gemacht wegen eines halben oder ganzen Kusses, der vielleicht oder auch nicht stattgefunden hatte. Und dabei gedacht, *das* wäre das Schlimmste, was passieren konnte! Sie kam sich so albern vor. Während sie sich all diese Gedanken gemacht hatte, war Vic mit *seinen* Gedanken nicht bei Sara oder bei ihr, sondern in England. Und bald würde ihnen der Rest von ihm dahin folgen.

»Wirklich?«, fragte Vic unsicher.

»Wirklich«, sagte Maxi. »Ist doch cool, dass du diese Chance kriegst. Mach dir keinen Kopf meinetwegen, ich komm schon klar.«

Sie lächelte Vic an und es war wirklich ganz leicht, einfach zu lächeln. Denn diese ganze Sache ging sie eigentlich schon gar nichts mehr an. Vic würde ein neues Leben in England haben, das war doch wunderbar für ihn! Alles bestens!

»Ich freu mich für dich«, sagte sie. »Das tun Freunde doch, oder? Aber jetzt sei nicht böse, ich hab noch was zu tun, o. k.?«

Sie stellte sich auf die Zehenspitzen, legte die Hände auf Vics Schultern und gab ihm einen schnellen Kuss auf den Mund.

Er sah sie an, als könnte er nicht ganz glauben, was sie da sagte.

»Aber … ich hatte gedacht … gehofft … ich meine, wir haben nur noch ein paar Tage … können wir nicht …?«

»Ich hab doch Gäste«, sagte Maxi geduldig wie zu einem Kleinkind. »Nini und Cordula sind bestimmt schon von ihrem Spaziergang zurück und wir wollten am Nachmittag was zusammen machen. Ich hatte ja nichts von dir gehört, also ...« Sie zuckte mit den Schultern.

»Ich bin sicher, Nini und Cordula würden verstehen, wenn du jetzt vielleicht lieber mit mir ...«

»Ausgemacht ist ausgemacht«, schnitt Maxi ihm freundlich, aber bestimmt das Wort ab.

Er sah sie prüfend an und es fiel ihr gar nicht schwer, seinem Blick zu begegnen. Er konnte doch nicht erwarten, dass sie seinetwegen jetzt alles andere stehen und liegen ließ, oder?

»Klar«, sagte Vic und sein Blick sagte eindeutig, dass ihm überhaupt nichts klar war. »Bist du auch sicher, dass du nicht mehr sauer bist? Oder gekränkt? Oder irgendetwas in der Art?«

»Nichts dergleichen!«, erklärte Maxi und strahlte ihn an. »Jetzt ist ja alles geklärt, oder?«

»Ja«, sagte Vic zögernd. »Schon. Nur, du bist so ... so ...«

»Erwachsen?«, schlug Maxi vor.

»Ja«, sagte Vic. »Direkt unheimlich.«

»Wenn ich jetzt auf die Knie sinke, mein Haar raufe, meine Kleider zerreiße, würde das etwas daran ändern, dass du nach England gehst?«

»Schätze nicht«, murmelte er.

Und dann stand er ein paar Sekunden einfach nur da, die Hände in den Taschen vergraben, und starrte auf den Boden. Als er sie wieder ansah, glänzten seine Augen verdächtig.

»Ich will wirklich nicht Schluss machen«, sagte er. »Wirklich nicht.«

»Natürlich nicht«, antwortete Maxi.

Er hatte in dem Moment Schluss gemacht, als er das Angebot, nach England zu gehen, angenommen hatte. Er wollte es nur noch nicht wahrhaben.

»Sehen wir uns dann später?«, fragte Vic zögernd. »Ich hab keinen Dienst und wir könnten vielleicht …«

»Ich komm mit den Mädels ins Dorfcafé«, sagte Maxi. »Dann sehen wir uns ja ohnehin. Also bis nachher, o. k.?«

»O. k.«

Sie wandte sich ab, die Finger in den Gürtelschlaufen ihrer Jeans eingehängt, und ging schnell, sehr schnell. Am liebsten hätte sie zu laufen begonnen. Sie wusste, dass Vic ihr nachsah und dass er nicht schlau aus ihrer Reaktion wurde. Wahrscheinlich hatte er einen hysterischen Heulkrampf erwartet. Aber da musste sie ihn enttäuschen. Alles geht irgendwann zu Ende, oder etwa nicht? Das wusste doch jeder. Damit musste man sich abfinden. Sie hatte ihre Eltern, sie hatte ihre Freundinnen, sie hatte die Pferde. Bald hatte sie auch einen kleinen Bruder oder eine kleine Schwester. Man lernte seine große Liebe bestimmt nicht mit dreizehndreiviertel kennen, das gab's auf keinem Planeten. Also weswegen groß aufregen?

Sie lief ins Haus, warf die Tür hinter sich zu. Irgendwie fühlte sie sich seltsam, als wäre Watte überall um sie herum.

»Maxi?«, hörte sie Stellas Stimme aus der Küche. »Willst du deinen Shake nicht?«

»Nimm du ihn«, rief Maxi zurück, lief die Treppe hinauf, den Gang entlang und klopfte an die Tür des Gästezimmers. »Hey, Mädels«, sagte sie, als Nini öffnete. »*Guess what*: Vic kriegt das Stipendium. Er geht nach den Osterferien nach England. Wollen wir am Abend ins Dorfcafé, feiern?«

Heul doch!

»Maxi? Können wir reinkommen?«

»Klar.«

Maxi faltete das rote T-Shirt zusammen und legte es ordentlich auf den Stapel mit den anderen Langarmshirts auf ihrem Bett. Links davon türmten sich die Kurzarmshirts mit Print, rechts davon die einfarbigen. Ihr Schrank war völlig leer gefegt.

»Was machst du da?«, fragte Cordula verblüfft.

»Sieht irgendwie nach Frühjahrsputz aus«, meinte Nini. »Nur machen wir so was nicht. Frühjahrsputz ist für Menschen über dreißig, die kein Leben haben.«

»Ich ordne bloß meinen Schrank«, erklärte Maxi.

»Aber er war gar nicht unordentlich«, bemerkte Cordula. »Also jedenfalls nicht halb so unordentlich wie meiner.«

»Oder meiner«, ergänzte Nini.

»Stella wollte zu Weihnachten, dass ich ausmiste«, sagte Maxi und zupfte das grüne Shirt zurecht, das auf den »Zu-klein«-Stapel zu ihren Füßen kam. »Und das hab ich auch gemacht. Aber nicht so richtig ordentlich. Und nicht so richtig gründlich.«

Aus dem Augenwinkel sah Maxi, wie Cordula und Nini einander einen Blick zuwarfen.

»Süße«, sagte Nini ganz sanft. »Dein Freund fliegt in ein paar Tagen weg.«

»Ja«, fügte Cordula hinzu. »Ziemlich weit weg und für ziemlich lange.«

»Ich weiß das«, antwortete Maxi gelassen. »Ich weiß nur nicht, weshalb ich deshalb nicht meinen Schrank ordnen sollte.«

»Also mir fallen da etwa eine Million Gründe ein«, erklärte Cordula. »Weil du zum Beispiel bei ihm sein könntest. Darüber reden, wie ihr das alles auf die Reihe kriegt. Ihn auf Vorrat küssen, bis euch die Lippen wehtun. Euch tausendmal ewige Liebe schwören. So was alles.«

Nini nickte so heftig, dass Maxi einen Moment lang fürchtete, ihr Kopf könnte sich selbstständig machen. Dann fügte sie hinzu: »Oder wenn du schon hier in deinem Zimmer ganz alleine abhängst, dann heul wenigstens. Zerreiß die Vorhänge. Streu Asche auf dein Haupt!«

»Mir ist aber nicht nach Heulen«, erklärte Maxi sehr entschieden. »Ich mag diese Vorhänge. Und ich hab mir gerade erst die Haare gewaschen.«

»Das, was du hier machst, ist nicht gesund«, stellte Nini fest.

»Gar nicht gesund«, echote Cordula.

»Leute.« Maxi beschloss, einen zusätzlichen Stapel mit dem gedachten Etikett »Shirts, die ich selten anziehe« zu eröffnen, schob die noch ungeordneten Kleider etwas zur Seite und setzte sich dann im Schneidersitz auf ihr Bett. Nacheinander suchte sie Augenkontakt zu A- und dann zu B-Hörnchen, die wie zwei Krankenschwestern am Bettrand saßen und sie mit sorgenvollen Stirnfalten musterten. »Hattet ihr gestern im Dorfcafé den Eindruck, dass ich schlecht drauf bin? Dass Vics Anblick mich irgendwie sentimental, unglücklich oder depressiv macht?«

»Nein«, sagte Cordula. »Du warst gut drauf.«

»Du hast sehr viel gelacht«, ergänzte Nini.

»Und später auch getanzt«, erinnerte sich Cordula.

»Mit allen geplaudert.«

»Cheerleading für das Tischfußballturnier improvisiert.«

»Eben.« Maxi sah die beiden zufrieden an und legte dann ein giftgrünes Tanktop auf den »Mal-sehen-ob-ich-dich-im-Sommer-noch-will«-Stapel. »Also, was soll das Ganze hier dann?«

»Du warst ...«, begannen Nini und Cordula gleichzeitig, brachen ab, sahen einander an.

»... *zu gut* drauf!«, beendeten sie gemeinsam den Satz.

»Zu gut gibt's nicht«, meinte Maxi gleichmütig. »Ich werde eben auf meine Art damit fertig. Was macht ihr eigentlich heute? Habt ihr schon Pläne oder wollen wir gemeinsam was unternehmen? Ich könnte euch eine Reitstunde geben, wenn ihr möchtet! Das hatten wir doch vor und die Osterferien sind schon in ein paar Tagen vorbei!«

Nini und Cordula wechselten erneut einen Blick.

»Eben!«, sagte Cordula. »Die Osterferien sind in genau *drei* Tagen vorbei!«

»Und dann fahrt ihr wieder«, sagte Maxi. »Also jetzt oder nie! Reitstunde ja oder nein?«

»Ja, aber …«, begann Nini.

»*Ja, aber* gibt's nicht«, unterbrach Maxi.

»Aber *wir* fahren bloß zurück nach Hause«, sagte Cordula rasch, bevor Maxi wieder abblocken konnte. »Wir sind nur zwei Stunden entfernt. Vic fliegt nach England. *Auch* am letzten Ferientag.«

»Eben«, sagte Maxi geduldig. »Ich muss mich daran gewöhnen, dass er nicht mehr da ist. Und am besten fang ich gleich damit an. Reitstunde in sagen wir … dreißig Minuten?«

Nini und Cordula wechselten wieder einen Blick und diesmal lag eindeutig eine gehörige Portion Ratlosigkeit darin.

»O. k.«, sagten sie übereinstimmend und zuckten synchron mit den Schultern.

Maxi sah den beiden Freundinnen nach, wie sie ihr Zimmer verließen und die Türe hinter sich schlossen. Es war gut gemeint von den beiden. Aber wollte sie wirklich Liebesratschläge von zwei Mädels, die sich mit Marcel Kempinsky eingelassen hatten – ohne Rücksicht auf ihre Freundschaft? Wohl eher nicht. Keine der beiden hatte bis jetzt eine Beziehung gehabt, die länger als vier Wochen gehalten hatte – und jetzt wollten sie auf einmal ganz genau wissen, wie Maxi zu reagieren hatte? Die Hörnchen-Weisheit kam doch bloß aus irgendwelchen Filmen, Heften und Serien. Maxi schüttelte den Kopf. Alles war bestens. Was machte man in einer Situation, die nicht zu ändern war? Man fand sich damit ab. Und genau das tat sie. Das Einzige, was sie im Moment störte, war die Tatsache, dass die Stapel mit den Tops und T-Shirts alle unterschiedlich hoch waren. Da musste sie sich unbedingt nach der Reitstunde noch was einfallen lassen.

»Du kannst dir gar nicht vorstellen, was er für Fortschritte macht, seit Sara alles übersetzt, was ich sage!« Carolin strahlte. »Sieh dir das an! Die Hände sind ruhig und er verdreht sie nicht mehr! Er gibt in der Biegung den richtigen Schenkel zurück und macht mit dem richtigen Schenkel Druck! Die Fersen sind tief! Die Wirbelsäule ist gerade! Sein Sitz ist überhaupt viel besser! Ab jetzt kann Herr Celik kommen, wann immer er will, er wird bestimmt nicht enttäuscht sein!«

»Sieht wirklich schon sehr gut aus!«, stimmte Maxi zu und beobachtete Sami, der gerade die Hufschlagfiguren ausführte, die Carolin ihm angesagt und Sara für ihn übersetzt hatte.

»Außerdem hat Sara mir erklärt, dass sie sich jetzt regelmäßig mit Sami trifft, um ihm Deutschunterricht zu geben.« Carolin grinste. »Find ich sehr großmütig von ihr. Und so selbstlos. So wie Vic damals, als er dir Mathe-Nachhilfe gegeben hat.« Sie sah Maxi erwartungsvoll an, aber die antwortete nicht. »Apropos, was machst du eigentlich hier?«, fügte Carolin also hinzu.

»Ich wollte dich fragen, ob ich mir Katinka für eine Stunde ausborgen kann. Nur Schritt gehen natürlich. Für eine Anfängerstunde, mit Ringo. Hab ich Nini und Cordula versprochen.«

»Nein, ich meine nicht, was du hier genau machst, sondern warum du überhaupt …« Sie unterbrach sich und sah Maxi ungläubig an. »Du gibst Nini und Cordula Reitunterricht?«

Maxi zuckte mit den Schultern.

»Nur eine Stunde zum Ausprobieren. Damit sie mal sehen, wie sich das anfühlt. Ich weiß, schon, dass ich keine richtige Reitlehrerin bin und …«

»Du verstehst mich schon wieder falsch«, unterbrach Carolin diesmal Maxi. »Ich meine nicht *Wieso gibst du Reitunterricht?*, sondern: Wieso zum Geier hältst du dich hier mit Reitunterricht auf, wenn Vic in ein paar Tagen nach England abdüst? Hast du nichts Besseres zu tun?«

»Also, *unsere* Idee war das nicht!«, ertönte Cordulas Stimme und Maxi und Carolin sahen sich um. A- und B-Hörnchen trugen Jeans, alte Sweater aus Maxis Stall-Kollektion und Gummistiefel und sie hatten offensichtlich das Bedürfnis, sich zu rechtfertigen.

»Aber echt nicht«, bekräftigte Nini. »Wir haben uns nur gedacht, es ist immer noch besser, sie ist an der frischen Luft, als sie sitzt in ihrem Zimmer und ordnet T-Shirts.«

»Dann ist das also eine therapeutische Reitstunde oder wie?« Maxi hob die Augenbrauen. »Und zwar für *mich?*«

»Nein, nein«, antwortete Nini hastig. »Wir *wollen* schon! Darf ich Ringo haben? Er sieht so schön niedrig und ungefährlich aus.«

»Ja, klar«, sagte Maxi und warf dann einen fragenden

Blick zu Carolin. »Und für Cordula hatte ich gerade gefragt, ob wir Katinka …«

Carolin nickte. »Sicher.« Dann wanderte ein kleines Grinsen über ihr Gesicht. »Keine Freiwilligen für Johnny? Der sieht doch noch viel niedriger und ungefährlicher aus als Ringo!«

Cordula überkreuzte die Zeigefinger und hielt sie Carolin entgegen.

»Wenn du mir mit dem Rodeo-Pony zu nahe kommst, schreie ich. Das Tierchen ist mir echt nicht geheuer. Gespaltene Persönlichkeit, wenn du mich fragst.«

Zum Glück hatte Sara diese Bemerkung nicht gehört, die hätte solche Kritik an ihrem heiß geliebten, unter Einsatz ihres Lebens geretteten Pony wohl nicht gut aufgenommen. Aber sie war viel zu sehr damit beschäftigt, mit Sami zu flirten.

»Also, dann holen wir mal Ringo und Katinka«, erklärte Nini.

»Genau«, sagte Cordula. »Halfter drauftun werden wir ja alleine hinkriegen, oder?«

»Spinnst du?«, fragte Nini. »Schon vergessen, wie Laras Nase nach den Weihnachtsferien ausgesehen hat? Sie wollte dem Fohlen auch nur das Halfter überstreifen.«

Carolin verdrehte die Augen. »Rocket war damals ein rebellischer Halbwüchsiger. Ringo und Katinka dagegen sind so gutmütig, die ziehen sich das Halfter wahrscheinlich selber über, wenn ihr sie nett drum bittet.«

»Keine Panik«, sagte Maxi. »Ich bin ja auch noch da. Ihr müsst das nicht alleine machen.«

»Müssen sie wohl«, erklärte Carolin. »Erstens haben sie es hundertmal gesehen und sind alt genug. Und zweitens waren wir beide gerade mitten in einem Gespräch.« Sie warf Nini und Cordula einen vielsagenden Blick zu.

»Wir sind schon weg«, rief A-Hörnchen hastig.

»So was von weg«, bekräftigte B-Hörnchen und fasste ihre Freundin unter. Arm in Arm marschierten die beiden in Richtung Sattelkammer, um Halfter und Führstricke für die beiden Pferde zu holen.

»O. k., Sami«, brüllte Carolin über den Platz. »Noch einmal antraben, große Tour bei A, dann aus dem Zirkel wechseln, umstellen und Gerte wechseln nicht vergessen. Dann ganze Bahn, eine Runde galoppieren, Sara kontrolliert, ob der Galopp richtig ist. Handwechsel, eine Runde Galopp auf der anderen Hand. Und dann im Schritt abgehen, bis Dorus wieder ganz ruhig atmet.« Sie beobachtete Sami und Dorus noch einen Augenblick, während Sara ihre Anweisungen übersetzte, dann wandte sie sich Maxi zu. »Also«, sagte sie. »Wo waren wir?«

Maxi rollte mit den Augen. »Unser Gespräch vorhin war beendet.«

Carolin ignorierte diese Antwort.

»Ah, ich weiß schon wieder. Was zum Geier machst du hier, wenn du bei Vic sein könntest?«

»Ich habe eben hier einiges zu tun. Und Vic hat bestimmt genug anderes im Kopf.«

In diesem Moment ertönte Vics Klingelton aus Maxis Hosentasche.

»Willst du nicht rangehen?«, fragte Carolin.

»Ich ruf später zurück.«

»Du hast noch nie nicht abgehoben, wenn er angerufen hat.«

»Blödsinn.«

»Das ist *kein* Blödsinn und das weißt du ganz genau.«

Die beiden Freundinnen starrten einander an, bis Maxi schließlich mit den Schultern zuckte. »Ich weiß nicht, was du von mir willst. Ich gehe doch nicht nach England, sondern er.«

»Und was wurde aus *Es ist so eine tolle Chance für ihn und ich muss ihm doch die Daumen halten?*«

»Ich habe ihm die Daumen gehalten. Was soll das Ganze überhaupt?«

»Du bestrafst ihn dafür, dass er nun diese Chance nützt und wirklich geht. Ich hab ihm gleich gesagt, dass es eine Schnapsidee ist, dir nicht sofort reinen Wein einzuschenken, aber dass du ihn jetzt deswegen fertigmachst, ist unfair und …«

Maxi wurde rot im Gesicht. »Jetzt reicht's aber«, fuhr sie Carolin an. »Ich bestrafe niemanden für irgendwas. Ich finde mich nur damit ab, dass das zwischen uns vorbei ist. Also stör mich gefälligst nicht dabei!«

Carolin sah sie mit großen Augen an. »Vorbei? Spinnst du? Wie wär's, wenn du erst mal Vic fragst, bevor du so was beschließt?«

»Ich habe das doch nicht beschlossen! *Er geht weg!* Seit wann bist *du* denn die Naive von uns beiden? Er ist ein Junge, er sieht gut aus, er ist knapp sechzehn! Er kommt an eine Schule, an der es dreimal so viele

Mädchen gibt wie an unserer! Er wird im Fußballteam spielen! Hallo? Das mit uns ist vorbei, sobald er im Flugzeug sitzt!«

»Er ist nicht wie andere Jungen, das weißt du genau! Und das mit euch …« Sie brach ab und schluckte. »Das ist irgendwie …«

Maxi hob die Augenbrauen und Carolin schluckte noch einmal, bevor sie weiterredete.

»Na toll, du weißt, dass ich für so was kein Talent habe! Ihr zwei seid irgendwie was Besonderes. Da himmelt nicht bloß einer den anderen an, ihr seid so richtig … perfekt füreinander, das kann jeder sehen, auch die weniger Romantischen unter uns! Was ist bloß auf einmal in dich gefahren?«

»Bist du jetzt fertig?«, fragte Maxi.

Carolin nickte.

»Wir sind vierzehn und sechzehn! Das mit uns hat sowieso ein Ablaufdatum! Und das kann *auch* jeder sehen. Das, wovon du da redest, gibt's höchstens im Kino oder in irgendwelchen Büchern mit Rosengirlanden auf dem Cover. Früher oder später wäre es aus gewesen, und nun ist es eben früher. Das ist alles. Und nichts für ungut, aber wenn ich jetzt nicht gehe, satteln die beiden unsere Pferde verkehrt rum.«

Damit drehte Maxi sich um und ging zum Sattelplatz, Carolins Blick im Rücken.

»Maxi? Schatz?«

»Ja?«

Stella öffnete die angelehnte Tür zu Maxis Zimmer

und kam herein, Maxis Handy in der erhobenen Hand haltend. »Das hier lag in der Küche.« Sie reichte es Maxi mit einem Gesichtsausdruck, der jede Frage überflüssig machte. Fünf Anrufe in Abwesenheit von Vic, sagte das Display vorwurfsvoll.

»Oh«, sagte Maxi. »Danke.«

Sie warf das Handy mit dem Display nach unten betont achtlos aufs Bett und hoffte, dass ihre Mutter den Wink verstand. Dann nahm sie den Stapel mit den abendfeinen Sweatern, unter denen sich auch zwei von Stella befanden, und schob ihn vorsichtig zwischen den mit den Ausgehtops und den mit den Kapuzensweatern. Der Schrank sah schon ziemlich gut aus. Als Nächstes würde sie sich den Schreibtisch vornehmen. Die Schubladen hatte sie noch kein einziges Mal aufgeräumt, seit Nick den Schreibtisch vor einem Jahr hier aufgebaut hatte.

Stella schloss die Tür hinter sich und ließ sich auf der Bettkante nieder, genau wie Cordula und Nini heute Morgen.

Maxi unterdrückte ein Seufzen.

»Du erinnerst dich doch an Paul und Anne-Sophie, oder?«

Maxi runzelte die Stirn.

»Die waren doch unsere Nachbarn, als ich noch klein war, oder? War Anne-Sophie nicht die mit dem witzigen Akzent?«

Stella nickte.

»Sie ist Kanadierin, aus dem französischen Teil, aus Quebec.«

»Aha.« Geduldig wartete Maxi auf die Pointe der Geschichte. Das mit dem Schreibtisch hatte schließlich keine Eile.

»Paul war mit siebzehn als Austauschschüler in Kanada, dort haben sie sich kennengelernt, da war Anne-Sophie fünfzehn. Sie waren fast das ganze Jahr zusammen, dann musste er zurück. Alle haben gedacht, das war's mit den beiden. Aber sie sind in Kontakt geblieben. Ich will dich nicht mit den Details langweilen, aber die beiden sind heute glücklich verheiratet und haben zwei Kinder.«

Maxi sah ihre Mutter ungläubig an.

»Solltest du nicht diejenige sein, die mich davon abhält, unrealistisch zu sein? Stattdessen erzählst du mir das Märchen von den zwei unter zwei Millionen Königskindern, die's geschafft haben?«

»Kein Märchen«, sagte Stella. »Nur ein Beispiel. Und ich will dich von gar nichts abhalten. Kein Mensch kann dir sagen, ob du mit Vic in einem Jahr noch zusammen bist. Das wäre aber auch nicht anders, wenn er *nicht* nach England ginge. Das ist auch total unwichtig. Das Einzige, was zählt, ist, was *jetzt* ist.«

»Eben«, sagte Maxi. »Und *jetzt* geht er nach England und ich bleibe da.«

»Das meine ich nicht«, sagte Stella. »Und ich glaube, das weißt du auch.« Sie sah Maxi an und seufzte. »Ich weiß, ich geh dir vermutlich gerade schrecklich auf den Wecker, und ich hör auch schon wieder auf. Aber ich glaube, dass du unter Schock stehst, mein Schatz. Daran zu denken, dass Vic weggehen könnte, ist eine

Sache. Zu wissen, dass er geht und dass es so bald ist, eine ganz andere. Und dazu noch euer Streit oder was immer es zwischen euch zu klären gab. Und die Nachricht mit dem Baby. Das war alles ein bisschen viel auf einmal.«

Maxi starrte auf ihren perfekt geordneten Schrank und überlegte, ob sie die Schrankböden nicht besser feucht auswischen hätte sollen.

»Nick und ich mussten uns auch mal für ein Jahr trennen, als er die Möglichkeit hatte, bei dieser Riesen-Werbeagentur in New York zu arbeiten. Wir haben's auch hingekriegt.«

Maxi wollte aufbegehren, doch Stella fügte schnell hinzu: »Ich weiß, wir waren erwachsen und du meinst, das kann man nicht vergleichen. Ich will nur sagen, manche schaffen es eben nicht, auch unter ganz normalen Umständen – andere bleiben auch unter schwierigen Bedingungen zusammen.«

Maxis Handy gab, durch die Bettdecke gedämpft, wieder einmal Vics Ringtone von sich. *»You got that James Dean daydream look in your eye«*, sang Taylor Swift. Es kam ihr ewig vor, bis sie endlich verstummte.

»Nick und ich fahren in die Stadt«, sagte Stella. »Zum Ultraschall, dann meine Vitamine besorgen und so.«

Sie beugte sich zu Maxi und drückte ihr einen Kuss auf die blonde Lockenmähne, bevor sie aufstand und zur Tür ging. Da drehte sie sich, die Türklinke in der Hand, noch mal um. »Früher oder später musst du mit ihm reden«, sagte sie.

Kaum war Stella gegangen, rief Vic wieder an. Maxi

warf ein Kissen auf das Handy, sprang auf und marschierte rastlos in ihrem Zimmer auf und ab, bis ihr Blick an ihrem Schreibtisch hängen blieb. Kurz darauf hatte sie den Inhalt von einer großen und drei kleinen Schubladen auf den Boden gekippt und damit begonnen, kaputte Filzstifte und vollgekritzelte Hefte aus dem vergangenen Schuljahr in den Papierkorb zu werfen.

Als Cordula ihr ein paar Minuten später auf die Schulter tippte und sie aus ihrer Trance riss, erschrak sie beinahe zu Tode. Die siamesischen Zwillinge wollten, diesmal gemeinsam, wie es sich gehörte, noch mal zum Ostermarkt und versuchten vergeblich, Maxi zum Mitgehen zu animieren. Sie schüttelte nur den Kopf, setzte die Kopfhörer wieder auf und fuhr fort, einen Filzschreiber nach dem anderen auf einem alten Notizblock probezuschreiben.

Doch kaum waren die beiden gegangen, konnte sie sich irgendwie nicht mehr richtig konzentrieren. Sie drehte die Musik ab und lauschte. Gerade hatte sie sich noch gefragt, warum sie nicht alle einfach in Ruhe lassen konnten. Aber jetzt, wo sie wusste, dass das Haus leer war, fühlte sie sich auf einmal so rastlos. Sie sprang auf und lief den Gang entlang, die Treppe hinunter, zur Haustüre hinaus. Erst als sie an dem einen Platz angekommen war, der immer etwas Tröstliches für sie hatte, blieb sie stehen: am Gatter der Pferdekoppel.

Sie legte die Unterarme auf dem Holzbalken ab, stützte ihr Kinn darauf und beobachtete die friedlich grasenden Tiere. Zuerst blieb ihr Blick an Rambo und Penelope hängen und sie musste daran denken, was

Alois über Paare gesagt hatte, die sich ohne Worte verstehen. Wie so etwas allerdings über Distanz hinweg funktionieren sollte, war ihr ein Rätsel.

Maxis Blick wanderte zu Ringo und Katinka. Die beiden hatten souverän die erste Reitstunde von A-Hörnchen und B-Hörnchen hinter sich gebracht – beide Mädchen waren ja sportlich und hatten sich entsprechend geschickt angestellt, also hatte Maxi sie ununterbrochen beschäftigen müssen, damit sie nicht auf die Idee kamen, wieder das Thema »Vic« anzuschneiden.

Plötzlich kam Johnny hinter Ringo zum Vorschein – er hatte so dicht an seinem »großen« Freund dran gestanden, dass Maxi ihn zunächst gar nicht bemerkt hatte. Das Pony war als einziges Pferd verschwitzt und sah aus, als wäre es kürzlich geritten worden, bemerkte Maxi verwundert.

»Hey, Maxi«, hörte sie in diesem Moment Saras Stimme hinter sich und drehte sich um. Sie war so in Gedanken versunken gewesen, dass sie sie nicht kommen gehört hatte.

»Hey«, sagte Maxi zerstreut.

Irgendwie war die Stimmung immer noch seltsam zwischen ihnen, aber Maxi hatte nicht die geringste Lust, darüber nachzudenken. Sie wollte über rein gar nichts nachdenken. Am liebsten hätte sie den Kopf vollkommen frei von allen Gedanken gehabt. Aber dann bemerkte sie Saras staubige Jeans und die Tränenspuren in ihrem verdreckten Gesicht.

»Was ist denn los?«, fragte sie. Vor zwei Stunden war Sara doch noch quietschvergnügt neben Sami durchs Viereck gelaufen und hatte mindestens ebenso eifrig geflirtet wie übersetzt. Was konnte danach passiert sein?

»Johnny hat mich abgeworfen«, antwortete Sara. »Ich wollte ihn reiten, nachdem ich mit der Stallarbeit fertig war. Er hat sich schon beim Satteln gesträubt und dann ist er mir durchgegangen – über die Umzäunung gesprungen. Dabei hab ich einen Abgang gemacht.«

»Scheiße«, sagte Maxi ehrlich erschrocken und musterte Sara von oben bis unten. »Aber du hast dir nichts getan? Und Johnny ist auch nicht verletzt? Der Zaun ist verdammt hoch für ein kleines Pony!«

»Er wollte mich wohl auch verdammt dringend loswerden«, sagte Sara und bekam gleich wieder feuchte Augen. Die Tränen kamen wohl weniger daher, dass sie sich wehgetan hatte, als daher, dass sie das Ganze persönlich nahm.

»Das hat doch nichts mit dir zu tun«, sagte Maxi eindringlich. »Irgendwas macht ihm Angst, wir haben nur noch nicht herausgefunden, was es ist.«

»Aber er kennt mich!«, sagte sie mit weinerlicher Stimme. »Er weiß doch, dass er bei mir sicher ist. Dass ich alles für ihn tun würde!«

»Sara«, sagte Maxi sanft. »Er ist ein Pferd. Er denkt doch nicht logisch. Er weiß auch nicht, dass du ihn vor dem Metzger gerettet hast. Es macht plötzlich *klick* in seinem Gehirn und dann rastet er aus.«

Das war ziemlich genau die Erklärung, die Maxi von Carolin zu hören bekommen hatte, als einmal eines der Einstellpferde beim Auf-die-Koppel-Führen plötzlich vor irgendetwas erschrocken, gestiegen und nur mit Mühe zu bändigen gewesen war.

Sara schluckte und nickte, sich sichtlich zusammenreißend.

»Ich weiß das ja alles. Irgendwie hat es mich nur echt fertiggemacht. Abgeworfen hat er mich noch nie.« Sie sah Maxi in die Augen. »Aber danke. Es ist nett von dir, dass du mich tröstest. Wo ich doch …« Sie brach ab, schluckte erneut und senkte den Blick zum Boden vor ihren Füßen, »… wo ich doch ziemlich nervig war, wegen Vic und so. Ich … ich hab das gar nicht richtig gemerkt, ehrlich. Und ich hab auch keine Sekunde gedacht, Vic würde … du weißt schon. Ich fand ihn nur einfach so toll und war so dankbar …«

Maxi nickte.

»Er ist ja auch toll«, sagte sie. »Ich kann das verstehen. Ist schon gut.«

Sara lächelte zaghaft, doch das schien noch nicht alles gewesen zu sein, was sie loswerden wollte. »Ich hab mich immer nur bei *ihm* bedankt«, sagte sie schließlich. »Dabei hast *du* deine Eltern überredet, Johnny hier aufzunehmen. Und dass ich hier sein darf und mich um ihn kümmern, das hab ich auch dir zu verdanken. Ich … ich hab immer nur Vic gesehen und …« Sie sah Maxi direkt in die Augen, »… und es tut mir echt leid!«

Plötzlich fragte Maxi sich, wie sie in Sara jemals eine Konkurrentin sehen konnte. Klar war sie hübsch, doch so gar nicht Vics Typ. Und es war so offensichtlich gewesen, dass er kein Interesse an ihr hatte. Was hatte sie sich bloß gedacht?

»Also, spät, aber doch«, beendete Sara ihre kleine Rede: »Danke!«

»Gern geschehen«, sagte Maxi. »Vergessen wir das Ganze einfach, o. k.?«

»O. k.«, sagte Sara erleichtert. »Ich geh dann jetzt, ich soll heute noch im Café helfen.« Sie zögerte wieder. »Sag, darf ich mich bei euch vielleicht waschen? Und hast du vielleicht irgendwelche alten Klamotten, die du mir leihen kannst? Wenn ich so im Café auftauche, verschrecke ich die Gäste.«

»Klar«, sagte Maxi. »Ich hab gerade Sachen aussortiert, die mir zu klein sind oder die ich nicht mehr anziehe. Sind in einer grünen Plastiktüte im Windfang. Nimm dir alles, was dir gefällt. Und das Bad ist nach dem Windfang den Gang runter rechts.«

Sara strahlte.

»Wow, vielen Dank. Also dann bis bald.« Sie wandte sich ab, überlegte es sich dann noch einmal anders. »Es tut mir leid, dass Vic weggeht«, sagte sie und fügte hastig hinzu: »Also nicht meinetwegen. Euretwegen. Ihr seid so ein cooles Paar. Aber es ist sicher eine tolle Chance für ihn, nicht?«

»Ja«, sagte Maxi. »Das ist es.«

Nun war Sara weg und Maxis Kopf war wieder voll mit Vic-Bildern, obwohl das Handy oben in ihrem Zimmer lag. Wieder betrachtete sie die Mitglieder der kleinen Herde, eines nach dem anderen, die beiden Ziegen Rambo und Penelope spielten am anderen Ende der Koppel auf ihrem Kletterbaum. Odinn und Dorus, die begonnen hatten, sich anzufreunden, schubsten einander vorsichtig unter dem wachsamen Blick von Freyja, Odinns Mutter. Janaro und Marilyn, der Hafloaraber und die Haflingerstute, standen entspannt, die Köpfe abgesenkt, die Augen halb geschlossen, und schienen im Stehen ein kleines Verdauungsschläfchen zu halten. Ringo und Katinka, die neuerdings ja mit Johnny ein Dreiergrüppchen bildeten, rundeten das ganz und gar harmonische Bild ab. Dennoch wartete Maxi heute vergeblich auf die friedliche Gelassenheit, die sich bei diesem Anblick sonst immer auf sie senkte. Sie war unruhig. Sie musste etwas tun. Das kleine gefleckte Pony, das heute seine Besitzerin abgeworfen hatte, stand friedlich wie ein Lämmchen neben Ringo und ließ sich von ihm den Hals beknabbern. Wenn man ihn so sah, konnte man sich dramatische Abwürfe, Sprünge über den Zaun und Ähnliches gar nicht vorstellen. Was war mit dem kleinen Pferdchen nur los?

Maxi nahm das Halfter und den Führstrick, die immer an einem Nagel neben dem Koppelgatter hingen, schwang sich unter dem Zaun durch und ging in einem Bogen langsam auf die drei Pferde zu.

»Hey, Johnnyboy«, begann sie, freundlich auf das Pony einzureden. »Was meinst du? Denkst du nicht, es ist Zeit, mit dem ganzen Hokuspokus aufzuhören? Es gibt nichts, wovor du Angst haben musst, rein gar nichts! Alles ist doch gut, so wie es ist!« Johnny hatte den Kopf gehoben, die Ohren aufgestellt, sah ihr wachsam entgegen.

Maxi konnte sich ungefähr vorstellen, was das Pony dachte: Schon wieder! Habt ihr's noch immer nicht kapiert?, oder etwas in der Art. Seine Ohren wanderten jetzt misstrauisch in alle Richtungen, aber er bewegte sich nicht von Ringos Seite weg, beobachtete Maxi nur, ließ sie nicht aus den Augen.

»Du bist hier in Sicherheit«, fuhr Maxi fort. »Niemand tut dir etwas! Alle haben dich lieb und passen auf dich auf! Alles ist genau, wie es sein soll, du musst keine Angst haben, Johnny …«

Sie hatte ihm das Halfter übergestreift, ohne dass Johnny mit der Wimper gezuckt hätte. Als ob er noch unentschlossen sei, wie er mit dieser Situation umgehen sollte. Maxi redete besänftigend weiter auf das Pferdchen ein, schloss den Karabinerhaken des Halfters und führte Johnny zum Gatter.

Es war das erste Mal, dass sie sich mit Johnny auseinandersetzte, bis jetzt hatte sich außer Sara nur Carolin um ihn gekümmert. Johnny machte keine Anstalten, auch nur ein bisschen unruhig zu werden. Er zerrte nicht am Strick, seine Ohren schauten nach vorne, er wirkte ganz ruhig. Vielleicht bin ich ja die bessere Pferdeflüsterin, dachte Maxi triumphierend. Vielleicht liegt es ja an mir! Sie öffnete mit einer Hand das Gatter, Johnny lief weiter neben ihr her, auf den Sattelplatz zu, seine Hufe machten ein gleichmäßiges Geräusch auf dem Kies und … Geräusch? Sie machten ein bisschen *viel* Geräusch!

Maxi sah über die Schulter zurück und musste lachen.

»Ringo! Was soll denn das?«

Sie war so auf Johnny konzentriert gewesen, dass

sie ihren Isländer gar nicht bemerkt hatte, der, seine Nase an Johnnys Schweifansatz, hinter ihnen hergetrottet kam. Hatte sie vergessen, das Gatter hinter sich zu schließen? Oder hatte Ringo es sich wieder einmal selbst aufgemacht? Jedenfalls stand es nun weit offen, und auch wenn die anderen Pferde diesen Umstand noch nicht bemerkt und wohl auch gar keine Lust hatten, aus der Koppel und ihrer meditativen Nachmittagsstimmung auszubrechen, so konnte sie doch kein Risiko eingehen. Seufzend wendete sie Johnny.

»Komm, Ringo!«, forderte sie das Islandpferd auf, doch das wäre gar nicht notwendig gewesen. Ringo hatte offenbar ohnehin beschlossen, nicht von ihrer Seite zu weichen.

»Bist du etwa eifersüchtig, weil ich Johnny geholt habe und nicht dich?«, fragte Maxi. »Aber du solltest doch wissen, dass du meine absolute Nummer eins bist, oder?«

Sie waren erneut beim Gatter angelangt und Maxi öffnete es noch ein Stück weiter und wedelte mit dem freien Ende des Stricks, an dem sie Johnny hielt, um Ringo zu signalisieren, dass er zurück auf die Koppel sollte.

»Los doch, Kumpel, geh zurück zu Katinka! Johnny hier und ich haben noch was vor.«

Ringo warf einen Blick auf Johnny, sah dann zu Maxi und schüttelte schließlich den Kopf, als wollte er sagen: »Na, meinetwegen. Du wirst schon sehen, was du davon hast.« Dann ging er gemächlichen Schrittes durch das Tor.

Maxi lachte und schloss das Gatter hinter ihm. Aber Ringo blieb stehen und starrte sie unverwandt an, als würde er auf etwas warten.

»Was denn?«, fragte sie ihn. »Geh zurück zu Katinka! Los, lauf! Sie wird sich schon fragen, wo du bleibst!«

Tatsächlich knabberte Katinka ganz entspannt an ein paar Grashalmen und schien kein bisschen beunruhigt über Ringos Abwesenheit. Alois' Worte fielen Maxi wieder ein.

»Ja, ja«, murmelte sie. »Schon klar. Du hast ihr wahrscheinlich telepathisch mitgeteilt, was du vorhast. Oder sie hat es einfach erraten. Wie auch immer. Du bleibst auf der Koppel, o. k.?« Sie schlang das Ende eines alten Stricks, der genau zu diesem Zweck am Gatter befestigt war, noch zweimal um den Metallriegel. Dann wandte sie sich wieder Johnny zu. »Komm, Johnny, jetzt aber los.«

Doch Johnny war entschieden anderer Ansicht. Er schien plötzlich nicht mehr die geringste Lust zu haben, Maxi zum Sattelplatz zu folgen. Sie zog am Strick, er stemmte sich dagegen. Sie redete besänftigend auf ihn ein, genau wie zuvor, aber er riss den Kopf hoch und verdrehte die Augen, bis man das Weiße sehen konnte. Maxi wich unwillkürlich einen Schritt zurück, zog mit aller Kraft an dem einen Ende des Strickes, versuchte, Johnny mit dem anderen in Richtung Sattelplatz zu treiben. Aber auch ein sehr kleines Pferd ist beim Tauziehen stärker als ein vierzehnjähriges Mädchen und Maxi kam nur schrittweise weiter. Hinter dem Zaun stand wie angewurzelt Ringo und sah sie an.

»Wenn du darauf wartest, dass ich aufgebe, kannst du lange warten!«, rief sie keuchend ihrem Pferd zu. »Mit dem kleinen Sturkopf werde ich schon fertig und zwar ganz ohne deine Hilfe!«

Sie hatte die Worte kaum ausgesprochen, als es in *ihrem* Gehirn *klick* machte. Vorhin war Ringo ohne ihr Wissen mitgegangen und Johnny war so folgsam gewesen wie ein Schoßhündchen. Nun wollte sie ihn von Ringo wegholen und er sträubte sich mit allem, was er hatte. Die Sache war eindeutig einen Versuch wert.

Maxi hörte auf, an Johnnys Strick zu zerren und gab nach. Sofort lief das Pony zurück zum Gatter und streckte Ringo den Kopf entgegen. Der sah Maxi nur an und wäre er ein Mensch gewesen, hätte er vermutlich vielsagend die Augenbrauen gehoben. Maxi stellte sich zwischen Johnny und das Gatter, öffnete es und ohne dass sie irgendetwas sagte, kam Ringo wieder herausgetrottet, ihr im Vorbeigehen einen »Warum-nicht-gleich?«-Blick zuwerfend. Er blieb neben Johnny stehen, der sich augenblicklich beruhigte und als Maxi sich nun wieder in Richtung Sattelplatz bewegte, ging das Pony ohne Widerrede mit, immer Ringo an seiner Seite.

Maxi machte den Strick am Sattelbalken fest, holte das kleine Western-Pad, das Sara statt eines Sattels benützte, legte es Johnny auf und fixierte es mit dem Gurt. Sie zäumte ihn, und als sie ihn nun in Richtung Viereck führte, geschah auch das ohne den geringsten Widerstand. Ringo blieb die ganze Zeit an Johnnys Seite, als hätte er einen Vertrag unterschrieben, den er nun minutiös erfüllte.

In der Mitte des Vierecks ließ Maxi das Pony anhalten und beide Pferde blieben folgsam stehen. Sie setzte ihren Helm auf und zog den Kinnriemen fest. Die Rodeo-Vorstellung, die Johnny mit Carolin gegeben hatte, war ihr noch in sehr lebhafter Erinnerung und Carolin war die wesentlich bessere Reiterin von ihnen. Heute hatte er Sara abgeworfen, obwohl er sie lange kannte und Vertrauen zu ihr hatte. Maxis Herz schlug also um einiges schneller als normalerweise, als sie sich jetzt auf den Rücken des kleinen Pferdes schwang – halb in der Erwartung, sich zwei Sekunden später im Sand wiederzufinden. Aber nichts passierte.

Johnny blieb geduldig stehen, wartete, bis sie richtig saß und ihm signalisierte, dass er losgehen sollte. Ringo setzte sich gleichzeitig in Bewegung. Maxi ritt Hufschlagfiguren im Schritt und im Trab und Ringo blieb entweder auf dem zweiten Hufschlag gleich neben ihnen oder hinter Johnny, wie er eben Lust hatte. Irgendwann fand er, er hatte seinen Standpunkt deutlich genug vertreten, trottete zur Mitte des Vierecks und nützte die seltene Gelegenheit, ohne Sattel und Zaumzeug hier drinnen zu sein und sich genüsslich im Sand wälzen zu können.

Johnny hingegen zeigte sich als gut ausgebildetes, arbeitswilliges Dressurpony. Er hatte keineswegs eine gespaltene Persönlichkeit, wie Cordula vermutet hatte, nur eine ängstliche. Er brauchte mindestens ein anderes Pferd in seiner Nähe, um sich sicher zu fühlen. Das erklärte auch, warum er bei Carolin einwandfrei »funktioniert« hatte, als Anita mit Marilyn auch noch auf dem Platz gewesen war. Wenn Maxi zurückdachte, dann hatte sich Johnny immer nur »unberechenbar« gezeigt, wenn man ihn von den anderen getrennt hatte, wenn er alleine bleiben musste.

Maxi bemerkte aus dem Augenwinkel Sara, die gerade aus dem Haus kam.

»Sara!«, rief sie und winkte. »Komm her und sieh dir das an!«

Sara schaute zu ihr herüber, erstarrte, kam dann sofort angelaufen und beobachtete vom Gatter aus mit großen Augen, wie Maxi ihr eine kleine Dressurvorführung auf Johnny gab.

»Jede Wette, immer wenn er ganz brav und unauffällig gegangen ist, war es in der Gruppe, oder? Oder zumindest, wenn er nicht alleine auf dem Platz war?«

Sara überlegte angestrengt und die Verblüffung auf ihrem Gesicht ging langsam in einen »Aha!«-Ausdruck über, als ihr das entscheidende Licht aufging.

Maxi stieg ab, ihre Augen leuchteten vor Stolz.

»Wow«, sagte Sara beeindruckt. »Du hast vollkommen recht, in der Gruppe war er immer unproblematisch und auch, wenn ich ihn allein geritten habe und nur ein anderes Pferd in der Halle oder auf dem Platz war. Seine Anfälle hatte er, wenn man ihn auf den leeren Platz kriegen wollte oder wenn die anderen vom Platz sind. Ich hätte eigentlich längst draufkommen müssen.«

Maxi grinste.

»Mach dir keinen Kopf«, sagte sie. »Ich bin auch nicht von alleine draufgekommen.« Sie deutete auf Ringo, der gerade auf sie zukam und sie mit der Selbstverständlichkeit dessen, der seine Belohnung ehrlich verdient hatte, nach Leckerlis absuchte. »*Er* war wieder mal schlauer als ich.«

Sie gab Ringo sein Leckerli, dann bekam Johnny eines. Maxi streichelte das Pony liebevoll. »Du hast einfach Angst alleine, was mein Kleiner?«, sagte sie. »Richtig Panik, stimmt's? Und wenn wir Panik haben, dann machen wir bescheuerte Sachen, dann sind wir plötzlich nicht mehr wir selbst, dann können wir gar nicht zeigen, wie nett wir eigentlich sind und es ist auch überhaupt nicht mit Logik oder sonst wie zu erklären, weil dann einfach im Kopf oben irgendwas passiert, es macht *klick* und …«

Maxi brach ab. Das heißt, sie hörte auf zu reden, weil ihre Stimme plötzlich ganz rau geworden war, weil sie den Pferdekopf vor sich nur noch verschwommen sah, weil der tiefe Atemzug, den sie machte, eigentlich ein Schluchzen war.

Sie *weinte.*

»Maxi?«, fragte Sara erschrocken. »Was ist denn los?«

»Gar nichts«, presste Maxi hervor und drückte Sara Johnnys Zügel in die Hand. Sie wischte sich mit dem Handrücken übers Gesicht, aber es half nichts, da kamen immer noch mehr Tränen. »Kannst du bitte die Pferde versorgen?«, stieß sie mühsam hervor. »Ich muss dringend was erledigen.«

»Ja, klar«, sagte Sara. »Aber dann komm ich zu spät zum Dienst und …«

»Keine Sorge«, schniefte Maxi. »Ich sag Bescheid. Ich muss ohnehin ins Dorfcafé.«

Der Maxi-Effekt

»Er ist oben«, sagte Judith nur, als Maxi mit verheulten Augen ins Dorfcafé gestürmt kam.

Maxi nickte.

»Sara kommt später, meine Schuld«, murmelte sie und war schon halb auf der Treppe, die von dem Raum hinter der Theke hinauf in die Privatwohnung der Meisingers führte. Sie lief den Flur entlang, verlangsamte dann ihren Schritt und blieb vor Vics Zimmer stehen. Die Tür stand einen kleinen Spalt offen und sie konnte eine große Reisetasche sehen, die aufgezippt auf seinem Bett stand. Etwas schnürte ihr bei diesem Anblick sofort wieder die Kehle zu, aber sie schluckte entschlossen, drückte die Tür ganz auf, ohne zu klopfen und trat leise ins Zimmer. Er stand mit dem Rücken zu ihr, vor dem großen Schrank mit den weit geöffneten Türen. Das Zimmer bot einen ähnlichen Anblick wie ihres, als Nini und Cordula heute Morgen reingeplatzt waren.

»Du packst schon?«, fragte sie heiser.

Hatte Vic sie doch kommen gehört? Jedenfalls fuhr er nicht herum und seine Stimme klang kein bisschen überrascht, als er antwortete.

»Ich hab gehofft, dass du mich irgendwann doch noch sehen willst«, sagte er und wandte sich ihr zu.

»Und ich hab mir gedacht, wenn es so weit ist, will ich keine Sekunde mehr mit Packen verschwenden.«

Da war er wieder, der Vic-Effekt, den der Blick dieser unglaublich blauen Augen auf sie hatte. Weiche Knie, Blubbergefühl im Bauch, nur dass diesmal noch etwas dazukam, etwas, das ihre Kehle enger machte und ihr Magen war wieder einmal ein harter, kleiner Ball.

»Es tut mir leid, dass ich so komisch war«, sagte sie und merkte, dass die Tränen wieder zu fließen begannen. »Irgendwie hat ein Teil von mir abgeschaltet, als du mir gesagt hast, du gehst weg. Systemfehler. Tilt.« Sie fuhr sich mit dem Ärmel über Augen und Nase. »Ich glaub ich hab einfach Angst davor, alleine zu sein. Also, ohne dich. Echt, eine Scheiß-Angst. Und ich hab Angst vor allem, was dort auf dich wartet. Besonders vor den Mädchen.« Sie wischte mit dem Ärmel erneut die Tränen ab, aber sie flossen einfach immer weiter. »Am liebsten würde ich alle englischen Mädchen in Hypnose versetzen oder in einen künstlichen Tiefschlaf. Nichts Schlimmes oder Gefährliches, weißt du.« Sie schniefte und biss sich auf die Lippen, um endlich mit der Heulerei aufzuhören, aber erfolglos. »Bloß so, dass sie dir nicht zu nahe kommen können.«

Vic war mit drei Schritten bei ihr, und als er sie jetzt umarmte, konnte sie sich überhaupt nicht mehr halten, und heulte, heulte und heulte. Sie standen da, eng umschlungen, und Vic drückte bloß seine Wange an ihre und hielt sie ganz fest, bis die Schluchzer in lange, erschöpfte Atemzüge übergingen.

»Wenn ich dich sehe«, sagte er plötzlich, ohne die

Umarmung zu lösen, »dann werden meine Knie ganz komisch, wie Kaugummi. Und in meinem Bauch hüpfen eine Million Gummibälle. Und sie hüpfen alle auf dich zu. So was Ähnliches wie Schwerkraft, schätze ich, nur dass es in keinem Physikbuch vorkommt.«

Maxi hielt den Atem an. Vic hatte eben ziemlich genau das beschrieben, was sie als Vic-Effekt bezeichnete, seit sie ihn kannte. Sie war nie auf die Idee gekommen, dass es für ihn so etwas wie einen »Maxi-Effekt« gab.

»Du denkst doch nicht«, fuhr Vic fort, »dass irgendeine x-beliebige Engländerin die physikalischen Gesetze einfach umwerfen kann, oder?«

»Kann sie nicht?«, fragte Maxi leise und drückte ihr Gesicht in Vics Schulter, um ihn nicht ansehen zu müssen.

»Kann sie nicht«, sagte Vic. »Aber wenn du draufkommst, wie das mit der Hypnose funktioniert, dann sag mir Bescheid, dann mach ich dasselbe nämlich mit allen Jungs in Altenburg und Umgebung.«

Maxi musste lachen.

»Am besten fängst du mit Marcel an«, sagte sie und schlang ihre Arme ganz fest um Vic. »Nicht meinetwegen, aber der stiftet bloß Unfrieden.«

»Marcel steht ganz oben auf der Liste«, erklärte Vic ernsthaft. »Der kriegt immer so einen bestimmten Blick, wenn er dich sieht. Das gefällt mir gar nicht.«

Maxi löste sich aus der Umarmung und sah Vic in die Augen.

»Es tut mir so leid«, wiederholte sie. »Ich hab nur an mich gedacht. Du musst ja noch viel mehr Angst haben als ich. Wohnung, Schule, Eltern, Freunde, du musst so viel zurücklassen, für dich ändert sich alles. Für mich nur …« Sie zögerte. »Nur das Wichtigste«, seufzte sie schließlich.

Vic seufzte ganz tief.

»Klar hab ich Angst«, sagte er und zog sie wieder enger an sich heran. »Aber es ist auch verdammt aufregend. Und es könnte viel bedeuten, was meine Zukunft angeht. Nur … wenn du denkst, dass wir das nicht hinkriegen … oder wenn …« Er suchte nach Worten. »Ich meine, ich könnte nicht in England Fußball spielen, wenn ich wüsste, du sitzt hier und bist immer nur traurig, also dann würde ich lieber nicht fahren.«

Maxi machte einen Schritt zurück und sah Vic entsetzt an.

»*Nicht fahren?* Bist du verrückt? Du kannst doch nicht so eine Chance in den Wind schießen, du *musst* fahren. Ich würde mir das nie verzeihen, wenn du meinetwegen hierbleibst! Stell dir vor, wir machen in zwei Monaten Schluss und du hast meinetwegen verzichtet …«

»Kannst du mal aufhören, ständig vom Schlussmachen zu reden?«, unterbrach Vic sie sehr entschieden. »Ich dachte, das Thema hätten wir durch! Es wird nicht Schluss gemacht, geht das in deinen Kopf rein?«

»Man kann das aber nicht ausschließen«, erklärte Maxi weise. »Es gibt Statistiken und die lügen nicht.«

»O. k.«, sagte Vic, »mal langsam. Wir sind uns doch einig, dass ich der bessere Mathematiker von uns beiden bin, oder?«

Maxi musste lachen.

»Eindeutig«, stimmte sie zu.

»Schön. Dann geb ich dir jetzt mal ein sehr vereinfachtes Textbeispiel. Also nimm mal an, von zehn Paaren, die sich etwa ein Jahr lang kennen und die zwischen vierzehn und zwanzig Jahren alt sind, geht jeweils einer von beiden für ein Jahr ins Ausland. Sieben der Paare trennen sich. Wenn das die Basis für die Statistik ist, wie hoch ist die Trennungswahrscheinlichkeit?«

»Ähm … weiß nicht … siebzig Prozent?«, sagte Maxi unsicher.

»Kluges Kind. Und wie hoch ist die Wahrscheinlichkeit, dass die Paare zusammenbleiben?«

»Dreißig Prozent?«

»Bingo. Und nun kommen wir zu der Kernfrage. Von den drei Paaren heißt das erste Romeo und Julia, das zweite Arwen und Aragorn. Wie heißt das dritte?«

Maxi lachte.

»Victor und Maxime?«, fragte sie.

»Hey!« Vic sah sie an. »Ich bin beeindruckt! Du hast soeben die Weihen der höheren Mathematik erhalten und dir gleichzeitig bewiesen, dass es unmöglich ist, dass wir uns trennen. Die Mathematik ist nämlich eine sehr exakte Wissenschaft.«

Maxi musste schon wieder lachen. Sie legte ihre Arme um Vics Hals und sah ihn an.

»Es geht mir schon viel besser«, sagte sie, »jetzt wo du mir das mathematisch bewiesen hast. Aber können wir vielleicht zur Sicherheit noch die Gegenprobe machen?«

»Sooft du willst«, sagte Vic und dann waren seine Lippen auf ihren, die Gummibälle hüpften wie verrückt und Maxi war zum ersten Mal in ihrem Leben dankbar, dass irgendein Komiker im alten Griechenland die Mathematik erfunden hatte.

Als Maxi sich ein wenig später auf ihrem Rad wieder die Zufahrt zum Hof ihrer Eltern hochkämpfte, war sie natürlich nicht *nur* glücklich. Wie sollte man es auch hinkriegen, kein bisschen traurig zu sein, wenn der absolut wunderbarste Freund der Welt wegzog, und zwar so bald, so weit und für so lange? Sie war sogar verdammt traurig. Sie würde Vic so schrecklich vermissen, dass sie jetzt schon wieder losheulen könnte, auf der Stelle. Aber zu wissen, dass er genauso viel Angst hatte wie sie, dass ihm das Weggehen genauso schwerfiel wie ihr das Hierbleiben, dass seine Sehnsucht genauso groß sein würde wie ihre, das alles machte sie mindestens genauso glücklich wie traurig.

Sie würden sich heute später am Abend noch sehen und morgen und übermorgen zum großen Osterfrühstück bei ihren Eltern. Und am Ostermontag würde sie mit zum Flughafen fahren. Bei dem Gedanken füllten sich Maxis Augen tatsächlich wieder mit Tränen und sie musste die ganze lang gezogene letzte Kurve heftig blinzeln und schlucken, um nicht von vorne mit der Heulerei anzufangen.

Am Ende der Kurve war ihr Blick wieder klar und das Erste, was sie sah, war eine rote Vespa, halb versteckt hinter einem Gebüsch. Und daneben, an einen Baum gelehnt, ein Pärchen im Clinch. Der Junge: groß, schlank, blond, Designerjeans, Timberlands, Lederjacke. Das Mädchen: zierlich, glatte kastanienbraune Haare bis zur Schulter, violette Jacke, ein pinkfarbener und ein violetter Converse-Schnürer.

»Nini!«, rief Maxi empört.

Gerade sah sie tatsächlich mit eigenen Augen, was ein Teil von ihr immer noch nicht hatte glauben wollen. Aber jetzt reichte es! Endgültig! Sie wollte nicht länger darüber nachdenken, ob es richtig oder falsch war, sich einzumischen, sie konnte sich nicht mehr beherrschen! Nur weil sie selbst einen tollen Freund hatte, der ehrlich und liebevoll war und tatsächlich nur *ein* Mädchen wollte, konnte sie noch lange nicht zusehen, wie Marcel gleich *zwei* ihrer besten Freundinnen verarschte! Damit musste Schluss sein, und zwar augenblicklich! Selbst wenn es bedeutete, dass beide sauer auf sie waren.

Nini und Marcel waren bei Maxis Ruf auseinandergefahren, und Nini zog ein etwas betretenes Gesicht, während Marcel kein bisschen aus der Fassung schien. Er machte eine weit ausholende Bewegung mit seinem Arm und eine Art höfische Verbeugung vor Maxi.

»Holde Prinzessin Goldlocke!«, grüßte er sie. »Seid Ihr auf dem Kriegspfad oder kommt Ihr in friedlicher Absicht?«

»Lass uns lieber mal über *deine* Absichten reden!«, knurrte Maxi ihn an, stieg vom Rad und schob es auf die beiden zu.

»Lauter und ehrenhaft sind meine Absichten, wie immer, edle Herrin!«, erklärte Marcel. »War's das oder kann ich sonst noch etwas für Euch tun? Denn wenn nicht, hoffe ich sehr, Ihr werdet es mir nicht übel nehmen, wenn ich meine Aufmerksamkeit wieder der holden Maid an meiner Seite zuwende – ein Gentleman weiß schließlich, was sich gehört!«

»Schade nur, dass du alles Mögliche bist, bloß kein Gentleman!«, zischte Maxi ihn an. »Und die holde Maid hat leider einen ganz dringenden Termin. Komm, Nini!«

Sie schnappte Nini bei der Hand, drehte sich von Marcel weg und zog ihre Freundin mit sich, das Fahrrad mit der anderen Hand mehr zerrend als schiebend. Mit Genugtuung nahm Maxi wahr, dass Nini nicht wagte aufzubegehren, also offenbar hatte sie doch ein schlechtes Gewissen – wenigstens genug, um nicht vor Marcel die rechtmäßig Empörte zu spielen.

»Prinzessin, treibt Ihr es nicht ein wenig zu weit mit Eurer Eifersucht?«, rief Marcel ihr nach. »Ich verstehe ja, dass es Euch wütend macht, mich in den Armen einer Anderen zu sehen, aber deswegen zu solchen Mitteln zu greifen? Entführung? Freiheitsberaubung?«

»Grrrrr«, knurrte Maxi und machte größere Schritte, Nini fest am Handgelenk gepackt. Wenn sie sich dieses Gelaber noch ein bisschen länger anhören musste, konnte sie echt für nichts mehr garantieren …

»Maxi, heee …«, setzte Nini nun doch endlich zu einem Protest an.

»Ich muss mit euch reden«, unterbrach Maxi. »Mit dir *und* mit Cordula! Ich hab wirklich sehr lange meine Klappe gehalten, aber ich *kann* mich nicht länger raushalten! Dafür hab ich euch viel zu gern. Also bevor du jetzt irgendwas sagst …«

»Ich wollte nur sagen, lass mich los, bevor ich blaue Flecken am Handgelenk kriege! Ich komm freiwillig mit, o. k.?«

Maxi sah Nini an und merkte, dass die nicht im Geringsten sauer wirkte. Ihrem Grinsen nach zu schließen, fand sie das Ganze sogar eher witzig. Verblüfft ließ Maxi die Hand ihrer Freundin los.

»Oh. Natürlich. Sorry.«

Ein paar Schritte hinter sich hörten sie das Geräusch des anspringenden Motors von Marcels Vespa und drehten sich unwillkürlich um, gerade rechtzeitig, um wieder eine seiner Verbeugungen inklusive des charmanten Grinsens serviert zu bekommen.

»Auf bald, Ladys«, rief er gut gelaunt. »Mein Leben wäre öd und leer ohne euch!«

»Du wirst dir noch öd und leer wünschen!« Maxi schüttelte den Kopf und schob energisch ihr Rad weiter.

»Ach, Maxi«, meinte Nini und lachte. »Lass ihn doch! Ist doch süß, wie er so geschwollen daherredet!«

Maxi blieb stehen.

»Marcel Kempinsky ist so einiges«, erklärte sie, »aber *süß* ist nicht dabei! Und jetzt sag ich zu dem Thema kein Wort mehr, bis ich Cordula und dich in einem Raum hab! Wo ist sie überhaupt? Ihr wart doch zusammen unterwegs?«

»Ja, aber dann …« Nini zögerte. »Aber dann bin ich auf der Heimfahrt in Wieselberg ausgestiegen, um noch eine Zeitschrift zu besorgen und im Laden hab ich zufällig Marcel getroffen …«

»… und zwar mitten auf den Mund!«, beendete Maxi den Satz. »Und hast bei der ganzen Sache keinen Gedanken daran verschwendet, dass …« Sie brach ab und biss sich auf die Lippen. »Kein Wort mehr, bis Cordula auch dabei ist.«

»Sie ist bestimmt zu Hause«, beantwortete Nini Maxis ursprüngliche Frage. »Deine Mutter hat nämlich heute früh gesagt, sie will später Kuchen backen, für das Osterfrühstück morgen. Und Cordula *liebt* Kuchenbacken.«

»Cordula kann backen?«, fragte Maxi verblüfft.

Nini lachte.

»Nein, aber sie kann Kuvertüre, Creme und Marmelade essen, Teigschüsseln ausschlecken und so lange am fertigen Kuchen rütteln, bis ganz von alleine zufällig ein Stück knuspriger Rand abfällt.«

Maxi grinste.

»Alles klar«, sagte sie. »Dann wird es sich für Stella in etwa so anfühlen, als würde *ich* ihr helfen.«

Tatsächlich war Cordula in der Küche, eine blau karierte, große Schürze umgebunden, die Nick mal zu Weihnachten bekommen hatte, mit dem Aufdruck »Man at Work« vorne auf dem Latz.

»Aber hier ist er etwas zu dunkel geworden!«, beteuerte sie gerade und deutete mit einem Messer auf das Ohr des Osterhasen-förmigen Kuchens, den Stella vorsichtig auf einem Gitter zum Auskühlen abstellte. »Das kann man den Gästen unmöglich zumuten!«

»Dürfen wir dir die Küchenhilfe einen Moment entführen?«, fragte Maxi grinsend.

Es war ziemlich schwierig, sich in dieser Situation den für die folgende Unterhaltung nötigen Ernst zu bewahren.

»Ich bestehe sogar darauf«, antwortete Stella sichtlich erleichtert. »Solange sie nur die überzähligen Zutaten und die Teigreste vernichtet hat, fand ich sie richtig praktisch. Wie einen Krümelroboter. Oder ein Hausschwein. Aber jetzt würde ich gerne den Kuchen vor ihr verstecken!«

Zwei Minuten später saßen Cordula und Nini einen Stock höher nebeneinander auf Maxis Bett und sahen erwartungsvoll zu ihrer Gastgeberin auf, die vor ihnen auf und ab ging und nicht wusste, wie sie es am besten anfangen sollte.

»Nun mach's nicht so spannend«, sagte Cordula. »Was gibt's denn so Wichtiges?«

»Ja, worüber willst du denn mit uns reden?«, schloss Nini sich an und Maxi sah fassungslos zu ihr hinüber. Sie hatte sie eben in flagranti mit dem Typen erwischt, der auch ihrer besten Freundin gefiel! War sie denn kein bisschen unruhig, weil das jetzt rauskommen könnte? Hatte sie wirklich keine Ahnung, was Maxi sagen wollte? Aber Ninis Augen blickten groß, grün und unschuldig und Maxi stellte einmal mehr fest, dass sie A- und B-Hörnchen wohl nicht so gut kannte, wie sie gedacht hatte.

»O. k.«, seufzte Maxi schließlich. »Am besten ist es wohl, ich spuck es einfach aus. Ich hoffe, ihr seid mir nicht böse, weil ich das sagen werde, was ich gleich sagen werde, aber mir ist immer noch lieber, ihr seid auf mich böse als aufeinander. Am allerliebsten wäre mir natürlich, ihr wärt bloß auf *ihn* böse, aber das ist er ja gar nicht wert, ihr solltet ihn einfach nur ignorieren …«

»Auf wen *ihn*?«, fragte Nini. »Wer ist was nicht wert und wer sollte auf wen warum böse sein?«

»Genau«, sagte Cordula. »Und was wurde aus *einfach ausspucken*? Nicht, dass ich drängeln will, aber auf mich wartet das verbrannte Ohr eines Osterhasen.«

Maxi holte tief Luft.

»Also gut«, begann sie. »Es geht um Marcel. *Goofy*. Er macht euch bloß was vor! Er verarscht dich, Nini!« Sie sah Nini eindringlich an. »Und wenn er noch so romantisch tut!« Maxis Blick wanderte zu Cordula. »Und dich verarscht er genauso, Cordula! Und wenn seine blauen Augen noch so ehrlich gucken! Und bitte beleidigt nicht meine Intelligenz und streitet ab, dass ihr euch mit ihm getroffen habt! Und zwar mehr als einmal!« Ihre Augen wanderten wieder zu Nini. »Und nicht nur zufällig! Ihr müsst endlich ehrlich zueinander sein! Dieser falsche Casanova hat sich mit euch beiden verabredet und euch was vorgemacht!«

A-Hörnchen und B-Hörnchen wechselten einen schnellen, forschenden Blick.

»Ja, da schaut ihr, was?« Maxi stemmte die Arme in die Seiten und sah von einer zur anderen. »Bestimmt hat er euch damit eingeseift, es sei besser, der anderen nichts zu sagen, um ihre Gefühle nicht zu verletzen, oder?«

Nini nickte. Cordula nickte auch.

»Ihr zwei schafft mich, echt!«, erklärte Maxi kopfschüttelnd. »Ich meine, habt ihr wirklich gedacht, das geht gut? Mittlerweile hat wahrscheinlich halb Wieselberg schon jede von euch mit Marcel gesehen und zerreißt sich vor der anderen Hälfte das Maul! Ich weiß, das geht mich alles nichts an und ich sollte mich vielleicht wirklich nicht einmischen – aber …« Maxi seufzte und betrachtete A-Hörnchen und B-Hörnchen, die in fast identischer Position auf ihrem Bett saßen und, offensichtlich beschämt, ihre Schuhe betrachteten. »Ich kann das nicht mehr länger mit ansehen!«, fuhr sie fort.

Noch immer sagte keiner der beiden siamesischen Zwillinge ein Wort oder sah Maxi auch nur in die Augen.

»Himmel noch mal!« Maxi warf entnervt die Arme in die Höhe. »Ihr seid die allerbesten Freundinnen, seit ich euch kenne! Eine ist praktisch undenkbar ohne die andere! Wie könnt ihr denn so was bloß riskieren wegen eines Typen wie Marcel? Ihr seid doch für ihn nur ein Zeitvertreib für die Ferien, kapiert ihr das nicht?«

Nini hob endlich den Kopf, gleich darauf Cordula. Zu ihrer Verblüffung sah Maxi, dass sich da nicht etwa Wut, Enttäuschung oder Eifersucht auf den Gesichtern abzeichneten. Beide pressten zwar ein bisschen verkrampft die Lippen aufeinander, aber nur in einem halbherzigen Versuch, ein Grinsen zu unterdrücken!

»Ihr findet das auch noch witzig?«, rief Maxi, ohne ihre Empörung noch länger zurückhalten zu können. »Habt ihr denn gar kein schlechtes Gewissen?«

»Na ja«, meinte Nini nun endlich doch etwas verlegen. »Das haben wir schon …«

»Aber nur *dir* gegenüber!«, fügte Cordula hinzu.

Nini nickte. »Ja, wir hätten dich eben doch einweihen sollen …«

»Mich einweihen?«, fragte Maxi perplex. »In was denn?«

»Aber Maxi …« Cordula sah sie mit einer Mischung aus Mitleid und Unglauben an. »Du hast doch nicht allen Ernstes gedacht, wir haben uns in Goofy verknallt?«

»Du hast doch nicht wirklich gedacht, wir treffen uns heimlich mit ihm?« Nini sagte es, als wäre es die absurdeste Idee, von der sie je gehört hatte. »Ohne der anderen was zu sagen?«

»Ähm, doch«, sagte Maxi und sah verständnislos von A- zu B-Hörnchen. »Das hab ich. Etwas in der Art jedenfalls …«

»Aber keine Spur!« Nun grinste Nini wirklich über das ganze Gesicht. »Es war ein Deal zwischen uns. Alles abgesprochen!«

»Ein Deal?«, wiederholte Maxi, die immer noch nicht durchblickte.

»Wir haben Goofy aufgeteilt«, erklärte Cordula. »Also eigentlich ihn und die Osterferien.«

»Wir haben genau genommen Goofy auf uns und auf die Osterferien verteilt!«

»Wir haben *ihn* an der Nase herumgeführt, nicht er uns!«

»Wir wussten doch auf einen Blick, dass er kein ernsthaftes Boyfriend-Material ist!«

Die beiden redeten nun wieder in ihrem typischen Hörnchen-Ping-Pong-Stil, ein Satz von der einen, gefolgt von einem Satz der anderen.

»Wir haben uns im Kalender angesehen, wie lange wir hier sind.« Ping.

»Und haben festgestellt, dass jede von uns drei Dates mit Marcel haben kann.« Pong.

»Ohne dass es zu auffällig wird.« Ping.

»Wir wollten bloß ein bisschen Spaß haben!« Pong.

»Und als er uns beide unabhängig voneinander angebaggert hat …« Ping.

»Da haben wir uns gedacht, perfekt!« Pong.

»Drei Goofy-Dates für A-Hörnchen!« Ping

»Drei Goofy-Dates für B-Hörnchen!« Pong.

»Klar sind wir nicht in ihn verknallt!« Ping.

»Wir sind doch nicht doof!« Pong.

»Wir haben jeden Tag seine WhatsApp-Nachrichten verglichen!« Ping.

»Es war zum Schießen, er hat uns exakt dieselben geschickt!« Pong.

»Und manchmal auch noch gleichzeitig!« Ping.

»Ja, sehr ökonomisch ist unser Prinz, das muss man ihm lassen.« Pong.

»Aber dafür auch sehr blumig.« Ping.

»Ein fast echter Romantiker.« Pong.

Ein Blick zwischen Nini und Cordula, dann explodierten beide mit Gelächter und wurden erst wieder ernst, als sie merkten, dass Maxi nicht mitlachte.

»Es war das genaue Gegenteil, von dem, was du gedacht hast, Maxi«, sagte Nini.

»Ja, wir haben *ihn* ausgenützt, nicht er uns!« Cordula.

»Tut uns echt leid, dass du dir unseretwegen Sorgen gemacht hast!« Wieder Nini.

Die beiden Freundinnen sahen sie mit einem Gesichtsausdruck an, der Maxi an Alois' Katze erinnerte, nachdem sie den Schinken vom Tisch geklaut hatte. Eine Mischung aus »Ich weiß, ich sollte ein schlechtes Gewissen haben …« und »Gib zu, dass ich das super hingekriegt habe!«.

Und da musste Maxi endlich auch loslachen. Sie ließ sich zu A-Hörnchen und B-Hörnchen aufs Bett fallen und lachte vor Erleichterung, bis ihr die Tränen kamen. Die beiden ließen sich sofort wieder anstecken und nach ein paar Minuten lagen alle drei erschöpft auf Maxis Bett und die letzten Kicherer verebbten nur langsam.

»Warum habt ihr's mir nicht gesagt?«, fragte Maxi schließlich. »Ich hatte echt schlaflose Nächte, weil ich dachte, dass diese Sache mit Marcel eure Freundschaft kaputt machen könnte.«

»Wir wollten es dir ja sagen«, meinte Nini. »Wirklich. Aber wir haben gedacht, du verstehst es vielleicht nicht.«

»Noch schlimmer«, fügte Cordula zögernd hinzu. »Wir dachten, du findest uns vielleicht ganz furchtbar oberflächlich. Weil doch mit Vic und dir alles so perfekt ist …«

»Romeo und Julia«, illustrierte Nini. »*Amore forever*, großes Kino …«

»Ja, ja«, unterbrach Maxi grinsend. »Ich hab's kapiert …«

»Der Prinz und das Landei«, sagte Cordula und begann wieder zu kichern.

»Hee!«, protestierte Maxi. »*Er* ist das Landei!«

Doch Nini und Cordula kamen gerade erst so richtig in Fahrt.

»Pferdeputtel und der Prinz!«

»Der Schöne und das Biest!«

»Der Stall war ihr Schicksal!«

»Mist im Morgengrauen!«

»Mist zum Abendbrot!«

»Klappe!«, rief Maxi und warf Nini ein Kissen aufs Gesicht.

»Selber Klappe, Miss Mistgabel!« Und das Kissen kam zurückgeflogen. Und weil Hörnchen immer zusammenhalten, kam gleich noch ein Kissen von Cordula hinterher.

Eine Kissenschlacht später lagen die drei Freundinnen wieder erschöpft auf dem Bett und Maxi ließ sich von A- und B-Hörnchen Marcels WhatsApp-Nachrichten vorlesen.

Dann erzählte sie den beiden von ihrer Aussprache mit Vic und musste dabei noch mal ein bisschen weinen. Und Nini und Cordula weinten aus lauter Solidarität gleich mit.

»Ihr seid echt die Besten«, schniefte Maxi und reichte die Kleenexbox weiter.

»Da hast du wohl recht«, meinte Nini und putzte sich hingebungsvoll die Nase.

»Ja, wir sind schon was Besonderes«, stimmte Cordula gerührt zu.

»Kein Wunder, dass Goofy sich unsterblich in uns beide verliebt hat.«

»Ja, sich zwischen uns zu entscheiden, ist ja auch keinem zuzumuten.«

»Ihr vergesst, dass er auch unsterblich in *mich* verliebt ist«, erklärte Maxi, fuhr sich mit dem Ärmel übers Gesicht und musste schon wieder kichern.

»Ja, das ist richtig«, meinte Cordula nachdenklich. »Und wo er uns doch allen so unendlich viele tiefe Gefühle entgegenbringt ...«

»... findest du nicht, wir sollten ihn zum Osterfrühstück einladen?«

»Das hat er doch wirklich verdient, oder?«

Maxi sah von einer zur anderen und brauchte wieder ein paar Sekunden, bis sie kapierte.

»Da habt ihr recht«, sagte sie dann und grinste. »Das hat er wirklich verdient.«

Sie stand so plötzlich auf, dass auch Nini und Cordula verblüfft hochfuhren.

»Was'n los?«, fragte Nini.

»Ihr müsst mit runterkommen«, erklärte Maxi und streckte jeder eine Hand hin. »Es gibt Babyfotos anzusehen.«

»Babyfotos?«, fragte Cordula und runzelte die Stirn.

»Welches Baby?«, fragte Nini verwirrt.

»Wie schön«, sagte Maxi grinsend. »Ich hab in diesem Haus einmal was *nicht* als Letzte mitgekriegt.«

»Carolin?« Zögernd ging Maxi im Halbdunkel des Getränkelagers weiter nach hinten. »Bist du da irgendwo?«

Sie hatte sich mit Vic im Dorfcafé verabredet, aber er war noch dabei, mit seinem Vater Getränkekisten aus dem Wagen zu laden, als sie kam, und seine Mutter hatte sie gebeten, inzwischen nachzusehen, wo Carolin abgeblieben war. Judith hatte sie vor zehn Minuten gebeten, eine Flasche Chai-Konzentrat aus dem Lager zu holen, und sie war nicht wieder damit aufgetaucht.

Maxi bekam keine Antwort, aber sie hörte ein unterdrücktes Geräusch, umrundete das Toilettenpapierdepot und ein Regal mit Konserven, und da, im Halbdunkel einer Ecke, saß Carolin auf zwei aufeinandergestapelten Cola-Kisten und schluchzte in ihre auf ihren Mund gepresste Hand.

»Carolin!«, rief Maxi erschrocken. »Was ist denn los?«

Sie war mit zwei Schritten bei ihrer Freundin, aber dann wusste sie nicht so richtig, was sie tun sollte. Wenn es Lara gewesen wäre, dann hätte sie sie einfach umarmt und gewartet, bis alles aus ihr rausssprudelte.

Aber Carolin? Sie war sich ziemlich sicher, dass sie Vics Schwester noch nie weinen gesehen hatte und fast genauso sicher, dass Carolin auch nicht *wollte*, dass jemand sie weinen sah. Aber jetzt einfach kehrtzumachen und ihre Freundin hier alleine sitzen zu lassen, erschien Maxi erst recht falsch. Also zog sie noch eine leere Getränkekiste heran und setzte sich Carolin gegenüber.

»Oh, shit«, schluchzte Carolin. »Du hast mir grade noch gefehlt.«

»Ich freu mich auch, dich zu sehen«, antwortete Maxi

ungerührt. »Obwohl dein Gesicht irgendwie nasser ist als sonst.«

»Dumpfnuss«, stieß Carolin zwischen zwei Schluchzern hervor.

»Maxi, angenehm«, antwortete Maxi freundlich und da endlich musste Carolin ein bisschen lachen.

»Solltest du nicht mit Vic in einer Laube sitzen und dir von ihm Sonette vorsingen lassen, jetzt wo ihr euren *Endless-Love*-Status wiederhergestellt habt?«

»Ja«, sagte Maxi, »aber er hat seine Ukulele vergessen, deshalb müssen wir das vertagen.«

Carolin lachte erneut und fuhr sich mit dem Ärmel über die Nase. Dann saßen sie einander ein paar Minuten schweigend gegenüber und sagten gar nichts, jede in ihre eigenen Gedanken vertieft.

»Er wird mir so verdammt fehlen«, sagte Carolin schließlich und schnaubte zur Bekräftigung in ein Papiertaschentuch.

»Ich weiß«, antwortete Maxi.

»Er ist ein richtig toller großer Bruder.«

»Er ist auch ein richtig toller Freund.«

»Aber das ist was anderes. Du kennst ihn noch nicht so lange. Aber ich? Er war *immer* da, seit ich denken kann. Ich kann mir gar nicht mehr vorstellen, wie das ohne ihn ist.«

»Na ja«, sagte Maxi. »Keine stinkenden Sporttaschen mehr, die rumliegen, wo sie nicht sollen.«

Carolin hatte sich mehrfach blaue Flecken geholt, weil sie nachts auf dem Weg zum Bad über Vics Trainingstasche gestolpert war.

»Das stimmt«, sagte Carolin.

»Keiner, der dir das letzte Stück Pflaumenkuchen streitig macht.«

»Auch wahr.«

»Keine gesülzten Telefonate mit seiner albernen Freundin, die du dir anhören musst.«

Carolins Gesicht hellte sich merklich auf. »*Das* ist ein sehr gutes Argument.«

»Immer gern zu Diensten«, sagte Maxi.

»Was muss der Idiot auch Fußball spielen«, sagte Carolin.

Maxi zuckte mit den Schultern. »Tja, als das mit dem Synchronschwimmen nichts wurde …«

Carolin lachte auf und sprang von ihrem Sitz.

»Shit, da draußen wartet irgendeine Tussi seit einer halben Stunde auf einen Chai Latte.« Sie nahm eine der Sirupflaschen, die aufgereiht in einem Bretterregal standen. »Kommst du?«

»Ich weiß nicht«, sagte Maxi mit rauer Stimme. »Mir ist gerade eingefallen, dass ich *nie* über seine Tasche gefallen bin. Dass er mir nie Kuchen weggegessen, sondern Muffins mitgebracht hat. Und dass ich absolut drauf stehe, wenn er mir am Telefon was vorsülzt.«

»Tja«, sagte Carolin und zuckte mit den Schultern. »Künstlerpech, Julia. Aber du hast ja mich.«

»Schöner Trost«, knurrte Maxi, immer noch ein bisschen mit den Tränen kämpfend.

»Jetzt komm schon«, sagte Carolin. »Ich bin ziemlich sicher, dass du heute noch was Besseres vorhast als Heulen.«

Maxi holte tief Luft. »Da kannst du recht haben.« Sie stand von ihrer Kiste auf und kickte sie zurück in die Ecke. »Hab ich dir schon erzählt, was er zu mir gesagt hat?«

»Verschon mich bloß.«

»Aber den Ring willst du doch sicher sehen?«

»Einen Ring? Er hat doch nicht …? Verdammt noch mal, Maxi!«

»Gib's zu, du bist wieder drauf reingefallen!«, sagte Maxi und stieß grinsend die Tür zum Schankraum auf.

»Bin ich nicht!«

»Bist du doch!«

»Bin ich nicht!«

»Bist du doch!«

»Bin ich nicht!«

»Worüber streitet ihr beide denn schon wieder?«, fragte Vic, der vorne in seinem blauen »Ballkönig«-T-Shirt, auf Maxi wartete. Maxi und Carolin wechselten einen kurzen Blick und grinsten.

»Über irgend so einen Idioten!«, sagten sie dann beide gleichzeitig und lachten, als sie Vics verständnisloses Gesicht sahen.

»Bis morgen, du Dumpfnuss«, sagte Carolin und hob die Hand.

»Bis morgen, du Pflaume«, antwortete Maxi und schlug ein. Irgendwie sind wir auch A-Hörnchen und B-Hörnchen, dachte sie, und grinste in sich hinein. Nur eben anders.

Minuten später saß sie hinter Vic auf seinem Moped, hatte ihre Arme ganz fest um ihn geschlungen und wusste, dass sie den ganzen Abend an nichts anderes mehr denken wollte als daran, was sie für ein verdammtes Glück hatte.

Frohe Ostern

»Ahäm«, sagte Nick und alle Gäste, die um den großen Küchentisch der Klausers saßen, wandten sich ihm zu. »Ich weiß, ihr wartet alle auf die magischen Worte ›Das Buffet ist eröffnet‹ und keiner ist hungriger als ich, das könnt ihr mir glauben, schließlich werde ich seit den frühen Morgenstunden zu niederen Küchendiensten herangezogen …«

Allgemeines Gelächter und Maxis Vater handelte sich einen Ellbogen-Knuff von ihrer Mutter ein. Tatsächlich hatte Nick einen Eiersalat nach seinem speziellen Geheimrezept gebastelt und den Tisch mit albernen Hasen-Servietten gedeckt. Davor, währenddessen und danach hatte er Stella mit seiner übertriebenen Fürsorge so lange auf die Palme getrieben, bis Maxi zur Erleichterung ihrer Mutter schließlich auf die Idee kam, ihn zum Ostereierverstecken im Garten zu rekrutieren. Es gab für jeden ein Osternest, auch für Sami und Herrn Celik, die erst seit gestern auf der Gästeliste standen. Maxi hatte die neuen Einsteller spontan eingeladen, als Samis Vater erwähnte, dass seine Schwester mit ihrer Familie über die Ferien verreist war – und er hatte zu ihrer Überraschung ebenso spontan zugesagt.

Maxi hatte sich Sorgen gemacht, dass sich der etwas steife Geschäftsmann in der lockeren Runde von Freunden vielleicht nicht wohlfühlen würde, aber als er dann, kaum zur Tür herein, mit Nick und Joe Meisinger in eine leidenschaftliche Diskussion über Südeuropas Rotweine vertieft war, wusste sie, es war eine gute Idee gewesen.

Sami unterhielt sich gerade in gebrochenem Deutsch mit Carolin – es war wirklich erstaunlich, was er in den paar Tagen von Sara schon aufgeschnappt hatte, die als seine Simultandolmetscherin und Deutschlehrerin quasi allgegenwärtig war – auch heute. Denn Sara und ihre Mutter Regina, die nicht aufhören wollte, sich bei den Klausers für ihre Großzügigkeit zu bedanken, waren zwei weitere Last-Minute-Gäste. Regina hatte dieselben wilden Locken, bloß ein paar Schattierungen heller als ihre Tochter, und dieselben runden, braunen Augen – Maxi fand sie auf Anhieb sympathisch.

Ansonsten bestand die Runde aus den üblichen Verdächtigen: alle vier Meisingers – Carolin hatte außerdem Max mitgebracht (obwohl Maxi sie damit aufgezogen hatte, dass es einer öffentlichen Verlobung gleichkam, vor Zeugen gemeinsam Osterschinken zu essen) –, Alois Köberl, Nini und Cordula, und die Klausers, zu dreieinhalbt, wie Nick gerade den Gästen mit stolzgeschwellter Brust erklärte, was natürlich großes Hallo und eine Gratulationsrunde auslöste. Stella lief rot an und Nick kassierte den zweiten Ellbogenknuff des Tages – er hatte natürlich nicht um Erlaubnis gefragt, die bevorstehende Familienvergrößerung hinausposaunen zu dürfen.

»… also erhebe ich mein Glas frisch gepressten Orangensaft auf alte und neue Freunde«, schloss Nick seine Rede, »auf Familienzuwachs und auf den Osterhasen! Und nicht zu vergessen, auf Vic, unseren zukünftigen Starkicker! Das Buffet ist eröffnet!«

Gerade als alle aufstanden, um sich am Buffet zu bedienen, das auf dem großen Küchensideboard angerichtet war, klingelte es an der Haustür. Nini und Cordula warfen einander einen Blick zu und schauten dann beide gleichzeitig zu Maxi, die breit zurückgrinste. Sie hatten Marcel gesagt, der Brunch würde um elf Uhr beginnen statt um zehn, damit das Publikum auch bestimmt komplett war.

»Das muss euer Gast sein, Mädels«, sagte Stella.

»Ich mach auf«, rief Maxi und war auch schon unterwegs.

»Hey, Marcel!«, sagte sie und biss ein Lachen zurück, als sie den blonden, gut aussehenden Jungen hereinbat. Sie hatte beinahe ein bisschen Mitleid mit ihm.

»Prinzessin!«, begrüßte er sie und überreichte ihr einen Strauß Narzissen. »Die Einladung ehrt mich über die Maßen und lässt mich hoffen, dass wir Frieden schließen können!«

Dass Maxi ihn zum Osterfrühstück eingeladen hatte, war für ihn natürlich Grund genug, anzunehmen, dass sie ihn nicht bei ihren Freundinnen verpfiffen und für sich beschlossen hatte, dass sie weniger Schaden anrichtete, wenn sie sich in das kleine Liebesdreieck nicht einmischte.

»Aber natürlich!«, sagte Maxi und lächelte ihn an.

»Immerhin ist Ostern, nicht wahr? Das Fest des Neubeginns! Komm rein, die anderen sind schon alle da!«

Als Maxi mit Marcel in die große Wohnküche kam, war Cordula nicht zu sehen – dafür strahlte Nini Marcel entgegen, als wäre nicht nur Ostern, sondern auch Weihnachten und er ihr schönstes Geschenk.

»Goofy, mein Hübscher!«, rief sie und flog auf ihn zu.

Ihm blieb nichts übrig, als die Arme auszubreiten, sonst hätte ihre stürmische Umarmung ihn im wahrsten Sinne des Wortes umgehauen. Marcel hatte natürlich darauf vertraut, dass beide Freundinnen sich sehr diskret verhalten würden, um die jeweils andere nicht auf Ideen zu bringen. Womit er bestimmt nicht gerechnet hatte, war eine so leidenschaftliche Begrüßung: Nini schlang die Arme um seinen Hals und küsste ihn lange und innig mitten auf den Mund, vor allen Gästen.

Maxi sah Marcels Augen während des Kusses im Raum umherwandern, auf der Suche nach dem zweiten Zwilling. Und der ließ auch nicht lange auf sich warten – kaum hatte Nini sich halbwegs aus der Umarmung gelöst, trat Cordula auf den Plan.

»Marcel, mein süßer Schatz!«, rief sie von der Speisekammertür aus, hinter der sie sich versteckt hatte. »Endlich!«

Sie stürzte mit derselben liebestollen Begeisterung auf ihn zu wie vorher Nini, umklammerte ebenfalls seinen Hals und küsste ihn mit beinahe noch mehr Leidenschaft ebenfalls mitten auf den Mund.

Vic grinste und schaute fragend zu Maxi. Die grinste nur zurück und zuckte mit den Schultern. Stella biss sich auf die Lippen und drückte die Hand von Nick, der nur die Augenbrauen hob. Sein »Versteh-einer-die-Frauen«-Blick ging in diesem Fall an niemand Bestimmten. Sami, Carolin und Sara prusteten los und ihre Eltern warfen einander amüsierte Blicke zu. Sie hatten zwar keine Ahnung, was hier los war, aber Marcels offensichtliche Verwirrung stand in einem sehr unterhaltsamen Kontrast zur liebestollen Entschlossenheit der beiden Mädchen. Cordula löste ihre Lippen von Marcels und drehte sich zu Nini um.

»Und, was meinst du?«, fragte sie.

»Wie schon gesagt, nicht übel«, antwortete Nini. »Aber ich denke immer noch, dass Lars der bessere Küsser ist.«

Cordula verzog nachdenklich das Gesicht und betrachtete Marcel, als müsste sie sich sehr anstrengen, um sich den Kuss eben noch mal ins Gedächtnis zu holen. Sie nickte langsam. »Du kannst recht haben. Obwohl es irgendwie schade ist, dass wir keinen direkten Vergleich haben.«

»Ja«, meinte Nini zustimmend, »dann wäre es natürlich einfacher. Aber Stockholm ist weit. Und besser ein Goofy in der Hand als ein Lars auf dem Dach, wenn du verstehst, was ich meine.«

»Ich versteh dich nur zu gut, teure Freundin«, gab Cordula zurück und legte ihren Arm demonstrativ um Ninis Schultern. »Und du hast wie immer vollkommen recht. Komm, lass uns was essen.«

Die beiden drehten sich um und begannen ihre Teller zu beladen, während ihr Kussobjekt ihnen fassungslos nachsah. Zum ersten Mal, seit Maxi ihn kannte, hatte Marcel nicht sofort einen flotten Spruch parat. Ein Hörnchen-Sieg auf der ganzen Linie. Maxi genoss den Augenblick mindestens ebenso wie ihre Freundinnen, doch nun war es endgültig Zeit für etwas Osterfrieden.

»Eiersalat?«, fragte sie mit ihrem schönsten Augenaufschlag und hielt Marcel einen Teller hin. Er nahm ihn automatisch aus ihrer Hand und klappte dann endlich den Mund zu. Es dauerte noch ein paar Sekunden, bis das gewohnte Siegerlächeln sich wieder auf seinem Gesicht breitmachte.

»Prinzessin«, sagte er dann und deutete eine Verbeugung an. »Ich verneige mich in Ehrfurcht vor Euch und Euren Freundinnen. Die holde Weiblichkeit ist eben immer für eine Überraschung gut.«

»Nur das Beste für unsere Gäste!«, zirpte Maxi. »Vielleicht etwas Brot dazu?«

»Unbedingt«, sagte Marcel laut und fügte dann leiser hinzu: »Und wer zum Teufel ist eigentlich dieser Lars?«

Sara senkte immer noch jedes Mal unwillkürlich den Blick, wenn ihre Augen Maxis begegneten. Bis es sich zwischen ihnen ganz entspannt anfühlte, würde es vielleicht noch etwas dauern. Maxi war allerdings mehr als bereit, friedliche Signale auszusenden – schließlich war in ihr drin jetzt auch wieder alles friedlich.

»Wie hast du das eigentlich geschafft«, fragte sie Sara, »Johnny von der Koppel wegzubekommen und dazu zu kriegen mitzugehen? Ganz alleine, weg von den anderen, mitten in der Nacht?«

»Na ja«, sagte Sara. »Ich war gut vorbereitet. Das Einzige, was ihn von so ziemlich allem ablenkt, sind Ingwer-Leckerli. Ich hab mein ganzes Taschengeld dafür ausgegeben und ihm einen Zweimonatsvorrat verfüttert, als ich ihn geholt hab. Alle paar Schritte eines, bis wir schon mitten im Wald und weit weg von der Herde waren. Und in der fremden Umgebung hab ich darauf vertraut, dass er lieber bei mir bleibt, als auf gut Glück davonzurennen.«

»Wo wir gerade bei Leckerlis sind«, fragte Cordula. »Was wurde eigentlich aus dem Osterhasenkuchen? Ich hab ihn nirgends gesehen.«

»Oh, verflucht!« Stella lachte und fasste sich an die Stirn. »Den hab ich so gut vor dir versteckt, dass ich ihn ganz vergessen habe.«

Maxi holte den Biskuithasen aus Stellas »Geheimdepot« oben auf dem Regal in der Vorratskammer, und als er verputzt und auch das restliche Buffet ziemlich leer gefegt war, schwärmten alle zum Osternestersuchen.

Nini und Cordula schnappten Maxi und erklärten die nächste halbe Stunde wieder einmal zur *Girlfriend Time*. Die drei waren mit ihrem gelungenen Auftritt vom Vormittag außerordentlich zufrieden – aber sie mussten zugeben, dass Marcel sich als guter Verlierer gezeigt hatte, wenn man es denn so nennen wollte. Er hatte ja von dem Deal auch ausreichend profitiert. Heute allerdings war tatsächlich nicht sein Tag: Er hatte bei Sara sein Glück versucht, was wohl als Retourkutsche für Nini und Cordula gedacht war. Doch die hatte ausschließlich Augen für Sami und nahm Marcels Charme-Offensive nicht einmal richtig zur Kenntnis.

»Heute erweist unser Goofy seinem Namen alle Ehre«, sagte Cordula und Nini nickte beinahe mitleidig. »Der Ärmste«, sagte sie. »Sara schaut glatt durch ihn hindurch. Wenn wir sie morgen fragen, wie ihr Marcel gefallen hat, weiß sie wahrscheinlich nicht einmal, von wem wir reden.«

»Sie ist in Hypnose«, hatte Nini geantwortet. »Armes Ding.«

»Sie ist *verliebt*«, hatte Maxi korrigiert. »Ihr knallharten Intrigantinnen wisst natürlich nicht, was das ist.«

»Doch, Süße«, hatte Cordula gesagt. »Aber natürlich! Wir lieben doch *dich!*«

Und dann überreichte Nini ihr eine selbst gezeichnete Landkarte, mit deren Hilfe sie schließlich im Stall hinter der Mistgabel ihr Ostergeschenk ausfindig machte.

»Ich habe es bestellt, als wir gemeinsam im Shoppingcenter waren«, erklärte Cordula stolz. »Du warst gerade abgelenkt von irgendwelchem Pferdekram.«

Nini nickte eifrig. »Und vorgestern haben wir es nach dem Ostermarkt abgeholt. Mach schon auf!«

In dem kleinen Päckchen, eingeschlagen in Osterpapier mit pinkfarbenen und violetten Eiern, zwischen denen weiße Hasen hüpften, war ein T-Shirt.

»Ich weiß, es ist eigentlich eine Lara-Maxi-Tradition«, sagte Cordula beinahe entschuldigend. »Aber wir haben sie extra um Erlaubnis gebeten.«

Auf dem roten T-Shirt stand vorne in großen, weißen Buchstaben »C-HÖRNCHEN« – womit Maxi offiziell zum Ehrenhörnchen befördert war.

Sie musste das Shirt natürlich sofort anprobieren und kaum hatte sie sich umgezogen, spürte Vic sie auf und die beiden Originalhörnchen verdrückten sich diskret.

Vic nahm es mit dem Verstecken auch sehr genau. Nach halbstündiger Suche fand sie endlich in Ringos Box, unter seiner schon vorbereiteten abendlichen Heuration ein über und über mit Osterküken bedrucktes Kartonei. Darin waren eine Handvoll Mini-Riegel ihrer Lieblingsschokolade, weiß mit Smarties – und dazwischen steckte ein knallroter Kofferanhänger, auf dem stand in großen weißen Blockbuchstaben »MEINS«. Vic bestand darauf, den Anhänger an den Gürtelschlaufen ihrer Jeans anzubringen.

»Damit klare Verhältnisse herrschen«, meinte er mit einem kleinen Grinsen und einem Seitenblick auf Marcel, der vor der Scheune charmant mit Stella plauderte. »Du darfst ihn aber abnehmen und auf deinen Koffer tun, wenn du mich besuchen kommst.«

Als die Nestersuche erfolgreich abgeschlossen war, verlagerte sich die Action hinters Haus, wo Carolin und Max eine Hufeisen-Wurfbahn abgesteckt hatten. Sie wollten die Gäste in Zweierteams aufteilen und den Hufeisen-Oster-Champion krönen. Da der Preis für dieses Hufeisen-Championat ein riesiger Schokoladenhase war, hatten Nini und Cordula den ganzen Samstagabend bei Flutlicht auf dem Dressurviereck Hufeisenwerfen geübt, und bei dem Talent der beiden zweifelte Maxi nicht, wer am Ende des Tages den Hasen schlachten würde.

Ursprünglich wollte sie sich mit Vic zusammen an dem Hufeisen-Wurf-Turnier beteiligen. Doch dann hatte er sie gefragt, ob es ihr was ausmachen würde, wenn er mit seinem Vater spielte, und Maxi hatte gleich grünes Licht gegeben.

Joe Meisinger war nicht jemand, der viel redete – aber dass Vic so plötzlich von zu Hause wegging, war für ihn und Judith sicher auch nicht einfach. So ein bisschen Last-Minute-Vater-Sohn-Action tat den beiden bestimmt gut.

Stattdessen half sie Sami und Sara, Dorus aufzusatteln, und ging dann mit auf den Dressurplatz, wo Sami seinem Vater zeigte, wie gut er mittlerweile mit dem Friesen zurechtkam – für Herrn Celik heute schon die zweite Überraschung, nachdem er mitbekommen hatte, was für enorme Fortschritte Sami mit seinem Deutsch gemacht hatte.

»Da hat mein Sohn ja ein Riesenglück gehabt«, meinte Herr Celik, »gleich *zwei* so großartige Lehrerinnen zu finden! Und dazu noch zwei so bildhübsche!«

Maxi nahm sich vor, Carolin das Kompliment auszurichten – wie sie ihre Freundin kannte, war ihr das ohnehin lieber, als es direkt von Samis Vater zu hören. Sie würde doch bloß knallrot anlaufen und nicht wissen, was sie sagen sollte. Auch Sara freute sich sichtlich über das Lob – noch mehr höchstens über die Tatsache, dass Sami ihr von Dorus' Rücken aus eine Kusshand zuwarf, die sie selbstvergessen erwiderte.

Herr Celik blinzelte daraufhin Saras Mutter verschwörerisch zu. Dass der sonst so reservierte Mann heute so vor Charme sprühte, mochte auch daran liegen, dass er sich mit Regina hervorragend zu verstehen schien.

Maxi verdrückte sich unauffällig in Richtung Koppel, um sich für eine Weile aus dem ganzen Trubel auszuklinken, aber sie konnte noch vom Gatter aus das ausgelassene Lachen der beiden Erwachsenen hören. Friede-Freude-Ostereier-Stimmung lag in der Luft, daran konnte kein Zweifel sein.

So was Ähnliches hatte auch Lara beim Chat heute früh festgestellt.

»Bist du da, Stallkönigin?« (Lara)

»Nicht frech werden, Snowboardsquaw!« (Maxi)

»Muss dir schnell was sagen.« (Lara)

»??« (Maxi)

»??« (Maxi)

»??« (Maxi)

»Das soll schnell sein?« (Maxi)

»Sorry, Tino kam gerade herein. Er kann sein Osternest nicht finden, harhar.« (Lara)

»Wo hast du's versteckt?« (Maxi)

»In der Dachrinne. Im Schnee. Genau genommen: unter *dem Schnee.«* (Lara)

»Du willst wohl nicht, dass er es findet?« (Maxi)

»Ich wollte in Ruhe chatten, während er sucht ;-).« (Lara)

»Ha! Du vermisst mich also auch!« (Maxi)

»Klar vermiss ich dich. Und weil ich nicht bei dir bin,

hab ich mir wenigstens deine Sterne angesehen, wegen Vics Abreise.« (Lara)

»Sag nichts, ich weiß es auch so: Morgen steht der Schweißfuß im Quadrat zur Stinkmorchel.« (Maxi)

»Banausin. Im Gegenteil. Es ist ein schönes, harmonisches Ballett: Hauptakteure Jupiter, Mars und Venus. Und alle stehen in freundlichen Winkeln zueinander.« (Lara)

»Erinnert mich an Marcel, Nini und Cordula.« (Maxi)

»Kannst du nicht ein Mal ernst sein?« (Lara)

»Warte mal.« (Maxi)

»?« (Lara)

»Ich hab versucht, ernst zu sein. Geht nicht.« (Maxi)

»Grr. Du hast Glück, dass Ostersonntag ist, und ich deine beste Freundin bin. Deshalb sag ich dir schnell, was das bedeutet, auch wenn du es eigentlich nicht verdient hast: Die Sterne sagen: ALLES WIRD GUT!« (Lara)

»Hallo? Maxi?« (Lara)

»Hab mir nur gerade gewünscht, dass du recht hast.« (Maxi)

»Das ist die Qualität der Zeit. Irrtum ausgeschlossen.« (Lara)

»Ich glaube, Vic ist neuerdings auch Astrologe.« (Maxi)

»Wieso?« (Lara)

»Er behauptet genau dasselbe ;-).« (Maxi)

»Oh. Ich sollte vielleicht mal nach Tino sehen.« (Lara)

»Was ist los?« (Maxi)

»Ich glaube, er ist vom Dach gefallen. Frohe Ostern, Maxi!« (Lara)

»Frohe Ostern, Lara! BFF!« (Maxi)

»BFF!« (Lara)

Maxi stützte sich mit den Ellenbogen auf das Gatter zur Koppel, den Blick versonnen auf die vertraute Pferdeherde gerichtet. Sie suchte mit den Augen das kleine gefleckte Pony, das nicht alleine sein konnte. Johnny stand wie üblich in Ringos Schatten, und zwar ganz wörtlich, sie entdeckte ihn erst auf den zweiten Blick.

Wer weiß, wodurch diese Angst in dem Pony ausgelöst worden war? Vielleicht hatte man es zu früh von der Mutter getrennt? Carolin meinte jedenfalls, wenn es gelang, in Johnny langsam und stetig Vertrauen aufzubauen, dann würde er irgendwann auch allein in der Bahn zu reiten sein – ohne Rodeo-Einlagen. Vorerst würde sie ihn nur in der Gruppe zum Unterricht verwenden oder zumindest ein zweites Pferd mitnehmen.

Maxis Finger suchten nach der Schnalle des Kofferanhängers an ihrer Gürtelschlaufe und öffneten sie. Noch einmal betrachtete sie das kleine Namensschild, das hinter der transparenten Abdeckung steckte, und fuhr liebevoll mit dem Zeigefinger darüber. »MAXIME KLAUSER« hatte Vic mit rotem Filzstift draufgeschrieben und darunter ihre Adresse. Aber da war ja noch was – in der rechten unteren Ecke bemerkte sie erst jetzt ein kleines Symbol, einen Schrägstrich mit je einem Punkt links und rechts davon. Das Zeichen für »Bitte wenden«?

Sie zog das Kärtchen vorsichtig aus dem Fach und drehte es um.

»Ich habe nur Augen für dich und kein anderes Mädchen kommt an dich heran :)!«, stand da in Vics kleinen, ordentlichen Druckbuchstaben.

Und gerade, als die Buchstaben begannen, ein bisschen vor ihren Augen zu verschwimmen, hörte sie hinter sich Saras Stimme.

»Hey«, sagte sie. »Wollte nur mal nach Johnny sehen. Ich stör dich doch nicht, oder?«

Maxi fuhr sich schnell mit der Hand über die Augen. Jetzt war sowieso nicht der richtige Zeitpunkt, um trübsinnig zu werden. Sie lächelte Sara zu.

»Nein, gar nicht«, sagte sie und wandte den Blick wieder der Herde zu. Ringo knabberte liebevoll an Johnnys Schweifansatz und das Pony schien sich in einer Art Verdauungs-Trance zu befinden. »Deinem Johnny geht's blendend, wie's aussieht.«

Sara nickte. »Er hat großes Glück gehabt. Wir beide haben großes Glück gehabt.« Sie schwang sich unter dem Zaun durch, zögerte dann auf der anderen Seite. »Zwischen uns ist doch alles gut?«, fragte sie und errötete. »Ich meine, wir können doch Freundinnen sein, oder? Obwohl ich … Ich meine, trotz dieser dummen Sache …?«

Maxi grinste.

»Das hatten wir doch schon durch«, sagte sie. »Darüber reden wir nicht mehr. Und außerdem: Wenn jemand ein Pferd klaut, um es vor dem Metzger zu retten, ist er automatisch mein Freund. Alles klar?«

»Alles klar.« Sara strahlte sie an. »Danke.«

Dann glitt ihr Blick an Maxi vorbei und verlor sich hinter ihr, ohne dass das Strahlen sich dabei im Mindesten abschwächte. Im Gegenteil. Maxi wandte sich um. Na klar. Sami. Er hatte seine »Vorführung« beendet und winkte gerade von Dorus' Rücken zu ihnen herüber. Sara hob die Hand, um zurückzuwinken, errötete dann von Neuem, als sie sah, dass Maxi sie beobachtete.

»Denkst du, es ist möglich, dass man mit dreizehn seine große Liebe trifft?«, fragte sie.

Eben bogen die Hufeisenspieler unten um die Ecke, allen voran Nini und Cordula, die triumphierend den Riesenhasen schwenkten. Dahinter Vic und sein Vater. Sie sah, wie Vics Augen erst zum Reitplatz wanderten und dann, als er sie dort nicht entdecken konnte, sofort hierher, zu ihrem Lieblingsplatz. Ihre Blicke trafen sich und im selben Moment begannen Millionen Gummibälle in ihrem Magen wie verrückt zu hüpfen.

»Ja«, sagte Maxi und lächelte. »Ja, das denke ich.«

Vielen Dank an alle Fans von
Maxi, Ringo, Vic, Carolin, Katinka und Co!

Ich freu mich immer über Eure Post!
Schaut doch mal rein unter
www.chantalschreiber.com

Und wenn Ihr Lust habt, folgt mir auf facebook
@chantalschreiberauthor
und auf Instagram
@ch.schreiber

Keep reading ♥!